Im Dunkel der Stadt

Fünf Monate hat Maggie im Koma gelegen. Jetzt schlägt sie die Augen auf und kann sich an nichts erinnern. Die Ärzte halten sie für eine Prostituierte, die in letzter Sekunde schwer verletzt vor einem Serienmörder geflohen ist. Dann wird auf der Station ein Anschlag verübt. Doch nur der attraktive Therapeut Dr. Joshua Martane glaubt, dass er Maggie galt. Er hilft ihr, bei Nacht und Nebel zu entkommen und in New Orleans unterzutauchen ...

Mond über dem Mississippi

Detective Sam Long arbeitet an einem brisanten Fall: Auf das Unternehmen Omega Oil wurde ein Brandanschlag verübt. Nur ein Mädchen hat den Täter gesehen. Sam beauftragt die Psychologin Antoinette Deveraux, die kleine Zeugin zu befragen. Sofort ist er von Antoinettes einfühlsamer Art fasziniert. Und obwohl er sich geschworen hat, sich niemals zu binden, lädt er sie auf sein Hausboot in den Sümpfen südlich von New Orleans ein ...

Emilie Richards

Gefährliche Nächte

MIRA®

MIRA® TASCHENBUCH
Band 25124
2. Auflage: April 2005

MIRA® TASCHENBÜCHER
erscheinen in der Cora Verlag GmbH & Co. KG,
Axel-Springer-Platz 1, 20350 Hamburg
Deutsche Taschenbucherstausgabe

Titel der nordamerikanischen Originalausgaben:
Lady Of The Night/Bayou Midnight

erschienen bei: Silhouette Books, Toronto
Published by arrangement with
Harlequin Enterprises II B.V., Amsterdam

Konzeption/Reihengestaltung: fredeboldpartner.network, Köln
Umschlaggestaltung: pecher und soiron, Köln
Titelabbildung: by photonica, Amana Germany GmbH, Hamburg;
Corbis, Düsseldorf
Autorenfoto: © by Harlequin Enterprise S.A., Schweiz
Satz: D.I.E. Grafikpartner, Köln
Druck und Bindearbeiten: Ebner & Spiegel, Ulm
Printed in Germany
ISBN 3-89941-163-3

www.mira-taschenbuch.de

Emilie Richards

Im Dunkel der Stadt

Roman

Aus dem Amerikanischen von
Patrick Hansen

MIRA®

1. KAPITEL

Am Anfang gab es nichts. Weder Gestalt noch Geräusch. Weder Schmerz noch Furcht. Sie erschuf die Leere, und die Leere war gut.

Dann kam die Stimme.

Die Stimme war Leben. Ein Leben, das das Leben in ihr wieder wachrief. Und die Stimme ließ sich nicht zum Schweigen bringen.

Die Stimme glitt durch das zerborstene Wrack, das einst eine Seele gewesen war, und fügte es langsam wieder zusammen. Ich lasse mich nicht abschütteln, beharrte sie. Und du wirst wieder existieren.

Dann, wie immer, wurde die Stimme ausgelöscht.

Die junge Frau schlug die Augen auf, und es wurde Licht. Es traf mit einer solchen Intensität auf ihre Pupillen, dass der Schmerz in Wellen durch ihren Körper wogte. Schmerz. Schmerz war vertraut und musste vermieden werden. Instinktiv nach Schutz suchend, verschloss sie sich vor dem Licht. Doch diesmal bot die Dunkelheit keine Geborgenheit.

Als sie die Augen wieder öffnete, weiteten diese sich in hilflosem Schrecken. Worte bildeten sich, um die Leere zurückzurufen, doch jedes Wort trieb diese Leere nur weiter fort. Bitte. Bitte. Nicht wieder. Jedes Wort brachte sie näher an die Realität heran. Jedes Wort brannte eine Schicht des Nebels weg, der ihre Sicht wie ein Schleier trübte.

Schließlich sah die junge Frau etwas. Vor einem grellen weißen Hintergrund lag eine Hand. Die Finger waren lang und anmutig, die Nägel kurz geschnitten. Während sie sie anstarrte, bewegte die Hand sich wie im Krampf, bildete eine Faust und entspannte sich wieder. Diese Bewegung wiederholte sich mehrmals, dann war die Hand für die lange Reise nach oben bereit.

Doch auf halbem Weg zu ihrem Haar verhielten die Finger reglos in der Luft. Es ist noch nicht zu spät, rief die Frau in die Dunkelheit hinein. Aber die wohltuende Dunkelheit war verschwunden. Die Frau war lebendig, unwiderruflich lebendig.

Ihre Hand fand den Kopf. Zitternde Finger zuckten durch das unmöglich kurze Haar. Langsam, Zentimeter um Zentimeter, tasteten sie über den Kopf und legten sich schließlich auf eine dünne, gezackte Narbe, die von der Stirn zur Mitte der Schädeldecke führte. Ihr Körper wand sich vor Schrecken. Die Frau ließ die Hand sinken und konzentrierte den Blick auf ihren Schoß.

Die junge Frau hatte sich wieder einigermaßen unter Kontrolle, als die Augenlider zögernd nach oben zuckten. Sie achtete sorgfältig darauf, sich nicht wieder zu berühren, und musterte ihre Umgebung.

Der weiße Hintergrund war ein Laken, die feste Stütze hinter ihr ein Bett. Das Licht kam von einem kleinen Fenster an der Seite. Davor befand sich dicker Draht, mehr als eine Bespannung, weniger als ein Gitter. Aber er machte eine Flucht unmöglich.

Ihr Blickfeld erweiterte sich, erfasste weiße Wände, eine Stahltür mit einem kleinen Fenster, davor derselbe Draht. Sonst sah sie nichts. Die Bilder waren Stücke eines Puzzles, eines altmodischen Puzzles, dessen Schachteldeckel ohne Motiv, ohne hilfreiche Vorlage war.

Dann, endlich, war da auch ein Geräusch. Ein leises Klagen kam von der Seite des Raums, die die Frau noch nicht inspiziert hatte. Ängstlich drehte sie den Kopf.

Eine alte Frau saß auf einem Bett wie dem ihren und schaukelte mit dem Oberkörper unablässig vor und zurück. Ihre Augen waren vollkommen ausdruckslos, ihre Haltung starr. Die Arme der alten Frau spannten sich krampfartig, während sie sich selbst heftig und ohne jede Zärtlichkeit umarmte. Vor und zurück schaukelte sie, der Rhythmus so beständig wie sonst nur etwas im Universum.

Die junge Frau ließ den Kopf wieder nach vorn rucken und kniff die Augen zusammen, als die vertraute Furcht sie überwältigte. Doch es gab keine Leere mehr, in die sie sich hätte zurückziehen können. Der Klang ihrer eigenen Schreie vertrieb die Dunkelheit ein für alle Mal.

Joshua Martane schloss die Tür zu Zimmer 815 leise hinter sich und trat auf den schwach beleuchteten Korridor. Dass er sie leise schloss, war eine jener Angewohnheiten, die bei genauerem Überlegen eigentlich keinen Sinn machten. Selbst wenn er sie so laut zugeknallt hätte, dass man es unten auf der Notfallstation gehört hätte, die beiden Frauen hinter der Tür hätten es nicht wahrgenommen. Denn dazu waren die beiden viel zu weit von der Realität entfernt.

Die alte Mrs. Tryon hätte nicht mit dem Schaukeln aufgehört. Jahre der Therapie, Medikamente und schließlich der Behandlung mit Elektroschocks hatten es nicht geschafft, den Kontakt mit der Welt, die sie umgab, wieder herzustellen. Erst kürzlich hatte eine liebende, aber verzweifelte Tochter Mrs. Tryon auf die psychiatrische Station des New Orleans City Hospital eingeliefert. Als ersten Schritt auf dem Weg zur permanenten Unterbringung in der staatlichen Anstalt in Mandeville. Dort würde sie vermutlich ihre Tage hinwegschaukeln, ohne jegliche Verbindung zu der Welt, deren Existenz sie seit fast einem Jahrzehnt nicht mehr anerkannte.

Und dann war da noch die Patientin in dem anderen Bett. Joshua lehnte sich an die Wand neben der Tür und dachte über die junge Frau nach, die reglos in dem Zimmer hinter ihm lag. Jane Doe. Man hatte ihr einen Allerweltsnamen gegeben, obwohl kaum etwas an ihr alltäglich war. Sie war schlank und zart gebaut. Ihr Haar war superkurz, aber von sanftem, schimmerndem Braun. Er wusste, dass ihre Bewegungen geschmeidig und anmutig sein würden, wie die eines jungen Rehs im taufrischen Wald. Doch sie bewegte sich nicht. Hin und wieder schlug sie die riesigen blauen Augen auf, um vor sich hinzustarren. Auch die Augen erinnerten ihn an ein junges Reh. An ein Reh, das die Begegnung mit dem Jäger nicht überlebt hatte.

Jane Doe löste in Joshua etwas aus, das noch kein anderer Patient bewirkt hatte. In all den Jahren seiner Tätigkeit, der Erfahrung mit Hunderten von Patienten, war ihm niemand so unter die Haut gegangen wie die junge Frau in Zimmer 815. Es lag nicht an den riesigen Augen oder der fast durchsichtigen Haut, die sich über dem zarten Knochenbau spannte. Es war die Frage, wer sie war und wer sie nicht war. Es war das Geheimnis, das sie umgab, die Rätsel, die nie gelöst werden würden. Es war die sinnlose Verschwendung eines menschlichen Daseins.

Würde sie jemals aus ihrem langen Schlaf erwachen, so würde sie vielleicht sein Fantasiebild für immer zerstören. War sie wirklich die Person, für die die Polizei sie hielt, dann passten die feinen Züge nicht zu ihr. Dann war sie eine Frau, die sich längst aufgegeben hatte – lange bevor man sie blutüberströmt auf dem verlassenen Grundstück fand.

„Auf welchem Planeten befinden Sie sich gerade?“

Joshua hob den Blick und sah die große schwarze Frau an, die vor ihm stand. „Ich habe Sie gar nicht kommen gehört, Betty“, sagte er und kehrte in die Gegenwart zurück.

„Sie sahen aus, als wären Sie eine Million Meilen entfernt.“

„Es war ein langer Tag.“

„Kommen Sie. Der Kaffee ist noch heiß.“

Gehorsam folgte er Betty den Korridor entlang. Jeder gehorchte Betty St. Clair. Die wohlbeleibte Krankenschwester führte den achten Stock des N.O.C.H. mit eiserner Hand, wobei sie es für unnötig hielt, sich einen Samthandschuh überzustreifen. Sie kannte alles und jeden, jeden einzelnen Winkel der großen Station. Ihrer Aufmerksamkeit entging nichts, auch nicht Joshua Martanes Interesse an der jungen Frau in Zimmer 815.

„Wann fangen Sie endlich an, sich so anzuziehen, wie es sich für einen Psychologen gehört?“

„Wenn ich anfange, mich so zu benehmen, wie es sich für einen Psychologen gehört.“ Er sah, wie ihr Gesicht sich zu einem breiten Lächeln verzog.

Der Wortwechsel war nicht neu. Joshua war ein hoch gewachsener, breitschultriger Mann, der seine verblichene Blue Jeans, das langärmelige weiße Hemd und die lässig geknotete Krawatte mit dem Flair eines festlich gekleideten Gentleman trug. Betty war eine der wenigen Frauen, die sich von ihm nicht beeindrucken ließ. Ihre Versuche, ihn zur Anpassung an ihre Maßstäbe zu bewegen, waren gut gemeint, aber nicht sonderlich feinfühlig.

„Ich möchte Sie nur ein einziges Mal in einem dunklen Anzug

sehen – und mit einer Krawatte, die zu dem passt, was Sie tragen", fuhr sie gedehnt fort. „Dann wäre jedem auf den ersten Blick klar, dass Sie zum Personal gehören."

„Vorläufig werden Sie das an der guten Arbeit erkennen müssen, die ich hier leiste."

„Haben Sie heute in Zimmer 815 gute Arbeit geleistet?"

Joshua hob eine Schulter und antwortete mit einem halben Achselzucken. Die durchdringende Enttäuschung, die Jane Does unveränderter Zustand in ihm bewirkte, lastete auf ihm.

Betty nickte mitfühlend und quetschte sich am Schwesternschreibtisch vorbei in den Medikamentenraum, in dem wie immer eine Kaffeemaschine brodelte. Joshua folgte ihr und nickte den beiden psychiatrischen Pflegern und der anderen Krankenschwester zu, die an dem langen Tresen lehnten und an ihren Bechern nippten.

„Eine Party? Und ich bin nicht eingeladen?" fragte Betty und warf die schwarzen Locken zurück.

„Trish und Malcolm sind draußen", erklärte die blonde Schwester mit gelangweilter Stimme. „Die meisten Patienten sind bei der Beschäftigungstherapie."

„Danke, Sarah. Ich weiß, wo die Patienten sind", erwiderte Betty.

Das Wortgefecht nahm den gewohnten Verlauf, und Joshua lehnte sich zurück, um die beiden zu beobachten. Sarah, elegant und distanziert, mochte ihren Beruf nicht. Und Bettys Autorität mochte sie sogar noch weniger als ihren Beruf. Betty gab keinen Zentimeter nach.

Bevor die Diskussion zu hitzig wurde, wandte einer der Pfleger sich an Joshua.

„Wie geht's Ihrer Freundin?"

Sämtliche Blicke richteten sich auf Joshua, und er rang sich ein mühsames Lächeln ab. „Sie ist ruhig."

„Er mag es, wenn sie ruhig sind", verkündete Betty. „Dann redet ihm niemand dazwischen."

„In Zimmer 815 bestimmt nicht", meinte Joshua, ohne sich die Traurigkeit anhören zu lassen. Das Krankenhauspersonal war darauf geeicht, jeden Unterton mitzubekommen, und er wollte ihrem Spott nicht noch mehr Stoff liefern. Sein besonderes Interesse an der jungen Frau in Zimmer 815 war schon ein Dauerbrenner für den Klatsch und Tratsch der Klinik.

„Ich war in der Notaufnahme, als das Mädchen damals eingeliefert wurde“, sagte Sarah. Sarah spottete so gut wie nie. Schon kurz nach ihrem Dienstantritt im achten Stock war ihr aufgegangen, dass Joshua sie bei der Rebellion gegen Betty nicht unterstützen würde. Seitdem arbeitete sie hart daran, es ihm heimzuzahlen. „In der Nacht haben Sie den Pfarrer vertreten, nicht wahr, Joshua, wissen Sie noch?“

Er nickte, diesmal ohne zu lächeln.

Joshua hatte die unteren Weihen zum Priesteramt empfangen, sich aber dann für das Studium der Psychologie entschieden. Nur widerstrebend hatte er den Priesterkragen abgelegt. Sein größtes Talent – wie er wusste – lag darin, mit den Patienten zu arbeiten, sie auf den langen Weg zur Gesundheit zu bringen. Die Beziehung zu ihnen und die dauernde Hingabe an die Menschen und ihr schweres Schicksal, das war es, was seinem Beruf den Sinn gab. Die Nacht, in der die Polizei die junge Frau blutüberströmt und bewusstlos ins Krankenhaus gebracht hatte, war der Beginn einer solchen Beziehung gewesen.

„Ihr hättet unseren Joshua an dem Abend sehen sollen“, erinnerte Sarah sich lächelnd. „Er war ein junger Löwe. Er war überall und passte auf, dass das Mädchen die beste Behandlung bekam.“ Sie verstummte, rückte den Gürtel ihres strahlend weißen Hosenanzugs zurecht. „Ich musste dem Mädchen den Kopf rasieren. Joshua sah aus, als würde er jeden Moment losheulen.“

Joshua zuckte mit keiner Wimper, und sein Gesichtsausdruck blieb unverändert. Er hatte seine markanten Züge unter völliger Kontrolle. Diese Fähigkeit hatte er schon in der Jugend zur Perfektion entwickelt.

Die anderen mischten sich ein und verdrängten Sarahs gehässigen Ton durch gutmütigen Spott. Joshua nippte an seinem Kaffee und erinnerte sich.

Fünf Monate war es jetzt her, dass man ihnen Jane Doe gebracht hatte. Es war spät am Abend gewesen. Joshua hatte den Arbeitstag mit Unmengen von schwarzem Kaffee überstanden. Und mit dem Wissen, dass er vermutlich nie wieder als Krankenhaushilfsgeistlicher würde einspringen müssen. Die Klinik hatte endlich einen Pfarrer eingestellt.

An jenem Abend waren zwei Patienten auf dem Weg ins Krankenhaus gestorben. Der eine war einer Messerstecherei in einer Bar zum Opfer gefallen, der andere einem Verkehrsunfall. Er hatte Angehörige getröstet, Gebete gesprochen, Hände gehalten. Er hatte ein Baby mit Koliken auf den Knien gewippt und einem kleinen Mädchen die Tränen abgewischt, während ihr gebrochener Arm fürs Röntgen vorbereitet wurde.

Als der Polizeikrankenwagen mit heulendem Martinshorn vor der Tür der Notaufnahme hielt, machte er sich auf ein weiteres Drama gefasst und sah zu, wie das routinierte Team der Unfallstation seine Arbeit verrichtete. Die junge Frau, die blass und reglos auf der Trage an ihm vorbeigeschoben wurde, lebte schon fast nicht mehr, doch das Team gab nicht auf. Es tat alles Menschenmögliche, um sie zu retten.

Die junge Frau hatte Glück, dass man sie gerade in dieses Krankenhaus gebracht hatte. Das Personal war auf derartige Notfälle vorbereitet und entfachte das nur noch leise Flackern ihres Lebens zu einer kräftigen Flamme. Joshua war dabei, als man ihr das billige grellrote Negligee vom Körper streifte und sie an die lebensrettenden Geräte anschloss. Man schnitt ihr das hüftlange, schlamm- und blutverkrustete Haar ab, rasierte ihr den Kopf und operierte die klaffende Wunde.

Später ging er dann mit dem Polizei-Sergeant, der dem Krankenwagen gefolgt war, in die Cafeteria. Der Mann war ein lebenslanger Freund. Joshua Martane und Sam Long waren im selben Häuserblock im Irish-Channel-Viertel von New Orleans aufgewachsen. Zusammen hatten sie sich aus der Armut und den Verlockungen jugendlicher Kleinkriminalität zu einem neuen Leben durchgekämpft. Beide liebten sie ihre Heimat, und jeder von ihnen war entschlossen, die Stadt, in der sie lebten, auf seine Weise zu einem besseren Ort zu machen.

„Was weißt du über das Mädchen?“ fragte Joshua Sam.

Der goldhaarige Sam, mit einem Aussehen wie ein männliches Fotomodell und einer mehr als einmal tödlichen Treffsicherheit, schüttelte den Kopf. „Ein weiterer Prostituiertenmord. Bloß, dass er diesmal nicht ganz fertig geworden ist. Falls das Mädchen überlebt, können wir den Bastard vielleicht endlich festnageln.“

„Erzähl mir, was du weißt.“

„Warum?“ fragte Sam erstaunt. Obwohl Joshua und er immer in Verbindung geblieben waren, kam es selten vor, dass sein Freund ihn über einen Fall ausfragte.

„Kann sein, dass ich mich um sie kümmern muss. Ich würde gern wissen, was mich erwartet.“

„Sinnlos“, erwiderte Sam unverblümt. „Der ist nicht mehr zu helfen.“

„Wie meinst du das?“

„Wir haben sie mit dem Gesicht nach unten gefunden. Im Schlamm auf dem leeren Grundstück hinter Hootie Barns Taverne an der Basin Street. Einer seiner ‚Gäste‘ hat uns einen Tipp gegeben.“

„Wie lange hat sie dort gelegen?“

„Nicht sehr lange, sonst wäre sie jetzt tot. Bist du in den letzten Stunden mal draußen gewesen?“

Joshua schüttelte den Kopf.

„Es ist kalt, und sie hatte nicht viel an. Bei dem Blutverlust und dem Klima würde es mich überraschen, wenn sie durchkäme.“

„Wie kommst du darauf, dass sie eine Prostituierte ist?“ fragte Joshua.

Sam lachte, und seine perfekt geformten Lippen gaben kräftige weiße Zähne frei. „Hootie Barns Gegend ist nichts für Ladys. Ich glaube kaum, dass das Mädchen dort als Sozialarbeiterin unterwegs war. Du hast gesehen, was sie anhatte. Alle Details passen zu dem, was wir über die anderen Prostituiertenmorde wissen. Allerdings war der Mann diesmal ziemlich unvorsichtig.“

„Erzähl weiter."

„Nun, normalerweise schlägt er sie ordentlich zusammen. Dann stranguliert er sie mit einem Schal, den er als Visitenkarte am Hals zurücklässt. Genauso hat er es diesmal auch gemacht, aber er hat nicht nachgesehen, ob sie noch atmet, bevor er abgehauen ist."

„Ziemlich schwerer Fehler, meinst du nicht auch?"

„Ich wette, er wird dieser Ansicht sein, wenn er die Story morgen in der Zeitung liest. Aber vielleicht ist sie dann auch schon tot."

„Nein."

„Du weißt etwas, das ich nicht weiß?"

„Sie kommt durch."

Sam musterte die Miene seines Freundes. Wie immer wunderte er sich darüber, dass jemand, der aussah wie ein gefallener Engel, sich ausgerechnet diesen Beruf ausgesucht hatte. Joshua war erschöpft, das wellige Haar lag zerzaust um seine abgespannten Züge. Nur seine schiefergrauen Augen zeigten noch Dynamik. Sam machte aus seinem Zynismus keinen Hehl. „Hast du eine Direktleitung zum Allmächtigen, Josh? Haben sie dir die freigeschaltet, als du deinen Abschluss an dem schicken Seminar gemacht hast?"

„Sie wird am Leben bleiben."

„Nach dem, was sie durchgemacht hat, ist das möglicherweise nicht unbedingt ein Segen."

Sie blieb am Leben. Allerdings fragte Joshua sich manchmal, ob Sam nicht doch Recht gehabt hatte. Handelte es sich um einen himmlischen Scherz, dass die junge Frau drei Monate lang am Rande des Todes geschwebt und das Koma überstanden hatte, nur um auf die Welt um sie herum nicht reagieren zu können?

„Wussten Sie", fragte Betty ernst, „dass Dr. Bashir alles eingeleitet hat, um Jane Doe zusammen mit Mrs. Tryon nach Mandeville zu schicken?"

Joshua hatte es nicht gewusst, aber es überraschte ihn nicht. Die junge Frau hatte keinerlei Anzeichen eines echten Fortschritts gezeigt. Rein medizinisch war ihr Zustand besser geworden, und besondere ärztliche Betreuung war nicht mehr nötig. Sie belegte ein

Bett, das für andere Patienten benötigt wurde. In Mandeville würde man sie versorgen. Man würde sie am Leben halten.

Er fuhr sich mit den schlanken Fingern durch das lockige schwarze Haar. „Wundert mich, dass Bashir es noch nicht längst …"

Ein durchdringender Schrei ließ ihn verstummen. Dann kam noch einer, kurz darauf ein dritter. Joshua knallte die Tasse auf den Tresen, drehte sich um, rannte um den Schreibtisch herum und den Korridor entlang.

Während das Team sich um die verängstigten Patienten kümmerte, folgte Sarah ihm in die Richtung, woher die Schreie gekommen waren. Sechs Schritte vor der Krankenschwester blieb Joshua an der Tür zu Zimmer 815 stehen. Von drinnen drangen Paniklaute an sein Ohr.

„Ich kümmere mich besser allein darum", erklärte er Sarah rasch. „Wenn wir beide hineingehen, erschrecken wir sie vielleicht noch mehr." Er stieß die Tür auf, eilte ans Bett der schreienden jungen Frau.

Die Veränderung, die mit Jane Doe vorgegangen war, war gewaltig. Sie saß jetzt aufrecht. Als er vorhin gegangen war, hatte sie flach auf dem Bett gelegen. Die Hände bedeckten das Gesicht. Ihre Schreie gingen in ein gewimmertes „Nein, nein" über, das aus den Tiefen ihrer Seele zu stammen schien.

„Es ist alles in Ordnung", sagte Joshua leise. „Sie sind an einem sicheren Ort. Sie sind okay." Da Jane Doe nie Besuch bekam, stand neben ihrem Bett kein Stuhl. Joshua zog einen Stuhl von Mrs. Tryons Bett heran und setzte sich auf die Kante. „Sie sind okay", versicherte er der jungen Frau.

Sie riss die Hände vom Gesicht, drehte den Kopf und starrte ihn an, als würde sie ihn erkennen. Eine Flut von Gefühlen durchströmte Joshua. Wie viele Stunden hatte er an ihrem Bett gesessen, mit ihr gesprochen, sie gebeten, den Rückweg ins Leben anzutreten! Jetzt war sie zurückgekehrt. In seinem Beruf gab es nur wenige Erfolge. Dass seine Arbeit ausgerechnet bei Jane Doe dazu führen würde, damit hatte er nicht ernsthaft gerechnet.

Ihre Hand lag steif auf dem Bett, und Joshua griff danach. Er wusste sofort, dass er einen Fehler gemacht hatte. Jede hastige Bewegung konnte sie erschrecken und dazu bringen, sich wieder in sich selbst zurückzuziehen. Der Weg ins Leben musste langsam und ohne jede Bedrohung sein. Doch die junge Frau wich nicht zurück. Ihre Hand fühlte sich zerbrechlich an und überraschend kalt. Er hielt sie fest, jedoch so, dass sie sie ihm jederzeit wieder entziehen konnte.

„Es wird alles gut", sagte er. „Hier sind Sie sicher. Niemand wird Ihnen wehtun."

Sie zitterte. Er spürte das Leben der feingliedrigen Hand in seiner. Das Wimmern wurde leiser und von kurzen Schweigephasen unterbrochen. Während Joshua besänftigend auf die Frau einredete, musterte er die ängstlich dreinblickenden blauen Augen. Sie waren nicht mehr leer und ausdruckslos, und in ihnen und an den langen kohlefarbenen Wimpern glitzerten Tränen.

„Es wird alles gut", wiederholte er zuversichtlich.

Die Tür öffnete sich mit einem Knall, und Sarah kam ins Zimmer stolziert. „Dies wird sie beruhigen", verkündete sie. „Fünfzig Milligramm Thorazin. Das dürfte sie eine Weile schlafen lassen."

„Raus", sagte Joshua ruhig, ohne Jane Doe aus den Augen zu lassen.

„Dr. Bashir hat es auf ihrem Krankenblatt vermerkt. Lassen Sie mich zu ihr."

„Sarah, verlassen Sie auf der Stelle dieses Zimmer." Joshuas Stimme klang ruhig und befehlsgewohnt, doch die Spannung zwischen dem Psychologen und der Schwester blieb nicht ohne Wirkung auf die junge Frau. Erneut begann sie zu wimmern. Sie entriss Joshua die Hand und warf sich hilflos hin und her.

Seufzend stand Joshua auf und ging zu der zornigen Schwester hinüber. „Wenn Sie nicht sofort verschwinden", sagte er mühsam beherrscht, „landen Sie auf dem Korridor – und zwar auf Ihrem aristokratischen kleinen Hintern. Kapiert?"

Joshua war mit seinen einsvierundachtzig das Abbild von Autorität. Sarah drehte sich um, marschierte Drohungen murmelnd zur Tür und knallte sie hinter sich ins Schloss. Joshua fuhr sich mit gespreizten Fingern durchs Haar, bevor er sich wieder neben das Bett setzte.

„Sie wollen Ihnen nur helfen“, versicherte er der noch immer erregten Frau. „Aber ich glaube, Sie brauchen etwas anderes, nicht wahr? Ich weiß, dass Sie Angst haben. Trotzdem schaffen Sie es ohne Beruhigungsspritze. Ich weiß, Sie schaffen es.“

Der Klang seiner Stimme schien sie zu beruhigen. Er sah, wie sie tief durchatmete und die Luft langsam ausstieß. Fasziniert beobachtete er, wie sie es mehrmals wiederholte. Es war eine gesunde Reaktion auf Angst, eine ermutigende Suche nach Selbstbeherrschung. Ihr Blick war auf ihre Hände gerichtet, doch dann hob sie die Augen langsam, Zentimeter um Zentimeter, zu seinen Augen.

Joshua unterdrückte den Drang, erneut nach ihrer Hand zu greifen. Stattdessen legte er all den Trost, den er ihr geben wollte, in seine Augen und die Stimme. „Fühlen Sie sich jetzt besser?“

Sie nickte. Joshua hielt den Atem an. Er hatte nicht mit einer Antwort gerechnet. „Das sieht man Ihnen an“, fuhr er behutsam fort.

„Wo bin ich?“ Ihre Stimme war melodisch.

Er versuchte sich die Erregung nicht anmerken zu lassen. „Sie sind im New Orleans City Hospital.“

„New Orleans?“ Sie senkte den Blick, sah wieder auf ihre Hände und verschränkte die zuckenden Finger, während sie das Gehörte zu verarbeiten versuchte. Joshua sah, wie eine einzelne Träne zum Kinn hinablief und lautlos aufs Laken fiel. „Ich verstehe nicht.“

„Ich bin sicher, Sie sind noch sehr verwirrt.“

„Wer bin ich?“ Sie sah ihn an, als könne sie die Antwort in seinen Augen lesen. „Wer bin ich?“ wiederholte sie. „Bitte, sagen Sie es mir.“

Mit der Möglichkeit, dass sie sich an nichts mehr erinnerte, hatte er überhaupt nicht gerechnet. Joshua hätte der jungen Frau alles gegeben, was in seinen Kräften stand, doch ihre Identität war etwas, womit er ihr nicht helfen konnte. Sie war Jane Doe, eine brutal misshandelte und fast ermordete Prostituierte. Darüber hinaus war über sie nichts bekannt.

Die Polizei war den Umständen des Mordversuchs sorgfältig nachgegangen. Beamte waren mit einem Foto ausgeschwärmt und hatten ihre Informanten ausgehorcht. Doch die Spur hatte im Nichts geendet. Schließlich hatten sie aufgegeben. Wäre die junge Frau jemand anderes gewesen als diejenige, für die man sie halten musste, dann hätte die Polizei vielleicht noch weitere Nachforschungen angestellt. Aber die Beamten hatten viel zu tun, und was war schon eine im Koma liegende Prostituierte?

„Können Sie sich an überhaupt etwas erinnern?“ fragte Joshua.

Ihre Augen hatten das samtige Blau einer Waldblume. Sie schüttelte den Kopf. „Wer bin ich?“ wiederholte sie mit einem Anflug von Verzweiflung.

„Es tut mir Leid. Ich weiß es nicht.“

Sie holte Luft, und es hörte sich wie ein leises Klagen an. Tränen strömten ihr über die Wangen und glitten auf das Laken, das sie sich um die Brüste geschlungen hatte. „Oh Himmel.“ Es klang wie ein tiefes Stöhnen.

Joshua setzte sich aufs Bett. Instinktiv streckte er die Arme aus und bettete ihren Kopf an seine Schulter. Auf der anderen Seite schaukelte Mrs. Tryon vor und zurück. Das Drama, das neben ihr stattfand, gehörte nicht zu ihrer Welt. Joshua machte es ihr nach und tröstete die Patientin, die sich an seiner Schulter ausweinte.

Plötzlich wurde die Tür aufgerissen, und ein kleiner dunkelhäutiger Mann kam hereinmarschiert.

„Was geht hier vor?“ fragte er, und seine Stimme drang wie eine Schneide durch die ruhige Atmosphäre des Zimmers. Dr. Bashir ging ans Bett und griff mit einer fleischigen Hand nach dem Kinn der jungen Frau. „Also hat sich ihr Zustand wirklich verändert.“ Er riss ihr den Kopf hoch und schob Joshua mit der Hüfte beiseite.

Joshua stand auf und beobachtete wütend, wie der Psychiater die Hände beiseite stieß, mit denen die junge Frau ihr Gesicht bedecken wollte.

„Wissen Sie, wo Sie sich befinden?“ fragte Dr. Bashir.

Mit aufgerissenen Augen schüttelte sie den Kopf.

„Sprachvermögen noch immer gestört“, stellte der Arzt sachlich fest.

„Ist es nicht“, stieß Joshua zwischen zusammengebissenen Zähnen hervor. „Geben Sie ihr eine Chance.“

„Wissen Sie, wo Sie sich befinden?“ wiederholte der Psychiater.

Die junge Frau nickte langsam. „Ja. Ich bin im New Orleans City Hospital.“

„Gut.“ Er hob ihr Handgelenk, als wollte er den Puls fühlen. „Nennen Sie mir Ihren Namen.“

„Ich … weiß ihn nicht.“ Sie begann wieder zu weinen.

„Sie ist verwirrt“, verkündete Dr. Bashir. „Konfus, vermutlich halluzinierend. Ich habe ihr Thorazin verordnet. Mischen Sie sich nicht wieder ein, Martane, oder ich lasse Sie für immer von dieser Station werfen.“

„Wenn Sie sie mit Tranquilizern voll pumpen, wird sie sich nie an etwas erinnern.“

„Stellen Sie meine ärztliche Autorität in Frage?“ Die beiden Männer gingen zur Tür.

„Ja.“

„Wie können Sie es wagen!“

„Wenn Sie die Anweisung nicht zurücknehmen, bringe ich Sie vor den Krankenhausausschuss, Bashir.“

„Was wird der wohl davon halten, dass Sie sich mit einer Patientin einlassen? Sie saßen auf dem Bett, mit den Armen um sie.“

„Ich habe sie getröstet. Berührungen sind für den Heilungsprozess sehr wichtig. Ich bin sicher, das haben Sie auf der medizinischen Fakultät gelernt, Bashir.“

„Mischen Sie sich nicht in Dinge ein, von denen Sie nichts verstehen, Martane“, erwiderte der Psychiater verächtlich. „Auf dem Papier gehören Sie vielleicht zum Therapeutenteam, aber für mich sind Sie ein unbegabter Weltver…“ Sein Englisch ließ ihn im Stich.

„Weltverbesserer?“

„Genau.“

„Bashir, ich warne Sie. Wenn Sie etwas tun, das diese Patientin rückfällig werden lässt, werde ich nicht untätig zusehen. Ich bringe Sie vor den Ausschuss, darauf können Sie sich verlassen."

Sie wussten beide, dass es eine leere Drohung war. Krankenhäuser wie das N.O.C.H. suchten händeringend nach Psychiatern, die für sie arbeiteten, anstatt sich in freier Praxis ein Vermögen zu verdienen. Solange er nicht gerade einen Patienten ermordete, konnte Dr. Bashir sich seiner Stelle bis zur Pensionierung sicher sein. Aber auch wenn man den Psychiater nicht feuern würde, konnte Joshua ihm wenigstens einige Schwierigkeiten bereiten. Und es gab kaum etwas, das Dr. Bashir weniger mochte als Schwierigkeiten in seinem Leben.

„Im Gegenteil, ich warne Sie", erwiderte der Arzt, während er die Tür öffnete und auf den Korridor stürmte. „Lassen Sie meine Patienten in Ruhe, oder ich sorge dafür, dass Sie beim Wirtschaftspersonal landen."

Joshua blieb ruhig neben der Tür stehen und wartete darauf, dass Sarah mit der verordneten Beruhigungsspritze zurückkehrte. Niemand kam. Zufrieden, dass der Psychiater wenigstens zeitweilig nachzugeben schien, kehrte Joshua ans Bett der jungen Frau zurück.

Falls das überhaupt möglich war, kam sie ihm noch blasser als vorhin vor. Nur die dunklen Wimpern gaben dem Gesicht etwas Farbe. Als hätte sie seine Rückkehr gespürt, öffnete sie die Augen und versuchte ein Lächeln. „Danke", flüsterte sie.

Joshua bedauerte, dass sie die Auseinandersetzung mit dem Arzt mitbekommen hatte. Das Gefühl, in Sicherheit zu sein, war dadurch gewiss nicht stärker geworden. „Dr. Bashir ist ein guter Arzt", sagte er behutsam. „Allerdings ist er manchmal etwas übereifrig. Wir beide halten uns gegenseitig in Schach." Joshua spürte, dass sie die Lüge durchschaute, und setzte ein zuversichtliches Lächeln auf.

„Sie haben nur versucht, mir zu helfen. Ich weiß das zu schätzen."

Die Wortwahl und die melodische, kultivierte Stimme passten nicht zu dem, was er über sie wusste. Joshua musterte die ausgeprägten, aber ungemein femininen Gesichtszüge. Die junge Frau klang wie die Absolventin eines noblen Internats, nicht wie eine Prostituierte. In ihren Worten schwang ein Anflug von Südstaaten-Akzent mit, nur viel weicher als der von New Orleans. Sie wurde immer mysteriöser.

„Sie sind hier, damit Ihnen geholfen wird. Ich tue meine Arbeit."

„Erzählen Sie mir, wie ich ... hierher gekommen bin." Sie zeigte auf die vier Wände. Joshua sah, wie ihr Blick auf Mrs. Tryon fiel und hastig wieder zu ihm zurückkehrte.

„Die Polizei hat Sie gefunden." Joshua drehte den Stuhl herum, nahm die Lehne zwischen die Beine. „Sie waren schwer verletzt, und man hat Sie hergebracht."

„Verletzt?" Sie hob die Hand ans Haar, tastete nach der langen dünnen Narbe. „Am Kopf?"

„Sie haben einen Schlag auf den Kopf bekommen."

„Meine Haare sind so kurz."

Es war eine so typisch weibliche Antwort, dass er unwillkürlich lächelte. „Nicht so kurz, wie der neue Stil es vorschreibt." Sie runzelte die Stirn, und er lächelte erneut. „Ich würde sagen, sie sind etwa sieben bis acht Zentimeter lang. Inzwischen sieht man schon wieder die ersten Locken."

„Es fühlt sich hässlich an."

„Es steht Ihnen." Er stand auf und ging zur Tür. „Ich bin gleich zurück."

Auf dem Korridor winkte er Betty zu sich heran. Sie hatte einen Patienten aufs Zimmer gebracht und kam herbeigeeilt. „Haben Sie einen Spiegel?" fragte er. In weniger als einer Minute hatte er einen Taschenspiegel in der Hand.

„Bashir hat es auf Sie abgesehen", sagte Betty beiläufig, als er zu Zimmer 815 zurückschlenderte. „Diesmal haben Sie ihn wirklich auf die Palme gebracht."

Joshua zuckte mit den Schultern, öffnete die Tür und ging hinein. „Hier, sehen Sie selbst", sagte er zu der jungen Frau.

Lange starrte sie auf ihr Spiegelbild, bevor sie sich mit den Fingern das Haar kämmte, als traute sie dem Anblick nicht. „Das bin nicht ich", verkündete sie schließlich mit tränenerstickter Stimme.

Joshua verwünschte seinen Einfall. Er hatte erwartet, dass ihr Anblick im Spiegel dem Erinnerungsvermögen auf die Sprünge helfen würde. Stattdessen hatte er ihr wehgetan. „Was ist denn anders?" fragte er sanft.

„Ich weiß es nicht. Aber das bin nicht ich."

„Ihr Haar war sehr lang", erklärte er. „Bis hier." Er zeigte auf ihre Hüfte. „Man musste Ihnen den Kopf rasieren, als Sie eingeliefert wurden."

Ein ersticktes Schluchzen war die einzige Antwort.

„Ihre Nase war gebrochen", fuhr er fort und wünschte, er müsste es nicht tun. „Möglicherweise sieht sie jetzt, da der Bruch verheilt ist, etwas anders aus."

„Sie ist schief", klagte sie.

„Nein, ist sie nicht. Nun, vielleicht ein wenig. Aber das verleiht Ihrem Gesicht noch mehr Charakter."

Ihre großen blauen Augen verdunkelten sich. „Sie wollen mich einfach nur trösten."

Ihre fast naive Entrüstung brachte ihn beinahe zum Lachen. „Ganz genau", stimmte er ihr zu.

Zu seiner Überraschung kicherte sie leise, dann verschluckte sie sich und schloss mit einem Schluchzen.

„Sie sind wirklich sehr hübsch", sagte er sanft. „Und das ist die Wahrheit. Aber Sie haben seit Ihrer Einlieferung viel Gewicht verloren. Nimmt man alles zusammen, ist es kein Wunder, dass Sie sich nicht wieder erkennen."

„Ich verstehe das alles nicht", sagte sie traurig. „Es ist einfach zu viel auf einmal."

Er sah es ihr an. Behutsam legte Joshua eine Hand auf ihre. „In der letzten halben Stunde haben Sie eine Menge Schocks erlitten. Zerbrechen Sie sich nicht den Kopf. Ruhen Sie sich einfach etwas aus." Noch während er die Worte sprach, senkten sich ihre Lider. Joshua beobachtete fasziniert, wie die Anspannung aus ihrem Gesicht wich, als sie in den normalen Erschöpfungsschlaf hinüberdriftete. Als sie sprach, klang ihre Stimme, als käme sie aus weiter Ferne.

„Werden Sie hier sein, wenn ich aufwache?"

In ihrer Stimme lag ein solches Ausmaß an Vertrauen, dass er sich wie verzaubert vorkam. Seine Gefühle waren irrational, das wusste er. Aber er musste sich eingestehen, dass er für sie da sein wollte. Er wollte sie aufwachen sehen und den Schock mildern, den die ungewohnte Krankenhausumgebung bei ihr auslösen würde. Er wollte die musikalische Stimme hören, die einen Hauch von angenehmem Leben und lauen Sommernächten in sich trug. Er wollte ihre Hand halten und sie wieder fest in der Welt verankern, in die sie von selbst aus zurückgekehrt war.

Doch er konnte nicht bleiben. Sie durfte nicht von ihm abhängig werden. Es gab andere, die bei ihrer Heilung eine Rolle spielen konnten. „Ich werde morgen früh hier sein. Ich sorge dafür, dass eine meiner Lieblingsschwestern sich um Sie kümmert, falls Sie vorher aufwachen."

„Wird sie mir wehtun?" Ihr Kopf neigte sich zu Mrs. Tryons Bett hinüber.

„Möglicherweise wird sie hin und wieder etwas laut, aber sie ist absolut unfähig, irgendjemandem wehzutun. Nicht einmal einer Fliege", versicherte Joshua ihr.

„Gut." Mit einem Seufzen schlief die junge Frau ein.

Er saß neben dem Bett, lauschte ihrem Atem. Als der tiefer und regelmäßiger wurde, stand Joshua leise auf und ging auf den Korridor hinaus.

Der Wechsel von der Tag- zur Abendschicht fand gerade statt. Joshua sah Sarah und zwei der Pfleger an der verschlossenen Tür neben der Schwesternstation stehen, einem der beiden Ausgänge der psychiatrischen Abteilung. Betty saß noch am Schreibtisch und unterhielt sich mit der Kollegin, die ihren Platz einnehmen würde. Als sie aufsah und Joshua entdeckte, runzelte sie leicht sofort die Stirn und schüttelte fast unmerklich den Kopf, als wollte sie ihn dringend vor etwas warnen.

Der Anblick des hoch gewachsenen Mannes, der aus dem Medikamentenraum kam, war die Erklärung. Joshua hatte gehofft, dass Dr. Nelson, der Chef der Psychiatrie, wenigstens bis zum nächsten Tag warten würde. Ganz offenbar war das nicht der Fall.

„Martane? Ich möchte Sie im Aufenthaltsraum sehen. Und zwar gleich."

Mit einem knappen Nicken folgte Joshua Dr. Nelson den Korridor entlang. Wie üblich war der winzige Raum leer, als sie eintraten.

Joshua setzte sich auf den Stuhl neben dem des Chefarztes der Psychiatrie und wartete.

„Ich nehme an, Sie können sich denken, dass Dr. Bashir mit mir über Ihre Einmischung gesprochen hat." Dr. Nelson war ein kultiviert aussehender Mann, dessen Stimme stets ruhig klang. Joshua war klar, was an Verärgerung hinter dem sorgfältig formulierten Satz stand.

„Ich habe erwartet, dass er mit Ihnen darüber spricht. Allerdings hatte ich gehofft, dass er es erst morgen tun würde."

„Warum?"

„Weil ...", Joshua sah auf die Uhr, „ich genau in dieser Minute seit zwölf Stunden im Dienst bin."

„Dann machen wir es kurz und bringen die Sache auf den Punkt. Sie haben kein Recht, die Anweisungen eines Arztes zu widerrufen."

„Das weiß ich." Joshua hatte Mühe, seine Stimme nicht gereizt klingen zu lassen.

„Warum haben Sie sich dann mit Bashir angelegt?"

„Weil seine Anweisung der Gesundheit der Patientin nur schaden konnte", erwiderte Joshua. „Ich habe ausgiebig mit ihr gearbeitet. Für Bashir ist sie ein Name auf einem Krankenblatt ... nein, nicht einmal das. Sie ist ein Pseudonym auf einem Krankenblatt, ein Körper in einem Bett, an dem er höchstens zweimal pro Woche steht. Und dann auch nur für eine Minute."

„Sie wissen, wie beschäftigt er ist."

„Ja. Und ich weiß auch, wie er ist."

„Soll heißen?"

„Soll heißen, dass seine Antwort auf alles aus einer Dosis Thorazin besteht. Die Patientin hat heute einen geradezu unglaublichen Fortschritt gemacht.“ Joshuas Ton wurde sanfter und ließ so etwas wie Stolz durchschimmern. „Sie war fünf Monate ohne jegliche Reaktion, Jim. Heute hat sie mit mir geredet, Fragen gestellt. Für jemanden, der seine Umgebung überhaupt nicht wahrgenommen hat, war ihr Verhalten absolut angemessen. Bashir hat das nicht im Geringsten interessiert.“

Dr. Nelson schwieg, dachte über Joshuas Worte nach. Sie wussten beide, was auf dem Spiel stand. Joshua verstand sehr wohl, dass Jim Nelson sich vor die Ärzte seiner Abteilung stellen musste, aber er wusste auch, dass der Leitende Psychiater ein fairer Mann war. Er hatte Dr. Bashir nicht eingestellt, und vermutlich war er auch nicht mit allen seinen Anweisungen einverstanden. Als exzellenter Psychiater stand Jim mitten zwischen den Fronten. Das war kein sehr angenehmer Ort.

„Diese Patientin bedeutet Ihnen sehr viel, nicht wahr?“

Joshua nickte. „Das gebe ich gern zu. Aber nicht so viel, dass ich nicht wüsste, was gut für sie ist. Hören Sie, Jim, Sie und ich wissen, dass ich nicht auf dieser Station bin, nur um Tests vorzunehmen und Berichte zu schreiben. Ich bin als Therapeut hier, und ich bin gut. Daher werde ich nicht zusehen, wie Bashir eine Patientin zerstört.“

„Wie haben Sie bloß Ihre Ausbildung abgeschlossen, Martane?“ Der Psychiater lehnte sich in seinem Stuhl zurück, bis der nur auf zwei Beinen stand. „So eingebildet, wie Sie sind, ist mir schleierhaft, wie Sie vor einer Prüfungskommission bestanden haben. Wie haben Sie die bloß davon überzeugt, dass Sie zu wohltätiger Bescheidenheit in der Lage sind?“

„Es hat mich große Mühe gekostet.“

„Und als angehender Geistlicher in Amt und Würden?“

„Da war es noch schwieriger.“

„Hier wird es ebenfalls schwierig, wenn Sie sich mit der Beurteilung von Kollegen nicht etwas zurückhalten.“

„In diesem Fall ist mein Urteil vollkommen gerechtfertigt.“ Joshua beugte sich vor. „Und wir beide wissen das.“

Diesmal dauerte das Schweigen länger. Joshua war klar, dass der Chefarzt sämtliche Argumente abwog. Er wartete ruhig.

Jim Nelson war fair, das musste man ihm lassen. „Ich sage Bashir, dass er dem Mädchen nichts außer milden Beruhigungsmitteln verschreibt“, sagte er schließlich. „Der Behandlungsplan wird mit mir abgesprochen.“

Joshua atmete langsam aus. „Ich schulde Ihnen einen Gefallen.“

„Mehrere.“ Jim Nelson musterte den jüngeren Mann. „Ich mag Sie. Aber Ihr mangelnder Respekt gegenüber jeglicher Autorität macht mir Sorge. Sobald ich zu dem Ergebnis komme, dass dieser Mangel bei Ihnen die Überhand gewinnt und Ihr Urteil trübt, werfe ich Sie aus diesem Stockwerk.“

Joshua nickte.

Dr. Nelson stand auf und streckte die Hand aus. „Gehen Sie nach Hause und schlafen Sie sich aus.“

Am Schwesternschreibtisch trennten sich ihre Wege. Joshua erklärte der neuen Schicht, welche Veränderungen mit der Patientin in Zimmer 815 vorgegangen waren. Er nahm eine dunkelhaarige junge Schwester beiseite und bat sie, Jane Doe sorgfältig im Auge zu behalten.

Die junge Frau in Zimmer 815 schlief ruhig und fest, als Joshua noch einmal nach ihr sah. Ihre Hände lagen unter dem Kopf, und sie schlief auf der Seite. Zusammengekuschelt wie ein Kind, das nie etwas anderes als Liebe und Fürsorge erlebt hatte. Nichts deutete auf eine dunkle Vergangenheit hin, nichts ließ das Leben erkennen, das sie geführt hatte – abgesehen vielleicht von den verführerischen Umrissen des schlanken Körpers, die sich unter dem weißen Laken abzeichneten.

„Ich weiß nicht, wer du bist, und ich weiß nicht, warum es mir so wichtig ist“, murmelte Joshua sanft. „Aber welche Geheimnisse du auch haben magst, ich werde dir dabei helfen, sie ans Licht zu bringen.“

Im Schlaf lächelte Jane Doe ganz leicht.

2. KAPITEL

Joshua schlief den Schlaf der Gerechten. Es war weit nach Mitternacht gewesen, als er die Tür zu seiner Wohnung an der Esplanade Avenue aufschloss und den Weg zu seinem Bett fand. Nachdem er das Krankenhaus verlassen hatte, war ihm die Vorstellung, allein zu Hause zu sitzen, unerträglich gewesen. Normalerweise fand er die Einsamkeit erholsam und entspannend. Doch nicht an diesem Abend. An diesem Abend brauchte er die Gesellschaft einer Frau.

Antoinette Deveraux, eine Psychologin und Freundin aus der Studienzeit, empfand die kurzfristige Einladung keineswegs als Beleidigung. Sie aßen in einem koreanischen Restaurant, das nicht weit von ihrem Zuhause in der City von New Orleans lag, und redeten, bis ihnen beiden fast die Augen zufielen.

Antoinette war zwar eine erklärte Feministin, aber wenn sie es passend fand, spielte sie gern die Rolle der anmutigen Südstaatenschönheit. Sie war sich ihrer eigenen Stärke und Unabhängigkeit so bewusst, dass es ihr nichts ausmachte, den fürsorglichen Teil ihrer Persönlichkeit auszuleben und einem guten Freund zu helfen.

Er rief sie nicht an, um mit ihr über Jane Doe zu sprechen – jedenfalls nicht bewusst. Er brauchte einfach nur jemanden, der voll und ganz da war, der lachen und flirten konnte, der ihm jene Lebensfreude demonstrierte, die es im achten Stockwerk des City Hospital nicht gab. Er wollte den Duft, den Anblick und die Stimme einer schönen Frau, einer Frau, die keine Forderungen an ihn stellte.

„So hast du noch nie über einen Patienten gesprochen", stellte Antoinette fest, nachdem Joshua ihr von der jungen Frau in Zimmer 815 erzählt hatte. Sie lehnte sich im Stuhl zurück, genoss die Zigarette nach dem Essen und wartete darauf, dass er ihr seine Gefühle erklärte.

Joshua sah, wie die Deckenbeleuchtung Antoinettes langes schwarzes Haar bläulich schimmern ließ. Sie rauchte so, wie sie alles tat – mit gelassener, natürlicher Anmut. Ihre langfingrigen schmalen

Hände ließen die Glut und den Rauch der Zigarette vor seinen Augen durch die Luft tanzen. Es war nicht das erste Mal, dass er bedauerte, in ihr nicht mehr als eine gute Freundin zu haben.

Er kehrte wieder zu Jane Doe zurück. „Sie hat meine Fantasie angestachelt, schätze ich. Sie ist so unglaublich verletzlich. Es ist ein Wunder, dass sie noch lebt."

„Aber alle deine Patienten sind verletzlich. Deshalb sind sie ja im Krankenhaus. Warum ist sie so anders?"

Er konnte die Frage nicht beantworten. Jane Doe war anders. Sie weckte Gefühle, die noch nie jemand in ihm hervorgerufen hatte. Er zuckte mit den Schultern.

„Joshua, du brauchst eine Frau in deinem Leben."

Erneut zuckte er mit den Schultern und fragte sich, ob Antoinette etwas sah, das ihm entgangen war. „Ich dachte, wir wären uns darüber einig, dass ich nicht so viel von mir investieren will, wie eine gute Beziehung braucht."

„Das war vor Monaten. Jetzt scheint es mir, als wärst du bereit, es einmal zu versuchen."

„Nicht so bereit, dass ich daran denken würde, mich mit einer meiner Patientinnen einzulassen."

„Dann solltest du ihren Fall besser jemand anderem überlassen. Ich glaube nämlich, dass du dich schon eingelassen hast."

Als Joshua zu Bett gegangen war, spukten ihm Antoinettes Worte noch immer im Kopf herum. Es war nach zehn, als er aufwachte. Heute war zwar sein freier Tag, aber er hatte keine Zeit, im Bett herumzuliegen und über seine Pläne nachzudenken. Er hatte Jane Doe versprochen, sie am Vormittag im Krankenhaus zu besuchen. Und dieses Versprechen wollte er unter keinen Umständen brechen.

Es war durchaus möglich, dass Antoinette Recht hatte. Vielleicht faszinierte ihn diese rehäugige Prostituierte zu sehr, als dass er den objektiven, einsichtigen Therapeuten hätte spielen können. Eins allerdings stand für Joshua fest: Sie jetzt im Stich zu lassen wäre grausam und unverzeihlich. Es würde ihre Genesung gefährden, mindestens aber verzögern.

Um elf Uhr, frisch geduscht und rasiert, drückte er auf den Summer, um sich Zutritt zum achten Stockwerk zu verschaffen. Betty erwartete ihn bereits.

„Unser Wundertäter", begrüßte sie ihn. „Ich dachte, heute sei Ihr freier Tag."

„Ist es auch. Aber ich möchte jemanden besuchen."

„Lassen Sie mich raten", erwiderte sie lächelnd.

„Wie geht's ihr?"

„Sehen Sie selbst nach. Aber regen Sie sie nicht zu sehr auf. Sie hat noch einen weiten Weg vor sich."

Er nickte. „Ich würde sie gern mit nach oben auf die Dachterrasse nehmen."

Betty runzelte die Stirn. „Sie ist noch etwas weich in den Knien. Wäre besser, wenn Sie sie im Rollstuhl schieben."

Dass Joshua sich veranlasst fühlte, an die Tür zu klopfen, bevor er eintrat, war irgendwie symbolisch für die Veränderung, die in Zimmer 815 vorgegangen waren. Mrs. Tryon schaukelte zwar noch immer monoton vor und zurück, doch das zweite Bett war leer. Am Fenster stand die geradezu erschreckend dünne Gestalt von Jane Doe.

„Hallo." Joshua ließ den Gruß so unbeschwert klingen, wie es ihm unter den Umständen möglich war.

Sie drehte sich abrupt um. Eine leichte Röte stieg ihr ins Gesicht, und die Finger tasteten nach der Rückenöffnung des Krankenhausnachthemdes. Die spärliche Bekleidung war ihr offenbar peinlich.

Obwohl sie viel Gewicht verloren hatte, war ihre Figur noch immer anmutig. Unter dem Stoff zeichnete sich der zarte Knochenbau deutlich ab. Die Kopfhaltung verriet Stolz, und seine wunderschönen Formen wurden durch die kurzen Locken, die ihn umrahmten, noch unterstrichen. Das braune Haar war so gebürstet, dass es die Narbe bedeckte, die eine andere Frisur und der Lauf der Zeit bald in Vergessenheit geraten lassen würden.

„Ich bin nicht angezogen", sagte sie sanft.

Er hätte ihr sagen können, dass er schon alles gesehen hatte, was es an ihr zu sehen gab. Schließlich hatte er das Nylon-Negligee von ihrem brutal misshandelten Körper gestreift, als sie an jenem Abend in die Unfallstation gebracht worden war. Doch er sagte es nicht. Stattdessen lächelte er nur und wandte den Blick ab. „Ich bitte die Schwester, Ihnen etwas anderes zu bringen. Sie können es zusätzlich anziehen – mit der Öffnung nach vorn."

Er fing Betty auf dem Korridor ab und bat sie um ein zweites Nachthemd.

„Wundert mich, dass sie sich so geniert", bemerkte Betty. „Wenn man bedenkt, womit sie ihr Geld verdient hat."

Aber die junge Frau hatte sich sichtlich geniert, und Joshua fand es bezaubernd. Eine Hilfsschwester brachte das zweite Nachthemd ins Zimmer. Er wartete noch eine Minute, bis er wieder hineinging. Jane Doe saß auf der Bettkante, ein Laken über den Beinen.

„Ich bin froh, dass Sie wiedergekommen sind", sagte sie, und es klang wie eine Entschuldigung.

Joshua zog einen Stuhl heran und setzte sich rittlings darauf. Er musterte ihr Gesicht. Sie versuchte zu lächeln, doch der gehetzte Ausdruck in den Augen nahm dem Versuch das Meiste von seiner Wirkung.

„Wie fühlen Sie sich heute Morgen?" fragte er.

„Verwirrt."

„Durchaus verständlich." Er wartete.

„Niemand will mir etwas erklären."

Joshua zog die Stirn in Falten. „Ich werde Ihre Fragen so gut beantworten, wie ich kann", versprach er.

Sie entspannte sich sichtlich. Er sah, wie die langen Wimpern sich senkten, als sie auf die Hände in ihrem Schoß blickte. „Erzählen Sie mir, wo genau ich hier bin."

„Besser als das, ich zeige Ihnen, wo Sie sind." Joshua ging auf den Korridor, der erbetene Rollstuhl stand bereits neben der Tür. Er zog den Rollstuhl hinein. „Wir machen einen Ausflug. Vertrauen Sie mir und kommen Sie einfach mit."

Sie zögerte und strich unbewusst mit der flachen Hand über das Laken. Er sah, wie sie mit sich kämpfte. Das Bett war ein sicherer

Ort, der Rollstuhl etwas Unbekanntes. „Werden Sie bei mir bleiben?“

Er nickte.

Mit einem leisen Seufzer stand sie auf und setzte sich in den Rollstuhl. Joshua zog die Decke vom Bett und legte sie fest um ihren schmalen Körper. Sie war so dünn, dass es zwischen ihr und den Seiten des Rollstuhls erhebliche Lücken gab. „Wir werden Sie etwas mästen müssen“, sagte er, als er spürte, dass seine Berührungen ihr irgendwie unangenehm waren.

Einige Patienten schlenderten den Korridor entlang, und Joshua sprach kurz mit ihnen, während er den Rollstuhl zum Ausgang schob. Dort angekommen, wartete er darauf, dass Betty ihnen die Tür aufschloss.

„Haben Sie Dr. Bashirs Erlaubnis, diese Patientin mit nach draußen zu nehmen?“ Sarah ließ einen abfälligen Blick über die junge Frau wandern.

„Ich habe Bettys Erlaubnis. Mehr brauche ich nicht.“

„Ich werde es auf ihrem Krankenblatt vermerken.“

„Danke. Damit ersparen Sie mir die Mühe.“

Rote Flecken breiteten sich auf Sarahs Wangen aus, als sie sich ruckartig umdrehte und zum Schreibtisch zurückmarschierte. Wenig später erschien Betty mit dem Türschlüssel, und Sekunden später standen Joshua und Jane Doe vor dem Fahrstuhl.

Joshua entging nicht, wie fest die junge Frau die Armlehnen gepackt hielt. Unter der Haut zeichneten sich die Fingerknöchel weiß ab. Er hockte sich neben sie, damit sie auf einer Höhe waren. „Falls Ihnen bei dieser Sache nicht wohl ist, kann ich Sie zurück auf Ihr Zimmer bringen.“

Sie dachte kurz über sein Angebot nach. Sie war innerlich zerrissen – zwischen dem Wunsch, die Rückkehr ins Leben anzutreten, und der Angst, dadurch mit der unbekannten Bedrohung konfrontiert zu werden, die hinter einer verschlossenen Tür ihres Bewusstseins lauerte. „Ich habe Angst“, gestand sie schließlich. „Aber ich glaube nicht, dass ich jemals ein Feigling war.“ Sie setzte sich etwas aufrechter hin. „Ich möchte sehen, wo ich bin.“

„Ich zeige Ihnen einen Teil des Krankenhauses. Von dem Rest erzähle ich Ihnen."

In der Fahrstuhlkabine drückte Joshua auf den Knopf für das nächste Stockwerk, auf dem sich die Sonnenterrasse befand. „New Orleans City Hospital ist ein allgemeines Krankenhaus mit fünfhundert Betten. Es ist bekannt für seine hervorragende Unfallstation, sein Engagement in der Gesundheitsvorsorge, die Kardiologie, die Intensivstation und die psychiatrische Abteilung", zitierte er aus dem Krankenhausprospekt.

Seine letzten Worte ließen sie zusammenzucken.

Im neunten Stock lenkte Joshua den Rollstuhl zur Terrasse. Er nickte den anderen Angestellten zu. Es war ein warmer Tag. In New Orleans war der April wechselhaft, manchmal heiß, manchmal kalt. Heute schien die Sonne voller Kraft. Joshua schob die Glastür auf, die auf die geflieste Terrasse führte, und zog den Rollstuhl ins Freie. Er wählte eine Stelle, an der das Gebäude seiner Patientin Schatten spendete, und parkte den Rollstuhl.

Ihre Augen waren fest geschlossen, als wäre die neue Umgebung mehr, als sie vertragen konnte. Doch dann sah Joshua voller Zufriedenheit, wie sie die Augen langsam, aber entschlossen wieder öffnete. Sie atmete tief durch, um die stickige Luft des Krankenzimmers aus der Lunge zu treiben. Für einige Minuten herrschte zwischen ihnen Schweigen.

Schließlich holte er sich einen Stuhl und setzte sich neben sie. Erst jetzt bemerkte er, dass ihre Wangen feucht von Tränen waren. „Wissen Sie, warum Sie weinen?" fragte er behutsam.

„Wegen der Sonne. Ich hatte schon fast vergessen, wie sie aussieht."

Er verstand, was sie meinte. Sie war dabei, sich wieder mit den einfachsten Dingen des Lebens vertraut zu machen. Sie schuf sich eine solide Grundlage für die weitaus komplizierteren Tatsachen, die noch folgen würden.

„Ich werde unbedingt versuchen, Sie hierher zu bringen, wenn es regnet. Die Tropfen sammeln sich in den Ritzen. Dann glitzert die gesamte Terrasse."

Sie ignorierte seinen Versuch, das Gespräch in harmlose Bahnen zu lenken. „Warum sind die Ausgangstüren verschlossen?“

„Um die Patienten daran zu hindern, nach draußen zu spazieren.“

„Warum dürfen die Patienten nicht hinausspazieren?“

„Weil sie sich verletzen könnten.“

Joshua wusste, wohin ihre Fragen führten. Er wollte, dass ihr Verständnis sich langsam, Schritt um Schritt, erweiterte. Auf diese Weise wäre der Wahrheit viel von ihrer traumatischen Wirkung genommen.

„Warum messen die Schwestern nie die Temperatur? Warum schaukelt die alte Lady den ganzen Tag lang vor und zurück? Warum befinde ich mich in einer psychiatrischen Abteilung?“ Mit jeder Frage wurde ihre Stimme zittriger, unsicherer.

Joshua holte das saubere Taschentuch heraus, das er immer bei sich hatte. „Weil Sie den Kontakt zur Realität verloren hatten“, erklärte er sanft.

Sie hatte die Hände vor das Gesicht geschlagen, und ein gequältes Schluchzen ließ ihre Schultern erbeben. Verzweiflung, Niederlage, das drückte ihre zusammengesunkene Körperhaltung aus. Nur zu gern hätte er den tiefen Schmerz mit ihr geteilt, doch er wusste, dass niemand das konnte. Nachdem er ihr das Taschentuch auf den Schoß gelegt hatte, strich er ihr tröstend über die kurzen Locken. Er war überrascht, wie seidig sie sich anfühlten.

„Wie lange?“ fragte sie nach einer Weile.

„Sie wurden im November eingeliefert. Jetzt ist es April.“ Sie hob den Kopf, und er glaubte sehen zu können, wie sie rechnete.

„Fünf komplette Monate!“

„Sie lagen im Koma, bis nach dem Mardi Gras. Dann ging es Ihnen langsam besser.“

„Ich kann mich nicht erinnern!“

„Ich weiß, dass Sie das nicht können.“

„Es ist alles schwarz. Und die Zeit davor. Die gesamte Zeit. Alles ist schwarz.“

Er wollte nicht, dass sie sich mit einem Vorleben quälte, das plötzlich zu existieren aufgehört hatte. „Sie fangen gerade erst an, Ihr Gedächtnis zu trainieren. Erzählen Sie mir einfach, an was Sie sich von gestern noch erinnern."

Sie gab sich die größte Mühe, die Panik zu überwinden, und war froh über die Chance, mit ihm zu reden. „Ich erinnere mich daran, wie ich die Augen geöffnet habe. Das Licht schmerzte, und ich hatte Angst. Alles war so fremd. Ich wollte wieder einschlafen, doch ich konnte es nicht. Je mehr ich es versuchte, desto wacher wurde ich."

„Das ist schon sehr gut", machte Joshua ihr Mut und löste die Finger nur widerstrebend von ihrem Haar. „Erzählen Sie weiter."

„Dann erkannte ich meine Hände wieder. Ich hob sie, befühlte meinen Kopf und fand die Narbe. Ich hatte entsetzliche Angst." Sie holte tief Luft. „Dann sah ich die alte Frau. Und ich fing an zu schreien."

„Sie müssen große Angst gehabt haben."

Sie quittierte seine Untertreibung mit einem leisen, sehr damenhaften Schnauben. „Den Rest haben Sie dann ja selbst mitbekommen."

„Ich kam ins Zimmer gestürmt, um nach Ihnen zu sehen", berichtete Joshua.

„Und Sie kamen mir vertraut vor. Ich fühlte mich sicher, als ich Sie erkannte."

Ihre Worte erstaunten ihn. „Sie erkannten mich?"

„Ihre Stimme." Sie schwieg so lange, dass Joshua schon befürchtete, sie wäre auf dem Rückweg in ihr Inneres. Doch dann drehte sie den Kopf, um ihn anzusehen. „Ihre Stimme war vertraut. In der Dunkelheit habe ich gehört, wie sie nach mir rief. Zuerst habe ich sie gehasst."

Joshua kämpfte darum, objektiv zu bleiben, fühlte jedoch bereits, wie die professionelle Distanz immer geringer wurde. Er kam sich nicht mehr vor wie ein Therapeut, der die korrekten Fragen stellte. Er fühlte sich wie ein Mann, der etwas wesentlich Natürlicherem zu widerstehen hatte. „Und später?"

„Später habe ich sie nicht mehr gehasst."

Joshua wusste, dass Patienten im Koma oder im katatonischen

Zustand angeblich die Stimmen um sie herum hörten und verstanden. Dass die junge Frau, an deren Bett er stundenlange Monologe geführt hatte, diese Tatsache so einfach bestätigte, war faszinierend. „Erinnern Sie sich daran, wie Sie sich gefühlt haben?“

„In Sicherheit.“

„Das freut mich.“ Er sah, wie der Blick aus den großen blauen Augen über sein Gesicht wanderte.

„Waren Sie vorher schon im Zimmer? Bevor ich geschrien habe, meine ich.“

Er nickte.

Ihre Miene war ernst, während sie nach den richtigen Worten suchte. „Ich weiß noch, dass ich das Gefühl hatte, verlassen worden zu sein. Das war, als ich die Augen öffnete und das Licht wehtat.“

Sie waren an den Ausgangspunkt zurückgekehrt. Irgendwie war es unvorstellbar, dass sie auf der Sonnenterrasse saßen und sich ganz sachlich über einen Heilungsprozess unterhielten, den noch am Tag zuvor niemand für möglich gehalten hätte. Aber Joshua wusste nur zu gut, dass auch die Psychiatrie, wie jedes andere Fachgebiet der Medizin, ihre Wunder hatte.

„Ihr Geist brauchte die Zeit, um sich selbst zu heilen“, erklärte Joshua vorsichtig. „Und es wird noch mehr Zeit kosten, bis Sie anfangen können, all das, was geschehen ist, zu verarbeiten und in den richtigen Zusammenhang zu bringen. Dann werden Sie sich auch irgendwann an die Vergangenheit erinnern.“

„Ich bin mir nicht sicher, ob ich mich wirklich daran erinnern möchte.“ Sie tastete nach der Narbe.

„Wenn Sie wieder bei Kräften sind, werden Sie sich erinnern wollen.“

„Werden Sie mir wirklich alles erzählen, was Sie über mich wissen?“

Joshua versuchte das Mitgefühl zu unterdrücken, das plötzlich in ihm aufstieg. Er wollte alle ihre Fragen beantworten, wusste aber auch genau, dass die Tatsachen zu brutal waren, um sie schon jetzt mit ihnen zu konfrontieren. „Ich habe Ihnen doch schon gestern alles erzählt.“

„Sie sagten, die Polizei habe mich gefunden."

„Das ist richtig."

„Wo?"

Er versuchte die Wahrheit etwas abzumildern. „Auf einem Grundstück hinter einem Restaurant." Hootie Barns Taverne war alles andere als ein Restaurant, aber was machte das schon.

„Ich hatte keinerlei Papiere bei mir?"

„Nein." Nichts als eine Wunde, die ein geisteskranker Verbrecher ihr zugefügt hatte.

„Wissen Sie, was ich anhatte?"

„Ein Nachthemd."

„Nur ein Nachthemd?"

Joshua war nicht sicher, aber ihre anfängliche Reaktion auf diese Mitteilung schien so etwas wie Verlegenheit zu sein. Wie widersprüchlich sie doch war. „Die Röntgenaufnahmen haben ergeben, dass Sie etwa fünfundzwanzig sind. Vor dem Hirn-Schädel-Trauma waren Sie bei guter Gesundheit, obwohl man Anzeichen für frühere Verletzungen und Flüssigkeitsmangel entdeckt hat."

Die junge Frau schüttelte den Kopf, als wollte sie das Bild nicht sehen, das er zeichnete. „Es muss noch etwas gegeben haben."

„Ich wünschte, ich könnte Ihnen mehr helfen", sagte er. Das war keine Lüge. Joshua wollte sie in die Arme ziehen und trösten. Er spürte noch immer ihr seidiges Haar an den Fingerspitzen, und er wollte sie erneut berühren. Doch die Intensität dieses Wunsches war für ihn Warnung genug.

Jane Doe war nicht die erste Patientin, die in ihm mehr als nur berufliches Interesse weckte. Aber sie war die erste, die so viel von seinem Herzen erobert hatte. Seine körperliche Reaktion auf sie war wie eine rote Fahne. Antoinette hatte Recht. Therapeuten sollten stets die Distanz zu ihren Patienten wahren. Doch diesen weisen Rat zu wiederholen half ihm jetzt wenig. Außer der Rolle als ihr Therapeut gab es eine wesentlich persönlichere Reaktion – und zwar seit dem Abend, als man sie blutend in die Notaufnahme gebracht hatte.

Von Anfang an hatte sie ihn fasziniert. Ihr Kampf auf Leben und

Tod hatte ihn innerlich aufgewühlt. Er war ein ehemaliger Priesterseminarist, doch sein Interesse an ihr hatte nichts mit dem Wunsch zu tun, sie wieder auf den so genannten Pfad der Tugend zu bringen.

Es war eine Art Band zwischen ihm und der jungen Frau, von der er nicht einmal den richtigen Namen wusste. Während er an ihrem Bett gesessen hatte, war zwischen ihm und ihr eine Bindung entstanden, ein so starkes Gefühl, das durch nichts übertroffen wurde, was er bisher empfunden hatte. Und trotzdem – oder gerade deswegen – musste er sich von ihr zurückziehen. Denn bald würde er ihr keine Hilfe mehr sein.

Dennoch war ein gravierendes Problem aufgetaucht. Die junge Frau vertraute ihm. Er hatte sie aus der Dunkelheit geholt, und in seiner Nähe fühlte sie sich sicher. Es würde lange dauern, bis sie bei einem anderen Menschen dasselbe Gefühl würde entwickeln können. Und diese Zeit hatte sie nicht. In wenigen Tagen würde man sie in die staatliche Anstalt verlegen. Joshua war es schlicht unmöglich, das zu tun, was er tun musste. Er durfte diesen Fall nicht abgeben, was es ihn oder sie auch kosten mochte.

„Hat die Polizei versucht herauszufinden, wer ich bin? Hat jemand mich als vermisst gemeldet?"

„Die Polizei hat es versucht, aber es war ergebnislos. Bis jetzt hat sich niemand gemeldet, der Sie kennt. Das muss allerdings nicht bedeuten, dass überhaupt niemand kommt." Er verschwieg ihr, dass die Polizei einige der übelsten Zuhälter von New Orleans an ihr Bett geholt hatte, um sie zu identifizieren. Mehr als einer von ihnen hatte sich bereit erklärt, sie in seine Obhut zu nehmen, sobald sie wieder gesund war.

Sie faltete die Hände auf dem Schoß und starrte darauf, bis sie sich beruhigt hatte. „Warum erzählen Sie mir nicht einfach etwas über sich? Sind Sie Psychiater?"

Das Vorurteil, das in dem letzten Wort mitschwang, ließ ihn lächeln. „Nein. Ich bin Psychologe, ein Therapeut."

„Ich kenne Ihren Namen noch gar nicht."

„Joshua. Joshua Martane."

„Dr. Martane?"

„Dr. Joshua Martane. Für Sie – Joshua."

Sie lächelte müde. „Eigentlich müsste ich mich jetzt vorstellen. Aber das kann ich nicht."

„Eingeliefert wurden Sie als Jane Doe."

Bei dem amerikanischen Allerweltsnamen verzog sie die Nase.

„Wir können das ändern, wenn er Ihnen nicht gefällt. Denken Sie sich etwas Schöneres aus."

Sie ging auf seinen Vorschlag nicht ein. „Bekommen Sie viele Fälle wie meinen?"

„Nein."

„Das dürfte es ziemlich schwierig machen, mir zu helfen, nicht wahr?"

„Es gibt Probleme, denen wir täglich begegnen, gegen die wir aber noch immer kein Heilmittel besitzen. Vertrautheit ist keine Garantie für Erfolg. Ich persönlich glaube, Ihre Prognose ist gut."

Langsam hob sie den Blick und sah ihn an. „Weil Sie wollen, dass sie gut ist?"

Ihre Begabung, geschickte, genau auf den Punkt zielende Fragen zu stellen, erstaunte ihn. Ihre Denkprozesse verliefen vollkommen rational.

„Warum sehen Sie mich so an?" fragte sie.

„Sie erstaunen mich", antwortete Joshua wahrheitsgemäß. „Ich kann praktisch zusehen, wie Sie Fortschritte machen."

„Und dabei haben Sie lange gedacht, ich würde mich gar nicht mehr erholen."

Er lächelte sie an. „Ich habe die Hoffnung nie aufgegeben."

„Dafür danke ich Ihnen."

Die Rollen fingen an, sich aufzulösen. Sie war nicht mehr die Patientin. Er war nicht mehr der Therapeut. Sie waren zwei Menschen, die aneinander glaubten. Sie waren zwei Menschen, die an einem Wunder teilgehabt hatten. Erneut wurde Joshua bewusst, wie schmal der Grat war, auf dem er wandelte.

„Ich bringe Sie jetzt zurück." Er stand auf.

„Joshua?"

Er fragte sich, warum sein Vorname sich mit einem Mal so wohlklingend anhörte. „Ja?“

„Ich werde nie vergessen, was Sie für mich getan haben.“

„Sie haben es selbst getan.“

„Nicht allein.“

Erschöpft legte sie den Kopf an die Rückenlehne des Rollstuhls. Als sie den Fahrstuhl erreichten, war sie eingeschlafen.

Jane Doe lächelte der Frau in mittleren Jahren müde zu, die ihr als Tochter von Mrs. Tryon vorgestellt wurde. Es gelang der Besucherin nicht, ihre Verblüffung zu verbergen. Offenbar hatte auch sie nicht damit gerechnet, dass die Zimmergefährtin ihrer Mutter sich so rasch erholen würde. Während sie ihre Mutter auf eine Ausfahrt mit dem Rollstuhl vorbereitete, sah sie immer wieder verstohlen zum anderen Bett hinüber.

„Wenn es meiner Mutter doch auch nur so ergehen würde ...“ Die Worte der Tochter richteten sich an die Schwester, die den Rollstuhl festhielt. Sie setzten Mrs. Tryon hinein, dann verschwanden die drei auf dem Korridor. Jane Doe sah ihnen nach. Als die Tür sich schloss, stiegen ihr die Tränen in die Augen. Es war unvorstellbar, dass sie selbst noch am Tag zuvor der alten Mrs. Tryon geähnelt hatte.

„Vielleicht wäre es besser gewesen, wenn ich mich nie erholt hätte“, flüsterte sie vor sich hin. „Das Wunder ist der falschen Patientin widerfahren. Derjenigen, die es gar nicht verdient hat.“

Erschöpft und vollkommen mutlos legte sie sich hin und schloss die Augen. Sie wollte die Stimmen in ihrem Kopf zum Verstummen bringen, doch die sprachen weiter und gaben die Unterhaltung zwischen ihr und dem Psychiater wortgetreu wieder. Es war erst einige Stunden her, und sie erinnerte sich an alles, was gesagt worden war. Schade, dass ihr Gedächtnis nicht ebenso gut funktionierte, wenn es um den Rest ihres Lebens ging.

Die Tränen sammelten sich in den Augen, doch sie konnte nicht weinen. Reglos lag sie da und kämpfte darum, nicht mehr an das denken zu müssen, was Dr. Bashir ihr wie ein lustiges Geschenk auf einer Geburtstagsparty überbracht hatte. Die Wahrheit. Aber eine alles andere als lustige Wahrheit. Im Gegenteil. Diese Wahrheit war erbärmlich und erschreckend.

Die Tür öffnete sich leise und wurde wieder geschlossen. Wie immer verkrampfte sie sich und hatte Angst, die Augen aufzuschlagen. Es konnte sein, dass ihr Verfolger sie gefunden hatte. Einen anderen Namen hatte sie nicht für den in Nebel gehüllten Mann, der sie quälte und jede Zelle ihres Körpers in Panik versetzte. Hilflos wartete sie darauf, dass man ihr Schmerzen zufügte, und als das nicht geschah, öffnete sie die Augen. Neben ihrem Bett stand Joshua, und die Erleichterung durchströmte sie.

„Ich dachte, Sie schlafen."

Dr. Bashirs Worte kehrten zurück, um sie zu foltern. Sie waren beinahe so grauenhaft wie das Bild ihres Verfolgers. Erneut stiegen die Tränen in ihr auf. Sie presste die Lider fest zusammen. „Gehen Sie weg."

Sie hörte, wie ein Stuhl neben ihr Bett gestellt wurde, und drehte sich zur anderen Seite. Joshua sollte sie in Ruhe lassen. „Gehen Sie weg", wiederholte sie.

„Nicht, bevor Sie mir erzählt haben, was los ist."

„Verschwenden Sie Ihre Zeit nicht mit mir."

Das erhoffte Stuhlrücken blieb aus. Sie verschränkte die Finger. Sie würde länger warten als er.

„Ich habe die ganze Nacht", sagte er schließlich. „Ich bin als Besucher hier, nicht im Dienst."

Seine Hartnäckigkeit verärgerte sie. „Versuchen Sie eine verirrte Seele zu retten, Reverend Martane?"

Joshua hörte die Verbitterung in ihrer Stimme. „Sind Sie verärgert, weil Ihnen jemand erzählt hat, dass ich einmal zum Geistlichen bestimmt war?"

Sie ignorierte die leise gestellte Frage. „Sind Sie gekommen, um mir die Beichte abzunehmen?"

Joshua musterte ihr Gesicht, versuchte herauszufinden, was den Schmerz verursachte, den er darin sah. „Was hat Sie so aufgeregt?"

„Die Wahrheit, die Sie mir verschwiegen haben."

„Und welche Wahrheit ist das?"

Sie schaffte es nicht, die Worte auszusprechen. Sie blieben ihr im Hals stecken, brannten ihr die Stimme fort. Sie senkte den Kopf und starrte durch den Tränenschleier auf ihre Finger.

„Sie haben mit jemandem gesprochen", stellte Joshua fest.

Sie bewegte sich nicht. Nur die Tränen, die ihr über die Wangen liefen, ließen erkennen, dass sie ihn verstanden hatte.

„Mit einer Schwester?"

Sie schüttelte beinahe unmerklich den Kopf.

„Einem Arzt?"

Sie rührte sich nicht, doch der tiefe Atemzug ließ Joshua wissen, dass er sich auf der richtigen Fährte befand. „Also hat Dr. Bashir nach Ihnen gesehen."

„Warum haben Sie mir nicht erzählt, dass ich … eine Prostituierte war?" Ihre Stimme zitterte, als könnte sie jeden Moment für immer versagen. „Warum haben Sie mir nicht erzählt, dass jemand versucht hat, mich umzubringen? Wie sehr wünsche ich mir, er hätte es geschafft!"

Eine Sekunde lang hätte Joshua sie am liebsten gepackt und geschüttelt. Seine Wut auf Bashir war grenzenlos. Was fiel dem Kerl ein, sie mit einer Wahrheit zu konfrontieren, für die sie noch längst nicht bereit war! Aber er war auch auf sie wütend. Sie war dabei, aufzugeben. „Ihr Leben ist kostbar", sagte er schließlich.

„Wenigstens verstehe ich jetzt, warum Sie sich so für mich interessieren." Jedes einzelne Wort triefte vor Enttäuschung und Verbitterung. „Falls jemand auf dieser Station Ihres geistlichen Beistands bedurfte, dann ich, nicht wahr?"

„Ich bin hier, weil Sie Hilfe brauchen. Aus keinem anderen Grund."

„Und wenn es Ihnen dabei rein zufällig gelingt, aus mir eine tugendhafte Frau zu machen, wären Sie nicht enttäuscht, nicht wahr?"

Dass sie ihrem Zorn so freimütig Ausdruck verlieh, war ein gutes Zeichen. Doch den menschlichen Teil Joshua Martanes, den Teil, der für diese junge Frau mehr als berufliches Interesse empfand, trafen ihre Worte schwer. Dennoch – als er ihr antwortete, tat er es als

Therapeut. „Was Sie mit Ihrem Leben anfangen, ist Ihre Sache. Ich bin hier, um Ihnen dabei zu helfen, die Bruchstücke zusammenzufügen. Zu welchem Bild Sie sie zusammenfügen, ist allein Ihre Entscheidung."

Sie war überzeugt gewesen, dass ihre Worte ihn aus dem Zimmer treiben würden. Kein Zweifel, sie verdiente es nicht, Joshua Martane in ihrem Leben zu haben. Verdiente sein Verständnis für die schwache Verteidigungsstellung, die sie errichtet hatte, nicht. „Es tut mir Leid", sagte sie schluchzend. „Es tut mir so Leid." Sie verbarg das Gesicht hinter den Händen und wischte sich die Tränen ab.

Joshua musste sich beherrschen. Anstatt sie tröstend in die Arme zu nehmen, wie er es am liebsten getan hätte, sah er untätig zu, wie sie ihren Schmerz hinausschluchzte. „Es gibt nichts, wofür Sie sich entschuldigen müssten."

„Offenbar doch", sagte sie, um eine feste Stimme bemüht. „Offenbar gibt es eine ganze Menge, das mir Leid tun muss."

Joshua war klar, dass ihr Gespräch mit Dr. Bashir keine neuen Geheimnisse enthüllt hatte. Sie tappte noch immer im Dunkeln und versuchte die bruchstückhaften Informationen zu einem halbwegs sinnvollen Ganzen zusammenzusetzen. Ihr fehlte jegliche Erinnerung an ihr vergangenes Leben. Es war, als wäre sie zum zweiten Mal geboren worden. Dennoch schien sie sich die Fehler der Vergangenheit nicht verzeihen zu können. Selbst für Fehler, an die sie sich nicht erinnern konnte, gab es keine Vergebung.

Schließlich wurde sie ruhiger. „Ich möchte nicht mehr darüber reden."

„Einverstanden. Wir müssen es auch nicht." Er suchte nach einem harmloseren Thema. „Ich habe da ein kleines Problem und möchte, dass Sie mir dabei helfen."

„Was für ein Problem?" fragte sie misstrauisch.

„Ich möchte Sie nicht mehr ‚die Patientin in Zimmer 815' nennen. Und Sie haben mir bereits gesagt, dass Ihnen Jane Doe auch nicht sonderlich gefällt. Ich möchte, dass Sie sich einen neuen Namen für sich ausdenken." Er fügte nicht hinzu, dass es helfen konnte, sich selbst eine neue Identität aufzubauen – für den Fall, dass sie das Krankenhaus verließ, ohne das Erinnerungsvermögen wiedererlangt zu haben.

„Es ist mir völlig egal, wie Sie mich nennen. Suchen Sie sich etwas aus“, erwiderte sie.

„Gibt es eine Geschichte, an die Sie sich erinnern, eine Figur, nach der Sie sich gern nennen möchten?“

„Wie wär's mit Maria Magdalena?“ Sämtliche Bitterkeit, die die Enthüllung ihres Hintergrunds in ihr bewirkt hatte, lag in dem Vorschlag. „Wäre doch äußerst passend, meinen Sie nicht auch? Die Prostituierte, die zur Heiligen wird.“

Er legte ihr den Finger unters Kinn und hob ihren Kopf an, bis ihre Blicke sich trafen. „Ich werde Sie Maggie nennen.“

Sie weigerte sich, ihn anzusehen, und verschloss die Augen vor der Wärme und dem Verständnis in seinen. Doch seine Worte klangen ihr im Kopf nach. Maggie … Maggie. Sie spürte, wie sie wieder in die Dunkelheit trieb.

Maggie, Darling. Lauf nicht diese Treppe hinunter. Es war eine Männerstimme, die ihr durch den schwarzen Nebel hindurch etwas zurief. Anders als der Verfolger war er nicht in Schwaden eingehüllt, nur sehr weit entfernt. *Maggie, Darling …* Dann war er wieder verschwunden.

Sie hatte keine Ahnung, wie lange sie geschwiegen hatte. Als sie die Augen öffnete, sah Joshua sie noch immer an. Seine Finger lagen unter ihrem Kinn. Ihr Blick suchte seinen. Hinter dem Mitgefühl lag noch etwas anderes, etwas Natürlicheres, Urtümlicheres. Sie verstand instinktiv, dass sie für ihn nicht nur eine Patientin wie jede andere war. Dieser Gedanke und der winzige Erinnerungsfetzen nahm ihr etwas von dem Gefühl der Anonymität.

„Maggie ist gut“, flüsterte sie. „Genau richtig.“

Joshua entging die Veränderung nicht, das leichte Nachlassen der Depression, die sie zuvor beinahe bis in die Tiefen hinuntergezogen hatte. Er ließ die Hand sinken. „Maggie … und wie weiter?“

Sie zuckte mit den Schultern.

„Maggie klingt irisch. Wie wär's mit Kelly?“

Erneut zuckte sie mit den Schultern. „Mit einem solchen Namen werde ich Jig tanzen und Corned Beef mit Kohl essen müssen."

„Wenn Sie wirklich einen echten Jig tanzen können, sind wir bei der Suche ein gewaltiges Stück weitergekommen."

„Sicher. Wenn ich wirklich irische Vorfahren habe, gibt es keine Milliarden von Leuten wie mich, sondern nur noch Millionen."

Es hatte ein Scherz sein sollen, und Joshua lächelte aufmunternd. „Wir bekommen heraus, wer Sie sind, Maggie. Inzwischen sehen Sie zu, dass es Ihnen besser geht, anstatt eine Vergangenheit zu bereuen, an die Sie sich nicht einmal erinnern."

Sie senkte den Blick. „Danke, Joshua. Irgendwie habe ich mich so ... beschmutzt gefühlt."

So gern er es auch getan hätte, er zog sie nicht in die Arme. Denn er wusste genau, dass eine Berührung jetzt nichts Harmloses mehr war. Er stand auf. „Schlafen Sie gut heute Nacht."

„Danke." Sie sah ihm nach, als er durch die Tür verschwand, und versuchte sich einzureden, dass mit ihm nicht auch ihr Mut und ihre Stärke verschwanden.

3. KAPITEL

Maggie lag wach und lauschte den leisen Geräuschen um sich herum. Sie konnte Mrs. Tryons schweres Atmen hören und das sanfte Vorbeirauschen der Autos auf den Straßen weit unter ihr. Auf dem Korridor hörte sie Knarren von Kreppsohlen. Eine der Schwestern machte einen Kontrollgang.

Es war ein beruhigender Gedanke. Sie war an die Routine des Krankenhauses gewöhnt, und Joshua hatte sie davon überzeugt, dass sie nichts zu befürchten hatte. Es war immer jemand in ihrer Nähe.

Maggie hörte die Schritte an ihrer Tür. Langsam kam die Schwester ins Zimmer. Maggie widerstand der Versuchung, etwas zu sagen, um die beruhigende Erwiderung einer Frauenstimme zu hören. Sie hatte gelernt, mit ihren Ängsten umzugehen und sich nicht von ihnen tyrannisieren zu lassen.

Der Raum war dunkel. Neben der Tür stand eine weiße, verschwommene Gestalt, als müsse auch die Schwester sich erst an die Dunkelheit gewöhnen. Dann kam die Gestalt langsam auf ihr Bett zu. Maggie fühlte den ersten Anflug einer echten Panik. Der weiße Fleck war viel zu groß, viel zu kantig, um eine Frau zu sein. Es war ein Mann. Ein Mann ohne Gesicht in der Dunkelheit des Krankenzimmers.

Plötzlich befand sie sich wieder mitten in ihrem Albtraum. Sie war nicht wach. Sie konnte es nicht sein. Sie versuchte sich den Weg zur Wachheit freizukämpfen, aber der Traum hielt sie gefangen. Der weiße Fleck stand jetzt neben ihr und zerrte an ihrem Kopfkissen. Maggie öffnete die Lippen, um zu schreien, doch eine Hand legte sich auf ihren Mund.

„Nun, du bist ja wach. Haben sie dir denn gar keine Schlaftablette gegeben?“ Die Reibeisenstimme des Mannes hatte einen heiseren, gewohnten Klang. Maggie kämpfte, mobilisierte ihre letzte Kraftreserven, doch für den Mann war sie eine leichte Gegnerin. „Na, los, mach schon, wehr dich. Ich mag es, wenn du strampelst.“

Maggie fühlte, wie die Angst sie überwältigte. Übelkeit stieg in ihr auf, und sie begann zu würgen.

„Tut mir Leid, dass es so schnell gehen muss“, sagte er in gespielt entschuldigendem Tonfall, „aber ich darf nicht zu lange bleiben.“

Sie hatte keine Fingernägel, mit denen sie hätte kratzen können. Sie konnte nur um sich schlagen, als er ihr Gesicht und seine Hand mit dem Kissen bedeckte. Sie fühlte sein Gewicht auf dem Kissen, als er die Hand von ihrem Mund fortzog. Sie wand sich, trat und versuchte voller Verzweiflung, das Kissen vom Gesicht zu schieben. Ihre Verzweiflung war total. Sie würde sterben. Als die Dunkelheit sie einzuhüllen begann, dachte sie an Joshua.

„Warum, zum Teufel, hat mich niemand gerufen?“

„Niemand hat Sie gerufen, weil Sie mit dem Mädchen nicht verwandt sind. Sie sind ja nicht einmal ihr Psychiater.“ Betty sah zu, wie Joshua im Aufenthaltsraum auf und ab marschierte. Jedes Mal, wenn er sich mit der geballten Faust auf die Handfläche schlug, verzog sie mitfühlend das Gesicht.

„Ich bin der einzige Mensch auf der Welt, dem sie vertraut, verdammt! Ich hätte sie beruhigen können. Sie gehört nicht in diese Zelle.“

„Nach allem, was ich gehört habe, ging es hier letzte Nacht wie im Irrenhaus zu.“ Betty hob die Schultern, als Joshua stehen blieb und sie anstarrte. „Entschuldigung, war nicht so gemeint. Jedenfalls waren alle vollauf damit beschäftigt, das laute Geschrei abzustellen. Ich bin sicher, niemand ist auf die Idee gekommen, Sie anzurufen. Schließlich haben sie Maggie auf 809 gebracht, damit sie sich nicht wehtut.“

Joshua fuhr sich mit den Fingern durchs Haar. „Was könnte den Anfall verursacht haben?“

„Maggie redet noch nicht. Soweit wir es beurteilen können, hatte sie wieder einen üblen Albtraum oder eine Halluzination. Sie fing jedenfalls an zu schreien. Mrs. Tryon wachte auf und fing ebenfalls an zu schreien. Oder Mrs. Tryon hat zuerst geschrien. Wir wissen es einfach noch nicht.“

„Irgendetwas muss die Sache doch ausgelöst haben."

„Kann gut sein, dass Maggie wesentlich kränker ist, als wir alle angenommen haben." Betty legte Joshua die Hand auf die Schulter. „Werden Sie versuchen, mit ihr zu reden?"

„Natürlich werde ich das."

„Dann gibt es da noch etwas, das Sie wissen sollten."

Joshua ging auf, dass er noch nicht alle schlechten Nachrichten zu hören bekommen hatte. „Was denn noch?"

„Dr. Bashir hat alles eingeleitet, um Maggie ins Staatskrankenhaus in Mandeville zu schicken. Er hat für übermorgen eine Einweisungsanhörung organisiert."

„Mit welcher Begründung?" fragte Joshua scharf.

„Mit der Begründung, dass sie eine Gefahr für sich selbst sei. Sie besitzt keinerlei Erinnerung an ihr vorheriges Leben, und sie ist nicht in der Lage, sich um sich selbst zu kümmern, solange der Gedächtnisverlust anhält. Nach der letzten Nacht dürfte Bashir kaum Probleme haben, einen Richter von seinem Befund zu überzeugen."

„Jim Nelson macht da nicht mit."

„Dr. Nelson ist in der nächsten Woche nicht in der Stadt. Dr. Timmes vertritt ihn, und der stellt sich bestimmt nicht gegen Dr. Bashir."

„Wer ist Maggies Anwalt?"

„Crofton, vom Büro der Pflichtverteidiger."

Joshua wusste, dass das juristische Verfahren vorschrieb, dass Maggie bei der Anhörung von einem Anwalt vertreten wurde. Aber er wusste auch, dass Maggie darüber hinaus keine Angehörigen oder Freunde hatte, die ihre Rechte durchsetzen konnten. Und der Verteidiger kannte sich mit den Einzelheiten ihres Falls vermutlich nicht sehr gut aus. Maggies Chancen, der Zwangseinweisung zu entgehen, waren nicht die besten.

„Sie wird sich vorkommen, als würden wir sie von allen Seiten einkesseln. Der gesamte Durchbruch, den sie bisher geschafft hat, wird nichts mehr wert sein", sagte er wütend und schlug sich erneut mit der Faust in die Hand.

„Wenn Sie auch noch aufgeben, gibt es niemanden mehr, der für das Mädchen kämpft."

Joshua nickte, doch sein Gesicht nahm einen resignierten Ausdruck an. „Ich möchte, dass Sie mir die Tür zu 809 aufschließen."

Betty lächelte ihn aufmunternd an. „Wenn sie in den nächsten vierundzwanzig Stunden ruhig bleibt, wird Bashir sie vermutlich wieder auf 815 verlegen lassen."

„Gerade rechtzeitig für die Einweisungsanhörung."

Maggie zählte die Tupfen an der schallgedämpften Decke. Sie fragte sich, warum die Decke nicht auch gepolstert war. Alles andere war es – der Boden, die Wände, die Tür. Wenn es wieder einmal so weit war, dass jemand sie umzubringen versuchte, würde sie es in aller Ruhe über sich ergehen lassen müssen.

Alle hatten sie im Stich gelassen. Selbst Joshua hatte nicht nach ihr gesehen. Vielleicht glaubten sie, dass sie hier auf dem gepolsterten Zellenboden endlich zur Besinnung kommen und ihre Fehler einsehen würde.

Sie war noch immer dabei, die Tupfer an der Decke zu zählen, als der Schlüssel sich im Schloss drehte und die Tür aufging. Ihr Verfolger kam nur im Dunkeln. Sie hatte keine Angst.

„Maggie?"

Sie zuckte zusammen, als sie Joshuas Stimme hörte. Plötzlich empfand sie so etwas wie Scham. Er durfte sie nicht so sehen. Zusammengekauert auf dem Fußboden, entmenschlicht, eine leere Hülle.

Sie mobilisierte das bisschen Stolz, das man ihr noch nicht genommen hatte. „Ich würde Ihnen ja gern einen Stuhl anbieten, aber es gibt keinen." Die Wirkung der Tranquilizer, mit denen man sie in der Nacht voll gepumpt hatten, ließ bereits nach. Ihre Stimme war klar und deutlich. Sie war froh, dass dieser Teil ihrer Persönlichkeit intakt geblieben zu sein schien.

„Maggie, ich habe gerade erst gehört, was in der Nacht passiert ist. Ich bin sofort gekommen."

Immer wieder hatte sie seinen Namen hinausgeschrien. Unaufhörlich. Wie war es möglich, dass er nichts davon gewusst hatte? „Schon gut, Joshua. Sie haben andere Verpflichtungen."

Er kniete sich neben sie, und sie spürte es mehr, als dass sie es sah. Ihr Blick war noch immer auf die Decke gerichtet. „Maggie, was ist geschehen?"

„Ich bin sicher, es steht auf meinem Krankenblatt."

„Ich möchte es von Ihnen hören."

„Wussten Sie, dass es auf jeder Kachel an dieser Decke über 368 Tupfen gibt?" Sie sah ihn zum ersten Mal an. Das Mitgefühl in seinen Augen war mehr, als sie ertragen konnte. Sie zwang sich, es zu ignorieren, und drehte den Kopf wieder von ihm fort. „Jedes Mal, wenn ich so weit komme, verzähle ich mich. Wenn die wirklich wollten, dass es Patienten in dieser Zelle besser geht, würden sie Kacheln mit symmetrisch arrangierten Tupfen anbringen. Diese Wellenmuster machen jeden noch verrückter, als er ohnehin schon ist."

„Wollen wir Spielchen spielen?" Joshua setzte sich mit gekreuzten Beinen auf den Boden, als säße er an einem Lagerfeuer.

„Warum nicht? Vielleicht kann ich mir damit die Zeit vertreiben, bis jemand wieder einmal versucht, mich umzubringen."

Joshua fühlte, wie Kälte über seinen Rücken rieselte. „Erzählen Sie mir, was passiert ist", bat er ruhig.

„Es wird eine faszinierende Studie in echtem Wahnsinn. Sie werden sich gewiss Notizen machen wollen." Maggie wich seinem Blick gezielt aus.

„Sie sind sehr wütend."

„Gut beobachtet."

„Ich kann Ihnen nicht helfen, wenn ich nicht weiß, was geschehen ist."

Sie lachte verbittert. „Möchten Sie die Originalversion? Die, die mir niemand abnimmt? Gestern Nacht war ich sicher, dass jemand mich zu ermorden versuchte. Es war der Mann aus meinem Albtraum, den ich nachts öfter habe. Er kam in mein Zimmer, in weißer Krankenhauskleidung, und versuchte mich mit einem Kissen zu ersticken. Als ich ohnmächtig wurde, fing Mrs. Tryon an zu schreien. Ich schätze, das hat ihn vertrieben. Als ich wieder atmen konnte, fing ich auch an zu schreien. Dann haben sie mich mit irgendetwas voll gepumpt, und als ich wieder zu mir kam, befand ich mich in diesem wunderschönen gepolsterten Einzelzimmer."

Joshua war bis ins Mark erschüttert. Es kam oft vor, dass Patienten glaubten, irgendjemand wolle sie töten. Aber Maggie hatte bisher keinerlei Anzeichen von Paranoia gezeigt. Der Verfolgungswahn passte nicht zu ihrem Krankheitsverlauf. Sie war immer in der Lage gewesen, zwischen ihren Albträumen und der Realität zu unterscheiden.

„Sie sagten, Sie seien vollkommen sicher gewesen, dass er Sie umbringen wollte. Sind Sie es jetzt auch noch?"

Maggie spürte, wie sie die Beherrschung zu verlieren begann. Sie wusste, was Joshua von ihrer Geschichte halten musste. Schließlich war er darauf aus, unter der Oberfläche zu suchen. Nie würde er glauben, dass sie die Wahrheit sagte.

„Was ist die richtige Antwort, Joshua?" fragte sie tonlos. „Die falsche Antwort hat mir heute Nacht dieses zauberhafte Quartier eingebracht. Lassen Sie mich doch einfach wissen, was Sie hören wollen. Dass ich weiß, es war nur ein Albtraum und es mir Leid tut? Dass ich einfach nur Aufmerksamkeit erregen wollte? Dass ich verwirrt war, es mir jetzt aber schon wieder besser geht?" Sie senkte den Blick zu ihren Händen hinab. „Ich muss hier raus. Sagen Sie mir einfach, was ich dazu tun muss."

Das Bedürfnis, sie zu trösten, sie auf den Schoß zu ziehen und etwas von seiner eigenen Stärke auf sie zu übertragen, war quälend intensiv. „Für mich besteht die richtige Antwort allein aus der Wahrheit."

Sie schüttelte abwehrend den Kopf. „Die Wahrheit macht mich nicht frei."

„Sie glauben, dass das, was Sie mir erzählt haben, wirklich geschehen ist?"

Maggie antwortete ihm nicht.

„Haben Sie irgendeine Ahnung, warum jemand wieder versuchen sollte, Sie zu ermorden, Maggie?"

„Der Mann, der mich halb tot auf dem leeren Grundstück zurückgelassen hat, wird vielleicht nicht begeistert sein, dass ich noch am Leben bin. Ist die Vorstellung wirklich so verrückt, dass er hergekommen ist, um den Job abzuschließen?"

„Daran habe ich auch schon gedacht."

Maggie spürte einen Funken Hoffnung. Joshua versuchte nicht, ihr die Geschichte auszureden.

Er fuhr fort: „Aber die Ein- und Ausgänge der Station sind stets abgeschlossen. Das Stammpersonal auf diesem Stockwerk hat natürlich Schlüssel zum Treppenhaus, für den Fall eines Feuers. Aber an die kommt ein anderer nur sehr schwer heran. Und ich glaube, niemand hat in dem Trubel der letzten Nacht einen Fremden gesehen."

„Niemand hat darauf geachtet." Maggie reckte das Kinn. „Schließlich war nur ich es, die versucht hat, ihnen zu erklären, was passiert ist. Niemand hat mir zugehört."

„Ich höre Ihnen zu."

„Tun Sie das? Oder haben Sie Ihre Ohren auf die Psychologenfrequenz eingestellt?" Der Zweifel in seiner Stimme hatte ihr die letzte Hoffnung geraubt.

„Meine Ohren sind auf die Maggie-Frequenz eingestellt, aber Maggie ist so sehr mit Abwehr beschäftigt, dass sie nicht so gut kommuniziert wie sonst."

„Was haben Sie denn erwartet?" Maggie schlug mit der flachen Hand auf den gepolsterten Fußboden, und sie wusste, dass sie viel zu laut sprach. „Alle denken, ich sei verrückt! Niemand nimmt etwas ernst von dem, was ich sage. Es ist viel bequemer, meine Geschichte für eine Halluzination zu halten, als die Möglichkeit in Betracht zu ziehen, dass ich die Wahrheit sage." Es kostete sie große Mühe, die Stimme zu senken. Joshuas Blick war ernst und forschend. Es war schwer zu entscheiden, ob er ihre Verzweiflung nachempfinden konnte. „Hören Sie", begann sie erneut, „mich interessiert momentan nur, wie ich hier herauskomme."

„Wenn Sie ruhig bleiben, dürften Sie bis zum Abend wieder in Ihrem alten Zimmer sein." Joshua sah, wie Maggie bei seinen Worten merklich blasser wurde.

„Ich will nicht zurück in mein altes Zimmer. Der Mann kennt es. Er wird mich erneut finden. Ich bleibe lieber hier. Dann braucht er wenigstens zwei Schlüssel, um an mich heranzukommen."

Sein Mitgefühl schmerzte ihn, doch Joshua ließ seine Stimme ruhig klingen. „Sie haben gerade gesagt, dass Sie nur interessiert, wie Sie hier herauskommen."

„Aus dem Krankenhaus. Aus dieser Stadt. Ich möchte entlassen werden, Joshua. Können Sie das arrangieren?" Sie drehte sich um und sah ihn an. Die Handflächen waren nach oben gedreht, wie bei einer flehentlichen Geste. „Das ist alles, was ich von Ihnen verlange." Die Stimme versagte ihr, und die Augen verschleierten sich zu einem feuchten Blau. „Bitte helfen Sie mir."

Bis jetzt hatte Joshuas Selbstbeherrschung ihren Gefühlen widerstanden, doch ihre Tränen machten das unmöglich. Er streckte die Arme aus und zog sie behutsam an sich. Er fühlte das Zittern, das ihren zerbrechlichen Körper durchlief. Er strich ihr sanft übers Haar und verfluchte die Ursache ihres bedauernswerten Zustands. Er verfluchte seinen eigenen Mangel an Objektivität und die nicht sonderlich subtile Reaktion seines Körpers auf ihren. Ihre weichen Brüste rieben sich an seinem Oberarm, und er schien es nicht ignorieren zu können. Er nahm den süßen, frischen Duft ihrer Haut wahr. Nein, so etwas hatte er noch nie bei einer Patientin empfunden.

Joshua versuchte die Gefühle aus seiner Stimme herauszuhalten. „Maggie, ich will Ihnen ja helfen. Aber das ist nicht so einfach, wie Sie sich das vorstellen." Sie blieb stumm, und er legte den Arm noch fester um sie. „Als Sie sehr krank waren, hat das Krankenhaus Sie auf die Intensivstation gelegt. Dort sind Sie lange, lange geblieben. Später, als Sie außer Lebensgefahr waren, hat man Sie hierher nach oben verlegt."

„Warum erzählen Sie mir, was ich längst weiß?" Maggie versuchte sich ihm zu entziehen, doch Joshua ließ es nicht zu. Entschlossen hielt er sie fest.

„Um Sie hierher verlegen zu können, musste Ihr Arzt etwas unterschreiben, das man ärztliche Notfalleinweisung nennt. Da Sie selbst nicht zustimmen konnten, war das die juristisch korrekte Prozedur."

„Und?"

„Wegen der speziellen Natur Ihres Falls hat Ihr Aufenthalt auf diesem Stockwerk viel länger gedauert, als es sonst üblich ist. Doch als offensichtlich wurde, dass das Krankenhaus nichts mehr für Sie tun kann, hat man Ihre Verlegung in ein anderes Krankenhaus arrangiert, nach Mandeville, Louisiana."

„Ich lasse mich nicht in ein anderes Krankenhaus verlegen! Ich will entlassen werden."

„Ich fürchte, das geht nicht. Juristisch gesehen befinden Sie sich in staatlicher Obhut. Das wurde so arrangiert, bevor bei Ihnen eine Besserung eingetreten ist. Jetzt findet eine Anhörung statt, um zu entscheiden, ob Sie in ein anderes Krankenhaus kommen oder nicht. Sie ist für übermorgen angesetzt." Joshua fühlte, wie Maggie bei seinen Worten erstarrte.

„Wenn es eine Anhörung ist, heißt das, man will meine Sicht der Dinge hören, nicht wahr?"

„Ja."

Seine Mitteilung rief in ihr eine böse Vorahnung wach. „Wenn ich in ein anderes Krankenhaus verlegt werde, muss ich dann länger als eine Woche dort bleiben?" Joshuas Schweigen war Antwort genug. „Einen Monat? Zwei?"

„Die Einweisung wird vermutlich für ein Jahr gelten. Wobei Ihr Fall allerdings alle drei Monate überprüft wird."

„Nein!" Es war ein Aufschrei. „Das ist ja wie eine Gefängnisstrafe."

„Maggie, Sie müssen jetzt ruhig bleiben. Wenn man Ihnen bei der Anhörung Fragen stellt, müssen Sie sie so umfassend wie möglich beantworten."

Sie riss sich aus seinen Armen und drehte sich zu ihm um. „Ich habe keine Antworten, schon gar keine umfangreichen. Ich erinnere mich nicht an meine Vergangenheit. Ich kenne nicht einmal meinen richtigen Namen. Und wenn sie mich nun nach der letzten Nacht fragen? Wenn sie wirklich danach fragen?"

„Das dürfte die erste Sache sein, nach der man Sie fragen wird“, erklärte Joshua, so schwer es ihm auch fiel.

„Ich habe nicht die geringste Chance.“

„Maggie, es wird schon alles gut werden.“

Erneut hörte sie den Zweifel in seiner Stimme, und ihr Zittern wurde heftiger. „Bitte lügen Sie mich nicht an. Sie tun es nämlich nicht sehr geschickt.“

Er hob ihr Kinn mit der flachen Hand an, um ihr in die Augen sehen zu können. „Was immer auch passieren mag, Sie werden es durchstehen. Selbst wenn man Sie wirklich ins Staatskrankenhaus verlegt, werden Sie in drei Monaten wieder draußen sein.“

„Wie ist es in dem Krankenhaus?“

Er versuchte, sich nicht daran zu erinnern. Egal, wie gut eine derartige Anstalt auch geführt wurde, für Maggie war sie nicht der richtige Ort. Ihm fiel beim besten Willen keine Antwort ein, mit der er ihr hätte Hoffnung machen können. Sein Schweigen war alles an Erwiderung, was sie benötigte. Joshua sah, wie sie sich von ihm zurückzuziehen begann. Vor seinen Augen floh sie in die Geborgenheit der selbst gewählten Isolation zurück.

„Es ist nicht der schönste Ort auf Erden“, sagte er hastig, um den drohenden Rückfall aufzuhalten. „Aber man wird sich um Sie kümmern. Es gibt dort Leute, die Ihnen helfen werden.“

„Und einen Mann, der mich dort aufspüren und töten wird.“ Sie schüttelte den Kopf und wich an die Wand zurück. „Bitte, lassen Sie mich allein“, flüsterte sie. Seine Anwesenheit war zu schmerzhaft geworden, um sie noch länger zu ertragen.

„Es steht noch keineswegs fest, dass man Sie wirklich nach Mandeville schicken wird. Ich bin überzeugt, der Richter wird von Ihrem bemerkenswerten Fortschritt beeindruckt sein“, beteuerte Joshua.

Wie in Zeitlupe schüttelte sie den Kopf und blickte starr nach vorn. Joshua sah, wie sie ihre Augen zwang, leer zu werden, wie ihre Miene eisig, fast leblos wurde. Sie kämpfte gegen die Wahrheit, indem sie die Gefühle abblockte. Unter diesen Umständen war es eine durchaus verständliche Reaktion. Sie war nicht anders als jeder

Mensch, der gerade wegen eines Verbrechens verurteilt worden war, das er nicht begangen hatte.

„Sie dürfen nicht aufgeben", sagte er und legte ihr die Hände auf die Schultern. „Sie müssen es versuchen."

„Ich werde es versuchen", erwiderte sie mit monotoner Stimme. „Ich werde zu dieser Anhörung gehen und ihnen sagen, dass ich nicht weiß, wer ich bin, woher ich komme oder wie mein Leben ausgesehen hat. Ich werde ihnen sagen, dass ich angeblich eine Prostituierte war und dass jemand mich deshalb umzubringen versucht hat, dass ich mich aber nicht daran erinnern kann."

Sie starrte zur Decke hinauf. „Ich werde ihnen sagen, dass sie mich gehen lassen sollen. Dass ich mir einen ehrlichen Job suchen werde. Natürlich weiß ich nicht, ob ich irgendwelche Fähigkeiten und Kenntnisse besitze. Außer denen, die man als Prostituierte braucht, meine ich. Aber das ist egal. Ich werde den Leuten mein Ehrenwort geben, dass ich ein vollkommen neues Leben beginnen werde, ohne irgendwelche strafbaren Handlungen." Sie blickte Joshua an. „Ich bin sicher, sie werden mir glauben. Besonders nach meinem vorbildlichen Verhalten in der letzten Nacht. Meinen Sie nicht auch?"

Wie immer hatte sie die Wahrheit viel zu deutlich erkannt. Joshua zwang sich zum Optimismus, um ihr wenigstens einen Funken Hoffnung zu machen. „Sie haben eine Chance."

„Bitte, gehen Sie. Ich weiß zu schätzen, dass Sie mir helfen wollen. Aber ich muss jetzt allein sein."

Er wollte bleiben, sie wieder in den Arm nehmen und sie mit den Händen und seiner Nähe trösten, doch stattdessen stand er auf. „Ich komme heute Abend zurück."

Maggies Augen waren geschlossen. Als die Tür sich hinter ihm schloss, zuckte sie nicht einmal zusammen.

Es gab nur eine Person, die den Prozess aufhalten konnte, der in Maggies Umzug ins Staatskrankenhaus enden würde. Joshua wusste genau, dass er die letzte Person war, die Dr. Bashir gegenübertreten und von ihm die Absage der Anhörung verlangen konnte. Er wusste aber auch, dass es sonst niemanden gab, der diese Forderung erheben würde. Er setzte eine ernste, beherrschte Miene auf und trug sie wie eine kugelsichere Weste, als er den Arzt in der Personal-Cafeteria im vierten Stockwerk fand.

Joshua ignorierte die Schlange an der Essensausgabe und steuerte die Nische in der Ecke an. „Dr. Bashir? Darf ich mich zu Ihnen setzen?"

Missfallen drückte sich deutlich im Gesicht des Psychiaters aus, doch er faltete die Zeitung zusammen, in der er gelesen hatte, und machte für Joshua Platz.

„Ich möchte mit Ihnen über die Einweisungsanhörung reden."

Dr. Bashir kaute ruhig weiter. „Dann reden Sie."

„Ich will, dass Sie Maggies Fall nicht vor den einweisenden Richter bringen. Es handelt sich doch sicher um einen Irrtum, dass sie für die Einweisung ins Staatskrankenhaus noch in Frage kommt."

„Es ist kein Irrtum. Sie gehört dorthin, und ich habe vor, dafür zu sorgen, dass sie verlegt wird."

„Warum wollen Sie sie verlegen lassen, nachdem sie hier so bemerkenswerte Fortschritte gemacht hat?" fragte Joshua.

„Nennen Sie das, was letzte Nacht passiert ist, Fortschritt?"

Joshua ignorierte die sarkastische Frage. „Ich weiß, dass die Frist für ihren unfreiwilligen Aufenthalt in dieser Klinik bald abläuft, aber ich bin sicher, sie wird freiwillig bleiben, bis wir bei den städtischen Behörden etwas anderes für sie arrangiert haben."

Dr. Bashir hörte auf zu kauen, spülte den letzten Bissen mit einem Schluck Eistee hinunter und drehte sich zu Joshua um. „Martane, es ist allzu offensichtlich, dass Ihre Beziehung zu Jane Doe zu intensiv ist, als dass Sie den Fall noch objektiv sehen könnten. Sie haben meine Autorität wiederholt in Frage gestellt und mich daran gehindert, ihre Heilung mit Medikamenten zu beschleunigen. Für mich besteht nicht der geringste Zweifel daran, dass sie in dieser Atmosphäre das Gedächtnis niemals wiedererlangen wird. Ihre Abhängigkeit von Ihnen wird immer größer werden, so dass sie zunehmend unfähiger sein wird, die Realität ihrer Situation zu akzeptieren. Ich will das Mädchen Ihrem Einfluss entziehen. Vor allem nach dem, was heute Nacht passiert ist."

Joshuas Augen funkelten vor kaum noch zu unterdrückendem Zorn, doch seine Stimme blieb ruhig. „Also geben Sie zu, dass Sie eine Patientin in die geschlossene Anstalt stecken, weil Sie mich nicht mögen."

„Stimmt, ich mag Sie nicht. Ihnen fehlt die erforderliche Objektivität. Sie sind viel zu emotional, um irgendjemandem im achten Stock zu helfen. Aber da meine Vorgesetzten diese Auffassung nicht teilen, kann ich meine Überzeugung nicht in die Tat umsetzen. Allerdings kann ich Ihnen eine Patientin abnehmen, und genau das werde ich auch tun."

„Eine Patientin zu einem persönlichen Rachefeldzug zu missbrauchen ist unprofessionell, Bashir. Wer ist hier emotional?"

Dr. Bashir zuckte mit den Schultern. „Ihre Worte, nicht meine. Meine Sorge gilt allein der Patientin. Sie ist es, die ich zu schützen versuche."

„Sie wissen sicherlich, dass ich mit Dr. Nelson über diese Sache reden werde, sobald er zurückkommt?"

„Natürlich weiß ich das. Aber in der Zwischenzeit dürfte die Patientin längst verlegt sein." Der kleine Mann stand auf und ließ sein Tablett mit dem schmutzigen Geschirr auf dem Tisch zurück, anstatt es wie alle anderen selbst zurückzubringen. „Da die Anhörung jedem Mitarbeiter offen steht, werde ich Sie sicherlich dort sehen. Bis dann, Martane."

Joshua sah dem Psychiater nach, als er aus der Cafeteria stolzierte. Er hatte von Bashir keine Hilfe erwartet, aber auch nicht die offene Feindseligkeit, an der der Arzt keinen Zweifel gelassen hatte. Der Psychiater war fest entschlossen, Maggie in die Anstalt einweisen zu lassen. Er würde es als persönlichen Triumph ansehen und war offenbar bereit, alles zu tun, um sein Ziel zu erreichen.

Es gab nur eine Alternative: Joshua musste Maggie aus der Klinik schaffen, bevor die Anhörung stattfand.

Er wusste nicht genau, woher die Idee gekommen war. Der Gedanke war so lächerlich, so unmöglich, dass er ihn sofort wieder verwarf. Und gleich darauf kehrte er in seinen Kopf zurück und bat darum, noch einmal in Betracht gezogen zu werden. Wenn es Joshua gelang, Maggie aus dem Krankenhaus zu schmuggeln, würde die Anhörung vertagt werden müssen. Der Termin wäre niemals angesetzt worden, wenn Dr. Nelson im Dienst gewesen wäre. Joshua musste Maggie bis zur Rückkehr des Chefarztes in Sicherheit bringen. Dr. Nelson würde sie entlassen, da war Joshua sicher. Zumal, wenn eine vernünftige Unterbringung und weitere therapeutische Betreuung sichergestellt waren.

Und er wusste auch, dass er mit Sicherheit seinen Job verlieren würde. Was immer ihn auch dazu gebracht hatte, was immer das Motiv dafür war ... eine Patientin aus der Obhut des Krankenhauses zu entfernen war ein sofortiger Kündigungsgrund.

War er so sehr verzaubert, dass er seinen Job für sie opfern würde? Er spielte im Leben seiner Patienten eine wichtige Rolle. Wenn ihm das genommen wurde, was würde er dann noch irgendjemandem auf der Welt bedeuten?

Es gab keine einfachen Antworten. Joshua wusste lediglich, dass ihm nicht mehr viel Zeit blieb, mit den Fragen zu kämpfen und auf die leise innere Stimme zu lauschen, die ihm die einzige Antwort liefern würde, mit der er leben konnte. Er stand auf und ging zum Ausgang.

Als der Abend anbrach, befand Maggie sich wieder im Zimmer 815, doch an Schlaf war nicht zu denken. Sie tröstete sich mit der Vorhersage, dass der Mann aus dem Albtraum nicht so dumm sein würde, gleich in der nächsten Nacht einen zweiten Mordversuch zu unternehmen.

Es war nur ein geringer Trost.

Ein Geräusch auf dem Korridor ließ sie aufhorchen. Jemand näherte sich dem Zimmer. Die Schritte verlangsamten sich. Mit weit aufgerissenen Augen und an die Dunkelheit gewöhnt, lag sie reglos im Bett und wartete.

Die Tür ging mit dem typischen Knarren auf. Einige Sekunden lang war in dem hellen Schein, der vom Korridor hereindrang, die

Gestalt eines Mannes zu erkennen. Dann schloss die Tür sich hinter ihm. Der Mann kam langsam auf ihr Bett zu, mit ausgestrecktem Arm. Maggie gab der aufsteigenden Panik nicht nach, sondern beherrschte sich eisern. Sie wartete. Denn wenn sie jetzt schrie, würde sie ihn verscheuchen. Sie musste abwarten, bis er nah genug war, um sich packen zu lassen.

Er kam dichter ans Bett, ging langsam, als taste er sich über den Boden. Irgendwie war der Mann diesmal anders als zuvor. Als er direkt vor ihr stand, bemerkte sie, dass dieser Mann keine weiße Krankenhauskleidung trug, sondern ganz normale Sachen.

„Maggie? Sind Sie wach? Ich bin's, Joshua."

Ihr wurde fast schwindlig vor Erleichterung. Als sie tief einatmete, ging ihr auf, wie dringend ihre Lunge den Sauerstoff nötig hatte. Sie holte noch einmal Luft, dann noch einmal, setzte sich auf und umklammerte die Knie.

„Ist das eine neue Methode der Schocktherapie?" fragte sie schließlich mit leiser, vibrierender Stimme. „Wie können Sie es wagen, nach dem, was gestern Nacht passiert ist, in mein Zimmer geschlichen zu kommen!" Der Zorn trat an die Stelle der Erleichterung. „Wollten Sie etwa beweisen, dass ich bei der erstbesten Gelegenheit losschreie?"

Joshua hatte geahnt, dass dies sein bisher ungeschicktester Auftritt sein würde. Aber er hatte auch gewusst, dass es nicht anders ging. Ihm blieb keine Zeit, sie zu besänftigen. „Seien Sie still, Maggie, und hören Sie mir zu. Ich habe beschlossen, Ihnen hier herauszuhelfen." Es war fast stockdunkel im Zimmer, dennoch sah er, wie sie ungläubig die blauen Augen aufriss.

„Warum sollten Sie das tun?" Ihr Zorn löste sich auf, und mit ihm ihre gesamte Widerstandskraft. „Sie glauben ja nicht einmal, dass jemand mich umzubringen versucht hat. Warum sollten Sie mir also zur Flucht verhelfen wollen?"

Joshua nahm sich die Zeit für ein warmherziges Lächeln. „Weil es mir wichtig ist, was aus Ihnen wird. Sie gehören nicht in die Staatsklinik, und ich wette, dass der Leiter der Psychiatrie, Dr. Nelson, das genauso sieht. Unglücklicherweise ist er nicht in der Stadt und kann auch nicht erreicht werden. Daher wird er uns bei der Anhörung nicht nützen können. Ich möchte Sie von hier fortbringen, bis er zurückkehrt. Dann sorgen wir dafür, dass Sie offiziell entlassen werden."

„Das wird Ihnen eine Menge Probleme einbringen, nicht wahr?"

Joshua registrierte, dass sie sich trotz der Angst um ihre eigene Zukunft zunächst einmal Sorgen um ihn machte. Diese Tatsache vertrieb auch den letzten Rest an Bedenken, ob es richtig war, ihr zu helfen. „Eine verzweifelte Situation erfordert verzweifelte Maßnahmen."

Sie war hin- und hergerissen zwischen dem Wunsch, das Krankenhaus zu ihrer eigenen Sicherheit zu verlassen, und dem nicht minder dringenden Wunsch, Joshua vor den unliebsamen Folgen seines Vorhabens zu bewahren. Ihr Zögern war die einzige Antwort, die Joshua brauchte. Es war der Beweis, dass sie mitmachen würde.

„Maggie, wenn wir nicht bald von hier verschwinden, nimmt uns das jede Erfolgschance." Ihm war klar, dass er ihr keine Zeit zum Nachdenken lassen durfte. Er musste sie überrumpeln, sonst würde sie sich doch noch weigern. Er stand auf und winkte sie zu sich.

Sie trug nur ihr Krankenhausnachthemd und griff nach hinten, um es zusammenzuhalten. „Ich glaube, auf dem Stuhl dort drüben liegt noch ein zweites, das ich mir überziehen kann."

„Sie werden es nicht brauchen." Joshua machte sich auf den Weg zur Tür.

„Ich kann doch so nicht nach draußen gehen!"

„Vertrauen Sie mir. Sie werden es nicht müssen." Er drehte sich um und sah, wie starr sie dastand. Mit zwei langen Schritten war er wieder bei ihr. Er legte ihr die Hände sanft auf die Schultern und zog sie kurz an sich. Für den Bruchteil einer Sekunde war er erstaunt, wie eine so kleine und zierliche Frau in ihm so gewaltige Gefühle auslösen konnte. „Ich habe für alles gesorgt. Tun Sie einfach, was ich Ihnen sage, dann sind Sie in Sicherheit. Werden Sie das können?"

Sie nickte, und ihre Stirn berührte seine Brust. „Sie werden mich doch nicht allein lassen, oder?"

„Ich werde die gesamte Zeit bei Ihnen sein. Sind Sie bereit?"

Maggie straffte die Schultern und machte einen Schritt nach hinten. Sie wusste sehr wenig über Joshua Martane, nicht wer er war oder was er für sie empfand. Aber eines wusste sie ganz genau: Er würde ihr nicht schaden. Und in diesem Moment war er der einzige Mensch auf der Welt, von dem sie das behaupten konnte.

„Gehen Sie voran", sagte sie leise.

Die Lampen auf dem Korridor waren zur Nacht heruntergedreht worden. In diesem Moment war alles ruhig, doch es gab keine Garantie, dass diese Stille auch anhalten würde. Joshua dachte über ihre Erfolgschancen nach, während er den Gang entlang zur Treppenhaustür hinüberstarrte.

„Ich möchte, dass Sie vor mir gehen", flüsterte er Maggie zu. „Bleiben Sie in der Nähe der Wand. Dort ist es etwas dunkler. Gehen Sie so leise, wie Sie können. Ich bin dicht hinter Ihnen. Wenn wir zur Tür kommen, stellen Sie sich daneben, damit ich sie aufschließen kann. Falls jemand uns aufhält, überlassen Sie das Reden mir."

Ihm das Reden zu überlassen wäre für Maggie kein Problem. Im Gegenteil. Denn das Herz schlug ihr bis zum Hals und raubte ihr die Sprache. Er nickte, und sie schlüpfte an ihm vorbei. Nach einem letzten Blick den Korridor entlang begann sie ihre Flucht.

Sie war barfuß. Die einzigen Schuhe, die man ihr gegeben hatte, waren Slipper aus Pappe, und die verursachten beim Gehen ein Geräusch wie Schwimmflossen auf dem Kachelboden eines Schwimmbads. Barfuß kam sie leise voran, doch die nackten Sohlen gaben ihr ein seltsames Gefühl der Verwundbarkeit. Sie floh ohne Schuhe aus einem Krankenhaus. Und in einem Nachthemd, das von zwei winzigen Schleifen zusammengehalten wurde. Selbst jetzt, wo ihre Zukunft vom Erfolg oder Misserfolg dieses Vorhabens abhing, war ihr bewusst, was für einen Anblick sie für Joshua abgeben musste.

Sie spürte einen harten Druck an der Hüfte, dann wurde sie in Richtung einer teilweise offenen Tür geschoben. Sie geriet ins Stolpern und hätte fast aufgeschrien. Als Joshua ihr nicht ins Innere folgte, presste sie sich flach gegen die Wand neben der Tür und sah sich in der ungewohnten Umgebung um. In dem Zimmer standen zwei Betten, von denen lediglich eins belegt war. Der alte Mann schlief tief und fest. Mit dem Rücken an der Wand glitt Maggie von der Tür fort und wartete.

„Joshua, haben Sie gefunden, wonach Sie gesucht haben?“

Maggie erkannte die Stimme einer der Nachtschwestern. Es klang, als würde sie den Korridor entlangkommen.

„Nein, aber mir ist inzwischen eingefallen, dass ich es im Aufenthaltsraum gelassen habe.“

„Brauchen Sie Hilfe?“ Die Stimme der Krankenschwester kam jetzt aus nächster Nähe. Offenbar stand sie direkt neben Joshua.

„Ich glaube nicht. Heute Nacht ist es ziemlich ruhig hier, finden Sie nicht auch?“ Maggie konnte buchstäblich das entspannte Lächeln sehen, mit dem Joshua seine Frage begleitete.

„Nach gestern Nacht haben wir das auch verdient.“ Die Schwester lachte trocken. „Ich werde gleich einmal nach den Patientinnen in Zimmer 815 sehen. Ich möchte nicht, dass es wieder zu einem solchen Geschrei kommt.“

Maggie verschloss die Augen vor der Niederlage. Die Flucht war gescheitert, bevor sie richtig begonnen hatte.

„Habe ich schon selbst getan.“ Joshua klang ein wenig verlegen. „Ich gebe zu, dass ich zum Teil auch deswegen hergekommen bin. Ich habe mir um Maggie Sorgen gemacht. Sowohl sie als auch Mrs. Tryon schlafen fest. Machen Sie sich keine Gedanken um die beiden.“

„Na schön. Dann kann ich mir die Mühe ja ersparen. Möchte nicht das Risiko eingehen, eine der beiden zu wecken. Warum kommen Sie nicht noch auf einen Kaffee bei mir vorbei, wenn Sie fertig sind?“

„Danke für die Einladung. Vielleicht komme ich noch vorbei. Vielleicht gehe ich aber auch für eine Weile nach oben aufs Dach. Es ist eine wunderschöne Nacht.“ Joshuas Stimme wurde immer leiser. Als würde er sich von der Zimmertür entfernen.

Maggie flehte zum Himmel, dass der alte Mann nicht erwachte und sie neben der Tür stehen sah. Es kam ihr wie eine Ewigkeit vor, bis Joshua in den Raum geschlichen kam und sie herauswinkte.

Diesmal schafften sie es bis zum Ende des Korridors und durch die Ausgangstür, ohne entdeckt zu werden. Als sie unter der grellen Treppenhausbeleuchtung stand, wusste Maggie, dass ihr das Zittern anzusehen war. Joshua nahm ihre Hand und führte sie zum nächsten Absatz hinunter. „Ziehen Sie das hier an.“ Er beugte sich vor und zog eine kleine Einkaufstasche aus einem Winkel hervor.

Darin fand Maggie einen Regenmantel mit Gürtel, ein Paar weißer Schwesternschuhe und ein Dreieckstuch mit Paisley-Muster. „Woher sind die denn?“

„Fundbüro.“

„Sie haben ja alles sorgfältig geplant!“ Sie konnte nicht anders, als ihn zu bewundern.

„Erinnern Sie mich daran, Ihnen etwas über meine Jugend zu erzählen.“ Joshua warf ihr ein verwegenes Lächeln zu, das sich allerdings in ein Stirnrunzeln verwandelte, als sie sich noch immer nicht rührte. „Machen Sie schon, Maggie.“

Sie zog sich den Regenmantel an, streifte sich die Schuhe über und verknotete das Kopftuch unter dem Kinn. Bis auf das Tuch war alles um Nummern zu groß. Maggie wusste, dass sie wie ein Flüchtling aussah und nicht wie eine Krankenschwester auf dem Nachhauseweg.

Joshua sprach leise mit ihr, während sie sich anzog. „Wir werden bis ganz nach unten laufen. Das Personal benutzt das Treppenhaus nur selten.“ Er begutachtete Maggies neues Outfit und lächelte angespannt. „Das hätte ich ja fast vergessen.“ Er holte eine Brille mit leicht gefärbten Gläsern aus der Hosentasche. „Ihre Augen sind unvergesslich. Die dürfte helfen.“

Die heisere Wärme in seiner Stimme überraschte Maggie. Instinktiv wusste sie, dass die Wärme nicht dazu geschaffen war, sie zu beruhigen. Sie setzte die Brille auf, die ihr sofort bis zur Nasenspitze hinabglitt. Die Sicht war etwas verschwommen.

Joshua hakte sich bei ihr unter und half ihr die lange Treppe hinab. „Falls wir jemandem begegnen, lächeln Sie einfach und gehen weiter“, sagte er leise.

„Mein Gesicht ist wie eingefroren.“

„Dann frieren Sie ein Lächeln mit ein, um Himmels willen. Schauen Sie nicht so verängstigt drein. Sonst wird noch jemand misstrauisch.“

„Danke für die Warnung“, murmelte sie und konzentrierte sich darauf, die Treppen zu bewältigen, ohne die Schuhe zu verlieren.

Die ungewohnte Anstrengung ließ Maggies Knie zittern, aber vermutlich lag es auch an der Nervosität. Schließlich legten sie im Erdgeschoss eine kurze Pause ein.

„Das Krankenhaus hat ein Parkhaus“, erklärte Joshua. „Dort befindet sich mein Wagen. Es ist ein dunkelblauer Dodge Colt.“

„Das müsste ich eigentlich schaffen“, versuchte sie zu scherzen. „Schließlich habe ich mir mit so etwas angeblich meinen Lebensunterhalt verdient.“ Maggie spürte, wie die Panik sie hinabzog. Sie war sich nicht sicher, ob sie sich überhaupt noch bewegen konnte. Sie wusste jedenfalls, dass Joshua ihr Zittern fühlen konnte.

„Reißen Sie sich zusammen, Maggie. Atmen Sie tief durch und machen Sie sich bereit.“ Bevor sie antworten konnte, zog Joshua die Tür auf und schob sie hindurch.

Unangefochten erreichten sie das kaum beleuchtete Parkhaus.

„Das Schlimmste haben wir hinter uns“, sagte Joshua aufmunternd zu Maggie. „Keine zwei Minuten mehr, dann sind wir von hier verschwunden.“

„Joshua, was wir tun, ist vollkommen verrückt.“

„Nein, das ist es nicht. Es ist vollkommen richtig, Maggie. Sie vertrauen mir doch, oder etwa nicht?“

Sie nickte.

„So, einsteigen“, sagte er, nachdem er das Auto aufgeschlossen hatte. Dann half er Maggie hinein.

Sie verließen das Parkhaus durch die Personalausfahrt und erreichten ohne Probleme die Straße. Als sie sich endlich in den vertrauten Innenstadtverkehr von New Orleans einfädelten, gönnte Joshua sich ein erleichtertes Durchatmen. „Das wäre geschafft.“

Maggie zog sich das Tuch vom Kopf und brachte ihre kurzen Locken mit den Fingern etwas in Form. Der Anblick und der Lärm des Verkehrs um sie herum faszinierten sie. Sie war nicht mehr im Krankenhaus. Für den Moment befand sie sich in Sicherheit. Sie fragte sich, ob sie wohl würde schlafen können. „Was geschieht jetzt?“

„Jetzt bringe ich Sie an einen Ort, an dem Sie übernachten können.“

„Wohin denn?“

„Ich hatte vor, Sie nach Hause zu bringen.“

„Nach Hause?“

„Mein Zuhause.“ Er fing ihren ungläubigen Blick auf und musste unwillkürlich lächeln. „Dort wären Sie sicher.“

„Aber würde es denn Ihrer Familie nichts ausmachen?“

„Ich habe keine Familie. Ich lebe allein. Wenn ich allerdings genauer darüber nachdenke, ist die Idee vielleicht doch nicht so gelungen. Falls die Klinik die Polizei verständigt, werden sie als Erstes bei mir nach Ihnen suchen.“

„Warum nehmen Sie das alles auf sich, Joshua?“

„Weil Sie es wert sind“, antwortete er schlicht. „Ich habe mich entschieden, Ihnen zu helfen. Über die Folgen war ich mir vollkommen bewusst.“

„Ich nicht. Ich habe gar nicht genau darüber nachgedacht.“

„Sie hatten auch keine Zeit dazu“, sagte er. „Aber um Ihre Frage zu beantworten – ich bringe Sie bei einem Freund von mir unter. Nicht das beste Stadtviertel, aber Skeeter kann man vertrauen.“

„Skeeter?“

„Skeeter und ich sind zusammen aufgewachsen. Er ist Künstler … unter anderem.“

„Aber wir ziehen ihn mit hinein.“

„Er wird begeistert sein. Ich fürchte, es dürfte sich um eines der geringfügigeren Vergehen handeln, in die er bisher verwickelt war.“

„Werden Sie mich allein lassen?“ Maggie wusste, dass sich in ihrer Stimme widerspiegelte, wie gründlich der Mut sie verlassen hatte. Von dem Adrenalin, das sie vorhin noch durchströmt hatte, war jetzt nichts mehr zu merken. Sie war zwar nicht mehr im Krankenhaus, aber sie war ab jetzt auf sich allein gestellt. Und dafür war sie noch nicht stark genug.

Joshua verstand ihr Dilemma. „Nein", versprach er sanft. „Ich bleibe bei Ihnen, bis diese Sache geregelt ist und wir Ihnen eine vernünftige Wohnung und einen vernünftigen Job besorgt haben."

„Warum?"

Die Frage war zu direkt und zu schmerzhaft. Er war sich nicht einmal sicher, dass er sie sich selbst stellen wollte. „Weil es mir wichtig ist, was aus Ihnen wird", sagte er. Es war eine verdünnte Version der Wahrheit.

Plötzlich wurde ihnen beiden bewusst, dass die Fahrt vom Krankenhaus auch die Fahrt in eine neue Beziehung war. Sie waren nicht mehr Patientin und Therapeut, sondern eine Frau und ein Mann, die die Umstände zusammengebracht hatten. Umstände, die von ihnen nicht zu beeinflussen waren. Wohin diese Fahrt sie letztendlich führen würde, war ein mindestens ebenso großes Rätsel wie das, was sie zueinander geführt hatte.

4. KAPITEL

Skeeters Wohngegend war tatsächlich nicht die beste. Im Gegenteil, sie gehörte eher zu den übelsten. Wie andere Großstädte in den Vereinigten Staaten, so hatte auch New Orleans die Probleme der Armen dadurch zu lösen versucht, dass man sie in gigantischen Siedlungen unterbrachte. Skeeter wohnte zwar nicht in einer dieser Mietskasernen, doch sein Viertel grenzte an einen der heruntergekommensten Häuserkomplexe.

Joshua parkte vor dem Haus, dessen lachsfarbene Holzwände bereits verblassten, und hinter dem hellblauen Lieferwagen, der Skeeters ganzen Stolz und Freude darstellte.

„Vorsicht auf der Veranda", warnte er, als er Maggie ins Freie half. Die Straße hatte er bereits nach verdächtigen Bewegungen abgesucht. Vor den Häusern saßen die Anwohner, um die milde Brise zu genießen, doch ansonsten war nichts Ungewöhnliches zu erkennen. Joshua wusste, dass das keineswegs der Normalfall war.

Gemeinsam wichen sie dem Loch aus, für das ein fehlendes Brett verantwortlich war. Skeeter weigerte sich, den Schaden zu reparieren, weil er der Auffassung war, dass Eindringlinge dadurch fern gehalten würden. Abends schaltete er einfach das Licht auf der Veranda aus, so dass jeder ungebetene Gast seine Gesundheit, vielleicht sogar sein Leben aufs Spiel setzte. Die Methode war billiger als eine Alarmanlage und wirksamer als ein Wachhund.

Joshua klopfte, wartete und klopfte noch einmal. Schließlich öffnete er die asthmatisch ächzende Fliegentür und schlug mit der Faust auf das solide Holz dahinter. „Skeeter, ich bin's, Josh."

„Vielleicht ist er nicht zu Hause." Maggie war so erschöpft, dass sie sich kaum noch auf den Beinen halten konnte, und Joshua konnte es ihr anhören. Er legte den Arm um sie und schlug noch fester gegen die Haustür.

Plötzlich ging die Tür auf.

„Du bist aber auch ein hartnäckiger Bursche." Ein drahtiger Mann von mittlerer Größe stand im Türrahmen und kratzte sich mit einer Hand die nackte Brust, während er mit der anderen ein herzhaftes Gähnen zu verbergen versuchte. Der Mann war dunkelhäutig, mit glattem dunklen Haar, das ihm auf die Schultern fiel, und einem Schnurrbart, dessen gezwirbelte Enden ihm fast bis zu den Ohrläppchen reichten.

„Willst du uns nicht hereinbitten?"

Skeeter machte einen Schritt zurück und streckte einladend die Arme aus.

Ohne Maggie loszulassen, führte Joshua sie hinein. Dann schob er sie auf ein mit Zeitungen übersätes Sofa. Maggie musste sich noch einmal kurz aus den Polstern stemmen, als er die Zeitungen zusammensammelte und demonstrativ auf den Fußboden stapelte.

„Wenn ich gewusst hätte, dass der Reverend mir mit einer Lady einen Besuch abstattet, hätte ich natürlich aufgeräumt." Skeeter grinste Joshua an und schlug ihm spielerisch auf den Arm. „Was liegt denn an, Josh?"

„Ich brauche deine Hilfe."

Skeeter kniff die Augen zusammen und ließ den Blick von seinem Freund zu der jungen Frau auf dem Sofa wandern. Maggies Lider waren herabgesunken. Zwei Nächte ohne Schlaf forderten ihren Tribut. Den beiden Männern war klar, dass sie in spätestens einer Minute vor Erschöpfung eingeschlafen sein würde. Skeeter sprach leise weiter.

„Was ist los?"

„Maggie ist Patientin im City Hospital. Ich habe sie heute Abend herausgeschmuggelt."

Skeeter stieß einen leisen Pfiff aus. „Hast du nicht ein Gelübde der Gehorsamkeit abgelegt oder so etwas? Ich dachte, dein kriminelles Leben hättest du schon vor Jahren aufgegeben."

„Maggie war kurz davor, in die staatliche Anstalt eingewiesen zu werden. Dabei ist sie so gesund wie du und ich. Gesünder als du jedenfalls. Geistig, meine ich."

Skeeter lächelte. „Und du hast sie gerettet."

Joshua nickte. „Kann sie ein paar Tage hier bleiben? Ich glaube, ich kann für ihre offizielle Entlassung aus der Klinik sorgen, sobald der Chef der Psychiatrie wieder in der Stadt ist. Bis dahin muss sie in Deckung bleiben."

„Dann ist sie hier ideal untergebracht. Kein vernünftiger Mensch käme auf den Einfall, hier nach ihr zu suchen", stimmte Skeeter zu. „Sicher, sie kann bleiben." Sein Blick wanderte wieder zu Maggies schlafender Gestalt hinüber. „Vielleicht genieße ich ihre Gesellschaft sogar."

„Ich bin Teil des Pakets", erwiderte Joshua mit fester Stimme. „Das Krankenhaus wird herausbekommen, wie sie geflüchtet ist und mit wem. Ich werde ebenfalls in Deckung bleiben müssen. Und Maggie ist für dich tabu, Skeeter. Kapiert?"

„Zu schade. Ich kann gut verstehen, warum du dich eingemischt hast. Sie ist wirklich etwas."

Joshua stimmte ihm insgeheim zu. Der Schlaf hatte die Müdigkeitsfalten um Maggies Augen noch nicht geglättet. Ihre kurzen Locken hatten sich von dem fest um den Kopf gebundenen Tuch noch nicht erholt und umrahmten ihr Gesicht wie eine Rauchwolke. Die langen Wimpern berührten die elfenbeinfarbene Haut der Wangen. Sie sah auf ungemein verführerische Art weiblich aus – und völlig besiegt.

„Wo kann ich sie unterbringen?" fragte Joshua seinen Freund. „Hast du ein Extrazimmer, oder soll ich es ihr hier so bequem wie möglich machen?"

„Ich habe ein Extrazimmer. In dem könnt ihr beide schlafen." Er lachte, als Joshua eine Braue hochzog. „Bilde dir bloß nicht ein, ich würde euch verkuppeln wollen. Das Zimmer hat Einzelbetten."

„Fein. Ich weiß es zu schätzen, Skeeter."

„Vielleicht habe ich sogar ein paar saubere Laken."

„Bemerkenswert."

Zusammen gingen die beiden Männer ins Schlafzimmer, und ohne dass es einer Absprache bedurft hätte, schoben sie die beiden Einzelbetten an verschiedene Wände. Skeeter suchte und fand die Laken, und wenige Minuten später war der Raum bezugsfertig.

„Ich bringe Maggie ins Bett", meinte Joshua. „Leg dich wieder hin, wenn du willst."

Skeeter blickte zu dem Wecker hinüber, der auf einer der beiden Kommoden stand. „Nein, ich muss los. Ich will heute Nacht in einer der Hinterhofbars an der Bourbon Street Porträts zeichnen. Ich wollte nur ein paar Stunden schlafen, bevor ich mich auf den Weg mache."

„Zeichnest du noch immer am Jackson Square?"

„Etwa drei Tage in der Woche." Jackson Square war ein Park in dem Teil des alten New Orleans, der unter dem Namen French Quarter oder Vieux Carré bekannt war. Zu seinen Attraktionen gehörten die Künstler, die Touristen in Holzkohle oder Pastell porträtierten, wenn sie den verlangten Preis zahlten. Skeeter war einer der besten und hielt mit wenigen Bleistiftstrichen komplette Persönlichkeiten auf dem Zeichenblock fest.

„Ich frage nicht, was du sonst noch treibst."

„Gut." Skeeter schlug Joshua freundschaftlich auf den Rücken. „Es ist besser, wenn du deine Nase nicht in meine Angelegenheiten steckst. Auf die Weise bringen die Sachen, von denen du keine Ahnung hast, nur mich in Gefahr."

„Tu mir den Gefallen und hetze uns nicht die Polizei auf den Hals, während ich hier bin. Das fehlte mir nämlich gerade noch."

„Meine Sünden sind so klein, dass sie niemanden sonderlich interessieren. Ich habe in letzter Zeit niemanden gekidnappt – im Unterschied zu dir."

Joshua rang sich ein müdes Lächeln ab und ging hinaus, um Maggie zu holen. Sie schlief fest, mit der Hand über den Augen, um sich vor dem Licht zu schützen. Er brachte es nicht übers Herz, sie zu wecken. Stattdessen schob er die Arme unter ihren reglosen Körper und hob sie vom Sofa. Sie wog kaum mehr als ein Kind, doch sie fühlte sich nicht wie ein Kind an. Sie fühlte sich an wie eine Frau, als ihre Brüste sich an ihm rieben und die weiche Haut ihrer Oberschenkel über seine Handgelenke strich.

Im Schlafzimmer knöpfte er ihr den khakifarbenen Regenmantel auf und zog ihn unter der noch immer Schlafenden hervor. Das Krankenhausnachthemd ließ seiner Fantasie wenig freien Raum.

Hastig deckte er sie mit einem Laken und einer Wolldecke zu, bevor er das Licht ausschaltete und die Tür hinter sich schloss.

Skeeter hatte sich ein Paar nicht sehr ansehnlicher Jeans und ein blaues T-Shirt angezogen, das für eine beliebte Striptease-Show an der Bourbon Street warb. Sein Haar war zu einem kurzen Pferdeschwanz zusammengebunden und gab den Blick auf einen goldenen Ohrring frei. „Im Kühlschrank müsste eigentlich noch etwas Essbares sein“, erklärte er Joshua. „Ich bin morgen irgendwann im Laufe des Tages zurück.“

Joshua nickte. „Danke, Skeeter.“

„Kein Problem. Du glaubst gar nicht, wie gut das hier meinem Ego tut.“

Diesmal war es Joshua, der lachen musste. Jeder Mensch brauchte einen Freund wie Skeeter, damit er sich selbst nicht allzu ernst nahm. Eine kleine Dosis Skeeter, und schon wusste er wieder, wo er im Leben stand. Nachdem Skeeter in seinen Lieferwagen gestiegen und davongefahren war, schloss Joshua die Haustür ab und suchte im Kühlschrank nach einer Dose Bier. Eine halbe Dose später rief er im Krankenhaus an.

Die Oberschwester des achten Stockwerks war fuchsteufelswild, und zwar völlig zu Recht. Joshua erklärte ihr, was hinter Maggies Flucht steckte, und versicherte ihr, er werde Dr. Nelson gegenüber betonen, dass niemand vom Personal etwas damit zu tun hatte.

„Man wird Sie feuern“, meinte Betty.

„Ich weiß.“

Aus dem Hörer drang ein langes Schweigen. „Wenn Sie sie sofort zurückbringen, verspreche ich Ihnen, dass die ganze Sache unter uns bleibt“, bot sie schließlich an.

Joshua war ihr dankbar, dass sie sich Sorgen um ihn machte. „Vielen Dank, aber ich habe getan, was getan werden musste. Und das finde ich noch immer. Bitte sagen Sie einfach nur Bescheid, dass ich mit Dr. Nelson reden werde, sobald er wieder in der Klinik ist.“ Ohne noch etwas zu sagen, legte er auf.

Lange saß Joshua auf dem Sofa, das Bier vergessen, und starrte auf den rissigen Putz an der gegenüberliegenden Wand des Zimmers.

„Nein. Nein … bitte!“

Joshua sprang vom Sofa und legte die kurze Distanz zum Schlafzimmer im Sprint zurück. Er schaltete das Licht im Flur an und riss die Tür auf. Drei rasche Schritte brachten ihn an Maggies Bett. Sie warf sich unter der Decke hin und her und stöhnte in den Fängen eines Albtraums.

„Maggie!“

Sie setzte sich ruckartig auf, die Hände abwehrend vorgestreckt. „Geh weg! Bitte, tu mir nicht weh!“

„Ich bin's, Maggie, Joshua. Sonst niemand. Nur Joshua.“ Er beugte sich zu ihr und redete besänftigend auf sie ein.

Aber Maggie reagierte auf eine innere Vision. Sie wich gegen das Kissen zurück und bedeckte das Gesicht mit den Händen. „Nicht wieder. Bitte!“

Joshua hatte Angst, sie zu berühren. Er wusste, dass sie das möglicherweise als neue, erschreckende Bedrohung deuten würde. „Maggie, wachen Sie auf. Wachen Sie auf, Kleines. Es ist Joshua. Sie sind in Sicherheit.“

Ihr Stöhnen wurde leiser, weniger durchdringend. Behutsam setzte er sich auf die Bettkante. „Ich bin hier, Maggie. Niemand wird Ihnen wehtun. Alles in Ordnung.“

„Ich will nicht … bitte … nicht.“ Ihre Stimme wurde zu einem erstickten Schluchzen.

„Maggie, ich bin es. Joshua. Nehmen Sie die Hände herunter und sehen Sie mich an.“

Hinter den Händen schüttelte sie heftig den Kopf.

„Ich bin's wirklich“, versicherte er ihr. „Gleich neben Ihnen. Ihnen kann nichts passieren.“ Vorsichtig griff er nach ihren Händen. „Ich werde Ihre Hände mit meinen bedecken, und dann lassen Sie sie mich ganz, ganz langsam wegziehen, bis auf Ihren Schoß. Sind Sie bereit?“

Sie rührte sich nicht.

Er legte seine Hände auf ihre und löste sie behutsam vom Gesicht. „Öffnen Sie die Augen, Maggie. Jetzt, Kleines.“

Schließlich gehorchte sie. Selbst im Halbdunkel konnte er die

Panik erkennen, die in ihren Augen stand. Nur ein unglaublicher Mut milderte das nackte Entsetzen in ihrem Blick. Joshua war klar, dass sie damit gerechnet hatte, jemand anderen vorzufinden.

„Was haben Sie geglaubt, wen Sie sehen würden?“ fragte er sanft.

„Meinen Verfolger.“ Wie immer, wenn Licht im Raum war, verblasste die Vision langsam. „Es war derselbe Traum, den ich ständig habe. Nur, dass er diesmal ein Kissen in den Händen hielt.“

„Was noch?“

Sie schüttelte den Kopf, sah Joshua an, versuchte in seinem Gesicht zu lesen, worauf er hinauswollte. War sie etwa doch geisteskrank? Waren die Traumbilder wirklich Halluzinationen, wie Dr. Bashir es mit seiner kalten, abgehackten Stimme behauptet hatte? War dieser Traum nicht anders als der Traum in der Nacht zuvor? Auch den hatte sie für Realität gehalten.

„Maggie, bei dem, was Sie durchgemacht haben, sind Albträume etwas völlig Natürliches.“ Joshua spürte ihre Verunsicherung und versuchte sie zu beruhigen.

„Vielleicht ... vielleicht sind es überhaupt keine Albträume. Vielleicht bin ich wirklich verrückt.“ Sie schlug die Hände vors Gesicht, diesmal allerdings, um das Schreckensbild ihrer eigenen Verrücktheit auszulöschen.

Joshua verstand, was sie dachte. Er glitt näher an sie heran und zog sie in die Arme. „Sie sind nicht verrückt, Kleines. Sie haben eine schwere Zeit hinter sich. Sie haben eine kritische Kopfverletzung erlitten. Sie sind verängstigt und verunsichert.“

Ihrer Stimme war anzuhören, wie sehr sie sich um Selbstbeherrschung bemühte. „Ich bin jetzt wach. Ich bin okay.“ Sie sprach die Worte aus, um sich selbst davon zu überzeugen, nicht nur Joshua. Doch kaum waren die Worte heraus, da wusste sie auch schon, dass sie die Wahrheit gesagt hatte. „Ich weiß, dass ich nur geträumt habe.“ Der Schrecken des Traums ging langsam zurück. Doch die Panik der letzten Nacht würde sie nie loswerden. Sie kannte den Unterschied. „Das gestern Nacht war wirklich. Ich konnte nicht aufwachen, weil ich gar nicht geschlafen habe.“

Joshua schwieg. Es gab nichts, was er dazu sagen konnte. Sie war fest davon überzeugt, dass wirklich jemand versucht hatte, sie zu ermorden. Zum zweiten Mal.

Auch Maggie blieb eine Weile stumm. Dann hob sie schließlich den Kopf. „Ich wünschte, Sie würden mir glauben. Aber ich bin Ihnen dankbar, dass Sie nicht so tun, als würden Sie es ... nur um mich zu besänftigen."

„Was ich glaube, ist, dass das, was gestern Nacht passiert ist, für Sie sehr, sehr real ist. Real genug, um durch die Meinung eines anderen nicht erschüttert zu werden."

Sie ließ seine Stimme ihren Schmerz lindern. Zaghaft legte sie die Arme um seine Taille und ließ den Kopf gegen seine Brust fallen. Joshua hatte sie schon einmal an sich gezogen, doch noch nie hatte sie ihn gehalten. Plötzlich nahm sie ihn mit ungewohnter Intensität als Mann wahr. Joshua war groß, kräftig und körperlich in Topform. Ihre Arme strichen über die festen Muskeln und die straffe Haut unter seinem Hemd. Er fühlte sich großartig an, wie ein Fels in der Brandung, wie ein Anker.

Seine Finger strichen über ihr Haar, spielten zärtlich mit den kurzen Locken. Keiner von ihnen konnte etwas sagen. Keiner von ihnen konnte den gefährlichen Kontakt abbrechen. Also saßen sie zusammen auf dem Bett, hielten einander fest und versuchten, nicht daran zu denken, wie unmöglich ihre Beziehung war.

„Du bist so gut zu mir", sagte sie schließlich, wie um ihre Beziehung zu besiegeln.

„Ich lasse es nicht zu, dass irgendetwas oder irgendjemand dir wehtut." Zentimeter um Zentimeter löste er seinen Griff um sie. „Wir werden herausfinden, warum du so große Angst hast, Maggie. Und dann werden wir zusammen damit fertig. Ich bin fest davon überzeugt, dass wir es schaffen."

Sie wollte ihm glauben. Sie wollte glauben, dass Joshua für sie da sein würde, wenn sie ihn brauchte. Aber es war ihm gegenüber nicht fair. Schon jetzt hatte sie ihn vielleicht den Job gekostet.

„Ich fühle mich schon besser", sagte sie. „Ich werde auf eigenen Füßen stehen."

„Ich weiß. Aber selbst auf deinen eigenen Füßen brauchst du einen Freund."

Maggie war vollkommen klar, dass Joshua für sie niemals nur ein Freund sein würde. In ihrem Herzen war er schon viel, viel mehr als das. „Es kommt mir vor, als hätte ich dich schon immer gekannt", sagte sie. „Ich bin sicher, es liegt nur an dem, was du alles für mich getan hast. Dr. Bashir meint, es wäre ..." Sie verstummte, suchte nach dem Fachausdruck.

„Übertragung", kam Joshua ihr zur Hilfe. So nannten Psychologen und Psychiater die starken Gefühle, die ein Patient für seinen Therapeuten entwickelte. Der richtige Umgang mit diesen Gefühlen konnte für den Patienten einen echten Durchbruch bedeuten und Einfluss darauf haben, wie er in Zukunft mit den wichtigen Menschen in seinem Leben zurechtkam. Doch in diesem Fall ließ sich ihre Beziehung nicht so einfach erklären.

Er löste sich ganz von ihr und strich mit dem Daumen eine einzelne Träne von ihrer Wange. „Wir beide hatten nie eine typische Therapeut-Patientin-Beziehung. Die Rolle hat Dr. Bashir bei dir gespielt."

Maggie rümpfte ihre nicht ganz gerade Nase. „Dr. Bashir hat geredet, und ich habe genickt. Ist das typisch?"

Joshua lachte, beugte sich vor und küsste sie auf die Stirn, bevor er aufstand. „Eigentlich nicht. Schaffst du es, jetzt wieder einzuschlafen?"

„Wo wirst du schlafen?"

Er zeigte zur anderen Zimmerseite hinüber. „Skeeters Haus ist keine Luxusvilla. Ich kann hier schlafen oder draußen im Wohnzimmer, falls es dir lieber ist."

„Bitte bleib hier."

„Du möchtest jemanden in der Nähe haben, falls du wieder Angst bekommst."

Nicht jemanden. Joshua. „Ja."

„Es gibt keinen Grund, sich deswegen zu schämen. Ich bin gleich wieder zurück." Er ging auf den Flur hinaus, schaltete das Licht aus und setzte sich auf seine Bettkante. Das Mondlicht strömte durch die Vorhänge, und Maggie drehte sich zur Seite, während er sich auszog.

„Joshua?"

„Ja, Maggie?"

„Ich bin froh, dass du hier bist."

„Ich auch."

„Gute Nacht." Ihre Stimme war von einer verführerischen Heiserkeit und voller Ernsthaftigkeit.

Joshua wollte nicht glauben, dass sie etwas anderes war als das, wofür er sie im Innersten hielt. Er wusste nicht, was sie war. Er wusste nur, was sie unter keinen Umständen sein durfte – eine Betrügerin und begnadete Schauspielerin.

Zuerst schlief Joshua äußerst unruhig, denn er rechnete jeden Moment mit der Rückkehr von Maggies Albtraum. Doch als die Stunden vergingen und sie noch immer fest schlief, fand er endlich die Ruhe, nach der er sich sehnte. Als das Morgenlicht ihn weckte, war er überrascht, wie fit und erholt er sich fühlte. Er drehte sich zu Maggies Bett um und stellte fest, dass sie bereits aufgestanden war. Aus dem anderen Zimmer drangen Stimmen, und er zog sich hastig an, um nach ihr zu suchen.

Maggie und Skeeter saßen in entspannter Atmosphäre am Küchentisch. Sie trug den khakifarbenen Trench wie einen Bademantel, die nackten Füße auf dem vernarbten Linoleumfußboden. Skeeter trug das, was er am Abend zuvor angehabt hatte, und hörte fasziniert zu, während sie ihm erzählte, was sie über ihre eigene Geschichte wusste.

„Rieche ich da etwa Kaffee?"

Maggies Gesicht erhellte sich. „Joshua, setz dich. Ich hole ihn dir."

Er gönnte ihr den kleinen Gefallen. Offenbar war sie heilfroh, auch einmal etwas für ihn tun zu können. „Danke", sagte er und legte die Hände um den heißen Becher. „Hast du gut geschlafen?"

„Sehr gut sogar."

„Maggie hat mir gerade von sich erzählt." Skeeter löffelte eine

Schale mit überzuckerten Kinderflocken aus. „Hast du je daran gedacht, Sam auf ihren Fall anzusetzen?“

„Ist er bereits.“

„Wer ist Sam?“ Maggie nippte an ihrem Kaffee.

„Sam ist einer der Polizeibeamten, die dich in die Klinik gebracht haben.“

Maggie verzog das Gesicht und stellte ihre Tasse ab.

Skeeter lächelte ihr mitfühlend zu. „Hat Joshua dir jemals von seiner Jugend erzählt?“

Maggie schüttelte den Kopf.

Skeeter leerte seine Schale und hielt Joshua die Haferflocken hin, doch der lehnte angewidert ab. Mit einem Schulterzucken drehte Skeeter sich wieder zu Maggie um. „Joshua, Sam und ich waren die drei Musketiere. Alle für einen, einer für alle. Sam wurde Polizist. Was aus Joshua geworden ist, weißt du bereits. Und dann gab es noch mich.“

„Was dich betrifft, so lass uns lieber nicht allzu ausführlich werden“, sagte Joshua nur halb im Scherz.

„Joshua und Sam versuchen noch immer, aus mir einen anständigen Bürger zu machen“, erklärte Skeeter Maggie.

„Ich finde dich nett“, erwiderte sie.

„Mein Bewährungshelfer auch.“

„Deine Bilder gefallen mir.“ Maggie nickte zu einigen kleinen Aquarellen hinüber, die Motive aus dem Alltag von New Orleans zeigten und nicht sehr ordentlich an der Wand über dem Tisch hingen.

„Woher wusstest du, dass sie von mir sind?“

„Sie sehen aus wie du. Dunkel, harte Konturen mit verträumten, abstrakten Innenflächen. Außerdem ist es sehr ungewöhnlich, für derart krasse Motive ausgerechnet Wasserfarben zu nehmen.“ Die meisten Szenen stammten aus einem der heruntergekommenen Neubauviertel der Stadt. Auf einem Bild war ein alter Mann zu erkennen, der auf einer Veranda saß, den Kopf zwischen den Händen. „Du malst sehr gut, aber die Arbeiten drücken auch viel über dich selbst aus, nicht wahr?“

Skeeter warf Joshua einen viel sagenden Blick zu. „Jetzt verstehe ich, warum du sie aus eurem Laden herausgeschmuggelt hast."

„Ja."

Maggie lächelte zaghaft, während sie angestrengt überlegte, was die beiden Männer wohl meinten. Joshua klopfte ihr auf die Hand.

„Du musst essen", erklärte er ihr mit gespielter Strenge.

„Im Kühlschrank ist reichlich. Ich habe auf dem Nachhauseweg eingekauft." Skeeter stand auf, öffnete mit schwungvoller Geste die Kühlschranktür und zeigte hinein. „Bedient euch. Ich gehe ins Bett."

„Skeeter?"

An der Tür drehte er sich noch einmal um und lächelte der jungen Frau zu, die ihm bis in die Seele geschaut hatte.

„Hättest du vielleicht ein paar Sachen, die ich mir ausborgen könnte? Falls nötig, wasche ich sie auch, aber ..."

„Ich hole dir eine kleine Kollektion, dann kannst du dir etwas aussuchen. Du bist so winzig, dass vermutlich alles an dir herabhängen wird, aber alles ist auch besser als der Mantel, den du da anhast", erwiderte Joshuas Freund.

„Höchstwahrscheinlich wäre es vollkommen ungefährlich, mit dir drüben auf der West Bank einen Einkaufsbummel zu unternehmen", meinte Joshua, nachdem Skeeter die Küche verlassen hatte. Er lächelte entschuldigend. „Wir könnten gleich heute Morgen losfahren."

„Ich würde es lieber nicht riskieren. Nicht, bis ich sicher sein kann, dass sie mich nicht von der Straße weg in diese staatliche Anstalt werfen."

Skeeter kehrte mit einem Arm voller Jeans und T-Shirts zurück. „Hier ist eine Hose mit einem elastischen Bund. Wenn du die Beine umkrempelst, könnte sie so ungefähr passen. Dann habe ich dir noch ein paar T-Shirts mitgebracht, die inzwischen ziemlich eingelaufen sind."

Maggie kam sich vor, als hätte man ihr eine Kollektion von Designermodellen überreicht. „Vielen Dank. Es wird herrlich sein, endlich dieses Krankenhausnachthemd loszuwerden. Entschuldigt mich.“ Sie trug den Kleiderstapel ins Schlafzimmer.

„Warum bin ich nicht darauf gekommen, dass sie diese grässlichen Klinikklamotten leid ist? Ich hätte ihr letzte Woche etwas Vernünftiges kaufen können“, murmelte Joshua selbstkritisch.

„Vielleicht wolltest du in ihr nichts anderes als deine Patientin sehen.“ Skeeter musterte seinen Freund. „Da hast du jedoch eine aussichtslose Schlacht geschlagen, nicht wahr?“ Fröhlich pfeifend ging er hinaus.

5. KAPITEL

Am nächsten Abend stand Skeeter mit vor der Brust verschränkten Armen in der Küchentür und sah zu Maggie herunter, die auf Händen und Knien über den Fußboden glitt und die schwarz-weißen Fliesen schrubbte.

„Der Boden braucht nicht so sauber zu sein, dass man davon essen kann. Während du im Krankenhaus warst, ist der Menschheit die Erfindung des Scheuerbesens gelungen, Baby."

Maggie ließ den Wischlappen liegen und wischte sich mit dem Saum ihres T-Shirts den Schweiß von der Stirn. „So, wie ich das mache, ist es für alle Beteiligten besser. Der Fußboden wird sauberer und meine Arme kräftiger ..."

„Und ich kann sehen, wie dein süßes kleines Hinterteil hin- und herschwingt."

„Ein zweifelhaftes Vergnügen."

„Nun, das Haus glänzt jedenfalls. Du solltest für heute Feierabend machen." Skeeter streckte den Arm aus, um ihr aufzuhelfen. „Falls du das Gefühl hast, du müsstest dich für meine Gastfreundschaft revanchieren, so irrst du dich gewaltig."

„Ich werde dir immer dankbar sein." Maggie stand auf und drückte Skeeter die Hand, bevor sie sie losließ.

„Nun, wenn du dankbar bist, habe ich etwas für dich." Skeeter verließ den Raum und kehrte mit einer Tüte zurück. „So süß du in meinen obszönen T-Shirts auch aussiehst, es schläft sich bestimmt nicht sehr gut darin. Ich habe dir das hier besorgt."

Maggie öffnete die Tüte und fand ein Baumwollnachthemd in blassem Pink. Es war knöchellang, kein bisschen verführerisch, doch für Maggie war es die Verkörperung der Weiblichkeit. Sie schlang die Arme um Skeeters Hals und küsste ihn auf die Wange. „Du bist ein so netter Mensch", sagte sie. „Vielen Dank, Skeeter."

„Etwas Wäsche ist auch noch in der Tüte und eine Bluse und ein Paar Jogging-Shorts, die aussahen, als könnten sie dir passen."

„Ich habe wirklich Glück."

Skeeter fand, dass kaum etwas weiter von der Wahrheit entfernt war, aber er wollte sie nicht daran erinnern. Dass Maggie sich nach einer für ihn fast unvorstellbaren Erfahrung als jemanden bezeichnete, der Glück hatte, bewies ihre Zähigkeit und ihren grundsätzlichen Optimismus. Als sie vor ihm stand und sich das Nachthemd an den schlanken Körper hielt, wünschte Skeeter sich nicht zum ersten Mal, er hätte Maggie entdeckt, bevor Joshua es getan hatte.

„Eine Modenschau?“ Joshua stand an den Türrahmen gelehnt da und sah ihnen zu.

Maggie drehte sich um und warf ihm ein elfenhaftes Lächeln zu. „Skeeter hat mir ein paar Sachen gekauft.“

Skeeter achtete sorgfältig auf Joshuas Gesichtsausdruck. Er veränderte sich nicht. Joshua war eisern entschlossen, seine Gefühle vor Maggie zu verbergen. Nur ihrer hoch entwickelten Sensibilität war es zu verdanken, dass sie ihm ansah, was er empfand.

Seufzend drückte Skeeter ihr den Arm. „Ich hoffe, sie gefallen dir, Baby.“ Er nickte Joshua zu und machte sich auf den Weg zur Arbeit.

„Skeeter ist ein ganz besonderer Mensch, nicht wahr?“ Maggie lächelte Joshua an und fragte sich, warum er so ernst dreinblickte.

„Maggie, Skeeter ist tabu.“

Sie war nicht sicher, ob sie ihn richtig verstanden hatte. „Wie bitte?“

Wie bitte? Da war sie wieder, die Absolventin des feinen Mädcheninternats. Joshua schloss die Augen. Er wurde mit dem eisigen Gefühl im Bauch einfach nicht fertig. Irgendetwas in seinem Magen hatte sich zu einem dicken Knoten zusammengezogen, als er gesehen hatte, wie Maggie Skeeter umarmte und sich das Nachthemd an den wunderschönen Körper hielt, um sich von Skeeter bewundern zu lassen. Nein, das stimmte nicht. Der Knoten wurde schon seit Tagen immer dicker, immer fester. Jedes Mal, wenn Maggie Skeeter ansah, ihn berührte, ihn neckte. Jedes Mal, wenn sie mit ihm im selben Zimmer war. Joshua öffnete die Augen. „Ich sagte, Skeeter ist tabu.“

Sie verstand noch immer nicht, was er meinte. „Wie kann er tabu sein? Er wohnt hier … isst und schläft hier …“ Plötzlich wurde ihr klar, was er meinte. Ihre Augen weiteten sich, ihr Blick wurde verletzlich und verriet, welche Wunden in ihrem Inneren noch nicht verheilt waren. „Ich verstehe." Hilflos starrte sie den Mann an, der es wagte, so etwas von ihr zu denken. Den Mann, dem sie vollkommen vertraute.

Joshua sah den Schmerz, den er ihr bereitet hatte. Er wollte die Worte zurücknehmen, doch sie standen bereits zwischen ihnen.

„Es tut mir Leid", sagte er und trat auf sie zu.

Sie wich zurück, die Hände unbewusst in den Stoff des Nachthemds gekrallt. Sie wich noch weiter zurück, bis sie mit dem Rücken gegen die Spüle stieß. „Ich gehe ins Bett."

„Maggie."

„Gute Nacht." Sie machte einen Schritt zur Seite, ging langsam um ihn herum und durch die Tür. Im Badezimmer angekommen, schloss sie die Tür hinter sich und drehte die Dusche an. Erst später, als sie im Bett lag, in dem pinkfarbenen Nachthemd, das sie aus Trotz angezogen hatte, ließ sie die bitteren, wütenden Tränen strömen.

Joshua saß im Wohnzimmer und starrte auf eine Straßenlaterne hinaus. Noch nie hatte er sich mehr geschämt. Er war ein viel zu guter Psychologe, als dass er nicht genau gewusst hätte, was ihm diese beleidigende Anschuldigung entlockt hatte.

Er war eifersüchtig. Blind vor Eifersucht. Aber es war noch mehr als das. Er hatte auf die Angst reagiert, dass Maggie nicht das war, was sie zu sein schien. Was immer er auch für sie empfand, uneingeschränktes Vertrauen gehörte offenkundig nicht dazu.

Doch heute Abend war er schlicht unfair gewesen. Er wusste, dass er Skeeter völlig vertrauen konnte. Die Szene in der Küche war harmlos gewesen. Joshua hatte sich bei seiner Reaktion von einem zutiefst verräterischen Gefühl leiten lassen. Eine derart brennende Eifersucht hatte er nicht mehr verspürt, seit er damals, mit siebenundzwanzig, entdeckte, dass seine Frau ihn permanent betrog. Selbst damals hatte er kein so bohrendes Gefühl des Verrats gehabt wie dieses, das ihn dazu gebracht hatte, es an der verletzlichen jungen Frau auszulassen, die nebenan zu schlafen versuchte.

Dieser Ausdruck in ihren Augen, als ihr endlich aufging, was er meinte. Niemand, kein Mensch konnte ihm einen derart tiefen Schmerz vorspielen. Er hatte ihr wirklich wehgetan. Ihr Schmerz war echt. Und er war die Ursache dafür. Für eine Erklärung, eine Entschuldigung schien es inzwischen zu spät zu sein. Mit einigen wenigen Worten hatte Joshua ihr Vertrauen zerstört. Ihre Schönheit war dabei gewesen, sich wie eine zarte Blüte zu entfalten. Jetzt würde Maggie sich wieder in sich selbst zurückziehen, sich vor ihm verschließen. Joshua stand auf und ging rastlos hin und her.

„Joshua?"

Joshua drehte sich um. In der Tür stand Maggie und sah ihn nachdenklich an.

„Joshua, ich habe die Beleidigung nicht verdient." Sie trat aus dem Flur in das weiche Licht des Wohnzimmers. Von den Schultern bis zu den Zehen in blasses Pink gehüllt, war sie eine ungemein frauliche Erscheinung. Das Licht reichte gerade aus, die sanften Kurven ihres Körpers zu erhellen, und sie sah betrübt und verzweifelt aus. Doch ihre Haltung verriet einen natürlichen Stolz, den selbst seine harten Worte ihr nicht hatten nehmen können. Er schloss die Augen.

„Nein. Das hast du nicht. Du hast nichts getan. Es war mein Problem, nicht deins."

„Ich wollte von dir eine Entschuldigung hören. Die brauchen wir nämlich beide." Sie hob den Handrücken an die Wange, dann ans Auge. „Es war nicht fair von mir. Ich hätte dir eine Chance geben sollen, mir zu erklären, warum du das gesagt hast."

„Es tut mir Leid. Sehr, sehr Leid." Er ging auf sie zu, und sie blieb ruhig stehen, als er näher kam. „Du hast mir nicht den geringsten Grund gegeben, so etwas zu sagen."

„Du hast allen Grund der Welt." Maggies Stimme klang ruhig, fast resigniert. „Wir wissen beide, warum du es gesagt hast. Du kannst nicht wissen, wozu ich im Stande bin, nicht wahr? Ich finde es durchaus verständlich, dass du mir nicht vertraust."

Joshua stand direkt vor ihr. Zwischen ihnen lag nicht mehr als eine Handbreit, und am liebsten hätte er sie an sich gerissen. Um sein Gesicht zu sehen, musste sie den Kopf in den Nacken legen. Es machte ihr nichts aus.

„Ich war eifersüchtig", sagte er, weil er wusste, dass nur die Wahrheit den Schmerz lindern konnte, den er ihr bereitet hatte.

Sie lachte. Es war ein brüchiges Geräusch, ein bitterer Laut, der nach zersplitterndem Glas klang. „Wie kannst du so etwas sagen?"

Er legte die Arme um sie und machte einen kurzen Schritt vor, um sie an seiner Brust zu spüren. „Es ist die Wahrheit. Ich war eifersüchtig."

Die Folgen dessen, was er da sagte, waren zu zahlreich, um die Worte sofort zu verarbeiten. Maggies Objektivität war verbraucht. Sie hatte sie aufwenden müssen, um überhaupt ins Wohnzimmer gehen zu können. „Ich verstehe es nicht. Aber könntest du mich trotzdem für ein paar Minuten halten?"

Joshua legte die Arme fester um sie und ließ eine Hand behutsam über ihren Rücken wandern. Zunächst stand Maggie straff und starr vor ihm und absorbierte seine Wärme, seinen Duft, den eigenartigen Zauber, der von seinen Fingern ausging. Doch dann entspannte sie sich und fühlte, wie jeder Muskel sich lockerte und ihr Körper nach seinem suchte.

Sie ließ die Hände um Joshuas Hüften gleiten, bis sie schließlich unten auf seinem Rücken lagen. Der glatte Stoff seiner Jeans ließ ihre Fingerspitzen prickeln, und sie sehnte sich danach, seine Haut zu berühren. Langsam tasteten die Finger sich aufwärts, unter das Hemd, bis sie die Wärme seines Körpers verspürten. Die kleine Intimität war ihm nicht entgangen. Er zog Maggie noch fester an sich, und sie fühlte seine Lippen an ihrem Haar. Der atemlose Moment schien ewig zu dauern, doch dann hob Joshua sie vorsichtig auf die Arme und legte sie sich an die Brust.

In ihrem Schlafzimmer ignorierte er den Lichtschalter und legte sie im Dunkeln aufs Bett, wie einen zerbrechlichen Gegenstand. Dann, noch immer komplett angezogen, glitt er neben sie und zog sie erneut in die Arme. Er rieb mit dem Kinn über ihr Haar und hielt sie ganz fest. „Schlaf jetzt, Liebling", flüsterte er.

Maggie schloss die Augen und gab sich der Erschöpfung hin. Ihr fehlte die Kraft zu analysieren, was zwischen ihnen geschehen war. Ihr fehlte die Kraft, sich gegen diese neue Wendung in ihrer Beziehung zu schützen. Ihr blieb nichts anderes übrig, als das zu akzeptieren, was geschah, und darauf zu vertrauen, dass es keinen von beiden ruinieren würde. Sie ließ den Schmerz abfließen, während sie einschlief. Es gab nichts, was sie Joshua Martane nicht verzeihen würde. Und es gab nichts, was sie ihm nicht geben würde, wenn er sie darum bat. Ihr Körper, ihr Herz, ihre Seele – alles war für ihn da.

Ihr war nicht bewusst, dass er ihr ohne Zögern dasselbe gegeben hätte, wenn sie ihm gesagt hätte, was sie dachte.

Am nächsten Morgen erwachte Maggie allein. Irgendwann in der Nacht hatte sie mitbekommen, wie Joshua aus ihrem Bett geschlüpft und sich in sein eigenes gelegt hatte. Doch obwohl sie wieder eingeschlafen war, war der Schlaf unruhig gewesen. Als sie sich jetzt umdrehte, stellte sie fest, dass sein Bett leer war.

Auf der Suche nach Joshua begegnete sie auf dem Flur Skeeter. „Du bist ja heute früh auf", begrüßte sie ihn spöttisch lächelnd.

Skeeter sah auf seine Armbanduhr. „Du bist spät auf. Ich bin gerade auf dem Weg nach draußen. Kommst du eine Weile allein klar? Ich muss nämlich los."

„Wo ist denn Joshua?"

„Er hat heute Morgen im Krankenhaus angerufen, und sie haben ihn gebeten, um zehn Uhr zu einer Personalversammlung zu kommen."

Tiefe Verzweiflung erfasste Maggie. „Ich wette, ich weiß, worüber sie mit ihm reden wollen."

„Es wird alles gut gehen. Du hast noch nicht erlebt, wenn Joshua sein Kämpferherz entdeckt. Er gibt nicht auf und verliert nie."

„Ich wünschte, ich wäre mir da so sicher wie du."

„Vertrau mir, Baby."

Um zwölf Uhr mittags hatte Maggie einen regelrechten Pfad in Skeeters Wohnzimmerteppich getrampelt. Unablässig war sie nervös auf und ab gegangen, während sie auf Joshuas Rückkehr aus dem Krankenhaus wartete. Voller Anspannung starrte sie immer wieder aus dem Fenster, unfähig, sich hinzusetzen.

Als der marineblaue Dodge Colt endlich vor Skeeters Haus hielt, zwang Maggie sich, auf dem Sofa Platz zu nehmen und auf die Nachricht zu warten, von der sie wusste, dass sie sie gar nicht hören wollte.

„Maggie?“ Joshua kam durch die Vordertür und sah zu ihr hinüber. Es war ein warmer Nachmittag. Sie trug die weißen Jogging-Shorts und den himmelblauen Pullover, den Skeeter ihr gekauft hatte. Abgesehen von der Blässe ihres Gesichts war sie das Abbild der modernen, jungen Amerikanerin.

Sie zwang sich zu lächeln. „Ich habe auf dich gewartet.“

„Das sehe ich.“ Joshua durchquerte das Zimmer und setzte sich behutsam zu ihr aufs Sofa. In diesem Moment sah sie so zerbrechlich aus, dass er fürchtete, sie würde bei der kleinsten Berührung zerbröckeln. „Alles ist in Ordnung, Maggie. Es lief besser, als ich zu hoffen wagte.“

„Erzähl's mir.“

„Du bist offiziell aus dem Krankenhaus entlassen. Du kannst ein neues Leben beginnen“, verkündete er.

„Und was ist mit dir?“

Es überraschte ihn, dass sie sofort nach ihm fragte, anstatt über die gute Nachricht zu jubeln. „Gefeuert bin ich nicht. Aber vom Dienst suspendiert. Für drei Monate. Danach bekomme ich wahrscheinlich meine alte Position zurück, mit allen Rechten und Pflichten.“

Sie begriff nicht, warum er so klang, als würde er sich damit abfinden. „Drei Monate? Ich hätte niemals zulassen dürfen, dass du mir hilfst.“

Joshua wusste nicht, was er sagen sollte. Er starrte sie einfach nur an und beobachtete, wie sich in ihren Augen die Reue ausbreitete. „Maggie“, begann er schließlich, viel zu scharf, „nun falle mir nicht in den Rücken und spiel die Verrückte, um Himmels willen. Sie hätten mich feuern können. Eigentlich hätten sie es sogar tun müssen. Aber sie haben es nicht getan, weil ich rechtfertigen konnte, was ich unternommen habe."

Seine Verärgerung war ein besseres Mittel gegen ihren Rückzug als jedes Mitleid. Unbewusst straffte sie die Schultern. „Verdammt, Joshua", fuhr sie ihn an. „Ich bin nicht verrückt. Und wenn ich bei dem, was diese Sache für dich bewirkt hat, ein schlechtes Gefühl haben möchte, dann habe ich es auch. Wenn dir das nicht passt, hast du eben Pech gehabt. Denn ab jetzt hast du kein Sorgerecht mehr für mich."

Joshua lächelte, und die harten Züge seines Gesichts wurden schlagartig sanfter. „Du entwickelst ein Temperament, das zu deinem irischen Namen passt."

„Warte nur ab, bis ich wieder bei Kräften bin!"

„Ich zittere schon vor Angst." Er legte ihr den Arm um die Schultern und zog sie an sich. „Maggie, ab jetzt wird alles gut gehen. Ich kann den Zwangsurlaub gebrauchen. Seit Jahren arbeite ich fast rund um die Uhr, ohne mir eine richtige Erholungspause zu gönnen. Über das, was ich getan habe, wissen nur wenige Leute Bescheid. Für das Krankenhauspersonal bin ich in Urlaub."

Sie hörte die Ernsthaftigkeit in seiner Stimme und begann sich ein wenig zu entspannen. Die gute Nachricht trat wieder in den Vordergrund. „Und ich bin frei."

„Du bist jetzt auf dich allein gestellt, Liebling. Dr. Nelson hat mir zugestimmt, dass ein Krankenhausaufenthalt nicht mehr erforderlich ist."

Das Treffen war besser verlaufen, als er sich je hätte träumen lassen. Er hatte einen ordentlichen Schuss vor den Bug bekommen, aber mehr nicht. Dabei hätte er es durchaus verdient, fristlos entlassen zu werden. Jeder Mitarbeiter, der mit Maggies Fall zu tun gehabt hatte, war nach seiner Version der Geschichte befragt worden. Jim Nelson hatte sich alles ruhig angehört und sich schließlich auf sein Urteilsvermögen verlassen. Joshua war vom Dienst suspendiert worden, weil er ungeachtet seiner edlen Motive gegen die Klinikvorschriften verstoßen hatte. Allerdings war auch Dr. Bashir nicht ungeschoren davongekommen. Die Tatsache, dass er sich bei der

Behandlung einer Patientin von persönlichen Gefühlen hatte leiten lassen, brachte ihm einen strengen Tadel ein.

Maggie war jetzt frei. Die Behörden waren nicht über ihr Verschwinden aus der Klinik verständigt worden. Die Einweisungsanhörung würde nicht stattfinden. Und weil Joshua Dr. Nelson davon hatte überzeugen können, dass es Maggie außerhalb des Krankenhauses gut ging, waren sich, mit Ausnahme Dr. Bashirs natürlich, alle einig, dass sie nicht zurück ins City Hospital musste. Joshua sollte für sie eine geeignete Therapie arrangieren.

Maggie hatte in aller Ruhe versucht, die gute Nachricht zu analysieren. Sie begann gerade erst zu verarbeiten, dass sie ab jetzt ein freier Mensch war. Sie war auf sich allein gestellt, wusste nicht, wohin sie gehen sollte, hatte kein Geld und keine Kraft, sich nach einem Job umzusehen. Die Freiheit war wundervoll, nicht aber die Probleme, die sie mit sich brachte.

Das erste Problem war akut. Sie drehte sich leicht zur Seite, um Joshua ins Gesicht sehen zu können. „Meinst du, Skeeter hat etwas dagegen, wenn ich bis morgen früh hier bleibe? Dann kann ich mich gleich nach einer anderen Unterkunft umsehen."

Joshua überlegte angestrengt, wie er Maggie beibringen sollte, welche Pläne er für ihr neues Leben hatte. Er hatte drei Tage gehabt, um alle Möglichkeiten durchzugehen. Er hatte eine Lösung, die er für die Beste hielt, aber er war nicht mehr in der Position, sie gegen Maggies Willen durchzusetzen. „Maggie, ich weiß, dass du auf eigenen Beinen stehen willst, und das wirst du bald auch, das verspreche ich. Aber im Augenblick bist du noch nicht kräftig genug, um arbeiten zu gehen."

„Ich werde mir eine Stelle als Verkäuferin suchen."

„Du würdest nicht einen Tag durchhalten", widersprach er sanft. „Das stundenlange Stehen würde dich ruinieren. Du bist noch immer dabei, dich von deinen Verletzungen und all den Wochen im Bett zu erholen. Darf ich dir erklären, was du meiner Auffassung nach tun solltest?"

„Ich könnte meinen alten Job wieder aufnehmen. Ich bezweifle, dass ich in dem allzu oft stehen muss.“ Es hatte ein Scherz sein sollen, doch ihre Verbitterung war nicht zu überhören.

„Wirst du mir zuhören?“ fragte Joshua.

Sie ließ den Kopf gegen seinen Arm fallen, der um ihre Schultern lag, und nickte.

„Mein Apartment hat zwei Schlafzimmer. Ich möchte, dass du bei mir einziehst. Du wirst so ungestört sein, wie du möchtest, aber ich werde immer dort sein, um dir zu helfen, wenn du mich brauchst.“

„Ich stehe schon jetzt tief in deiner Schuld.“

Er ging nicht darauf ein. „Und dann, wenn du wirklich wieder fit bist, kannst du dir einen Job suchen … Und wenn es ungefährlich ist.“

„Ungefährlich?“

Ohne darüber nachzudenken, was er tat, zog er sie an sich. Er hatte das Bedürfnis, sie zu beschützen. „Der Mann, der versucht hat, dich zu ermorden, ist noch immer auf freiem Fuß. Die Polizei wird nicht wollen, dass du dich als Zielscheibe präsentierst.“ Er konnte fühlen, wie sie zu zittern begann. „Maggie, ich werde dich beschützen. Sam hat mir versichert, dass die Polizei dem Kerl dicht auf den Fersen ist. Vielleicht dauert es nur noch ein paar Wochen, bis sie ihn schnappen. Bis dahin verkraftest du auch wieder einen Job. Wenn ich nicht bei dir bin, solltest du in der Wohnung bleiben. New Orleans ist eine große Stadt, aber wenn du zufällig diesem Wahnsinnigen über den Weg läufst und er dich erkennt …“

„Ich glaube, es gibt nicht den geringsten Zweifel, dass er mich wieder erkennt.“ Maggie ging auf, dass Joshuas Besorgnis von dem ersten Mordversuch herrührte. „Schließlich hat er mich sogar in einem dunklen Krankenhauszimmer wieder erkannt.“

Joshua schwieg.

„Ich weiß“, sagte sie betrübt. „Du glaubst noch immer, ich hätte bloß einen Albtraum durchlebt.“

„Wie auch immer, ich finde, wir sollten keine Risiken eingehen“, erwiderte er ausweichend. „Als zusätzliche Vorsichtsmaßnahme werde ich Sam bitten, der Presse mitzuteilen, dass man dich zur Erholung in ein Sanatorium im nördlichen Louisiana geschickt hat."

„Der Presse?"

„Die Zeitungen haben damals im November viel über deinen Fall berichtet. Was immer dieser Bursche tut, es hat einen hohen Nachrichtenwert. Die Reporter rufen auch jetzt noch im Krankenhaus an und fragen nach dir."

Es musste einen Weg geben, Joshua nicht mehr zur Last zu fallen. „Gibt es denn keine staatlichen Programme für Leute wie mich? Warum hast du mich am Hals?"

„Weil ich es so will." Behutsam strich er ihr über die Stirnlocken. „Wir haben es bis hierher geschafft, Maggie. Meinst du etwa, ich will mir entgehen lassen, wie du wieder völlig gesund wirst?"

„Ist es das, oder hast du Angst, dass ich wieder auf die Straße gehe, sobald du mich aus den Augen lässt?" Die Frage lag seit langem zwischen ihnen in der Luft. Sie zu stellen, während Joshuas Finger ihr Gesicht liebkosten, kostete Maggie große Mühe.

Er wollte es abstreiten, doch wenn sie ab jetzt fast permanent zusammen sein würden, durfte es keine Lügen geben. „Ich wäre unehrlich, wenn ich behauptete, dass ich mir deswegen keine Sorgen mache."

„Nun, es ist gut zu wissen, wo man steht." Sie wollte sich von ihm lösen.

„Ich weiß nicht, wo du stehst, Maggie. Woher willst du es wissen? Ich weiß nur, dass du mir etwas bedeutest, dass ich mir um dich Sorgen mache und ich mehr als alles andere auf der Welt will, dass du es schaffst, ein neues Leben zu beginnen."

Maggie schloss die Augen, als Joshua den Kopf senkte. Es kam überraschend, und fast wäre sie zusammengezuckt, als sie seine Lippen auf ihrem Mund spürte. Sie hatte einen brüderlichen Kuss auf die Stirn erwartet. Stattdessen entwickelte sich das, was er vermutlich als tröstlichen Beweis von Zuneigung geplant hatte, zu etwas völlig anderem. Sie hielt den Atem an, als seine Lippen sich an ihren rieben, sich mit wachsendem Druck an sie drängten. Sie hatte Angst, sich zu bewegen, Angst, den Kuss zu erwidern, denn sie wusste, dass er sich sofort zurückziehen würde. Maggie lag in Joshuas Armen und ließ sich von ihm küssen. Es war ein zärtlicher, behutsamer Kuss, doch in ihm lag ein Versprechen.

Als seine Zunge über ihre Unterlippe zu streichen begann und den Mund einlud, sich zu öffnen, legte sie Joshua zaghaft die Hände in den Nacken. Doch er zog sich nicht zurück, sondern ließ den Kuss intensiver werden. Joshua fing Feuer, und plötzlich gab es keinen Raum mehr für Selbstbeherrschung oder Angst. Maggie reagierte mit all der Leidenschaft, die sie so lange unterdrückt hatte. Er küsste sie, und sie erwiderte den Kuss.

Bereitwillig öffnete sie den Mund, empfing seine Zunge und zitterte, als Joshua sie fester an sich zog. Ihre Finger gruben sich in das feine gelockte Haar an seinem Nacken, und fast hätte sie aufgeseufzt, als die Erregung durch ihren Körper strömte.

Jede Intimität, mit der er sie überraschte, steigerte ihre Erregung. Sie ließ alles mit sich geschehen und akzeptierte, was er in ihr auslöste, denn sie wusste, dass es nichts gab, was sie Joshua jemals verweigern würde. Sie gehörte ihm bereits, keine Zeremonie, kein Vollzugsritual war nötig, um das noch fester zu besiegeln. Sie gehörte Joshua Martane, und irgendwie wusste sie, dass sie noch nie jemandem auf diese Weise gehört hatte.

„Maggie." Joshua zog sich zurück. Ihre Hände lagen noch in seinem Nacken, und er fühlte, wie ihre Finger die plötzliche Anspannung hinwegmassierten. „Es tut mir Leid", sagte er mit rauer Stimme. „Ich hatte es nicht darauf abgesehen."

„Warum nicht?"

Sie sah so verwundbar aus. Wie konnte sie nur so aussehen, als wäre sie zum ersten Mal im Leben geküsst worden und hätte die neue Erfahrung noch nicht verkraftet? Er schüttelte den Kopf. Worte waren unmöglich.

Maggie entging nicht, wie Joshua die Barriere zwischen ihnen wieder errichtete. „Ich verstehe", sagte sie und löste die Hände langsam von seinem Nacken. „Der Therapeut darf die Patientin nicht küssen. Der Geistliche darf die Lady der Nacht nicht küssen. Joshua darf Maggie nicht küssen." Sie stand auf, und plötzlich drohten die Beine ihr den Dienst zu versagen. Sie sah ihn an, versuchte gar nicht erst, den grenzenlosen Schmerz in ihren Augen vor ihm zu verbergen.

„Ich werde dazu bereit sein, wenn du es auch bist, Joshua. Und ich werde tun, was du von mir verlangst. Aber sobald ich dazu in der Lage bin, werde ich aus deinem Leben verschwinden. Eva wird gehen und den Apfel mitnehmen. Dann brauchst du dir um die Versuchung keine Sorgen mehr zu machen." In aufrechter Haltung und mit anmutigem Gang verließ sie den Raum.

Joshuas Wohnung war eine von vier, die man in einer alten Villa an der Esplanade Avenue in der Nähe des French Quarter geschaffen hatte. Joshua verfügte über fünf Zimmer und ein Bad. Die Decken waren über drei Meter hoch, die Täfelung aus edlem Walnussholz, die Böden polierte Meisterwerke der Handwerkskunst, die Möbel antik. Weil die Gegend ihren Charakter veränderte und das Haus selbst sich in nicht gerade perfektem Zustand befand, konnte Joshua sich die Miete leisten.

Das Gästezimmer war geräumig und luftig. Die beiden Fenster blickten auf die Allee hinaus. Bei beiden brauchte man nur über die niedrige Fensterbank zu steigen, um auf die schmiedeeisernen Balkone zu gelangen.

„Bis zur Jahrhundertwende galt die Esplanade als so genannte ‚Promenade Publique'. Die kreolischen Dandys promenierten jeden Nachmittag hier entlang und flirteten mit den Schönheiten, die mit ihren Anstandsdamen durch die Stadt flanierten. Ich bin sicher, dass hier oben auf dem Balkon so manches junge Mädchen gestanden und den Männern schöne Augen gemacht hat."

Maggie blickte auf den vorbeirauschenden Verkehr und versuchte sich ruhigere, sanftere Zeiten vorzustellen. „Es ist eine herrliche Straße. Ich komme mir vor wie in einer Filmszene."

Joshua begann schnell einen Bücherstapel von der Kommode zu räumen. „Ich habe dieses Zimmer nur als Lagerraum genutzt", entschuldigte er sich. „Ich brauche nur ein paar Minuten zum Aufräumen."

„Nicht nötig." Maggie legte ihm die Hand auf den Arm. „Lass es, wie es ist. Ich werde nicht lange bleiben."

„Das kannst du nicht vorhersehen. Aber inzwischen möchte ich, dass du dich wohl fühlst."

Maggie hielt „wohl fühlen" für eine eigenartige Wortwahl. Noch nie im Leben hatte sie sich unwohler gefühlt. „Wenn du darauf bestehst, dir meinetwegen solche Umstände zu machen, werde ich überhaupt nicht bleiben."

Seit dem Kuss, der früher am Nachmittag ihre Beziehung bis in die Fundamente erschüttert hatte, hatte Joshua jede Berührung sorgfältig vermieden. Doch jetzt legte er die Hände fest auf ihre Schultern. Am liebsten hätte er ihr den Trotz aus dem Körper geschüttelt, sie um Verzeihung gebeten, sie erneut geküsst.

„Hör zu, Maggie, ich weiß, wie verwirrt und wütend du bist. Ich bin auch verwirrt. Aber eine Sache ist mir völlig klar. Ich will dich hier haben. Da bin ich mir sehr, sehr sicher. Der Kuss hat daran nichts geändert. Und die Tatsache, dass du störrisch wie ein alter Esel bist, ändert auch nichts daran. Könnten wir bitte, bitte Waffenstillstand schließen?"

„Ich mag es nicht, wenn ich jemandem zur Last falle. Ich weiß vielleicht nicht viel über mich, aber das weiß ich ganz sicher." Herausfordernd sah sie ihn an.

„Ich will dich hier bei mir haben, aber ich werde dich nicht anflehen zu bleiben. Die Entscheidung liegt allein bei dir."

Ihre kämpferische Stimmung legte sich etwas. Die Situation war kompliziert. Doch selbst wenn sie woanders hätte hingehen können, Maggie wusste genau, dass sie auf jeden Fall bei Joshua geblieben wäre. „Ich möchte aber nicht umsonst hier wohnen."

„Was schlägst du vor?"

„Ich werde als deine Haushälterin arbeiten und für dich kochen", erwiderte sie.

Joshua drückte ihr die Schultern. „Abgemacht."

„Hattest du mit einem anderen Vorschlag gerechnet?"

Diesmal kam Joshua aus der Deckung hervor. Der Zorn, den ihre Frage bei ihm auslöste, war deutlich in seinem Gesicht zu erkennen. Er machte einen Schritt auf sie zu. „Hör auf damit, Maggie."

Es war eine kindische, boshafte Frage gewesen, die auf das Wissen zurückging, dass Joshua ihr nicht vertraute. Maggie wünschte, sie könnte sie ungeschehen machen. „Es tut mir Leid."

„Wir sollten aufhören, uns gegenseitig zu bestrafen." Joshua hob die Hand und strich ihr die weichen Locken aus dem Gesicht. Einen Moment lang sahen sie einander in die Augen, dann trat jeder einen Schritt zurück.

„Wir können morgen einkaufen", sagte Joshua nach einer Weile. „Heute Abend möchte ich dich zum Essen einladen."

Maggie nickte und fand sich damit ab, eine Zeit lang von ihm abhängig zu sein.

„Aber jetzt ziehen wir los und besorgen dir etwas Neues zum Anziehen."

Sie schloss einmal mehr die Augen. „Ich glaube, ich halte das hier nicht aus."

„Du kannst mir später alles zurückzahlen, wenn du das gern möchtest. Aber es gefällt mir, etwas für dich zu tun."

„Du hast schon viel zu viel für mich getan", flüsterte sie. „Ich komme mir vor wie dein persönliches Wohltätigkeitsprojekt."

„Ich weiß. Und ich wünschte, du würdest endlich begreifen, warum ich es tue. Ich tue es, weil ich es will, nicht, weil ich mich dazu verpflichtet fühle."

„Eines Tages wirst du mir das erklären müssen."

Bei ihrem Bummel durchs Kaufhaus musste Joshua darauf bestehen, dass Maggie sich mindestens die Grundausstattung einer Garderobe kaufte. Kaum hatte er etwas aus dem Regal oder vom Ständer genommen, da legte oder hängte sie es auch schon zurück. Es entwickelte sich zu einem Test für ihre Willenskraft, und als sie in die Wohnung zurückkehrten, war es schwer zu sagen, wer gewonnen hatte.

Joshuas trainiertes Therapeutenauge nahm genau wahr, wie Maggie auf die Menschenmenge um sich herum, auf die Anstrengungen des Einkaufens und den Trip durch die geschäftige Innenstadt reagierte. Sie hatte alles mit bewundernswerter Gelassenheit bewältigt, als wäre das Ganze für sie keine neue Erfahrung. Wenn der Zeitpunkt kam, an dem sie sich der Welt allein stellen musste, würde sie sich nicht in Angst und Schrecken versetzen lassen.

„Wie fandest du es, in die raue Wirklichkeit zurückzukehren?“ fragte er, um seinen Eindruck zu überprüfen.

Maggie dachte über die Frage nach. Die Vorstellung, dass das Shopping für sie eine lange nicht mehr gemachte Erfahrung war, hatte sich ihr gar nicht aufgedrängt. Keinen Gedanken hatte sie daran verschwendet. „Es kam mir völlig normal vor.“ Sie sah aus dem Fenster auf die vorbeigleitende Landschaft. „Ich finde es kein bisschen ungewöhnlich, auf dem Interstate Highway zu fahren.“

„Kommt dir etwas an der Umgebung bekannt vor?“

Sie kniff die Augen zusammen, als würde das helfen, sich an etwas zu erinnern. „Ja und nein.“

„Erzähl mir über das Ja.“

„Nun, es kommt mir alles gar nicht fremd vor. Die Landschaft ist irgendwie beruhigend.“ Sie zeigte auf eine Reihe baumgesäumter, einstöckiger Häuser. „Ich glaube, solche Gegenden habe ich schon häufiger gesehen.“

„Die gibt's in den meisten Städten.“

„Ja, das stimmt wohl.“ Ihre Miene erhellte sich ein wenig. „Das Wasser kommt mir auch bekannt vor.“ Sie überquerten gerade einen windungsreichen Bayou.

„Woran denkst du, wenn du das Wasser siehst?“

Maggie schloss die Augen und versuchte sich ein Bild vorzustellen. „Ich sehe viel davon. Blau und glitzernd. Und Wellen.“ Sie runzelte die Stirn und öffnete die Augen. „Das war's.“

„Kein schlechter Start.“

„Wie soll ich es bloß schaffen, dass mir alles wieder einfällt?“

Joshua beschloss, ihre Frage als Ausgangspunkt zu nehmen. Einen besseren würde er nicht bekommen. Das Krankenhaus hatte ihn beauftragt, Maggie eine Therapie zu verschaffen, jedenfalls so lange, bis ihr Gedächtnis zurückkehrte. „Du brauchst jemanden, mit dem du reden kannst. Jemanden, der dir hilft, die Bruchstücke deines Lebens zusammenzusetzen."

„Wie wäre es mit dir?"

„Ich bin zu einem der Bruchstücke geworden."

Maggie nickte. „Mit anderen Worten, ich brauche jemanden, mit dem ich ohne Hemmungen reden kann."

„Ich kenne da eine Frau, eine Freundin. Sie heißt Antoinette Deveraux und arbeitet privat als Therapeutin. Sie ist bereit, dich zu sehen, falls du einverstanden bist."

Maggie sah wieder aus dem Seitenfenster. „Ich würde alles tun, um herauszufinden, wer ich bin. Natürlich werde ich mit ihr reden."

„Sie sind also Maggie." Antoinette Deveraux musterte die junge Frau, die in einem bequemen Sessel vor ihrem Schreibtisch saß.

„Vermutlich nicht." Maggie sah sich in dem kleinen Büro um und bewunderte die geschmackvolle, unaufdringliche Einrichtung.

„Ich glaube, ich habe noch nie jemanden mit zwei Worten so viel aussagen gehört." Antoinette lehnte sich zurück und beobachtete ihre neue Patientin. Sie verstand sofort, warum Joshua so viel riskiert hatte und warum die hübsche junge Frau ihn so verzaubert hatte.

Maggie konzentrierte sich wieder auf Antoinette. Sie hatte eine ältere, irgendwie mütterliche Frau erwartet. Mit einer derart faszinierenden Kombination von Anmut und Intelligenz hatte sie nicht gerechnet. Maggie fragte sich, in welcher Beziehung Antoinette wohl zu Joshua stand. Die beiden Psychologen würden perfekt zueinander passen. Zwischen ihnen gab es keine Rätsel, keine Schatten der Vergangenheit, die es erst noch zu überwinden galt. „Haben Sie je einen Fall wie meinen gehabt?" fragte sie.

„Nein."

Maggie lächelte. „Also sind Sie in der richtigen Stimmung für eine echte Herausforderung?"

„Immer." Jetzt lächelte auch Antoinette.

„Glauben Sie, dass Sie mir helfen können?"

„Möchten Sie, dass ich Ihnen helfe?" gab die Psychologin zurück.

„Natürlich." Maggie dachte über ihre Antwort nach. Antoinette schien zu ahnen, dass das noch nicht alles war, und wartete ruhig ab. „Ich weiß nicht", schloss Maggie nach einer langen Pause.

Antoinette nickte. „Lassen Sie uns darüber reden, warum Sie sich möglicherweise nicht an Ihre Vergangenheit erinnern wollen."

„Das ist nicht sehr schwierig. Vielleicht wird mir nicht gefallen, was ich herausfinde."

„Ich kann Ihnen garantieren, dass Ihnen nicht alles gefallen wird."

„Ich rede nicht über Kinderstreiche oder eine nicht bestandene College-Prüfung."

„Sie reden über Prostitution."

Maggie hob die Schultern. „Ich habe keine Ahnung, worüber ich rede. Ich weiß nur, dass meine Vergangenheit mir Angst macht."

„Dann wird ein Teil unserer Arbeit darin bestehen, sie Schicht um Schicht freizulegen. Eine Schicht nach der anderen, bis Sie sich stark genug fühlen, sich dem Ganzen zu stellen", erklärte die Therapeutin.

„Aber ich habe nicht genug Zeit für eine langwierige Therapie." Maggie hob das Kinn, und Antoinette sah die Entschlossenheit in den delikaten Zügen. „Ich muss es schnell wissen, damit ich mein Leben weiterführen kann."

„Man kann einen Fluss nicht dazu bringen, schneller zu fließen. Die Dinge haben ihr eigenes Tempo, und das ist manchmal gut so."

„Könnten Sie mich nicht hypnotisieren und mich zwingen, mich zu erinnern?" fragte Maggie.

„Später vielleicht. Gegenwärtig wäre Hypnose nicht angemessen."

„Ich werde Ihnen sagen, was nicht angemessen ist. Es ist nicht angemessen, dass ich auf Joshuas Kosten lebe und darauf warte, dass mein Gedächtnis zurückkehrt. Es ist nicht angemessen, dass ich untätig herumsitze, noch dazu in einer Stadt, in der ein Mann versucht hat, mich zu töten." Maggie schaffte es, ihre Stimme ruhig klingen zu lassen, obwohl sie die Worte lieber laut hinausgeschrien hätte.

„Sie können Ihre Wut ruhig herauslassen, Maggie. Sie brauchen sie nicht vor mir zu verstecken."

Antoinettes ruhige Aufforderung vertrieb sämtlichen Widerwillen, den Maggie gegen die Therapie empfunden hatte. „Ich glaube, ich werde die Arbeit mit Ihnen mögen", sagte sie und sah Antoinette in die Augen. „Aber ich werde nicht annähernd so geduldig sein, wie Sie es sich von mir wünschen."

Antoinette machte es sich bequem und wartete.

6. KAPITEL

Die Vertrautheit, die die Beziehung zwischen Maggie und Joshua stets gekennzeichnet hatte, schien mit der wachsenden Intimität ihres Zusammenlebens abzunehmen. Es war, als ob die unter der Oberfläche brodelnde Anziehungskraft beide zu höflicher Zurückhaltung zwingen würde.

Maggie war Joshua für alles dankbar, was er für sie tat. Sie hielt die Wohnung in Ordnung und brachte sich das Kochen mit einer Entschlossenheit bei, die sie selbst lustig fand. Sie gewöhnte sich an, ihm aus dem Weg zu gehen, und zog sich in ihr Zimmer zurück, wenn sie das Gefühl hatte, dass er ungestört sein wollte. Nur selten begann sie eine Unterhaltung oder bat ihn um etwas.

Joshua befand sich plötzlich in der unangenehmen Lage zu erraten, was sie möglicherweise brauchte. Er gab ihr Bücher zum Lesen, stellte ein Radio in ihr Zimmer, bot an, sie überall dorthin zu begleiten, wohin sie gehen wollte. Doch ihre Beziehung hatte ein abruptes Ende genommen. Obwohl er immer wieder Versuche unternahm, herauszufinden, was sie dachte, blieb Maggie kühl und unnahbar. An der Oberfläche schien alles so zu sein, wie es sein sollte, doch was sich darunter in ihr abspielte, davon hatte er keine Ahnung.

Eine Woche verging, dann zwei. Rein körperlich blühte Maggie auf. Sie spazierten ins French Quarter, und jeden Abend dauerte der Spaziergang länger. Sie nahm an Gewicht zu und hatte es nicht mehr nötig, sich am Tag schlafen zu legen. Obwohl der Albtraum noch immer wiederkehrte, besaß er nicht mehr dieselbe Wucht. Zum ersten Mal, seit sie aus ihrem langen Schlummer erwacht war, hatte Maggie das Gefühl, dass es ihr wirklich besser zu gehen begann.

In einer Hinsicht machte sie allerdings keine Fortschritte: Das Rätsel ihrer Vergangenheit war der Lösung kein Stück näher gekommen. Mit Joshua sprach sie nicht über ihre Sitzungen mit Antoinette, dennoch wurde ihr langsam klar, wie lange sie brauchen würde, um zu erfahren, wer sie wirklich war. Antoinette half ihr, die Tiefen des Gedächtnisses auszuloten, doch das bisschen, was sie gemeinsam daraus hervorholten, machte sie nur noch ungeduldiger.

Antoinette war der Ansicht, Maggies Bereitschaft, sich zu erinnern, wachse stetig, und wenn der Zeitpunkt käme, wäre sie ihrer Vergangenheit gewachsen. Doch Maggie fand die Ungewissheit quälend.

Fast drei Wochen nach Maggies Flucht aus der Klinik kam Joshua nach einem Besuch auf dem Polizeirevier nach Hause. Sam hatte zwischen klappernden Schreibmaschinen und schrillenden Telefonen hinter seinem Schreibtisch gehockt und ihm versichert, dass der Prostituiertenmörder ihnen bald ins Netz gehen würde. „Wofür wir deiner Maggie allerdings nicht zu danken haben", hatte Sam hinzugefügt.

Eine Woche zuvor hatte Sam endlich die lang ersehnte Gelegenheit bekommen, Maggie zu befragen. Seine umständlichen Fragen kamen Maggie irgendwie verschlüsselt vor, und sie hatte keine einzige davon beantworten können. Sie hatte das Verhör durchgestanden, doch neue Erkenntnisse hatte sie Sam nicht liefern können. Die Nacht, in der sie dem Tod nur knapp entronnen war, blieb ein Rätsel.

Sam war ganz offenkundig nicht davon überzeugt, dass sie ihm über den Gedächtnisverlust die Wahrheit sagte. Jetzt, wo er kurz davor stand, den Mörder zu fassen, warnte er Joshua erneut davor, sich von Maggie täuschen zu lassen. „Ich habe Tausende wie sie gesehen", erklärte er seinem Freund. „Sobald der Kerl hinter Gittern ist, schick sie dorthin zurück, woher sie gekommen ist."

Joshua schluckte die Verärgerung hinunter. „Kümmere du dich darum, diesen Wahnsinnigen zu finden. Um mein eigenes Leben kümmere ich mich schon selbst."

Ungeachtet Sams Einstellung fand Joshua, dass er eine gute Neuigkeit mit nach Hause brachte. Bald würde Maggie in keiner größeren Gefahr schweben als jeder normale Einwohner von New Orleans. Aber die Verhaftung des Killers hatte noch einen anderen wichtigen Aspekt. Mit etwas Glück würde der Mann Einzelheiten liefern, mit deren Hilfe sie Maggies Vergangenheit auf die Spur kommen könnten.

Als er die Wohnung betrat, war Maggie weder in der Küche noch im Wohnzimmer. Er rief ihren Namen, um sich zurückzumelden, und ging in sein Zimmer. Dort zog er sich um, bevor er den Flur überquerte und an Maggies Tür klopfte. Keine Antwort. Das Zimmer war leer.

Joshua sprintete zu seinem Wagen. Maggie auf den Bürgersteigen der City suchen war wie die Suche nach der Nadel im Heuhaufen. Um die Lage zu komplizieren, brach auch noch ein heftiges Nachmittagsgewitter aus. Eine Stunde lang fuhr er durch New Orleans und deckte einen Zwei-Meilen-Radius um seine Wohnung ab. Schließlich machte er kehrt und fand sich mit der Hoffnungslosigkeit der Situation ab.

Er stellte den Wagen ab und ging die Treppe hinauf. Kurz darauf stand er im Wohnzimmer und fühlte sich vollkommen hilflos. Sobald der Regen aufhörte, würde er wieder nach ihr suchen. Bis dahin blieb ihm nichts anderes übrig, als die nassen Sachen auszuziehen und zu warten.

Selbst die ausgiebigen Abendspaziergänge mit Joshua hatten Maggie nicht auf die Meilen vorbereitet, die sie zurücklegen musste, um Hootie Barns Taverne zu erreichen. Sie hatte die Anschrift im Telefonbuch nachgeschlagen und mehrmals Passanten nach dem richtigen Weg gefragt. Jetzt stand sie vor der in schreienden Farben bemalten Bar und sah zu, wie die männlichen Gäste kamen und gingen.

„Ich war hier. Ich wurde hier gefunden“, flüsterte sie, als würden die Worte, laut ausgesprochen, eine Reaktion hervorrufen. „Ich habe dort drüben auf einem leeren Grundstück gelegen.“

Mit spürbarem Widerwillen suchte sie sich einen Weg um das Gebäude herum und stieg über zerbrochenes Glas, alte Autoreifen und allen möglichen anderen Unrat hinweg. Das verlassene Grundstück war nicht inspirierender, als es jeder andere Teil der Stadtlandschaft hätte sein können. In ihrem Kopf waren keine Antworten oder Echos, keine erregenden Impulse.

Maggie spürte die herabprasselnden Regentropfen wie Nadelstiche auf der bloßen Haut an Armen und Hals. Die Männer auf dem Bürgersteig vor Hootie Barns Taverne pfiffen bewundernd, machten anzügliche Bemerkungen und Gesten, schreckten selbst vor eindeutigen Angeboten nicht zurück. Als mehrere von ihnen auf sie zukamen, drehte Maggie sich ruckartig um, ging um die andere Seite des Gebäudes herum und kehrte zur Straße zurück. Erst jetzt bemerkte sie, in was für einer wenig einladenden Gegend sie sich befand.

Auf dem Weg hierher hatte sie sich so sehr auf jedes Haus und jede Straße konzentriert, dass sie gar nicht richtig wahrgenommen hatte, wie heruntergekommen dieser Teil der Stadt war. Sie hatte nach ihrer Identität gesucht und ihre Sicherheit darüber völlig vergessen. Glücklicherweise überlegten die Männer es sich anders und drehten ab. Kein Wunder, dachte Maggie, bei dem Regen.

Es war ein warmer Tag, doch die Regentropfen fühlten sich kalt auf der Haut an. Maggie eilte die Basin Street entlang und ärgerte sich darüber, dass sie noch immer nicht richtig bei Kräften war. Sie begann durch Seitenstraßen zu wandern und hatte sich bald darauf hoffnungslos verirrt.

Schließlich landete sie in einer Gegend, die nach einem der ärmeren Wohnviertel aussah.

Sie versuchte sich einzureden, dass es sich bei der Panik, die in ihr aufstieg, um eine völlig normale Reaktion auf die ungewohnte Umgebung handelte. In einer Großstadt wie New Orleans verließ sich kein vernünftiger Mensch auf jemanden, den er nicht kannte. Maggie durchforstete ihr nicht sonderlich umfangreiches Gedächtnis und kam zu dem Ergebnis, dass dieser plötzliche Anflug von Angst anders war als alles, was sie seit dem Verlassen des Krankenhauses empfunden hatte. Doch ihr blieb keine Zeit, das Gefühl intensiver zu erforschen. Die Gegend wurde immer fremder, immer unheimlicher. Sie hatte nicht die geringste Ahnung, in welchem Teil der Stadt sie sich befand.

Am Ende der Straße bog sie ab, und kurz darauf umrundete sie eine weitere Häuserecke. Der Regen machte es schwierig, sich zu orientieren. Schwere Tropfen raubten ihr fast die Sicht. Der Himmel wurde immer dunkler, und hin und wieder zuckte ein greller Blitz durch die fast pechschwarzen Wolken.

Joshua hatte ihr von den nahezu endlosen Reihen von Backsteinbauten erzählt, in denen die ärmsten Bewohner von New Orleans ihr Dasein fristeten. Als sie erneut um die Ecke bog und sich direkt vor einer derartigen Siedlung wiederfand, machte sie auf dem Absatz kehrt und versuchte zum Ausgangspunkt ihres Irrwegs zurückzukehren. Doch das erwies sich schnell als unmöglich. Das Gewirr der Straßen war wie ein Gefängnis, das sie nicht freigab.

Total erschöpft lehnte sie sich an ein Straßenschild. Durch den Schleier, den die Müdigkeit und der dichte Regen vor ihr aufrichteten, sah sie plötzlich einen weißen Bus, dessen violette, grüne und goldene Streifen rasch auf sie zukamen. Nur mit Mühe konnte sie das Fahrtziel erkennen. Esplanade Avenue.

Maggie gab sich einen Ruck, stieß sich von dem Metallpfosten ab und trat auf die Straße. Der Bus hielt wenige Meter von ihr entfernt. Ihr fehlte ein Fünf-Cent-Stück, doch der Fahrer winkte sie trotzdem hindurch. Erleichtert ließ sie sich auf einen Sitz sinken und ignorierte die neugierigen Blicke der anderen Fahrgäste.

Nach einer etwa zehnminütigen Fahrt hatte sie die Esplanade Avenue erreicht und stand vor der alten Villa auf dem Bürgersteig. So gut es ging, wrang sie das Wasser aus der klitschnassen Bluse, die sie zu dem einzigen Paar Jeans trug, das sie besaß. Dann stieß sie die Haustür auf und stieg die Treppe hinauf.

„Maggie! Wo bist du gewesen?“ Die Tür zu Joshuas Apartment flog auf, und er stürmte barfuß auf den Flur.

Der Zorn in seinen Augen und die Kälte der Klimaanlage auf ihrer feuchten Haut ließen sie frösteln. Sie riss sich aus der einsetzenden Trance, ignorierte seine wütende Frage und schob sich an ihm vorbei durch die Tür. Er folgte ihr.

„Augenblick mal. Ich möchte, dass du mir die Frage beantwortest, Maggie.“ Joshua baute sich vor ihr auf.

Sie hatte zwar nicht vor, sich wie ein entlaufener und reumütig in seine Zelle zurückgekehrter Häftling behandeln zu lassen, war aber viel zu erschöpft, um sich auf eine Auseinandersetzung einzulassen. So eilte sie in ihr Zimmer und zerrte Shorts und Bluse, die sie von Skeeter bekommen hatte, aus der Kommode. Sie fror zu sehr, um sich die Shorts anzuziehen, doch die einzigen Jeans, die sie hatte, klebten klitschnass an ihrem zitternden Körper. Maggie tastete nach dem Lichtschalter im Bad, zog die Tür hinter sich zu und schloss ab, bevor sie heißes Wasser in die alte gusseiserne Wanne strömen ließ. Minutenlang aalte sie sich darin und ließ heißes Wasser nachlaufen, sobald die Temperatur wieder sank. Schließlich war ihr nicht mehr kalt. Erst dann stieg sie aus der Wanne, trocknete sich kräftig ab und streifte Shorts und Bluse über. Kurz darauf stand sie wieder vor Joshua.

„Es ist zu kalt, um Shorts zu tragen."

Sie sagte nichts, sondern ging wieder in ihr Zimmer. Sie nahm die Wolldecke, wickelte sie sich um den Körper und ließ sich aufs Bett fallen. „Geh weg", murmelte sie und schloss die Augen.

Joshua sah die totale Erschöpfung, die winzige Falten um Maggies Augen gegraben hatte. Doch diesmal blieb er ungerührt. „Wenn du müde bist", sagte er, die Stimme so kalt, wie Maggies Körper es gewesen war, „dann ist das deine eigene verdammte Schuld. Was hast du draußen zu suchen gehabt? Ich habe dir doch gesagt, du sollst das Haus nicht ohne mich verlassen. Unter keinen Umständen. Du hättest dich in große Gefahr bringen können."

„Ich war bei Hootie Barns Taverne. Schließlich ist das eine meiner Lieblingskneipen, nicht wahr?" Es kostete sie große Mühe, doch sie schaffte es, die Augen zu öffnen. „Das ist es doch, was du von mir hören willst, oder? Nun, es ist wahr, Joshua."

Sie wandte das Gesicht ab, als sie seine Hände an den Schultern spürte. Seine Finger gruben sich hinein, doch sie war viel zu schwach, um zu protestieren.

„Maggie, du hättest getötet werden können. Um Himmels willen, mach endlich die Augen auf."

Irgendetwas in seiner Stimme überraschte sie so sehr, dass sie ihn ansah.

„Maggie, Liebling, warum bist du dorthin zurückgekehrt? War dir denn nicht klar, wie gefährlich das ist?"

„Ich bin dorthin zurückgekehrt, um mich endlich selbst zu finden", flüsterte sie.

„Und? Hast du dich gefunden?"

„Nein. Ich war nicht dort. Bin nie dort gewesen."

Sie war völlig ausgelaugt, schloss die Augen und war eingeschlafen. Joshua zog sich einen Stuhl ans Bett und setzte sich. Maggie schlief, ohne den Mann wahrzunehmen, der besorgt an ihrer Seite blieb.

Der anbrechende Abend tauchte die Wohnung in Dunkelheit, als Maggie die Augen aufschlug. Wie immer löste das Aufwachen aus einem tiefen Schlaf bei ihr Verwirrung aus und erfüllte sie mit Angst und Hilflosigkeit. Sie starrte auf die Wand neben dem Bett. Wie ein kleines Mädchen, das mutig vor sich hinpfiff, um das Monster aus ihrem Schrank zu vertreiben, redete Maggie sich ein, dass sie nichts zu befürchten habe. In dieser Wohnung gab es nichts, vor dem sie Angst haben musste. Automatisch überprüfte sie ihr Gedächtnis. Nein, an ihr Leben vor dem Krankenhausaufenthalt konnte sie sich noch immer nicht erinnern. Doch alles, was seitdem geschehen war, stand kristallklar vor ihrem geistigen Auge.

„Maggie?"

Joshuas Stimme ließ sie zusammenzucken. Sie hatte ganz vergessen, dass er im Zimmer gewesen war, als sie einschlief. Sie drehte sich zu ihm um und stützte sich auf einen Ellenbogen. „Hallo."

Er stand am Fenster und durchquerte jetzt das Zimmer, um sich ans Bett zu stellen. „Ich war mir nicht sicher, ob du schon wach bist."

„Ich wusste nicht, dass du noch hier bist."

„Ich habe mir Sorgen um dich gemacht."

„Ab jetzt wirst du jemand anderes brauchen, um den du dir Sorgen machen kannst", erwiderte sie.

„Warum das?"

„Weil es mir gut gehen wird." Maggie setzte sich auf, legte die Arme um die angezogenen Beine und das Kinn auf die Knie. „Zum ersten Mal seit langer Zeit habe ich das sichere Gefühl, dass es mir gut gehen wird."

Mit dieser Antwort hatte Joshua nicht gerechnet. Stundenlang hatte er sie beobachtet, während sie den Schlaf der erschöpften Pilgerin schlief. Immer wieder hatte er sich gefragt, wie er ihr seine Gedanken mitteilen sollte, wenn sie erwachte. Jetzt saß sie vor ihm auf dem Bett, die Augen hell und unverschleiert, die Wangen gerötet. Es war wie eine erneute Wiedergeburt.

Maggie lächelte und winkte ihn neben sich. „Sieh mich nicht so ernst an, Joshua. Ich fühle mich wirklich gut. Du brauchst dir keine Sorgen zu machen."

„Warum?" Die Frage widerte ihn an, doch Maggie schien sie nichts auszumachen. Sie streckte die Hand aus und zog ihn auf die Bettkante hinab.

„Weil meine Genesung erhebliche Fortschritte macht."

„Erinnerst du dich an etwas?"

Sie schüttelte den Kopf. „Nur winzige Bruchstücke. Aber ich glaube, irgendwann werde ich mein Gedächtnis vollständig zurückerlangen. Und wenn es so weit ist, werde ich damit fertig. Das habe ich mir heute selbst bewiesen. Mein Ausflug war wie eine Mutprobe, nicht einfach und sehr anstrengend, aber ich habe sie bestanden."

Er war so wütend gewesen, dass sie die Wohnung ohne ihn verlassen hatte. Der Zorn hatte ihn daran gehindert, über den Sinn und Erfolg ihres Experiments nachzudenken. Die Gefühle, die immer wieder in ihm hochkochten, überlagerten seinen therapeutischen Sachverstand mehr und mehr. Er zog die Stirn in Falten und ließ sich ihre Worte durch den Kopf gehen.

Vielleicht hatte Maggie Recht. Vielleicht musste sie ins kalte Wasser springen. Er lächelte, als er an ihre klitschnassen Sachen dachte. Möglicherweise hinderte seine übertriebene Fürsorglichkeit sie daran, sich selbst zu finden. Er wollte ihr helfen, aber sie nicht entmündigen.

„Ist dir klar, dass du wieder dein Psychologengesicht aufgesetzt hast?" Maggie schwang die Beine aus dem Bett, setzte sich auf die Kante und sah ihn an. „Wenn du über irgendetwas nachdenkst, dir überlegst, was du mir antworten sollst, dann legst du die Stirn immer in diese typischen Falten. Es ist faszinierend, deinem Mienenspiel zuzusehen, aber es wäre mir viel lieber, du würdest mir freimütig sagen, was dir im Kopf herumgeht."

„Mir geht die Frage im Kopf herum, in welcher Weise der heutige Tag dir helfen könnte", erwiderte er wahrheitsgemäß, verschwieg ihr aber die selbstkritischen Überlegungen, die er angestellt hatte.

„Ich habe mich einem Teil meiner Vergangenheit gestellt und die Konfrontation überlebt. Das Überleben scheint eines meiner Talente zu sein, und ich muss gestehen, ich bin stolz darauf. Ich bin es leid, mich wegen meines Lebens schuldig zu fühlen. Was immer ich getan habe, was immer ich gewesen bin, es war so, weil es sein musste. Ich denke nicht daran, noch mehr wertvolle Zeit damit zu verschwenden, mich wegen irgendwelcher Dinge zu schämen, an die ich mich nicht einmal erinnern kann."

Joshua lächelte. Dann nickte er. „Gut für dich."

„Außerdem ist mir heute klar geworden, dass ich den Fluss nicht dazu bringen kann, schneller zu strömen, als er es von allein tut." Sie legte den Kopf auf die Seite. „Das ist Antoinettes Formulierung, nicht meine. Aber es stimmt. Ich kann meine Erinnerung nicht mit Gewalt zurückzwingen. Das habe ich versucht. Es hat nicht funktioniert. Mir bleibt also nichts anderes übrig, als die Vergangenheit ruhen zu lassen. Ich werde einfach weiterleben und mir eine Zukunft aufbauen."

„Ich wünschte, es wäre einfacher, als es in Wirklichkeit ist." Joshua wusste, dass er sich wie ein Spielverderber anhörte, aber er musste verhindern, dass sie sich Illusionen machte. „Maggie, ich möchte nicht ..."

Sie fiel ihm ins Wort. „Eins noch, Joshua. Ich ertrage es nicht mehr, immer nur zu nehmen und nie zu geben. Die Abhängigkeit belastet mich. Ob du es nun erlaubst oder nicht, ich werde mir einen Job suchen."

„Augenblick mal ..."

„Nein. Mein Entschluss steht fest, und du wirst ihn mir nicht ausreden. Versuch's gar nicht erst." Sie rückte näher an ihn heran und legte ihm eine schmale Hand aufs Knie. Es war eine ebenso zärtliche wie intime Geste. „Wir können nicht so weitermachen wie bisher. Du verbringst deine gesamte Zeit damit, dich um mich zu kümmern, mich zu behüten und zu umsorgen. Meinst du etwa, ich würde nicht mitbekommen, was das für dich bedeutet? Ich weiß, dass du etwas unternehmen möchtest. Du verzichtest meinetwegen darauf, auszugehen und dich mit Frauen zu treffen. Ich finde, es ist für dich höchste Zeit, mich endlich zu vergessen."

Sie schaffte es, den Schmerz aus ihrer Stimme herauszuhalten, so schwer es ihr auch fiel. Offenbar zählte auch die Schauspielkunst zu ihren hinter dem Gedächtnisverlust verborgenen Talenten. Was sie tat, war das einzig Richtige, davon war sie felsenfest überzeugt. Doch jedes Wort schlug ihr eine winzige Wunde.

„Als ob ich das je könnte." Joshua legte die Hand auf ihre. „Glaubst du wirklich, du wärest ein Mühlstein um meinen Hals, den ich so schnell wie möglich loswerden will?"

Maggie versuchte zu lächeln, und auch das gelang ihr. „Nein. Ich glaube, dass ich eine Patientin bin, mit deren Behandlung du dir zu viel zugemutet hast. Und jetzt weißt du nicht, wie du dich formvollendet aus der Affäre ziehen sollst. Ich möchte dir klar machen, dass du dir darum keine Sorgen zu machen brauchst. Ich entlasse dich aus der Verpflichtung, die du dir aufgebürdet hast, Joshua."

Er traute seinen Ohren nicht. Hatte sie ihn wirklich aufgefordert, sie in Ruhe zu lassen und aus ihrem Leben zu verschwinden? Joshua versuchte die Leere zu analysieren, die ihre Worte in ihm hinterließen. Doch es erwies sich als unmöglich. Sein geschultes Therapeutenauge war blind für das, was in ihm selbst vorging. Verwirrt und wütend schüttelte er den Kopf. „Womit willst du dir deinen Lebensunterhalt verdienen?" fragte er schließlich.

„Nicht mit dem, was du denkst", erwiderte sie mit einer herablassenden Kopfbewegung.

„Hör endlich auf damit!" Joshua packte sie an den Schultern. „Wie kannst du es wagen, mir zu sagen, was ich denke? Die Tatsache, dass du möglicherweise eine Prostituierte warst, steht auf der Liste der Dinge, über die ich mir den Kopf zerbreche, ganz weit unten. Ich habe keine Lust mehr, mich dafür bestrafen zu lassen, dass ich dir irgendwann einmal meine Zweifel mitgeteilt habe."

Joshuas Ausbruch schockierte Maggie so sehr, dass sie kein Wort herausbrachte. Mit geweiteten Augen starrte sie ihn an, die Zähne in die Unterlippe gegraben.

Er ignorierte ihre entsetzte Reaktion. „Was mir Sorgen macht, sind deine Gesundheit und deine Sicherheit, nicht deine Moral. Ich will nicht zulassen, dass du eins von beiden aufs Spiel setzt. Dazu bedeutest du mir zu viel. Viel zu viel."

„Wirklich?" fragte sie leise.

Joshua stöhnte auf. Seine Hände glitten zu ihren Hüften hinab, dann zog er Maggie auf den Schoß. Er drehte sie, bis sie seitlich saß, und schob ihr behutsam den Kopf in den Nacken, um an ihren Mund gelangen zu können. Seine Lippen waren wie ausgehungert, als sie sich fast unsanft auf ihre pressten. Joshua, der immer nur gegeben hatte, nahm sich endlich, wovon er seit langem träumte. Maggie, die immer nur genommen hatte, durfte endlich das tun, was sie so vermisst hatte. Sie gab.

„Du bedeutest mir etwas", sagte er zwischen zwei leidenschaftlichen Küssen. „Du bedeutest mir mehr, als für jeden von uns gut ist."

Maggie hatte darauf keine Antwort. Ihr Körper hatte sich ganz dem hingegeben, was seine Berührungen in ihr auslösten. Als er seine Hände unter die blaue Bluse wandern ließ und feststellte, dass sie keinen BH trug, hielt sie zusammen mit ihm den Atem an. Zusammen erzitterten sie unter der Wucht dessen, was sie einander bereiteten. Gebannt wartete Maggie, während seine Finger über ihre sanfte Haut glitten. Das Verlangen ließ sie reglos dasitzen, und jede winzige Explosion, die seine federleichten Berührungen hervorriefen, lief wie ein Beben durch ihren Körper. Es war herrlich, aber ungewohnt, wie so vieles in ihrem Leben.

Wie elektrisiert von der exquisiten Erregung bog sie sich Joshua entgegen, um noch mehr von ihm an sich zu spüren. Ihre Augen waren fest geschlossen. Sie gab kleine Laute von sich – Laute reiner, ungehemmter Ekstase.

„Maggie, du bist so wunderschön", flüsterte Joshua mit zitternder Stimme. „Ich will dich. Ich will dich so sehr, dass ich es fast nicht mehr aushalte."

„Weißt du denn nicht, dass ich dir längst gehöre?“ fragte sie. Sie öffnete die Augen, und ihre Blicke trafen sich. „Hast du das nicht immer gewusst?“ Mit bebenden Fingern begann sie sein Hemd aufzuknöpfen. „Und ich will, dass du mich willst. Mit aller Kraft, mit allem, was du hast.“

Und das tat er. Er wollte sie viel zu sehr, als dass er die Behutsamkeit hätte aufbringen können, die ihr noch immer geschwächter Körper brauchte. Sein Verlangen, sein Wunsch, sie endlich voll und ganz zu besitzen, war viel zu groß, als dass er hätte tun können, was richtig für sie war.

Maggie schmiegte sich an ihn, und der weiche Stoff ihrer Bluse schien seine nackte Brust zu liebkosen, doch gleichzeitig mischte sich in seine Leidenschaft eine Spur Verzweiflung. Er durfte sie nicht besitzen. Nicht auf diese Weise. Nicht jetzt. Nicht, wenn es noch so viel gab, was zwischen ihnen stand.

„Wir dürfen es nicht tun.“

„Das will ich nicht hören.“ Maggie bedeckte seinen Hals mit raschen Küssen. Joshua ließ seine Hände über ihren Rücken gleiten, dann nach vorn, um die empfindliche Haut an den Seiten der Brüste zu streicheln. Maggie wusste, dass er erregt war, dass ein jähes Ende der Zärtlichkeiten ebenso schwierig sein würde wie der überraschende Beginn. Sie war fest entschlossen, es noch schwieriger zu machen.

Er stöhnte. „Maggie, lass uns aufhören.“

Sie ignorierte es, berauscht von dem Wissen, dass sie für die Leidenschaft verantwortlich war, die in seinen Worten mitschwang. Und dabei hatte sie immer geglaubt, sie wäre für ihn nur eine Last, eine Verpflichtung. Jetzt wurde ihr klar, wie gründlich sie sich geirrt hatte. Sie war für ihn etwas ganz anderes, viel mehr als eine Patientin, mehr als nur eine Freundin. Sie war für ihn etwas Besonderes. Und es gab nichts im Leben, was Maggie so sehr wollte. Sie sehnte sich danach, für Joshua etwas Besonderes zu sein. Wenn es möglich gewesen wäre, hätte sie ohne Zögern die Rückkehr ihrer Erinnerungen gegen eine Nacht voll seiner Liebe eingetauscht.

Maggie erkundete mit den Fingerspitzen jeden Quadratzentimeter seiner Brust, ertastete die Breite seiner Schultern, die Festigkeit der Muskelstränge. Sie rieb mit dem Gesicht über das weiche Brusthaar und atmete seinen herrlich frischen Duft ein, als brauche sie ihn wie die Luft zum Atmen. Es war unmöglich, von Joshua genug zu bekommen. Fünf Sinne reichten dazu einfach nicht aus. Sie wollte ihn besitzen, sich mit ihm vermischen, mit ihm verschmelzen, nicht nur sexuell, nicht nur körperlich, sondern auch geistig, seelisch.

In Joshua tobte ein Feuer, das jede einzelne Zelle seines Körpers in Flammen zu setzen und zu verbrennen drohte. Er wusste, dass er Maggie aufhalten musste, doch seine Willenskraft war wie ausgelöscht. In ihren Berührungen, ihren Küssen lag nichts Gezieltes, nichts Berechnendes. Es war dieses Fehlen jeglicher Überlegung, diese totale Spontaneität, die ihre Zärtlichkeiten so berauschend machten. Sie war ganz in das vertieft, was sie tat. Sie erkundete seinen Körper mit der Begeisterung und Neugier eines Entdeckers, der auf eine unbekannte Insel gestoßen war. Alles war Neuland für sie, und sie verloren sich beide in ihrer Suche nach ungeahnten Erkenntnissen.

Joshua hatte seine Erkundungen eingestellt. Er wusste, wohin sie führen würden. Ihre Haut war weich wie Samt und verlangte geradezu danach, berührt zu werden. Sie zu streicheln war herrlicher, als er es sich je ausgemalt hatte. Ihre zarte Perfektion war so groß, wie er es nie für möglich gehalten hätte. Doch Joshua wusste auch, dass sein Blick getrübt war. Was er sah, sah er durch die Brille seiner Leidenschaft. Was immer es an Makeln an Maggie geben mochte, er war dafür vollkommen blind. Ihre Nähe raubte ihm die Gabe der rationalen Wahrnehmung, der logischen Analyse. Er war wie verhext. Einige wenige Minuten lang gönnte er sich den Luxus, sich ihrem Zauber hinzugeben.

Schon im Krankenhaus hatte er gespürt, dass seine Objektivität Maggies Gegenwart nicht lange überleben würde. Doch was er jetzt erlebte, war mehr als nur der Verlust professioneller Objektivität. Er war nicht nur unfähig, die Rolle des Therapeuten weiterzuspielen, er war nicht einmal mehr in der Lage, einen vernünftigen Gedanken zu fassen.

Maggie knabberte sich mit winzigen Küssen an seinem Hals hinauf. Ihre Zunge tastete sich über seine straffe Haut. Maggie suchte und fand das Ohrläppchen, biss zärtlich hinein, wanderte wieder hinab zum Kinn, wo sie die kurzen Bartstoppeln mit erregender Rauheit auf ihren empfindlichen Lippen spürte. Dann glitt sie zum Mund hinauf. Ihre Lippen pressten sich auf seine, immer wieder, jedes Mal nur kurz, als wollten sie einen neuen Winkel, eine neue Technik, einen neuen Druck ausprobieren.

Sein Mund schloss sich über ihrem, nahm ihn in eine freiwillige Gefangenschaft, während seine Zunge sich zwischen die Lippen schob, um nach ihrer zu suchen. Maggie spürte den Kuss am gesamten Körper, von den Haarspitzen bis zu den Zehen hinab, als hätte Joshua sie in ein hoch empfindliches Musikinstrument verwandelt, dem er die unterschiedlichsten Töne und Harmonien entlocken konnte. Das Verlangen, das sie empfand, nahm ihr die Fähigkeit zu denken, zu atmen. In diesem Moment hätte sie alles getan, um Joshua zu besitzen.

„Wir dürfen es nicht."

Es erstaunte sie, dass eine Ablehnung zugleich so entschieden und zärtlich klingen konnte. Joshua hatte den Kopf leicht zur Seite gedreht. Maggie konnte das Bedauern erkennen, das sich in tiefen Falten in sein Gesicht gegraben hatte. Sie versuchte Atem zu schöpfen, während er um die Selbstbeherrschung kämpfte, die ihn normalerweise so gut wie nie im Stich ließ. Ihre Körper fühlten sich noch immer voneinander angezogen und erzeugten zwischen sich ein Feld leidenschaftlicher Spannung, das Maggie und Joshua zittern ließ.

7. KAPITEL

Es kostete Maggie die gesamte Kraft, Joshuas Rückzug zu akzeptieren. Schließlich legte sie den Kopf an seine Brust, und er schlang die Arme um sie, um ihr die Geborgenheit zu geben, die sie brauchte. Schwer atmend schwiegen sie, und er war davon überzeugt, dass sie hören konnte, wie heftig sein Herz schlug.

„Maggie“, flüsterte er schließlich, „du bist noch nicht kräftig genug.“

„Ich bin es. Du glaubst es bloß nicht.“

Ihm fiel keine Antwort ein.

„Und du weißt noch immer nicht, wer ich bin.“

Ihm war klar, dass sie Recht hatte, wenn auch nicht genau in dem Sinn, den sie meinte. Als er neben ihrem Bett gesessen und darauf gewartet hatte, dass Maggie aufwachte, war ihm eins aufgegangen. Was immer sie über Maggies Vergangenheit herausfinden würden, er würde es akzeptieren und gemeinsam mit ihr die Zukunft beginnen. Aber wie konnte er ein Kapitel ihres Lebens beenden, noch bevor sie es gelesen hatte? Wie konnten sie etwas überwinden, von dem sie nicht wussten, was es war? Dieses Nichtwissen war wie eine ewige Verlockung, wie ein Fallbeil, das auf Dauer über ihren Köpfen schweben würde. Es würde sie innerlich zerfressen, selbst wenn sie sich weigerten, es einzugestehen.

Aus den Gedanken, die er sich neben ihrem Bett gemacht hatte, war eine völlig neue Idee entstanden. Die Idee, dass die Polizei sich irrte und Maggie gar keine Prostituierte gewesen war. Doch selbst dann besaß sie immer noch eine Vergangenheit. Eine Vergangenheit, zu der möglicherweise ein Ehemann gehörte.

Diese Idee war für Joshua nicht weniger erschütternd als die Möglichkeit, sie könnte als Prostituierte gearbeitet haben. Irgendwo gab es vielleicht einen Mann, dessen Anspruch auf ihre Liebe älter, vorrangiger war. Irgendwo da draußen gab es vielleicht einen anderen Mann, zu dem sie zurückkehren würde, sobald sie ihre Erinnerung wiederfand. Das Dilemma, in dem er steckte, war unhaltbar.

Er hatte keine Ahnung, von welcher Version ihrer Vergangenheit er hoffen sollte, dass es die wahre wäre.

Ein unwillkürliches Zittern durchlief seine hoch gewachsene Gestalt, als er sich vorstellte, dass Maggie einen anderen Mann lieben könnte. Nicht nur oberflächlich, mit ihrem Körper, sondern mit allem, was sie auszeichnete. Mit der erregenden Intensität, die jedes Wort verströmte, das sie aussprach, und jede ihrer anmutigen Bewegungen. Zum zweiten Mal, seit Maggie in sein Leben getreten war, wurde er von Eifersucht überwältigt. Als Psychologe fiel es ihm nicht schwer, das Selbstzerstörerische an jeder Eifersucht zu erkennen und die Unsicherheit zu analysieren, die sich dahinter verbarg. Doch bei Maggie war er weder Therapeut noch Psychologe. Er war ein Mann, nicht mehr und nicht weniger. Ein Mann, der sich gegen seine Eifersucht nicht wehren konnte.

„Du weißt noch immer nicht, wer ich bin", wiederholte Maggie, als könnte sie an seinem Gesicht ablesen, was er dachte.

„Wir werden es herausfinden müssen. Für uns beide", sagte er.

„Und wenn du herausbekommst, dass die Polizei Recht hat, dass meine Vergangenheit einem Auszug aus dem Strafregister ähnelt? Wirst du mich je wieder anfassen können? Wie wirst du mich ansehen? Wirst du je vergessen, wer und was ich war?" Maggie presste die Handflächen gegen seine Brust und schob ihn fort. Die Enttäuschung über seine Ablehnung ließ Übelkeit in ihr aufsteigen.

Es war an der Zeit, laut auszusprechen, was er dachte, und sie über den Einfall nachdenken zu lassen, der ihm an ihrem Bett gekommen war. „Keiner von uns beiden kann wissen, was er dann fühlen wird, Maggie. Hast du je daran gedacht, dass es in deiner Vergangenheit möglicherweise einen Mann gibt? Und daran, dass du wieder zu ihm willst, sobald du dich an ihn erinnerst? Kannst du das mit absoluter Sicherheit ausschließen? Nein, das kannst du nicht. Denn es wäre das Normalste auf der Welt."

Er versuchte sie wieder an sich zu ziehen, doch sie glitt von seinem Schoß und setzte sich neben ihn aufs Bett. Sie tat seine Worte mit einer Unbeschwertheit ab, die ihn zutiefst erstaunte.

„Wie kommst du darauf, dass das, was ich herausfinde, die Zeit auslöscht, die wir zusammen verbracht haben? Egal, was es ist? Glaubst du etwa, dass du mir weniger bedeuten könntest, nur weil ich wieder um meine Vergangenheit weiß? Glaubst du, dass die Vergangenheit die Gegenwart zerstören kann?“

„Das ist durchaus möglich.“

„Ich möchte wissen, wer sie war, Joshua.“

Er fuhr sich mit den Fingern durch die dunklen Strähnen, die ihm ins Gesicht gefallen waren. „Ich weiß nicht, was du meinst, Maggie.“

„Wer war die Frau, die dir dieses fast verzweifelte Misstrauen eingehaucht hat?“

„Meine Vergangenheit hat mit dieser Sache nicht das Geringste zu tun“, entgegnete er scharf.

„Ich fange langsam an zu glauben, dass deine Vergangenheit mit dieser Sache weit mehr zu tun hat als meine.“

Er weigerte sich strikt, diese Möglichkeit auch nur in Betracht zu ziehen. Hatte Maggie etwa vor, die Rollen zu vertauschen? Aus sich die Therapeutin und aus ihm den Patienten zu machen? Dass er seine berufliche Objektivität verloren hatte, damit konnte er sich notgedrungen abfinden. Aber nicht damit, dass sie ihn – bildlich gesprochen – auf die Couch legte und analysierte.

„Es kann durchaus sein, dass hinter der verschlossenen Tür deines Gedächtnisses jemand auf dich wartet“, wiederholte er.

Mit überraschender Klarheit wurde Maggie bewusst, dass Joshua seine eigenen verschlossenen Türen besaß. Türen, deren Bedeutung ihm vielleicht noch gar nicht klar geworden war. Um ihre eigene Tür zu öffnen, bedurfte es möglicherweise nur eines einzelnen entscheidenden Hinweises. Joshuas dagegen blieben vielleicht für immer verschlossen, so dass keine andere Frau den Weg zu seinem Herzen fand.

„Und falls nun doch niemand auf mich wartet, welche Ausrede wirst du dann finden?“ fragte sie.

Joshua schwieg, als würde er über ihre Frage nachdenken, doch seine Antwort nahm ihr schließlich jegliche Hoffnung, dass er sie gehört hatte.

„Es ist verständlich, dass du es nicht abwarten kannst, dein Rätsel zu lösen, Maggie. Ich kann es auch nicht abwarten."

Maggie stand auf und glättete sich die Bluse. Ihre Hände zitterten noch immer vor Verärgerung und Verzweiflung, aber sie schaffte es, ihre Stimme unbeschwert klingen zu lassen. Sie würde bei ihm nicht weiterkommen als bis zu dem Punkt, an dem sie heute angelangt waren. Sie konnte Joshua nicht zwingen, sich über seine Motive und Ängste klar zu werden. Ebenso wenig, wie er sie zwingen konnte, sich an ihre Vergangenheit zu erinnern.

„Ich würde jetzt gern eine Weile allein sein", sagte sie leise.

Joshua wusste, dass er nicht bleiben durfte, mochten seine Absichten auch noch so edel sein. Jedes Beharren wäre ein nicht wieder gutzumachender Fehler. „Ich mache das Abendessen."

Maggie hatte keinen Appetit, aber sie nickte dennoch. Sie würde Joshua nicht merken lassen, wie sehr er ihr wehgetan hatte. „Danke."

Nach einer stummen Mahlzeit standen Joshua und Maggie im Wohnzimmer und sahen einander an. Trotz der gespannten Atmosphäre, die zwischen ihnen herrschte, wollte keiner von ihnen den Abend beenden. Dabei wussten sie beide, dass er schon viel zu lange gedauert hatte.

„Danke fürs Essen", sagte Maggie und drehte sich um, um in ihr Zimmer zu gehen.

„Möchtest du noch einen Irish Coffee?"

„Hältst du das wirklich für eine gute Idee?" Sie lehnte sich gegen die Wand und sah ihn wieder an. Joshuas Sorgen waren ihm deutlich ins Gesicht geschrieben. Maggie wollte nichts lieber, als bei ihm sein, doch die Entscheidung lag bei ihm. Ab jetzt, so wurde ihr klar, musste er sämtliche Entscheidungen treffen.

Er versuchte gar nicht erst, so zu tun, als hätte er die Frage falsch verstanden. „Ich bin mir überhaupt nicht mehr sicher, wie eine gute Idee aussieht." Er streckte ihr die Hand entgegen. „Nun komm schon."

Maggie stellte die Tassen auf den Tisch und wanderte rastlos durch die Wohnung, während Joshua den Kaffee aufbrühte. Das Esszimmer lag an der Seite des Hauses, die an die Esplanade Avenue grenzte, und durch die hohen Fenster war ein Teil des French Quarter zu sehen. Maggie stellte sich vor eines von ihnen und blickte auf den Straßenverkehr hinunter. Auf der Esplanade herrschte abends dasselbe Treiben wie am Tag.

Wohin sie auch sah, überall fiel ihr Blick auf verwitterten Backstein, Fenster mit Holzläden und schmiedeeiserne Balkone. Riesige Eichen säumten die Straße und verbanden sich mit den prächtigen Villen zu einem reizvollen Porträt von New Orleans.

„Ich war noch nie hier", flüsterte Maggie. „Niemals." Sie schloss die Augen und wurde mit dem Bild funkelnd blauen Wassers belohnt. Es gab ein Boot, einen Kabinenkreuzer an einem Steg, und im Hintergrund schimmerte weißer Stuck im hellen Sonnenschein.

„Was siehst du?"

„Wasser", sagte sie und öffnete die Augen, um direkt in Joshuas forschenden Blick zu schauen. „Viel Wasser und ein großes Boot. Und ein stuckverziertes Haus. Ein weißes, stuckverziertes Haus."

„Noch etwas?"

Sie schüttelte den Kopf, während das Bild allmählich verschwand. Verzweifelt versuchte sie es festzuhalten. Doch sie schaffte es nicht, und ihre Augen füllten sich mit Tränen. „Sonst nichts", erwiderte sie mit erstickter Stimme. „Aber an dem Ort, den ich gesehen habe, war ich glücklich, das habe ich genau gespürt."

„Freu dich darüber, Liebling." Joshua zog sie an sich. Er wollte sie trösten. „Freu dich darüber, dass du glücklich warst. Das wird es leichter machen, sich zu erinnern … und dorthin zurückzukehren."

Maggie schmiegte sich an ihn und legte ihm die Hände in den Nacken. „Ich will nicht dorthin zurückkehren. Ich will es nur wissen. Ich will wissen, woher ich stamme."

„Leg dich nicht fest", warnte er. „Vielleicht möchtest du doch zurück."

„Ich möchte dich. Ich will dich, Joshua. Das Einzige, was mich dazu bringen könnte, dich zu verlassen, wäre die Tatsache, dass du mich nicht willst."

Abrupt ließ er sie los. „Lass uns den Drink nehmen."

Schweigend setzten sie sich an den Tisch und nippten an dem mit einem Schuss Whiskey versetzten Kaffee. Die Spannung, die in der Luft lag, kämpfte gegen die gelöste Atmosphäre, die der Irish Coffee mit sich brachte. Die Stimmung war so widersprüchlich wie ihre Gefühle.

„Das mit dem Job habe ich ernst gemeint." Maggie sah das Missfallen in Joshuas Miene, ignorierte es jedoch. „Ich fange gleich morgen mit der Suche an."

„Nach was für einer Art von Arbeit willst du denn suchen?"

„So weit bin ich noch nicht. Da ich nichts über meine schulische und berufliche Bildung weiß, werde ich wohl jeden Job nehmen müssen, den ich bekommen kann", erwiderte sie ohne jedes Selbstmitleid.

„Ohne den Ausweis der Sozialversicherung dürfte das problematisch werden. Ohne Geburtsurkunde dürfte es problematisch werden, einen Versicherungsausweis zu bekommen."

„Ohne zu wissen, wo oder wann ich geboren wurde, dürfte es problematisch werden, eine Geburtsurkunde zu bekommen", setzte Maggie seine Überlegung fort. „Es muss doch einen Weg geben, diese bürokratischen Hürden zu umgehen."

„Was würdest du denn gern machen, wenn wir einen Weg fänden? Hast du eine Vorstellung davon, welche Arbeit dir Spaß machen könnte?" fragte Joshua.

Sie starrte in ihre Tasse. Ihr war nicht entgangen, was hinter seiner Frage steckte. Es war ein kaum kaschiertes Angebot, ihr bei der Suche nach einem Job zu helfen.

„Ich würde gern mit Kindern arbeiten. Aber natürlich weiß ich, dass das unmöglich ist. Wer würde mir schon ein Kind anvertrauen, angesichts meiner …"

Joshua hörte die Traurigkeit und die Sehnsucht in ihrer Stimme. „Du magst Kinder?"

Sie nickte. „Ja. Ich bin mir sicher, dass ich das tue. Manchmal kann ich mich erinnern, wie es ist, einen zappelnden kleinen Körper in Händen zu halten …"

„Glaubst du, du hast ein Kind?"

Der Gedanke war ihr noch nie gekommen, doch die Antwort kam schnell und spontan. „Nein. Denn wenn ich eins hätte, würde ich es nicht ertragen, von ihm getrennt zu sein." Sie sah den Ausdruck in Joshuas Augen. „Du magst Kinder auch."

„Sehr sogar."

„Warum hast du nicht geheiratet?"

Er wich ihrem Blick aus. „Ich war verheiratet. Meine Frau wollte keine Kinder." Er nahm einen Schluck Irish Coffee und wechselte abrupt das Thema. „Hättest du Lust, in einer Kindertagesstätte zu arbeiten?"

„Wo denn?"

„Im Krankenhaus. In dem für die Kinder der Mitarbeiter. Du würdest nicht viel verdienen und hart arbeiten müssen, hättest aber verständnisvolle Arbeitgeber. Wir könnten es als Therapie deklarieren, dann bräuchten wir dich wahrscheinlich gar nicht bei der Sozialversicherung anzumelden."

„Erzähl mir mehr davon", bat Maggie.

Doch bevor er es tun konnte, klopfte es an der Tür. „Josh?" Eine Männerstimme ertönte. „Josh, ich bin's, Sam."

Sam Long war zwar ein guter Freund, kam aber selten vorbei. Joshua stellte die Tasse ab und sprang auf. „Ich komme."

Sam stand in der Tür und ließ den Blick durchs Zimmer wandern. „Deine Hauswirtin hat mir unten aufgemacht." Kühl nickte er Maggie zu.

Joshua zeigte aufs Sofa. „Setz dich doch."

„Keine Zeit. Ich muss Maggie für eine Weile aufs Revier mitnehmen."

„Wozu?" fragte Joshua scharf.

„Weil wir den Wahnsinnigen haben, der versucht hat, sie umzubringen."

Maggie kam schon herbeigeeilt. Ihr Gesicht war sehr blass, und Joshua zog sie an sich.

„Ich möchte, dass sie ihn identifiziert, bevor sein Bild in sämtlichen Zeitungen auftaucht“, fuhr Sam fort.

Maggie drehte sich in Joshuas Armen um und sah den Polizisten an. „Hat er Ihnen Einzelheiten über den Mordversuch an mir erzählt?“

„Nein. Er streitet alles ab. Aber wir haben genügend Beweise, um ihn zu überführen.“

„Wozu brauchst du dann noch Maggie?“ fragte Joshua.

„Lass nur“, sagte Maggie. „Ich werde ihn identifizieren. Ich möchte mich nur noch schnell umziehen.“ Sie ging in ihr Zimmer.

Die beiden Männer sahen ihr nach. „Ich warne dich, Sam. Wenn du Maggie wie ein Straßenmädchen herumkommandierst, vergesse ich, dass wir Freunde sind.“

„So weit ist es schon?“

„So weit ist es.“

Bevor der Polizist etwas erwidern konnte, kehrte Maggie zurück. „Ich bin bereit.“

„Ich komme mit“, sagte Joshua und sah nicht sie, sondern Sam an. Ihm und Maggie blieb nichts anderes übrig, als Sam nach draußen zu folgen.

Stunden später schloss sich die Tür des Polizeireviers hinter ihnen. Es war kalt geworden, und Joshua legte Maggie sein Jackett um die Schultern.

Sie schien es gar nicht zu bemerken. „Ich war mir wirklich sicher, dass ich ihn wieder erkennen würde.“

„Das macht nichts. Sie können ihn auch so festnageln.“ Joshua konnte sich nur zu gut vorstellen, wie enttäuscht Maggie war. Er hatte ihr Gesicht gesehen, als sie die im grellen Scheinwerferlicht aufgereihten Männer gemustert hatte. Sie hatte sich konzentriert, ihrem Gehirn befohlen zu reagieren, sich zu erinnern. Und sie hatte wieder versagt.

„Der Mann im Albtraum ist größer, irgendwie anders.“

„Du bist in Sicherheit“, sagte er. „Sie haben den Killer. Vielleicht bringt es uns ein Stück weiter, falls er doch noch gesteht.“

Maggie sah ihn an. „Rufst du morgen wegen dieses Jobs in der Kindertagesstätte an?"

Joshua legte ihr den Arm um die Schultern, führte sie die Stufen hinab und an den Streifenwagen vorbei.

„Das werde ich", versprach er. „Und jetzt musst du rasch ins Bett. Morgen kommt schneller, als du denkst."

„Nicht schnell genug für mich", erwiderte sie leise.

„Kennt sonst noch jemand ein Lied, das er uns vorsingen möchte?" fragte Maggie die zwölf Vierjährigen, mit denen sie auf dem ausgefransten Teppich im größten Raum der Kindertagesstätte des New Orleans City Hospital saß.

„Zum Singen ist es viel zu heiß!" Ein kleiner Junge mit schokoladenbrauner Haut und einer glänzenden Afro-Frisur fächerte sich mit der Hand Luft zu.

Der Kleine hat nicht Unrecht, dachte Maggie. Die Klimaanlage im alten Flügel des Krankenhauses hatte schon vor Tagen den Geist aufgegeben, und die Julihitze drang durch die geöffneten Fenster. Die Ventilatoren auf den Schränken wurden mit der Temperatur nicht fertig.

„Morgen Vormittag machen wir einen Ausflug ins French Quarter", versprach sie ihren Schützlingen. „Wir spazieren am Fluss entlang und setzen uns mit Milch und Beignets in den Schatten."

Die Knirpse jubelten begeistert.

„Maggie?"

Sie lächelte der weißhaarigen Frau zu, die den Kinderhort leitete. Millie Taffin kam kaum dazu, mit den Kindern zu arbeiten, weil sie sich verzweifelt um Spenden bemühte. Ohne die würde die Tagesstätte nämlich bald schließen müssen.

„Maggie, könntest du dich um die Babys kümmern? Helen fühlt sich nicht wohl, und ich möchte keine Epidemie riskieren. Monica übernimmt dafür die Vierjährigen."

Maggie strich dem kleinen Mädchen auf ihrem Schoß liebevoll übers Haar, stellte es auf die Beine und stand auf. Monica, eine schlanke, attraktive Frau, die aushalf, wo immer sie gebraucht wurde, kam herein. Sekunden später war die Kindertruppe in ein neues Spiel vertieft.

„Ich hoffe, es macht dir nichts aus", sagte Millie auf dem Flur und wischte sich die feuchte Stirn ab. „Die Babys können einen ganz schön in Trab halten, aber ich will es Monica nicht schon wieder zumuten."

„Kein Problem. Ich bekomme die Schreihälse ja sonst kaum zu sehen", erwiderte Maggie lächelnd. Helen, die sich sonst um die Jüngsten kümmerte, war ein kleiner weiblicher Herkules und besaß die Geduld und Ausdauer von drei Frauen. Der Nachmittag war schon einige Stunden alt, als Maggie sich nach einer von zahllosen Wickelrunden eine Erholungspause gönnte.

„Schreien die immer so laut und so viel?"

Maggie sah auf. Joshua stand in der Tür und ließ seinen Blick über die krähende Horde wandern.

„Ich könnte sechs Hände gebrauchen", erwiderte sie.

Joshua schlenderte herein und hob einen wimmernden Säugling aus dem Bettchen. Er summte ihm etwas in das winzige Ohr, und für kurze Zeit war es im Raum still, als die beiden, die im Laufstall herumkrabbelten, neugierig zu ihm hinübersahen.

„Danke, Wundermann", scherzte Maggie. „Du bist immer da, wenn ich dich brauche." Mit dem Baby auf dem Arm sah Joshua noch hinreißender aus als ohnehin schon. Sie hatte ihm vor einigen Tagen das Haar gestutzt, und die neue Frisur ließ sein Gesicht noch markanter erscheinen.

Maggie und Joshua sahen sich nicht mehr so häufig wie früher, denn Maggie hatte die Hauswirtin dazu gebracht, ihr eine leere, seit Jahren als Abstellkammer genutzte Ein-Zimmer-Wohnung zu vermieten. Es war keine sehr luxuriöse Bleibe, aber Maggie konnte sich die Miete leisten und sah darin einen wichtigen Schritt in ihre neue Unabhängigkeit.

Joshua legte den Winzling behutsam ins Bett zurück und deckte ihn sorgsam zu. Danach starrte er in Maggies Gesicht. Sein Mund verzog sich zu einem Lächeln.

„Was ist denn?“ fragte sie. „Habe ich Malfarbe an der Nase?“

„Sommersprossen.“

„Ja, die kriege ich jeden Sommer. Mein Vater hat immer gesagt ...“ Sie verstummte schlagartig. „Joshua! Mein Vater hat immer gesagt, nach einem sonnigen Sommer sehe ich aus wie Dalmatinerhündchen!“ Ihre Augen wurden feucht. „Ich höre praktisch, wie er es zu mir sagt.“

Joshua freute sich mit ihr. „Jetzt haben wir beide etwas zu feiern. Nicht nur, dass dir wieder ein weiteres Stück Vergangenheit eingefallen ist, sondern auch deinen äußerst erfolgreichen Einstieg in die Kinderbetreuung.“

Joshua lächelte. Die Arbeit fiel ihr leichter, als er erwartet hatte, und Millie hatte ihm erzählt, dass sie im Dezember, wenn sie in den wohlverdienten Ruhestand ging, Maggie als ihre Nachfolgerin vorschlagen wollte. „Und es gibt noch etwas zu feiern“, fuhr er freudig fort. „Bashir wechselt zu einer anderen Klinik. Dr. Nelson hat meine Suspendierung aufgehoben, weil Not am Mann ist.“

„Du glaubst gar nicht, wie sehr ich mich darüber freue.“

„Doch. Ich sehe es dir an. Wenn du es schaffst, so lange wach zu bleiben, lade ich dich morgen Abend zum Essen ein.“

Die Einladung klang viel versprechend, und Maggie war entschlossen, sie anzunehmen. „Und wenn ich mir Streichhölzer in die Augen klemmen muss“, versprach sie.

„Also abgemacht“, sagte Joshua. „Ich hole dich morgen Abend um sieben ab. Und dann fahren wir irgendwohin, wo sie deine über alles geliebten Meeresfrüchte servieren.“ Maggies Appetit auf die leckeren Spezialitäten von New Orleans war rapide gewachsen.

„Danke, Joshua.“ Sie drehte sich zu dem Säugling um, der wieder zu schreien begonnen hatte.

„Es ist wunderschön hier. Danke, dass du mich hergebracht hast.“

Joshua und Maggie saßen an einem kleinen Tisch, von dem aus man über den Pontchartrain-See blicken konnte. Die Sonne war gerade untergegangen, und ihr Licht tauchte den Horizont noch immer in Gold und Rosa. Möwen flogen über ihnen hinweg, und in dem Wasser unter ihnen kreiste ein Ententrio.

Joshua hielt Maggies Hand und ließ sie auch nicht los, als er die große Meeresfrüchte-Platte bestellte. „Erzähl mir von eurem Ausflug ins French Quarter."

„Oh, es war lustig", begann sie. „Ohne Monicas Hilfe hätte ich den wilden Haufen nie zusammengehalten." Sie überlegte, ob sie Joshua erzählen sollte, dass ein Mann sie angestarrt hatte. Er war aus einer der Bars an der Decatur Street, unweit des French Market, gekommen und hatte sich hastig in den Eingangsbereich zurückgezogen, als sie auf ihn zukamen.

Er hatte sich die Mütze tief ins Gesicht gezogen, und den Rest seines Gesichts hatte ein buschiger roter Bart verborgen. Eigentlich hatte er ganz harmlos dagestanden, wie jeder andere Barbesucher auch, doch bei seinem Anblick hatte sich in Maggie eine eisige Furcht ausgebreitet. Mit zitternden Händen war sie weitergegangen. Jeder Schritt war die reinste Qual gewesen.

Dass sie auf einen wildfremden Menschen so reagierte, machte ihr Angst. Offenbar war sie doch noch nicht so weit gewesen, wie sie geglaubt hatte. Sollte sie es riskieren, den wunderschönen Abend gleich zu Beginn mit ihren neurotischen Anfällen zu ruinieren?

„Du bist so nachdenklich."

„Und du redest nie von dir", wich sie aus. „Erzähl mir doch, wie du hier in New Orleans aufgewachsen bist."

„Ich habe meine Kindheit praktisch auf der Straße verlebt. Wie Skeeter. Die Schule habe ich geschwänzt, und dauernd steckte ich in irgendwelchen Schwierigkeiten."

„Was war mit deiner Familie?"

„Ich war ein Einzelkind und noch klein, als mein Vater starb. Meine Mutter traf es hart. Sie wurde nicht mit mir fertig. Später, als Teenager, habe ich mich dann in der Kirche engagiert."

Maggie schüttelte lächelnd den Kopf. „Das ist wohl die stark gekürzte Version, was? Von der Straße zur Kirche ist ein weiter Weg."

„Der Irish Channel, wo ich aufwuchs, lag direkt neben dem Garden District, einem der nobelsten Viertel der Stadt. Damals lag zwischen uns und denen eine Art unsichtbarer Mauer, und wir waren Welten voneinander entfernt. Reverend Hank Carroll von der Gemeindekirche im Garden District gefiel das nicht. Es war eine reiche Gemeinde mit einer prächtigen Kirche und einer wunderschönen Turnhalle, die allerdings kaum benutzt wurde. Um das zu ändern, hat er ein Basketballteam organisiert, aus den Jungs, die damals durch die Straßen streiften."

Joshua lächelte wehmütig. „Auf Dauer konnte ich der Versuchung nicht widerstehen. Skeeter machte bereits mit. Und Sam auch, allerdings ohne jemals einen Fuß in die Kirche zu setzen. Wir haben es Reverend Hank Carroll nicht leicht gemacht, aber er gab nicht auf. Er mochte mich, hat mich gefördert. Einige Wochen später spielte ich in der Kirchenmannschaft, und bevor ich mich versah, saß ich jeden Sonntag im Gottesdienst. Er besorgte mir ein Stipendium für die kirchliche Privatschule und danach eins fürs College. Irgendwie war immer Geld da, wenn ich was brauchte. Hank Carroll wurde mein großes Vorbild."

„Und deshalb hast du Theologie studiert. Weil du ihm nacheifern und so sein wolltest wie er."

„Ja." Er starrte auf die Platte mit gebratenen Shrimps, weichschaligen Krebsen und Austern, die die Kellnerin auf den Tisch stellte. „Und deshalb bin ich nach den unteren Weihen ausgestiegen. Der Priesterkragen hatte mich nicht verändert. Ich war immer noch Joshua Martane. Der Gedanke, Predigten vorzubereiten, an den ewigen Gemeinderatssitzungen teilzunehmen und mich der Kirchenpolitik hinter den Kulissen zu fügen, ließ Missbehagen in mir aufkommen."

„Fiel es dir schwer, es Reverend Carroll zu sagen?" fragte Maggie leise.

„Es war seltsam. Als ich fertig war, sah Hank mir in die Augen. Ich werde nie vergessen, was er sagte. ‚Du bist genau der Mann geworden, den ich in dir gesehen habe, mein Sohn.' Das habe ich noch niemandem erzählt. Hank ist im letzten Jahr gestorben. Ich vermisse ihn noch immer."

„Er muss sehr stolz auf dich gewesen sein."

Joshua lächelte und ließ eine Auster in den Mund gleiten. „So, da hast du meine Lebensgeschichte."

„Du hast mir noch nicht erzählt, wie du deine Frau kennen gelernt hast."

„Du stellst Fragen wie ein Profi. Bist du sicher, dass du keine gesprächstherapeutische Ausbildung hast?"

Sie sagte nichts, sondern nahm eine Auster von seinem Teller und gab ihm dafür zwei Shrimps. Die kleine Geste war von einer so selbstverständlichen Intimität, dass sie ihm durch und durch ging.

Rasch fuhr er fort: „Daphnes Vater war einer der reichen Wohltäter in Hanks Gemeinde. Ich glaube, ich war für sie eine Herausforderung. Ich war anders als die jungen Männer, mit denen sie sonst Umgang pflegte. Als meine Mutter starb, fühlte ich mich sehr einsam. Zwei Monate später stand ich in der Kirche des Garden District, mit Hank vor mir am Altar und Daphne an meiner Seite."

„Sie hatte einen guten Geschmack."

„Ihr Vater hat mich gewarnt. Sie war verwöhnt und wollte kein Kind. Selbst wenn sie eines bekommen hätte, wäre es zweifelhaft gewesen, ob ich der Vater war. Seit der Scheidung hat sie schon zweimal geheiratet. Das letzte Mal einen Millionär."

„Oh, Joshua ..."

Er hob ihre Hand und küsste die Fingerspitzen. Maggie schloss die Augen. Sie brauchte nichts mehr zu sagen. Er wusste auch so, wie sehr sie bedauerte, dass sie und er sich nicht schon viel früher, unter günstigeren Umständen, getroffen hatten.

Es war längst dunkel, als sie die Stufen zum Wasser hinabgingen. „Ich liebe diese Stadt", sagte Maggie. „Aber alles kommt mir so neu vor."

„Nun, einen New Orleans-Akzent hast du nicht. Und als ich vorhin vorschlug, Crawfish-Suppe zu bestellen, hast du die Nase hochgezogen. Höher als je zuvor."

„Welcher vernünftige Mensch isst Crawfish?"

„Jeder in Louisiana isst Crawfish."

„Dann stamme ich nicht aus Louisiana."

„Ich glaube, du kommst aus dem Süden, aber nicht aus dem tiefen Süden. Dazu ist dein Tonfall nicht schleppend genug."

Joshua zog sie in die Arme und dann fest an sich. Sie standen unter einer riesigen knorrigen Eiche, deren Laub das Mondlicht filterte, und küssten sich. Auch ohne Worte wussten sie, dass sie die Nacht nicht in getrennten Wohnungen verbringen würden.

Als Joshua die Tür aufstieß, war das Chaos selbst im Halbdunkel nicht zu übersehen.

Die Wohnung war verwüstet worden. Schubladen waren herausgerissen, der Inhalt auf den Boden gekippt worden, Lampen, Stühle und Bücherregale umgestoßen. Jemand hatte den Schreibtisch durchsucht und die Papiere im Zimmer verstreut.

„Geh nicht hinein, Joshua." Maggie zog an seinem Arm. „Lass uns von unten die Polizei anrufen."

„Ruf du an. Ich sehe nach, ob jemand in der Wohnung ist."

Sie rannte nach unten und trommelte an Mrs. LeGrands Tür. Die Vermieterin hörte entsetzt zu, als Maggie der Polizei von dem Einbruch berichtete.

Danach rannte sie wieder die Treppe hinauf. „Joshua? Wo bist du? Ist alles in Ordnung mit dir?"

„Alles in Ordnung." Er kam aus seinem Schlafzimmer. „Der Einbrecher ist weg."

„Lass uns in meiner Wohnung auf die Polizei warten", schlug Maggie vor.

Doch als sie vor ihrer Tür standen, sahen sie an dem zersplitterten Holz, dass auch ihr winziges Apartment heimgesucht worden war.

„Geh wieder nach unten und warte, bis ich rufe oder die Polizei kommt." Joshuas Stimme klang streng.

„Bitte, du darfst da nicht hineingehen", bat sie.

„Genau, spiel nicht den Helden, Reverend", ertönte Sam Longs befehlsgewohntes Organ von unten. Maggie beugte sich übers Treppengeländer und sah, wie Mrs. LeGrand die Haustür hinter zwei Männern schloss.

„Seit wann bist du beim Einbruchsdezernat?“ begrüßte Joshua seinen Freund.

„Die werden gleich hier sein. Ich war gerade in der Nähe und hab den Funkspruch gehört. Die Adresse kam mir bekannt vor.“ Sam zog seine Waffe. „Jetzt geh mir aus dem Weg und bring das Mädchen nach unten.“

Keine Minute später kam der Sergeant in Mrs. LeGrands Wohnung. „Keiner mehr da“, knurrte er mit grimmiger Miene. „Kann es einer von Ihren Freunden gewesen sein?“ fragte er Maggie.

„Welche Freunde?“ erwiderte sie verblüfft.

„Die, die Sie angeblich vergessen haben.“

Die Verachtung in seiner Stimme traf sie wie die Klinge eines Rasiermessers. „Ich verstehe, dass Sie befürchten, ich könnte Joshua ausnutzen“, sagte sie ernst. „Aber das brauchen Sie nicht. Ich werde ihm nicht schaden. Darauf können Sie sich verlassen.“

Sams Antwort bestand aus einem Schnauben.

Nachdem der Sergeant und seine Kollegen wieder gegangen waren, wanderte Maggie kopfschüttelnd durch ihre völlig verwüstete Wohnung. Soweit sie feststellen konnte, war nichts gestohlen worden. Aber sie besaß ja auch so gut wie nichts.

Joshua legte ihr tröstend den Arm um die Schulter. „Wir räumen morgen zusammen auf. Du brauchst deinen Schlaf. Geh ins Bett, Maggie.“

„Wo wirst du schlafen?“ fragte sie. „Dein Schlafzimmer ist ein Chaos.“

„Ich werde mir einen Weg zum Bett freischaufeln. Der Schlosser müsste gleich mit dem neuen Schloss an der Wohnungstür fertig sein. Du kannst dich beruhigt hinlegen“, versicherte er ihr.

Maggie sah ihm nach. Der Abend, der so verheißungsvoll begonnen hatte, war zu einer einzigen Katastrophe geworden. Aber es würde andere, schönere Nächte geben, davon war sie überzeugt.

Der Mann bestellte sich noch ein Bier und leerte den Krug mit zwei kräftigen Zügen.

„Maggie Kelly.“ Er sprach den Namen zum wiederholten Mal

aus. Wie immer musste er lachen. Das war wirklich gut. Was würde ihr Vater davon halten? Die geliebte Tochter nannte sich Maggie Kelly. In ihrer Wohnung hatte er nichts gefunden, was darauf hindeutete, dass sie wusste, wer sie war. Keine Briefe, keine Erinnerungsstücke. Ihm konnte nichts passieren. Und bald würde er zu Ende bringen, was er begonnen hatte.

Er lachte erneut. „Bringen Sie mir noch eins“, rief er über die Schulter. Er hatte eine lange Wartezeit vor sich, aber diesmal würde es sich auszahlen. Und inzwischen würde er jede Sekunde davon genießen.

8. KAPITEL

Dieses Mal war der Albtraum noch schlimmer als sonst. Denn Maggie kannte den Mann, der sie in dem zellenartigen Raum bedrohte. Sie starrte ihm ins Gesicht und wusste sofort, dass es der Mann aus der Decatur Street war. Nur der rötliche Bart war buschiger geworden. Er beugte sich zu ihr hinab. So tief, dass der Schirm seiner tief ins Gesicht gezogenen Mütze ihre Stirn berührte. Mit einem unterdrückten Aufschrei erwachte sie.

Als die Panik auf ein erträgliches Maß zurückgegangen war, stand Maggie auf. Sie duschte und trocknete sich mit den Resten eines zerfetzten Handtuchs ab. Der Einbrecher hatte bei seinem Wandalismus gründliche Arbeit geleistet. Die wenigen Sachen, die sie besaß, lagen zerstreut und zerrissen auf dem Boden. Nur die schmutzige Wäsche im Korb im Badezimmer hatte er vergessen. Sie würde etwas davon anziehen und mit dem Rest in die Münzwäscherei am Ende der Esplanade gehen.

Bevor sie das Haus verließ, schrieb sie Joshua einen Zettel und schob ihn unter seiner Wohnungstür hindurch. Es war halb sieben Uhr. Die nächtlichen Wäscher lagen längst wieder im Bett, und diejenigen, die sich gleich nach dem Frühstück an die Arbeit machten, waren noch zu Hause. Sie würde keine Mühe haben, eine freie Maschine zu finden.

Kurz darauf nickte sie der alten Frau zu, die in dem Waschsalon die Aufsicht hatte, ließ sich Wechselgeld geben und las die Bedienungsanleitung durch. Sie suchte gerade nach dem Temperaturwähler, als sie einen kühlen Luftzug an den Beinen spürte.

„Los! Nach hinten. Alle beide!“ ertönte hinter ihr eine seltsam verzerrt klingende Männerstimme. Neugierig drehte Maggie sich um. In der Eingangstür stand ein hoch gewachsener Mann in Jeans und weißem T-Shirt. Sein Kopf war vollständig unter einer Gorilla-Maske aus Gummi verborgen. Bedrohlicher als die Fratze war allerdings die Waffe, die direkt auf Maggies Brust gerichtet war.

„Wir haben kein Mardi Gras“, erwiderte die alte Frau. „Verschwinden Sie.“ Offenbar war sie, was derartige Überfälle betraf, eine Veteranin.

„Halt's Maul“, drang es unter der Maske hervor. Der Mann fuchtelte mit der Waffe vor Maggie herum. „Soll ich dir beweisen, dass ich es ernst meine, Honey?“

Irgendwie gelang es ihr, die Lähmung zu überwinden, die sie befallen hatte. Sie ging nach hinten und drehte sich um. Der Mann stand an eine der hohen Waschmaschinen gelehnt. „Schon besser. Und jetzt gib mir dein Geld.“

Bis auf die Münzen für die Waschmaschine und den Trockner hatte Maggie nichts dabei. „Ich habe bloß etwas Kleingeld“, sagte sie und kramte in der Tasche.

„Zu schade, Honey. Wirklich, zu schade für dich.“

Die alte Frau mischte sich wieder ein. „Hier, Sie können alles haben, was in der Kasse ist. Etwa zwanzig Dollar in Münzen und ein Fünf-Dollar-Schein.“ Mit ruhiger Hand zeigte sie auf die Schublade. „Sie haben Glück“, fügte sie hinzu. „Ich habe die Maschinen gerade entleert.“

„Ja. Ich habe wirklich Glück.“ Der Mann ließ sich die magere Ausbeute geben. „Und jetzt, Ladys, auf den Boden. Wenn ihr tut, was ich sage, passiert euch nichts.“

Maggies Knie ließen sich nicht beugen. Hilflos starrte sie den Gorilla-Mann an.

„Brauchst du Hilfe, Honey? Soll ich dir die Beine unter dem Körper wegtreten?“

Obwohl die Stimme durch die Maske verzerrt wurde und ganz offenkundig verstellt war, kam sie Maggie Grauen erregend bekannt vor. Sie fragte sich, ob sie gleich aufwachen und sich in ihrem Bett wiederfinden würde.

„Tun Sie, was er sagt, Darling. Er hat bekommen, was er will.“ Die alte Frau kniete bereits und zog Maggie zu sich herab. „Bleiben Sie ruhig. Gleich ist er verschwunden.“

Maggie schloss die Augen. Seltsamerweise löste die Gewissheit, dass die alte Frau nicht Recht behalten würde, keine Panik in ihr aus. Alles, was sie spürte, war eine grenzenlose Traurigkeit. Ihr Leben würde auf dem schmutzigen Fliesenboden eines 24-Stunden-Waschsalons enden, das wusste sie. Das Rätsel ihrer Vergangenheit würde ungelöst bleiben. Niemand würde ihren Tod beklagen. Bis auf Joshua. Vielleicht.

Als der Schuss fiel, wartete Maggie auf den explosionsartigen Schmerz. Doch er kam nicht. Sie riss die Augen auf und sah den Grund dafür.

Der Arm des Gorilla-Manns war von einer kräftigen Hand gepackt worden. Die Waffe lag auf dem Boden. Vermutlich hatte sich der Schuss beim Aufprall gelöst. Hinter dem Mann stand Joshua. Die beiden kämpften miteinander.

Maggie riss sich aus der Erstarrung, kroch über den Boden und griff nach der Waffe.

Die alte Frau sprang auf und rannte ans Telefon, während Maggie sich aufraffte. Wenige Meter von ihr entfernt rollten die beiden Männer kämpfend zwischen den Waschmaschinenreihen. Joshua war größer und stärker als der Mann mit der Maske. Doch der andere kämpfte um seine Freiheit, und das verlieh ihm Kraft und Ausdauer. Maggie beobachtete fasziniert, wie Joshua alles einsetzte, was er auf den Straßen von New Orleans gelernt haben musste.

„Aufhören oder ich schieße." Die Worte stammten direkt vom Fernsehbildschirm. Maggie fragte sich, aus welcher Krimiserie sie sie wohl hatte. Ihre Stimme klang kälter, distanzierter, als sie erwartet hatte.

Die beiden Männer ignorierten sie. Der Gorilla-Mann lag unter Joshua und schien aufgeben zu wollen. Doch dann drehte er sich auf die Seite und kam frei. Joshuas Arm schoss nach vorn. Er packte das hämisch grinsende Gorillagesicht und riss dem Mann die Maske vom Kopf. Der Mann sprang auf, griff nach einem der fahrbaren Wäschekörbe aus Metall und rammte ihn Joshua in die Magengrube. Joshua war für den Bruchteil einer Sekunde außer Gefecht gesetzt. Sie reichte dem Mann, um sich umzudrehen und aus dem Waschsalon zu flüchten. Aber nicht, bevor Maggie den rötlichen Bart erkennen konnte.

Es war der Mann aus dem Albtraum, das wusste sie sofort.

Ohne zu zögern richtete sie die Waffe auf ihn. Wie ein Scharfschütze stellte sie die Füße auseinander und ging leicht in die Hocke. Sie zielte sorgfältig, mit gestrecktem, von der anderen Hand gestütztem Arm. Der Abzugshahn fühlte sich seltsam vertraut an. Sie erhöhte den Druck ihres gekrümmten Fingers und wartete auf die Detonation. Nichts geschah. Sie versuchte es noch einmal. Und dann wieder.

„Um Himmels willen, Maggie, leg die Waffe hin."

Überrascht hörte sie Joshuas Stimme. Der Raum fing an, sich um sie zu drehen. Ihre Knie gaben nach, und die Waffe entglitt ihrer Hand. Sie konnte es kaum glauben. Sie hatte einen wehrlosen Menschen töten wollen.

Maggie sah Joshua auf sich zukommen. Er schien Meilen von ihr entfernt, und es kam ihr wie eine Ewigkeit vor, bis er bei ihr war.

„Du hast mir das Leben gerettet." Ihre Stimme schien aus einer anderen Welt zu kommen.

Joshua kniete neben ihr und legte die Arme um sie. Sie brachte kein weiteres Wort heraus. Mit geschlossenen Augen ließ sie den Kopf nach hinten an seine Schulter fallen.

Wenige Minuten später traf die von der alten Frau alarmierte Polizei ein. Sie und Maggie erzählten ihre Geschichten, Joshua seine.

„Hat jemand von Ihnen das Gesicht des Mannes gesehen?" fragte einer der Beamten.

„Ich." Maggies Stimme war kaum hörbar. „Ich kann Ihnen eine vollständige Beschreibung liefern."

Joshua starrte sie verblüfft an, und sie wich seinem Blick aus. „Es ist eine lange Geschichte", begann sie, noch während sie sich dem Polizisten zuwandte. „Vor ungefähr sieben Monaten hat jemand versucht, mich umzubringen. Darüber weiß ich allerdings nichts mehr. Gestern habe ich im French Quarter einen Mann gesehen. Ich habe ihn wieder erkannt, weiß aber nicht, woher ich ihn kannte. Es war derselbe Mann, der mich vorhin töten wollte."

Die Beamten wechselten ungläubige Blicke. „Lady, dies war ein Raubüberfall, kein Mordversuch."

„Nein." Sie wünschte, die Polizisten hätten Recht. Es würde alles einfacher machen. „Er war nicht hinter dem Geld her. Er ist gestern Abend in meine Wohnung eingebrochen, und heute Morgen hat er mich hierher verfolgt, um mich zu töten. Er wollte gerade abdrücken, als Joshua sich auf ihn warf. Deshalb ging die Waffe auch los."

„Und deshalb wolltest du ihn erschießen", sagte Joshua mit tonloser Stimme, bevor einer der Beamten etwas erwidern konnte.

„Sie wollten ihn erschießen?" Aus der eher gelangweilten Routine des Polizisten wurde plötzlich Interesse.

Maggie zuckte zusammen. „Ich habe versucht, auf ihn zu feuern, als er davonrannte. Offenbar war das Magazin leer."

Ihr Gegenüber schüttelte den Kopf. „Nein. Die Waffe war geladen. Der Mechanismus hat sich verklemmt. Sonst hätten wir jetzt einen angeschossenen Verdächtigen."

„Einen toten Verdächtigen", verbesserte Joshua mit eisiger Stimme. „Sie hatte ihn perfekt im Visier."

„Wo haben Sie gelernt, mit einer Waffe umzugehen, Lady?"

„Ich weiß es nicht."

Die beiden Polizisten tauschten einen Blick aus. „Ich glaube, Sie kommen besser mit aufs Revier", sagte der eine schließlich. „Wir brauchen Ihre Aussage und die Täterbeschreibung für den Bericht."

„Sergeant Long kann Ihnen sagen, was hinter der Sache steckt", warf Joshua ein. „Ich bringe Maggie nachher aufs Revier."

Die Beamten zögerten, doch dann nickte der ältere von ihnen. Als sie in ihren Streifenwagen stiegen, verabschiedeten Maggie und Joshua sich von der alten Frau und verließen ebenfalls den Waschsalon.

„Du bist gefahren", sagte Maggie, als sie seinen Wagen erreichten.

„Zum Glück. Sonst würdest du inzwischen im Leichenschauhaus liegen", erwiderte er.

Die Rückfahrt verlief schweigend.

Maggies Behauptung, den Mann im Waschsalon erkannt zu haben, hatte Sam Long nicht im Geringsten beeindruckt. Die Polizei behandelte die Sache noch immer wie einen Raubüberfall und nicht wie versuchten Mord. Skeeter hatte nach ihrer Beschreibung des Täters eine Zeichnung angefertigt und einhundert Kopien davon im French Quarter verteilt. Bisher hatte sich noch niemand gemeldet, der den Mann mit dem roten Bart kannte.

Joshua hatte Maggie aus Sicherheitsgründen bei seinem Freund untergebracht, und sie war froh, sich mit der Arbeit in Skeeters fast völlig verwildertem Garten ein wenig ablenken zu können.

„Wenn du so weitermachst, bekommst du noch einen Hitzschlag." Joshua beugte sich zu ihr herunter und strich ihr über die feuchte Stirn. „Und jede Menge Sommersprossen. Ich zähle mindestens fünfundzwanzig neue."

„Ich werde duschen gehen", sagte Maggie. Sie klopfte sich die Erde von den Knien und stand auf.

Er legte ihr von hinten die Hand auf die Schulter, als sie davongehen wollte. „Was ist los, Maggie?"

Sie wirbelte herum. „Das kann ich dir sagen. Ich ertrage weder dein Misstrauen noch deine Therapieversuche." Sie ging ins Haus, und er traute sich nicht, ihr zu folgen.

Erst als sie etwa zehn Minuten später in Shorts und T-Shirt aus dem Badezimmer kam, brachte er den Mut auf, sie abzufangen. „Lass uns reden, Maggie."

„Warum?"

„Weil ich dich liebe."

Seine Ehrlichkeit erstaunte sie. „Wie kannst du das sagen?"

„Ich weiß es eben."

„Du weißt nicht einmal, wer ich bin!"

„Ich weiß alles, was ich wissen muss."

„Und wenn ich nun wirklich eine Prostituierte war, wie dein Polizistenfreund glaubt?"

„Das würde nichts ändern", antwortete er ernst.

„Ich habe versucht, einen Menschen zu erschießen."

„Du hattest einen Grund."

„Ich habe wie ein Profi auf ihn gezielt."

„Zugegeben, ich würde dir ungern nachts in einer dunklen Gegend über den Weg laufen." Joshua streckte die Arme aus. „Ich liebe dich, Maggie. Ich liege jede Nacht wach und träume davon, wie ich zu dir gehe, unter deine Bettdecke schlüpfe und dich an mich ziehe. Kannst du dir vorstellen, wie schwer es mir fällt, nicht einfach aufzustehen und meinen Traum in die Tat umzusetzen?"

Sie machte einen Schritt auf ihn zu, zwischen seine Arme, die er noch immer ausgestreckt hielt. „Und wenn ich nun verheiratet bin oder einen Liebhaber habe?"

„Dann werde ich um dich kämpfen", sagte er lächelnd und legte die Arme um sie.

„Wusstest du, dass ich jede Nacht wach liege und davon träume, dass du zu mir kommst, unter meine Bettdecke schlüpfst und mich an dich ziehst?" fragte sie leise und legte den Kopf an seine Schulter.

„Und was passiert dann?"

„Dann spüre ich deine Fingerspitzen auf meiner Haut."

„Etwa so?" Joshua strich über die von der Sonne gerötete Haut ihrer Wangen.

„Und dann küsst du mich." Maggie schloss die Augen.

„Ungefähr so?" flüsterte er, und sie fühlte, wie seine Lippen sich an ihren rieben.

„Ja." Ihre Hand glitt in seinen Nacken, als er sie auf die Arme hob und in ihr Zimmer trug.

Er ließ sie behutsam aufs Bett gleiten und sah zu ihr hinab. Maggie war nicht die Einzige, die von ihrem Verfolger träumte. Auch Joshua hatte einen Albtraum. Und zwar einen, in dem der unheimliche Mann sich mit einem dämonischen Lachen über Maggies Körper beugte. Joshua versuchte ihr zu helfen, sie vor dem zu retten, was der Mann mit ihr vorhatte. Doch er war wie gelähmt, und wenn er aus dem Traum erwachte, wälzte er sich schweißnass im Bett und kämpfte noch sekundenlang gegen das Gefühl der Lähmung. Das Wissen, dass Maggie das, was ihn im Schlaf quälte, möglicherweise einmal durchlebt hatte, ließ Joshua jetzt zögern.

„Falls ich dir Angst mache, musst du es mir sagen."

Sie streckte eine Hand nach ihm aus. „Du machst mir keine Angst, Joshua."

„Hast du Angst, mit mir zu schlafen?“

„Ich weiß nicht einmal, wie es ist, mit jemandem zu schlafen.“

Nie im Leben, nicht in tausend Jahren, hätte er mit dieser Antwort auf seine Frage gerechnet. „Warum werde ich das Gefühl nicht los, dass du Angst hast?“

„Du wirst enttäuscht sein“, antwortete sie leise.

„Was glaubst du denn, was ich erwarte? Einen professionellen Auftritt?“ Sein Tonfall war sanft, fast zärtlich, und nahm der Frage ihren verletzenden Gehalt.

„Was erwartest du?“ Sie sah ihn an.

„Ich erwarte keine Jungfrau. Ich erwarte keine Professionelle. Ich erwarte die Frau, die ich liebe, in den Armen zu halten und meine Liebe zu besiegeln. Und ich erwarte, dass es keineswegs eine perfekte Erfahrung wird, sondern eine voller Risiken und einfach herrlich.“ Seine Finger strichen über die zarte Haut am Kragen ihres T-Shirts. „Was erwartest du?“

„Ich erwarte, dass ich mich ganz fühle.“

„Sag mir, dass du mich liebst.“

„Ich liebe dich.“ Sie setzte sich auf. Mit ruhigen Händen und sicheren Fingern begann Maggie ihn auszuziehen. Sie kostete den Anblick dessen aus, was sie hastig entblößte. Die breiten Schultern, breit genug, alle Last der Welt zu tragen. Die muskulöse Brust, die in so perfektem Kontrast zu ihrer eigenen stand. Die schmalen Hüften, an denen sie eine winzige Narbe aus Jugendtagen entdeckte. Joshua war nicht makellos. Er war ein Mann wie viele andere und gerade deshalb etwas ganz Besonderes für sie.

Als sie dann an der Reihe war, sah sie Joshua ins Gesicht, während er ihr das T-Shirt und die Jeans abstreifte. Stolz ließ sie seinen bewundernden Blick über sich wandern, ohne etwas vor ihm verbergen zu wollen. Sie hielt den Atem an, als er sich zu ihr aufs Bett legte und sie in die Arme nahm.

Joshua spürte die ungeheure Hitze, die sie ausstrahlte, die Erregung, die in ihr wuchs, während sie auf seine Zärtlichkeiten reagierte und sie fast zaghaft erwiderte. Er wollte ihr zeigen, was Sexualität sein konnte, sein musste.

„Joshua?" Maggies Augen waren offen, und in ihrem Blick lag all die Liebe, die sie für ihn empfand. „Komm zu mir." Sie gab mit derselben Begeisterung, mit der sie genommen hatte. Sie beugte sich über ihn, ließ den Mund über seine Brust wandern und folgte der Spur mit den Fingerspitzen. Dann strich ihre Zunge über die weiche Haut an seinem Hals.

Seine Hände strichen fast ehrfürchtig über die Konturen ihrer Beine, bevor er Maggie sanft zurück aufs Bett schob und über sie glitt. Ihre Augen waren weit und voller Vertrauen. Es war dieses Vertrauen, das ihm die Behutsamkeit gab, mit der er zu ihr kam. Er war nicht ihr erster Mann, das wusste er sofort, aber er spürte instinktiv, dass es vor ihm nicht viele gegeben haben konnte.

Auch Maggie war überrascht. Es stand ihr ins Gesicht geschrieben. Was sie fühlte, war ungewohnt. Still und fast reglos lag sie unter ihm. „Maggie … Liebling." Seine Stimme bebte, drohte zu versagen. „Meine geliebte Maggie." Er zog sie fest an sich und verbarg das Gesicht in den braunen Locken, die ihren Hals umspielten.

„Joshua, liebe mich." Ihr Flüstern war ein Flehen. Sie schien unsicher zu sein, was sie tun sollte, wie sie ihn davon überzeugen konnte, dass sie ihn noch immer wollte. Zögernd begann sie sich unter ihm zu bewegen. „Bitte."

Joshua kämpfte gegen sein schlechtes Gewissen. Sooft er auch das Gegenteil behauptet hatte, so hartnäckig hatte sich in seinem Hinterkopf der quälende Verdacht gehalten, dass Maggie doch das war, wofür Sam sie hielt. Doch die Frau, die jetzt unter ihm lag, deren Hüften sich ein wenig scheu an seine drängten, war nie eine Prostituierte gewesen, das fühlte er auf der Haut, das spürte er an den Fingern, das wusste er einfach. „Maggie, es tut mir so Leid, dass ich jemals an dir gezweifelt habe."

„Liebe mich einfach."

Was er ihren Sinnen bereitete, war so neu, so ungewohnt, dass es sie sehr verwirrte. Sie wusste nicht, wohin es noch führen würde, und sie schreckte ein wenig vor der Intensität zurück. Irritiert bewegte sie sich unter ihm und wich so der wahren Intimität aus, anstatt sie zu ermöglichen.

„Maggie?“ Joshua hielt sich zurück, obwohl er wusste, dass sie es verstehen würde, wenn er sich jetzt gehen ließ. Aber er wollte mehr. Er wollte nicht nur nehmen, was sie ihm so bereitwillig gab. Er wollte alles für sie. Das Geben und das Nehmen.

Er schob seine Hände unter sie. „Beweg dich mit mir zusammen, Maggie.“ Dann hob er sie an, und sie stöhnte leise auf. Mit unendlicher Geduld bewies er ihr, wie herrlich die Liebe sein konnte. Zunächst zögerte sie, als traute sie ihrem eigenen Körper nicht. Doch dann gab es keine Lektionen von Joshua mehr. Aus der Schülerin wurde eine gleichwertige, gleichberechtigte Partnerin, während sie sich von ihm dorthin führen ließ, wo es keine Umkehr mehr gab.

Mit einem letzten Aufschrei gab sie sich ihm ganz hin, gab sie ihm all ihr Vertrauen. Noch nie im Leben hatte sie sich so lebendig und so geborgen gefühlt.

Joshua konnte und wollte Maggie nicht loslassen. Die Hitze ihrer eng verschlungenen Körper verband sich mit der drückenden Schwüle des Sommernachmittags. Es störte Maggie nicht. Nichts konnte den Zauber brechen, der sie gefangen hielt. Sie fühlte sich geliebt, geachtet und vollkommen sicher. Sie fühlte sich wie neu geboren.

„Ich weiß nicht, was ich sagen soll.“ Joshua sprach als Erster.

„Ich weiß es.“ Ihre Stimme klang heiser. „Danke.“

Ihre Dankbarkeit beschämte ihn. „Würde es allzu banal klingen, wenn ich dir sagte, dass es mir ein Vergnügen war?“

„Es wäre die perfekte Antwort.“

„Es war mir ein Vergnügen.“

„Das habe ich bemerkt.“

Er zog sie an sich, bevor er sich auf die Seite drehte und auf einen Arm stützte. Mit der anderen Hand strich er ihr über die geröteten Wangen. „Mir scheint, für dich war es auch ein Vergnügen.“

„Oh ja.“

Schweigend lagen sie da und berührten sich mit jener natürlichen Zärtlichkeit, die folgte, wenn man sich vollkommen ineinander verloren hatte. Worte waren schwieriger. Doch Joshua konnte sie nicht länger aufschieben. „Mir scheint aber auch, dass wir dich nach der falschen Mary benannt haben.“

„Ich war keine Jungfrau mehr.“

„Nicht ganz.“ Joshua ließ die Hand an ihrem Arm hinabgleiten. „Aber erfahren bist du auch nicht.“

„Vielleicht habe ich es nur vergessen.“

„Das glaube ich nicht.“ Seine Hände wanderten zu ihren Brüsten.

„Der Mann, der versucht hat, mich zu ermorden, muss mich für eine Prostituierte gehalten haben.“

„Ich glaube nicht, dass es der Prostituiertenmörder war. Sam ist davon überzeugt, dass der Mann, den sie festgenommen haben, mindestens drei der Morde begangen hat. Offenbar läuft der Mann, der dich umbringen wollte, noch immer frei herum.“ Sie sah, wie er nach einer Antwort suchte. „Vielleicht wollte jemand dich ermorden und seine Spur dadurch vertuschen, dass er es wie die Tat des Serienkillers aussehen ließ“, fuhr er schließlich fort.

Sie dachte darüber nach. „Aber niemand hat mich als vermisst gemeldet.“

Das war der rätselhafteste Punkt. Joshua wusste, dass Sam sich sämtliche Vermisstenanzeigen genau angesehen hatte und sich jede neue bringen ließ, die bei der Polizei einging. „Das verstehe ich auch nicht“, gab er zu.

Maggie schloss die Augen. Sie musste sich erinnern. An was auch immer. Sie hatte sich beigebracht, sich das weiße Stuckhaus ins Gedächtnis zu rufen. Das blaue, funkelnde Wasser. Die Stimme ihres Vaters ... ein Boot ... das Geräusch eines abgefeuerten Schusses. Das war neu, doch der Anflug von Panik blieb aus. Noch mehr Schüsse. In rascher Folge. Kein Schreien. Sie folgte dem Echo. Es kam aus einem im Halbdunkel liegenden Raum, dessen Wände grau gestrichen waren. Der Raum sah aus wie eine Scheune oder eine Kegelbahn. An der Wand vor ihr stand eine Männergestalt. An einer Stelle war sie zerfetzt. Winzige, kreisförmig angeordnete Löcher. Einschusslöcher. Sie öffnete die Augen.

„Ein Schießstand. Irgendwann muss ich auf einem Schießstand gewesen sein."

„Das würde erklären, warum du die Waffe so professionell gehandhabt hast."

„Aber warum?" fragte sie verwundert.

„Vielleicht brauchtest du die Schießausbildung für einen Job."

Maggie schüttelte den Kopf. „Ich bin sicher, dass ich mit Kindern gearbeitet habe."

„Selbstverteidigung?"

„Aber warum?"

„Vielleicht hast du in einer Großstadt gelebt, in einer üblen Gegend."

„Nein, ich habe am Wasser gelebt, in einer weißen Stuckvilla."

Joshua lächelte. In dem kleinen Punkt war sie sich ganz sicher. „Als Erwachsene?"

Sie nickte langsam. „Ich glaube schon. Das Haus ist zweistöckig." Sie schloss die Augen. „Mit einem roten Ziegeldach."

Sie öffnete abrupt die Augen. „Im spanischen Stil. Vielleicht habe ich in New Mexico oder in Arizona gelebt."

„Bei all dem Wasser vermutlich nicht."

Sie zuckte die Schultern. „Wenn ich an das Haus denke, sehe ich einen großen Garten. Er reicht bis ans Wasser."

„Was noch?"

Sie schloss wieder die Augen. „Sonnenschein. Ein Eisentor. Ein hohes Eisentor. Hibiskus und Orangenbäume. Orangen! Kalifornien!"

„Eher Florida."

Sie setzte sich auf und klatschte in die Hände. „Florida. Ich wette, du hast Recht, Joshua."

Er stemmte sich hoch. „Wahrscheinlich im südlichen Teil. An der Küste."

„Florida." Maggie warf die Arme um seinen Hals.

Joshua wollte sie warnen. Ihr Optimismus konnte durchaus in einer bitteren Enttäuschung enden. Doch er brachte es nicht fertig, ihr die Freude zu nehmen, die ihre Augen strahlen ließ.

„Joshua, woher ich auch komme, es wird nicht zwischen uns stehen", fuhr sie fort. Sie küsste ihn, und ihre Hände tasteten nach seinem Körper. „Liebe mich, Joshua. Lass mich dir zeigen, was ich gelernt habe."

Er zog sie mit sich hinab und ließ es sich zeigen.

Es war schon fast Mitternacht, als Joshua hörte, wie sich der Schlüssel in der Haustür drehte. Er warf noch einen letzten Blick auf Maggie, die friedlich neben ihm schlief, zog sich die Hose an und ging in die Küche.

Skeeter erwartete ihn bereits. „Ich habe eine Spur von Maggies Angreifer."

Joshua war dabei, sich genießerisch zu strecken, und erstarrte. War es schon so weit? Würde er Maggie jetzt verlieren, an ihre Vergangenheit? „Erzähl mir davon."

„Die Kopien der Zeichnung, die ich nach Maggies Angaben angefertigt habe, haben nichts gebracht. Aber das Original habe ich ausgestellt, weil ich es so gelungen fand." Wie alle Künstler, die am Jackson Square arbeiteten, stellte auch Skeeter seine besten Arbeiten auf einem Ständer zur Schau, um Kunden anzulocken.

„Am Square selbst hat niemand etwas dazu gesagt", fuhr Skeeter fort. „Erst als ich in den Jazz-Club an der Bourbon Street umzog und es dort aufstellte. Vor etwa einer Stunde kam ein Typ auf mich zu. Er war so betrunken, dass er kaum noch stehen konnte, aber er baute sich vor dem Porträt auf und starrte es an. Also habe ich ihn gefragt, ob er den Mann kennt. ‚Sicher', sagte er und wollte weiterwanken."

„Erzähl weiter."

„Nun, ich folgte ihm. Ich habe ihm erzählt, dass der Mann das Porträt in Auftrag gegeben hätte, ich aber seine Adresse verlegt hätte."

„Und das hat er geglaubt?"

„Der war so betrunken, der hätte Haltung angenommen, wenn ich mich als Präsident der USA ausgegeben hätte. Jedenfalls hat er mir erzählt, dass der Mann auf der Zeichnung Stoney Cox heißt.

Und jetzt pass auf. Cox wohnt drüben an der Basin Street, etwa sechs Blocks von Hootie Barns Taverne entfernt."

Joshua brachte kein Wort heraus.

„Dieser Cox ist ein verdammt übler Bursche. Offenbar hat er dem Mann aus dem Jazz-Club mal Geld geschuldet, und als der zum Kassieren kam, hat Cox ihn mit einem Messer bedroht. Cox hat ihm erzählt, dass er wegen einer echt schlimmen Sache in Florida gesucht wird."

„Warum hat er Cox nicht bei der Polizei angezeigt?"

Skeeter grinste. „Gaunerehre, Joshua. Der Typ, von dem ich das alles habe, ist auch kein Heiliger."

„Wir müssen Sam anrufen."

„Habe ich bereits." Skeeter lehnte sich im Stuhl zurück und legte die Hände an den Hinterkopf. „Würdest du den Mann aus dem Waschsalon wieder erkennen?"

Joshua hatte ihn nur wenige Sekunden lang gesehen, aber das Gesicht würde er nie vergessen. „Ja."

„Sam war nicht zu Hause, und die Frau auf der Polizeiwache hat mir gesagt, dass sie ihn dort erst morgen Nachmittag zurückerwarten."

So lange konnten sie nicht warten. Joshua schüttelte den Kopf. Er durfte Maggie nicht die Chance nehmen, etwas über ihre Vergangenheit zu erfahren. Außerdem durfte der Mann nicht länger frei herumlaufen. Maggies Leben wäre permanent in Gefahr.

„Ich will nicht auf Sam warten." Joshua ging in der Küche auf und ab. „Wenn der Mann mitbekommt, dass eine Zeichnung von ihm in der Stadt kursiert, haut er möglicherweise ab."

Skeeter nickte. „Mein Lieferwagen hat getönte Scheiben. Wir postieren uns vor seinem Haus und verständigen Sam, sobald wir ihn auftreiben können."

„Nein."

„Warum nicht?"

„Weil Sam Maggie nicht glaubt. Er ist felsenfest davon überzeugt, dass sie mir etwas vormacht, um von der Straße wegzukommen. Wir müssen ihm erst unwiderlegbare Beweise liefern, bevor er etwas unternimmt. Wir dürfen keine Zeit verschwenden. Sam sieht die ganze Sache nicht objektiv. Wir müssen selbst aktiv werden."

„Er liebt dich. Das tun wir beide", erwiderte Skeeter lächelnd.

Joshua lächelte zurück. „Du liebst nicht nur mich, stimmt's?"

Sein Freund seufzte. „Ich weiß, wohin Maggie gehört. Und zu wem. Aber sie hat mir etwas vom Glauben an das Gute in meinen Mitmenschen wiedergegeben."

9. KAPITEL

„Was starrt ihr mich so an?“ Maggie sah an dem hellen Sonnenschein, der Skeeters Küche durchflutete, dass sie viel zu spät aufgestanden war. Skeeter und Joshua waren längst auf und angezogen, als wollten sie jeden Moment das Haus verlassen. Ihr Blick traf sich mit Joshuas, und sie spürte, dass sie rot wurde. Die Erinnerung an die geteilte Leidenschaft schwebte zwischen ihnen in der Luft.

„Es passiert nicht jeden Tag, dass eine wunderschöne Frau meine bescheidene Küche betritt“, sagte Skeeter. „Du bist heute Morgen hübscher als je zuvor, Maggie.“

„Danke.“ Sie goss sich eine Tasse Kaffee ein und setzte sich neben Joshua an den Tisch. „Wieso bin ich die Einzige, die frühstückt?“

„Wir sind längst damit fertig. Wir müssen in ein paar Minuten los.“

Maggie war überrascht, begriff jedoch schnell, dass etwas anders war als sonst. „Es hat mit mir zu tun, nicht wahr?“

„Maggie, es kann sein, dass wir eine Spur haben. Skeeter und ich wollen ihr nachgehen.“ Joshuas Stimme war so ruhig, als hätte er gerade angekündigt, die Morgenzeitung vom Kiosk zu holen.

„Was für eine Spur?“ Sie legte den Löffel hin und starrte ihn an. Die Getreideflocken schmeckten plötzlich wie Holzspäne.

„Jemand hat den Mann auf Skeeters Zeichnung erkannt. Wir glauben, wir wissen, wo er wohnt.“

„Wo?“ Maggie klammerte sich an die Tischkante.

„Etwa sechs Blocks von Hootie Barns Taverne entfernt.“ Joshua stand auf und kniete neben der wie erstarrten Maggie. Er legte die Arme um sie. „Hab keine Angst, Liebling. Es wird alles gut gehen.“

„Geh nicht dorthin, Joshua. Ruf die Polizei an, überlass die Sache ihr.“

„Wir wissen, was wir tun. Sam wird heute Nachmittag im Revier sein. Wir rufen ihn dort an.“

„Bitte, geh nicht!“ flehte sie ihn an.

„Maggie, Liebling. Wir können so nicht weiterleben. Selbst

wenn der Kerl uns keine Hinweise auf deine Vergangenheit liefert, muss er hinter Gitter. Auch wenn wir ihm nur den Überfall auf den Waschsalon nachweisen können."

„Joshua, er muss wissen, wer ich bin. Wenn wir nun etwas Schreckliches herausfinden?"

„Das werden wir nicht." Joshua verstand, warum sie plötzlich der Mut verließ. Es ging alles viel zu schnell. Zu schnell für sie beide. Doch sie konnten nicht warten.

„Wir gehen jetzt. Schließ die Tür hinter uns ab." Er strich ihr über die erhitzte Wange, bevor er sich erhob.

Ihre blauen Augen wirkten riesiger als je zuvor. „Bitte."

„Nein." Joshua half ihr aus dem Stuhl. „Ein Kuss", sagte er. „Und dann schließt du ab."

Mit den Lippen versuchte sie ihm zu zeigen, welche Angst sie hatte, doch er blieb eisern. Er löste sich von ihr. „Wir kommen zurück, sobald wir können." Kurz darauf war er verschwunden.

Maggie stand am Fenster und sah Skeeters Lieferwagen nach. Was sollte sie nur tun? Joshuas Wagen nehmen? Sie wusste nicht, ob sie die beiden Männer finden würde. Und selbst wenn, würde sie ihnen helfen können?

Der Mann hatte dreimal versucht, sie umzubringen. Er war nicht der Typ, mit dem man Räuber und Gendarm spielte. Joshua und Skeeter mochten in ihrer Jugend einige Tricks gelernt haben, doch das war zu wenig für einen solchen Gegner.

Es gab nur einen, der dem Killer gewachsen sein würde, und das war Sam. Maggie wusste, was der Sergeant von ihr hielt. Er war überzeugt, dass sie eine Hure war, die seinen besten Freund ausnahm. Doch das war jetzt gleichgültig. Er war der Einzige, der Joshua und Skeeter helfen konnte. Sie musste ihn finden.

Es dauerte etliche Minuten, bis sie die Telefonistin des Polizeireviers endlich davon überzeugt hatte, dass es um Leben oder Tod ging und sie Sergeant Long so schnell wie möglich sprechen musste. Schließlich versprach die Frau, hinter ihm herzutelefonieren. Selbst wenn sie ihn erreichte, war nicht garantiert, dass er Maggies Anruf erwidern würde.

Maggie wartete und ging nervös vor dem Telefon im Flur auf und ab. Als das Telefon schrillte, riss sie den Hörer noch während des ersten Läutens von der Gabel.

„In was für einem Ärger stecken Sie denn diesmal?“ fragte Sam, ohne eine höfliche Einleitung für nötig zu halten. Maggie wurden die Knie vor Erleichterung weich.

Zunächst ließ ihr Flehen Sam völlig unbeeindruckt. Er war zum Tennis verabredet und wollte sich nicht den dienstfreien Vormittag ruinieren lassen. Doch nach einer Weile drang sie irgendwie zu ihm durch. Er bestand darauf, dass sie sich beruhigte. Hysterische Frauen konnte er nicht ausstehen. Maggie sagte ihm, er solle nichts anderes tun als das, wofür er bezahlt würde. Seinen Job als Polizist. Dann wiederholte sie eindringlich, dass Joshua und Skeeter in großer Gefahr schwebten.

Sie erzählte ihm das Wenige, das sie von den beiden erfahren hatte. Nein, die Nummer von Skeeters Lieferwagen habe sie nicht. Nein, beschreiben könne sie ihn auch nicht. Ja, sie würde ihn vermutlich erkennen, aber dazu würde sie keine Gelegenheit bekommen, wenn er nicht endlich seinen großen, blonden Körper in einen Wagen beförderte und sie abholte. Eine Sekunde später drang nur ein Summen aus der Leitung, und sie wusste, dass sie das Unmögliche erreicht hatte. Sie hatte Sergeant Long dazu gebracht, ihr zuzuhören und zu glauben.

Der Wagen, der keine fünfzehn Minuten später vor Skeeters Haus hielt, war ein ziviler Streifenwagen, und Sam und sein Partner trugen Shorts und Polohemden. Maggie riss die hintere Tür auf, bevor Sam aussteigen konnte.

„Ich weiß nicht, auf welcher Seite der Taverne sie sind“, sagte sie, als sie sich auf den Rücksitz fallen ließ und die Tür zuzog. „Sie haben sich vermutlich mit Absicht so ungenau ausgedrückt.“

„Die beiden sind ja sehr bemüht, Sie zu schützen.“

„Ja. Und es ist mir egal, was Sie davon halten.“ Sie schrie es fast. „Fahren Sie endlich los.“

Zum allerersten Mal entdeckte sie so etwas wie Bewunderung

in Sams markantem Gesicht. „Das süße kleine Kätzchen hat Krallen."

„Wenn es sein muss." Sie starrte zwischen den beiden durch die Windschutzscheibe. „Wie wollen Sie die beiden finden?"

„Wir suchen die Straßen um die Taverne ab. Wir beginnen in sieben Meilen Entfernung und ziehen immer engere Kreise. Halten Sie die Augen auf, sobald ich es Ihnen sage."

„Das brauchen Sie mir nicht zu sagen." Sie war bereit.

„Kommt Ihnen hier etwas bekannt vor?" Sams Frage ließ den sonst üblichen Sarkasmus vermissen.

„Ich weiß es nicht. Es ist, als würde ich durch ein Fenster mit wehendem Vorhang sehen. Manchmal kann ich etwas erkennen, doch dann ist die Sicht wieder blockiert."

Maggie hatte das Gefühl, gleich explodieren zu müssen. Die Angst um Joshua staute sich in ihr an. Sie konnte sich auf nichts konzentrieren als auf die wachsende Panik in ihr selbst. Und diese Panik trieb sie an einen grauen Ort, einen Ort ohne Licht, ohne Hoffnung. Dann, als würde etwas Schicht um Schicht freigelegt, kamen die Bilder.

Joshua, wehrlos der Waffe eines Killers ausgeliefert. Joshua allein, auf der Suche nach ihrem Verfolger. Die Szene war so klar, so plastisch, dass sie sie genau erkennen konnte. Der Mann trug eine Maske … eine Gorilla-Maske. Er richtete eine Waffe auf Joshua. Nein! Es war nicht Joshua. Es war ein älterer Mann. Von mittlerer Größe, kräftig gebaut, mit braunem Haar. Er streckte die Hand nach ihr aus, und sie wollte zu ihm. Doch sie konnte es nicht. Der Maskierte hielt sie fest, doch seine Maske löste sich auf. Es war nicht der Mann aus dem Waschsalon …

„Oh nein." Sie schlug die Hände vors Gesicht. „Nein!"

Sam drehte sich zu ihr um. „Maggie?"

Sie hörte ihn nicht. Die Szene wechselte. Jetzt sah sie den Mann aus dem Waschsalon. Sie war an ein Bett gefesselt, und er beschimpfte sie. „Alle Frauen sind Huren!" schrie er. „Du bist nicht anders!" Maggie wand sich auf dem Rücksitz. „Nein!" rief sie.

„Maggie, reißen Sie sich zusammen."

Sie ignorierte Sams Stimme. Es war zu spät zum Umkehren. Die Bilder verschwammen und wurden durch neue abgelöst. Der erste Mann schleifte sie über einen Parkplatz. Der ältere Mann mit dem braunen Haar lag leblos auf der Erde. Dunkelheit. Grauenhafte Krämpfe in ihrem gesamten Körper und unerträglich stickige Luft. Dann befand sie sich in einem Raum. Der Mann aus dem Waschsalon beschimpfte sie, schlug sie. Sie versuchte sich zu wehren. Dunkelheit.

„Was ist, Maggie?"

„Sam, mein Vater ..." Sie bekam das Puzzle nicht zusammen. Der Mann auf der Erde war ihr Vater. Er war tot. Der erste Mann schleifte sie davon. Sie schrie. Er schlug sie, immer wieder. Dann die Dunkelheit. Und die Krämpfe. Luft, die kaum zu atmen war.

Eine Frau. Noch mehr Beschimpfungen. „Bitte, lasst mich in Ruhe." Es war ihre eigene Stimme, die sie hörte. „Ihr habt meinen Vater getötet. Niemand wird das Lösegeld bezahlen!"

„Dein Vater ist nicht tot." Doch er war es. Sie hatte ihn zu Boden stürzen sehen. „Na los, bringt mich auch noch um!" Dann die Dunkelheit.

Sie war wieder in Sams Wagen. „Sam!"

„Erzählen Sie weiter, Maggie", erwiderte der Sergeant. „Hier sind Sie sicher. Was sehen Sie?"

„Ich weiß nicht. Meinen Vater ... Der Mann hat ihn getötet und mich weggezerrt."

„Der Mann, hinter dem Joshua und Skeeter her sind?"

„Nein. Ein anderer Mann. Und eine Frau war auch noch da." Sie nahm die Hände vom Gesicht, über das jetzt Tränen liefen. „Der Mann, den die beiden zu finden versuchen, kam auch noch. Später. Ich war auf ein Bett gefesselt. Er nannte mich eine Hure. Er hat versucht, mich zu vergewaltigen." Sie schloss die Augen. „Er wird Joshua töten. Sie müssen ihn finden, Sam."

„Dann öffnen Sie sofort die Augen, Maggie." Sam hielt ihr die Hand hin. „Nehmen Sie meine Hand, Honey. Sie sind stark. Sie schaffen es. Aber wir brauchen jetzt Ihre Hilfe. Wir müssen Joshua und Skeeter bald finden."

Sams Hand war Lichtjahre entfernt, doch Maggie überwand die unglaubliche Distanz und ergriff sie.

„Wir sind gleich in der Gegend. Können Sie uns helfen?“ fragte Sam eindringlich. „Sie müssen es.“

Sie nickte. „Ich verstehe das alles noch immer nicht.“

„Das werden Sie schon noch. Zuerst müssen wir Joshua finden.“

Maggie hielt Sams Hand fest und starrte nach draußen. Die Straßen kamen ihr nicht bekannt vor.

„Wir sind jetzt am Beginn des Sieben-Meilen-Radius“, verkündete Sams Partner.

„Okay, Maggie. Sehen Sie jetzt genau hin. Können Sie mir nicht wenigstens etwas an Skeeters Transporter beschreiben?“

„Er ist hellblau, mit einem breiten Trittbrett aus Chrom und einer verbeulten Stoßstange am Heck.“

Sam zog eine Grimasse. „Ich dachte, Sie wissen nicht, wie er aussieht.“

„Ich wollte, dass Sie mich mitnehmen.“

Sie machte sich auf einen zornigen Ausbruch gefasst, doch der kam nicht. Stattdessen drückte Sam ihre Hand und ließ sie los. Er öffnete das Handschuhfach und holte eine Pistole heraus. „Wenn wir ankommen, werden Sie keinen Fuß aus diesem Wagen setzen.“

„Sam?“ Sein Partner zeigte auf den nächsten Häuserblock, vor dem ein Lieferwagen stand, der aussah wie der, den Maggie beschrieben hatte.

„Kommt Ihnen diese Gegend bekannt vor?“ fragte der Sergeant.

Maggie sah sich um. Es war eine schäbige Gegend mit schmalen Häusern, Raum sparend auf winzige Grundstücke gebaut. Verglichen damit war Skeeters Nachbarschaft ein Nobelviertel. „Ich kann mich nicht erinnern.“

Doch dann konnte sie es plötzlich.

Maggie kannte die Gegend. Und zwar von dem Tag, an dem sie im strömenden Regen zu Hootie Barns Taverne gegangen und anschließend herumgeirrt war. Aber sie war vorher schon einmal hier gewesen. Sie sah es wieder vor sich. Es war dunkel. Nicht einmal

Straßenlaternen gab es. Sie rannte an Häusern wie diesen vorbei. Genauer gesagt, sie versuchte zu rennen. Sie konnte die Beine kaum bewegen, weil der in Gang kommende Kreislauf sie wie höllisch brennen ließ.

„Du kleine Hure." Die Stimme hinter ihr war undeutlich. Der Mann, ihr Verfolger, jagte sie. Sie hastete zwischen zwei Häuser, um sich in einem Garten zu verstecken, doch ein Hund knurrte, und vom Haus her ertönten bedrohliche Stimmen.

Sie stolperte weiter, kauerte sich hinter die Sträucher. Außer ihr und dem Verfolger befand sich niemand auf der dunklen Straße. Es gab keine Lampen, keinen Mond. Sie raffte sich wieder auf. Der Mann kam immer näher. Ihr war kalt, und sie weinte, so leise wie möglich. Es begann zu nieseln. In der Ferne sah sie eine hell erleuchtete Straße. Sie wollte hinlaufen. Dann wurde alles schwarz.

„Es gab kein Licht", schluchzte Maggie. „Ich wollte rennen."

„Die Straßenlaternen sind hinter den Zweigen der Bäume verborgen." Sams Partner zeigte auf eine der wenigen Lampen, vor der die Äste einer riesigen Eiche aufragten. „In einer mondlosen Nacht ist es hier stockdunkel."

Etwa einen halben Block hinter dem geparkten Lieferwagen hielten sie am Straßenrand. Sam gab ihren Standort ans Revier durch. Dann drehte er das Funkgerät leiser. „Wo, zum Teufel, stecken Skeeter und Josh?" knurrte er. „Trinken die beiden Tee mit dem Burschen?"

Bevor der Kollege antworten konnte, ging an einem Haus auf der anderen Straßenseite eine Tür auf. Entsetzt starrte Maggie hinüber. Es war das Haus, vor dem sie während des Gewitters gestanden hatte. Skeeter kam heraus, lachend und redend, als hätte er gerade einen alten Freund getroffen. Der Mann mit dem roten Bart folgte ihm. Skeeter zuckte mit den Schultern, als müsste er sich für einen Irrtum entschuldigen.

Sam drehte sich zu Maggie um. „Ist das der Bursche?"

„Ja", stammelte sie. „Das ist er!"

„Das dürfte die Sache erleichtern. Sobald Skeeter wieder im Lieferwagen ist, klopfe ich an die Tür und wir nehmen den Kerl fest. Sie bleiben, wo Sie sind, verstanden?“

Reglos vor Angst saß Maggie da. In dem Moment, als Sam sich zu ihr umdrehte, war die Tür des Lieferwagens aufgeflogen. Und jetzt stand Joshua auf dem Bürgersteig. Der Mann mit dem roten Bart sah ihn in derselben Sekunde wie Maggie. „Joshua!“

Ihr blieb keine Zeit zum Überlegen, zum Abwägen. Sie wusste nur, dass Joshua in Gefahr war. Bevor ihr klar wurde, was sie tat, befand sie sich bereits auf der Straße. „Joshua! Er wird dich umbringen!“

Joshua drehte sich zu ihr um. „Maggie!“

Im Sonnenlicht blitzte auf der Veranda etwas auf. Ein metallischer Gegenstand. Dann ertönte ein Geräusch, das sich wie eine kleine Explosion anhörte. Maggie wurde zu Boden geworfen. Noch eine Explosion. „Er ist getroffen.“

„Joshua!“ Dann herrschte Stille. Und Dunkelheit. Leere.

Sie trieb darin.

„Maggie?“ Die Stimme kam aus einer anderen Welt als der, in der sie dahindriftete.

Sie bewegte sich, wollte mit den Armen rudern.

„Maggie, Liebling. Ich bin’s. Joshua.“

Sie fühlte, wie ihre Augenlider sich hoben. Joshua kniete neben ihr, hatte sich über sie gebeugt. Im Hintergrund waren Polizeisirenen zu hören. Sie blinzelte, bis die verschwommenen Konturen scharf wurden.

„Oh, Maggie.“ Joshua zog sie in die Arme.

„Ich habe gesagt, du sollst sie nicht bewegen. Vielleicht ist sie mit dem Kopf aufgeschlagen, als ich sie zu Boden stieß.“ Sie erkannte Sams Stimme.

Zaghaft streckte sie die Hand aus, um Joshuas Wange zu streicheln. „Joshua, du lebst.“

Sein Lachen klang brüchig. „Aber nur knapp.“

„Skeeter?“

„Ich bin hier, Maggie.“

Sie hob den Blick und sah ihn neben Joshua. „Sam?"

Joshua antwortete. „Sam hat Stoney Cox erschossen, bevor er einen zweiten Schuss abgeben konnte. Sein erster hat mich verfehlt."

„Stoney Cox. Ja, das war sein Name." Sie lehnte sich an seine Brust. „Ich bin froh, dass er tot ist."

Joshua wiegte sie behutsam hin und her. „Er kann dir nicht mehr wehtun, Liebling. Es ist vorüber, Maggie."

Sie hörte, wie zärtlich er ihren Namen aussprach. Eigentlich war es eine Schande, ihn zu verbessern. Aber er musste es erfahren. Sie nahm all ihre Kraft zusammen. „Joshua, Maggie wird schon gehen, aber, um genau zu sein, mein richtiger Name lautet Mary Margaret O'Hanlon."

Joshuas Arme legten sich noch fester um Maggie, als ihre Worte durch die Sorge um ihre Gesundheit in sein Bewusstsein drangen. „Mary Margaret O'Hanlon?"

„Früher einmal wohnhaft in Palm Beach … Aber nicht so viel früher, schätze ich." Sie bewegte sich in seinen Armen. „Tochter des verstorbenen Chester Gilbert O'Hanlon, der von einem Mann ermordet wurde, den ich unter dem Namen Bob Claiborne kannte."

Joshua hörte die Tränen in ihrer Stimme. „Ruhig, Liebling. Du brauchst mir nicht gleich alles zu erzählen."

Sie hörten Sam mit einem der neu eingetroffenen Polizeibeamten reden. Joshua strich ihr übers Haar. „Mary Margaret O'Hanlon." Er ließ den Namen auf der Zunge zergehen. Irgendwie passte er perfekt.

„Josh? Ist sie in Ordnung?" Sam sah besorgt auf sie herab.

„Sie erinnert sich." Joshua versuchte seinem Freund mit einem Blick klar zu machen, dass er sie allein lassen sollte, doch Sam kniete sich zu ihnen.

„Wir werden eine Aussage von Ihnen brauchen, Honey." Das Kosewort überraschte Joshua. Aus Sams Mund war es eine der höchsten Auszeichnungen.

„Maggie ist ihr richtiger Name wieder eingefallen", erklärte Joshua. „Und woher sie kommt."

„Mary Margaret O'Hanlon, aus Palm Beach, Florida", verkündete Maggie nicht ohne Stolz und richtete sich auf.

Sam stieß einen Pfiff aus.

Joshua drehte sich zu ihm um. Sein Freund sah total perplex aus. „Was ist, Sam?"

„Liest du denn keine Zeitungen, Junge?" Sam beugte sich zu Maggie herunter. „Sind Sie sicher, Honey?"

Sie lächelte. „Ganz sicher. Ich werde doch wohl noch meinen eigenen Namen kennen."

Sams Lachen fiel bittersüß aus. „Wie sind Sie hier gelandet, Mary Margaret O'Hanlon?"

„Ich kann mich nicht mehr an sämtliche Details erinnern, weil ich zeitweilig ... außer Gefecht gesetzt war." Sie ließ sich in Joshuas Arme zurücksinken. „Würden Sie mir noch etwas Zeit lassen?"

Sam stand auf. „Joshua, bring sie von hier weg, bevor die Presse auftaucht. Wenn die Reporter herausbekommen, wo sie ist, wird sie die Meute nie wieder los."

Joshua war so verwirrt, wie Maggie es in all den Monaten gewesen war. Aber er wusste, dass jetzt nicht der richtige Zeitpunkt war, sich aufklären zu lassen. „Ich bringe sie vorläufig wieder bei Skeeter unter."

Sam nickte. „Ich sehe euch um fünf auf dem Revier, okay?" Er drehte sich um, doch Maggie hielt ihn zurück.

„Sam?" Sie sah den Mann an, der Joshua das Leben gerettet hatte. „Danke, Sam."

„Bis nachher, Honey", erwiderte der Sergeant. Er nickte Joshua zu. „Bring sie nach Hause, Josh. Und wenn du nicht gut auf sie aufpasst, bekommst du es mit mir zu tun." Dann ging er zum Streifenwagen.

10. KAPITEL

„Maggie?"
Joshua kam ins Schlafzimmer, um sie für ihren Termin auf dem Polizeirevier zu wecken.

Sie lag auf dem Bett, die Arme hinter dem Kopf verschränkt, und starrte an die Decke. „Ich bin wach. Zum ersten Mal seit langer Zeit bin ich hellwach."

„Bist du fit genug?" Er setzte sich auf die Bettkante. „Können wir fahren?"

„Nein." Sie griff nach seiner Hand. „Joshua, liebe mich, bevor wir fahren."

Sie hatte auf der Fahrt zu Skeeters Haus geschwiegen und sich nach der Ankunft sofort hingelegt. Joshua wusste noch immer nicht viel mehr über sie als ihren Namen. „Ich glaube, das ist keine gute Idee", erwiderte er leise.

„Sieh mich an", sagte sie. „Ich liebe dich. Ob nun Maggie Kelly oder Mary Margaret O'Hanlon. Zwischen uns hat sich nichts geändert."

„Vor mir gab es einen anderen Mann, Maggie. Was ist mit ihm? Wie passt er jetzt ins Bild?" Joshua mied ihren Blick.

Maggie sah, wie er darum kämpfte, objektiv zu bleiben. Sie wollte ihn beruhigen, ihm sagen, dass es nichts gab, weswegen er sich Sorgen zu machen brauchte. Aber noch mehr als das wollte sie ehrlich zu ihm sein. Er musste die Wahrheit erfahren. Er musste von James erfahren. „Ich bin mit einem Mann namens James Darwin verlobt."

„Ich verstehe."

Sie spürte, wie seine Finger in ihrer Hand zuckten, bevor er sie ihr entzog. Sein Gesicht war völlig ausdruckslos.

„James arbeitete bei meinem Vater. Mein Vater besaß Immobilien, und James war sein Assistent." Sie zog die Knie bis zum Kinn an und legte die Arme um sie. „Das alles macht nur Sinn, wenn man meinen Hintergrund kennt. Ich bin praktisch wie im Kloster aufgewachsen. Ich habe nur Privatschulen besucht, danach ein kleines

College nur für Frauen. Ich war scheu. Obwohl ich einige Male mit Männern ausgegangen bin, wusste ich eigentlich nicht viel über sie. Ich habe einen Abschluss in Kinderpsychologie gemacht ..."

„Das macht Sinn."

Maggie lächelte schwach. „Und dann habe ich in einer teuren Vorschule für hochbegabte Kinder unterrichtet. Ich wohnte zu Hause. Meine sozialen Kontakte beschränkten sich auf die Männer, die mein Vater kannte. Er war ein wunderbarer Mensch, aber auch sehr altmodisch. Ich war das Licht seines Lebens. Im letzten Jahrhundert hätte er einen Mann für mich ausgesucht und mir befohlen, ihn zu heiraten. Aber in unserer aufgeklärten Zeit suchte er nur den Mann aus und manipulierte uns, bis James und ich verlobt waren."

„Wir leben im zwanzigsten Jahrhundert. So unfreiwillig kann es doch nicht gewesen sein."

„War es auch nicht. James war ... ist", verbesserte sie, „ein gut aussehender, intelligenter Mann. Ich habe mir eingeredet, er wäre ein idealer Ehemann für mich."

Joshuas Miene gab noch immer keines seiner Gefühle preis. „Wie lange warst du verlobt?"

„Länger als James und mein Vater es vorgesehen hatten. Ich brachte es einfach nicht fertig, einen Hochzeitstermin zu bestimmen."

„Warum nicht?"

Maggie hob die Hand und strich Joshua zaghaft über die Wange. Er bewegte sich nicht. „Ich hatte mir viel mehr erwartet. James war gut zu mir, fürsorglich und aufmerksam, aber es gab keinerlei Leidenschaft zwischen uns. Ich habe es ihm schließlich gesagt, und er schien unheimlich erleichtert zu sein, dass ich mir nur deswegen Sorgen machte. Er lachte und nahm sich vor, mir zu beweisen, wie Unrecht ich hatte."

„Du brauchst nicht weiterzuerzählen." Joshuas Stimme war nicht so beherrscht wie seine Miene. Es entging Maggie nicht.

„Ich glaube doch. Offenbar ist es dir sehr wichtig." Sie strich ihm erneut über die Wange. „Wir haben nur einmal miteinander geschlafen, Joshua. James meinte, wenn wir zusammen ins Bett gingen, würde ich schon merken, wie viel Leidenschaft es zwischen uns gebe. Aber sein Plan funktionierte nicht. Im Gegenteil, danach konnte ich es nicht ertragen, wenn er mich berührte."

„Hast du die Verlobung gelöst?"

Sie schüttelte den Kopf. „Nein. Ich dachte, ich wäre das Problem, nicht James. Es schien ihm nichts auszumachen, dass ich so kalt war. Er wollte mich noch immer heiraten. Ich dachte, ich würde nie wieder einen so geduldigen und verständnisvollen Mann finden."

„Also bist du noch immer verlobt."

Maggie zuckte die Schultern. „Ich bin jetzt seit sieben Monaten fort. James ist möglicherweise längst verheiratet. Ich hoffe, er ist es."

„Das sagst du jetzt und hier, Maggie. Aber wie wird es sein, wenn du ihn wiedersiehst?" Joshua wollte aufstehen. „Du bist nicht in der Verfassung, um derartige Entscheidungen zu treffen."

„Ich habe mich doch längst entschieden." Ihre Finger gruben sich in seinen Arm und zogen ihn wieder zu ihr herunter. „Liebe mich, Joshua. Bedeutet dir denn die vergangene Nacht gar nichts? Kannst du so einfach wegwerfen, was wir zusammen haben?"

Er konnte es nicht. Der vernünftige Psychologe verschwand und wurde durch den Mann abgelöst, der diese Frau mehr liebte als alles andere auf der Welt. Joshua breitete die Arme aus, und Maggie schmiegte sich an ihn. Wie ausgehungert drängten ihre Körper sich aneinander. Sein Mund presste sich auf ihren, während er sie auszog. Mit zitternden Fingern streifte sie ihm die Sachen ab und liebkoste die athletischen, aber vollkommen natürlichen Linien seines Körpers. Maggie übernahm die Initiative und bewies Joshua mit Händen und Lippen, was er ihr bedeutete.

Maggie liebte Joshua ohne jede Hemmung. Joshua liebte Maggie mit einer Art von Verzweiflung. Als die Erregung kaum noch auszuhalten war, glitt Maggie über ihn, und er beobachtete fasziniert, wie sie den Kopf nach hinten warf, die Augen schloss und ihm mit jeder ihrer ekstatischen Bewegungen alles gab, was sie zu geben hatte. Ihre Brüste füllten seine Hände, und sie beugte sich vor. Er hielt sie fest und vergrub sein Gesicht in ihrem Haar. „Maggie", flüsterte er stöhnend.

„Sag mir, dass nichts anderes mehr wichtig ist, Joshua."

„Ich werde dich immer lieben."

„Nichts anderes ist mehr wichtig."

So gern er ihr auch zugestimmt hätte, ihm blieb nichts anderes, als sie zu küssen und zu hoffen, dass sie Recht hatte.

Zu dem Termin auf dem Polizeirevier kamen sie zehn Minuten zu spät. Skeeter war dazugebeten worden, weil er an der Suche nach Maggies Verfolger aktiv teilgenommen hatte. Sam war damit einverstanden, dass auch Antoinette Deveraux an dem Gespräch teilnahm.

Der Sergeant führte sie in ein Zimmer, das vermutlich das einzige ruhige in dem geschäftigen Flachbau war. Der Polizeichef war anwesend. Und zwei Männer, die nur mit den Nachnamen vorgestellt wurden. Ein Grund für ihre Präsenz wurde nicht genannt. Antoinette traf als Letzte ein und umarmte Maggie und Joshua kurz, bevor sie sich auf einen Stuhl an der Wand setzte.

Sam fragte Maggie, ob er ihr etwas zu trinken holen dürfe. Sie lehnte ab. Ihr war anzusehen, wie schwer ihr das Ganze fiel.

„Maggie, bist du nervös?" Joshua hatte sich neben sie gesetzt und nahm ihre Hand.

Maggie nickte. „Ich könnte es nicht ertragen, diese Geschichte mehr als einmal zu erzählen. Verstehst du das?"

„Natürlich." Er drückte ihr die Hand und ließ sie los. Er wollte sie nicht ablenken. Sie musste sich in aller Ruhe in die Erinnerungen vertiefen, die ihr so lange verweigert worden waren.

„Fangen Sie an, sobald Sie bereit sind, Maggie. Ich werde jetzt das Tonbandgerät einschalten." Sams Stimme klang vollkommen ruhig. Sie warteten.

Maggie schloss die Augen. „Mein Name ist Mary Margaret O'Hanlon. Ich bin fünfundzwanzig." Sie verstummte, und ein leises Lächeln umspielte ihren Mund. „Gerade geworden. Mein Geburtstag ist der 15. Mai. Ich bin die einzige Tochter von Chester Gilbert

O'Hanlon, der von einem Mann namens Bob Claiborne getötet wurde."

Joshua sah, wie die beiden Männer in Zivil einen Blick austauschten.

Maggie öffnete die Augen wieder. „Ich weiß, was Sie alles von mir hören wollen. Soll ich gleich zu der Entführung kommen?"

Sam unterhielt sich flüsternd mit den beiden Männern. „Entführung?" fragte Joshua heiser.

„Sei still, Josh." Sam sah zu ihm hinüber. „Lass sie selbst erzählen. Maggie, könnten Sie uns ein paar Einzelheiten über Ihr Leben liefern? Nur ein paar." Er lächelte sie aufmunternd an.

Maggie schloss erneut die Augen. „Ich bin in Palm Beach aufgewachsen. Wir lebten auf einem Anwesen am Wasser. In einem Stuckhaus im spanischen Stil. Meine Mutter starb, als ich sechs war. Meine Schule war die ‚Our Lady of the Americas Academy' für Mädchen. Danach ging ich aufs Rollins College." Sie lächelte wehmütig. „Ich hatte eine Schäferhündin. Sie hieß Trixie und hätte alles für mich getan. Dann hatte ich noch unzählige Sittiche. Die haben meinen Vater fast verrückt gemacht. Einmal habe ich einem von ihnen beigebracht, ‚Chester ist ein Spielverderber' zu sagen, und ihn bei einer Cocktailparty herumfliegen lassen. Ich war elf, glaube ich."

„Sehr gut, Maggie. Ich weiß, ab jetzt wird es hart. Aber wir würden gern etwas über die Entführung erfahren", sagte Sam behutsam.

Sie schwieg eine Weile, sammelte ihre Kraft. „Schon als ganz kleines Mädchen habe ich gelernt, mit der Gefahr einer Entführung zu leben. Es gab zu Hause strenge Sicherheitsvorkehrungen, und der freundliche Mann, der mich zur Schule fuhr und wieder abholte, trug immer eine Waffe bei sich. Wenn man in Palm Beach aufwächst, weiß man, welche Gefahren die gesellschaftliche Stellung mit sich bringt. Die Polizei dort hat ein spezielles Alarmsignal, so dass bei einem Entführungsversuch alle drei Brücken zum Festland hochgehen und Streifenwagen die Küstenstraße absperren."

Sie schüttelte den Kopf. „Als Erwachsene hasste ich es, so in meinen Aktivitäten eingeschränkt zu sein. Ich rebellierte und verbot meinem Vater, für mich einen Leibwächter einzustellen. Aber um ihn zu beruhigen, versprach ich, Schießen zu lernen und immer eine Pistole bei mir zu haben, wenn ich abends allein ausging."

Sie brach ab und schluckte. „Mein Vater hatte von einem Mann namens Bob Claiborne gehört. Er lebte in West Palm Beach und hatte sich darauf spezialisiert, Frauen den Umgang mit der Waffe beizubringen, zur Selbstverteidigung. Mein Vater ließ ihn überprüfen. Bob Claiborne war ein Expolizist und, jedenfalls soweit mein Vater wusste, ein anständiger Bürger. Dad hat nicht gründlich genug nachforschen lassen." Maggie öffnete die Augen. „Kann ich ein Glas Wasser bekommen, bitte?" Joshua wusste, dass sie mit den Tränen kämpfte.

Sam holte ihr das Wasser und gab es ihr schweigend.

„Danke." Sie nippte am Glas und sprach weiter. „Ich bin nur auf den Schießstand gegangen, um meinem Vater einen Gefallen zu tun. Am letzten Trainingsabend lud ich ihn ein, mir beim Schießen zuzusehen. Ich dachte, das würde ihm seine Angst um mich etwas nehmen. Ich konnte inzwischen sehr gut mit der Pistole umgehen. Bob meinte, ich sei seine Meisterschülerin. Mein Vater versprach zu kommen."

Sie nahm einen tiefen Schluck. „Als ich ankam, trainierte sonst niemand. Das war ungewöhnlich, aber ich dachte nicht weiter darüber nach. Ich wartete auf meinen Vater, doch er kam nicht. Also sagte Bob, wir sollten weitertrainieren. Ich habe geschossen, und Bob lobte mich für das, was ich alles gelernt hatte. Er wirkte irgendwie nervös, aber ich achtete nicht darauf, weil ich mich aufs Zielen konzentrierte."

Sie hatte ins Leere gestarrt, doch jetzt sah sie Sam an. „Ich habe nie geglaubt, dass ich jemals auf einen Menschen würde schießen müssen. Ich fühlte mich wie an einer Schießbude auf dem Jahrmarkt."

„Ich verstehe." Der Sergeant nickte.

„Bob sagte, er habe eine Bescheinigung für mich. Im Hinterzimmer. Ich war stolz auf meine Leistung und wollte sie meinem Vater zeigen. Ich folgte Bob nach hinten. Er bat mich, die Bescheinigung zu unterschreiben. Als ich mich über den Schreibtisch beugte, schlug er mir auf den Hinterkopf."

Sie atmete tief durch. „Der Schlag raubte mir nicht das Bewusstsein. Mein Haar war sehr lang, und ich hatte es zu einem Knoten hochgesteckt. Vermutlich hat das den Schlag gedämpft. Ich fiel hin, und Bob packte meine Hände und fesselte sie. Ich wehrte mich und begann zu schreien. Bevor er mich knebeln konnte, kam mein Vater hereingestürmt. Er kämpfte mit Bob." Maggie schlug die Hände vors Gesicht.

„Bob schlug meinen Vater mit seiner Waffe. Dad stürzte zu Boden. Er war so blass, und aus einer Wunde im Gesicht strömte Blut. Ich wollte zu ihm, doch Bob schlug mich so heftig, dass ich bewusstlos wurde."

Als Maggies Schultern zu zucken begannen und sie aufschluchzte, wollte Joshua den Arm um sie legen. Doch Sam schüttelte warnend den Kopf.

Schließlich beruhigte sie sich ein wenig und fuhr fort. „Als ich zu mir kam, hatte ich schreckliche Schmerzen und konnte mich nicht bewegen. Später merkte ich, dass ich in einem Kofferraum lag, aber zuerst glaubte ich, man hätte mich lebendig begraben. Ich konnte kaum atmen und fiel immer wieder in Ohnmacht."

Joshua schlug mit der Faust auf die Tischkante.

„Bitte, Joshua, versuch dich zu beherrschen", sagte Sam streng. „Erzählen Sie weiter, Maggie."

„Einmal wachte ich auf und befand mich in einem Motel-Zimmer. Bob war da. Und eine Frau, die meine Hände und Füße massierte, um den Kreislauf wieder in Gang zu bringen. Ich war noch immer geknebelt. Die Frau brachte mich ins Badezimmer, aber den Knebel haben sie mir nicht rausgenommen. Ich konnte nicht essen oder trinken."

„Haben Sie eine Ahnung, wo das war?" fragte einer der beiden Männer in Zivil.

Maggie schüttelte den Kopf. „Sie fesselten mich wieder. Diesmal etwas lockerer. Ich schlief ein. Ich dachte, das Schlimmste wäre vorüber, doch Bob trug mich zum Wagen und legte mich wieder in den Kofferraum." Tränen liefen ihr über die Wangen. „Er hat sich bei mir entschuldigt. Ist das nicht komisch? Er hat mir sogar ein Kissen unter den Kopf gelegt." Die Stimme versagte ihr.

Erst nach einer Weile sprach sie weiter. „Die Fahrt war die reine Hölle. Ich weiß nur noch, dass ich ab und zu frische Luft bekam. Immer dann, wenn sie irgendwo anhielten und den Kofferraum öffneten. Einmal hörte ich Stimmen. Die Frau sagte: ‚Sie hält es nicht länger durch'. Bob meinte: ‚Sie muss. Es gibt keine andere Möglichkeit'. Als ich wieder zu mir kam, war ich in einem Raum. Er war winzig und dunkel. Er hatte nur ein Fenster, durch das kaum Licht drang. Bob und ein anderer Mann standen an meinem Bett."

Sie nahm einen Schluck Wasser. „Der andere Mann war Stoney Cox. Die Frau kam herein und zwang mich, etwas zu trinken. Ich übergab mich, und Stoney schlug zu. Bob wollte ihn daran hindern, doch Stoney genoss es, jemandem wehzutun. Er hatte reichlich Gelegenheit dazu."

Die Hand mit dem Glas zitterte, und Maggie stellte es ab. „Stoney sagte, wenn ich ihm nicht gehorche, würde er mich mit bloßen Händen töten. Dann sollte ich ein Tonband besprechen, das sie meinem Vater schicken wollten. Das verstand ich nicht. Bob hatte meinen Vater umgebracht, aber als ich das sagte, schlug Stoney mich. ‚Wenn dein Alter tot ist, schicken wir das Band eben deinem hübschen Freund', sagte er."

„Und haben Sie es besprochen?"

Maggie nickte.

Sam beugte sich vor. „Wie lautete der Text?"

„Hier spricht Mary Margaret O'Hanlon. Mir geht es gut. Ich bin nicht in Gefahr. Bitte tu, was man von dir verlangt, dann wird es auch so bleiben."

Die beiden Männer in Zivil nickten einander zu.

„Was geschah dann?"

„Der Rest liegt irgendwie im Nebel. Sie gaben mir Schlaftabletten, viele Schlaftabletten, und ich schlief. Als ich das erste Mal wieder aufwachte, waren Bob und die Frau noch da. Danach war ich mit Stoney allein."

„Wie lange?"

Maggie zuckte mit den Schultern. „Ein Jahrhundert. Zu Beginn habe ich ihn kaum zu Gesicht bekommen. Abends kam er in den Raum, stellte einen Teller mit Essen aufs Bett und nahm mir den Knebel ab. Dann fütterte er mich so schnell, wie er es mir löffelweise in den Mund stopfen konnte. Wenn ich mich verschluckte, lachte er. Anschließend trug er mich ins Badezimmer. Selbst dort ließ er mich nicht allein. Er bedrohte mich, und ich weinte."

Ein so mörderischer Hass, wie er ihn nicht für möglich gehalten hatte, tobte in Joshua.

Maggie fuhr fort. „Ich hatte dauernd Durst. Ich bekam kaum etwas zu trinken, und die Fesseln und die Tabletten machten mich so schwach, dass ich mich so gut wie gar nicht bewegen konnte. Eines Nachts kam Stoney herein. Er war wütend und beschimpfte mich auf ekelhafte Weise. Er sagte, dass Bob und die Frau umgekommen seien, als sie das Lösegeld übernehmen wollten. Er schlug mich. Er nannte mich eine verlogene Hure und nutzlose Schlampe. Ich versuchte mich zu wehren, doch je mehr ich mich wehrte, desto gewalttätiger wurde er. Schließlich wurde mir klar, was er vorhatte."

Maggie verstummte und sah Joshua an. Der Ausdruck in seinen Augen gab ihr den Mut, den sie brauchte. „Er versuchte mich zu vergewaltigen. Ich wusste, wenn ich mich wehrte, würde er mich töten. Also rührte ich mich nicht mehr, doch das schien ihn noch wütender zu machen. Er schlug mich immer wieder, aber er ... er schaffte es nicht ..."

„Schon gut, Maggie." Joshua griff nach ihrer Hand. Es war ihm egal, ob er damit den Strom ihrer Erinnerungen zum Versiegen brachte oder nicht.

Sie packte seine Hand wie eine Rettungsleine. „Danach wurde er immer gewalttätiger. Er trank viel. Dauernd kam er herein und bedrohte und beschimpfte mich. Er hasste Frauen. Er sagte, es gäbe einen Mann, der Prostituierte ermordete, und der hätte einen Orden verdient. Eines Nachts kam er mit irgendwelchen schrecklich knalligen Sachen an und befahl mir, sie anzuziehen. Er schmierte mir Make-up ins Gesicht und band einen langen Schal um meinen Hals.

Dann sagte er, dass der Mann, der die Prostituierten tötete, sie mit einem solchen Schal erwürgen würde. Er knotete ihn immer fester, bis ich kaum noch Luft bekam. Dann sagte er, er würde mir einige Kunden besorgen."

Maggie sah Joshua an. „Es war alles nur ein grausames Spiel, aber ich drehte fast durch. Als er mich wieder fesselte, war er so betrunken, dass die Stricke nicht so fest saßen wie sonst. Nachdem er gegangen war, schaffte ich es, mich zu befreien. Nur der Schal ging nicht auf. Ich konnte mich kaum bewegen. Meine Beine brannten. Ich schleppte mich bis zur Haustür und dann nach draußen. Kurz darauf hörte ich einen Wagen. Ich versteckte mich hinter einem Baum. Der Wagen hielt vor dem Haus, und Stoney Cox stieg aus. Als er hineinging, wollte ich wegrennen. Ich war viel zu schwach und fiel dauernd hin."

Sie lächelte fast ein wenig verlegen. „Die Straße war dunkel, und es nieselte. Kalt war es auch. Nirgends war jemand zu sehen. Einmal versuchte ich, mich in einem Garten zu verstecken, doch die Leute in dem Haus hetzten einen Hund auf mich. Stoney hatte sich schon auf die Suche nach mir gemacht. Er entdeckte mich, und ich begann zu rennen. Mir ist heute noch rätselhaft, woher ich plötzlich die Kraft hatte. Vielleicht lag es an den Straßenlaternen, die ich vor mir sah. Stoney holte mich ein. Ich hörte ihn hinter mir keuchen und schrie. Dann wurde alles schwarz."

Niemand sagte etwas, als sie schwieg. Sie hielt Joshuas Hand fest und sah ihn an. „Und dann war Joshua da."

„Maggie, Liebes, was hast du nur durchmachen müssen." Er breitete die Arme aus, und schon saß sie an seine Brust geschmiegt auf seinem Schoß.

„Nun, Gentlemen, was halten Sie davon?" fragte der Polizeichef. „Ihre Geschichte ähnelt in vielem dem, was wir wissen. Sie selbst ähnelt unseren Fotos, aber nicht perfekt. Sie ist dünner, das Haar ist anders und die Nase ebenfalls. Wir werden eine Gegenüberstellung vornehmen müssen."

Sam stand auf. „Wie wäre es, wenn wir draußen weiterreden und der Lady eine Chance geben, sich etwas zu erholen?"

Die Männer in den grauen Anzügen ignorierten ihn. „Es ist Zeit, O'Hanlon an der Sache zu beteiligen."

Maggie hielt Joshua fest umschlungen, und er flüsterte ihr tröstende Worte ins Ohr. Es dauerte einige Sekunden, bis sie verstand, was die Männer sagten. „O'Hanlon?"

Sam brachte die beiden in Zivil mit einem eisigen Blick zum Schweigen. Dann ging er zu Maggie und Joshua hinüber und hockte sich neben sie. „Maggie, können Sie eine wirklich gute Neuigkeit verkraften?"

Sie nickte, denn ihr fehlte der Mut, laut zu antworten.

„Als Mary Margaret O'Hanlon gekidnappt wurde, wurde ihr Vater vom Kidnapper angegriffen und niedergeschlagen. Aber er war nicht tot, sondern nur bewusstlos. Chester O'Hanlon lebt."

Maggie konnte ihn nur anstarren. „Aber Stoney Cox hat mir doch erzählt, mein Vater sei tot", brachte sie nach einer Weile heraus. „Geschrien hat er es, immer wieder."

„Er wollte Sie nur quälen. Chester O'Hanlon lebt", wiederholte Sam.

Maggie presste die Faust an den Mund. „Ich kann es nicht glauben", flüsterte sie.

„O'Hanlons Tochter war diejenige, die man für tot hielt. Entgegen den Anweisungen der Entführer wurde die Polizei eingeschaltet. Als Claiborne zur Übergabe des Lösegelds kam, hatte er eine Frau bei sich. Die Polizei hielt sie für Mary Margaret, denn er hatte versprochen, sie irgendwo freizulassen, sobald er das Geld hatte. Die Beamten verfolgten ihn unauffällig, aber er schöpfte Verdacht und raste mit hoher Geschwindigkeit davon. Er prallte gegen ein Brückengeländer. Der Wagen stürzte über den Rand. Beide Insassen kamen ums Leben."

„Aber man muss doch nach den Leichen gesucht haben. Konnten sie denn nicht sehen, dass die Frau nicht Mary Margaret war?" fragte Joshua. Wie hatte die Polizei nur so versagen können?

„Die Übergabe fand auf einem der Keys statt. Die Brücke zwischen den beiden Inseln ist ein Riesending. Der Wagen ging in Flammen auf, als er gegen das Geländer prallte, und stürzte mehrere hundert Meter nach unten ins Wasser. Es dauerte Tage, den Wagen zu bergen. Was die Flammen übrig gelassen hatten, schnappten sich die Haie." Sam sah, wie Maggie erblasste. „Tut mir Leid."

„Aber mein Vater ..."

Einer der beiden Anzugträger stellte sich neben sie. „Wir haben ihm noch nichts von Ihnen erzählt. Wir möchten ihn lieber schonen. Falls Sie nicht sind, wer Sie zu sein behaupten ..."

Maggie stieß sich von Joshua ab und baute sich vor dem Mann auf. „Wer sind Sie eigentlich?"

„Wir sind vom FBI."

Maggie musterte ihn. „Sie könnten meine Fingerabdrücke nehmen."

„Es gibt keine Abdrücke von Mary Margaret O'Hanlon, mit denen wir sie vergleichen könnten."

„Aber natürlich gibt es die. Sie werden einen kompletten Satz in meiner Grundschulkladde finden. Man hat sie mir in der vierten Klasse abgenommen. Ich war Schülerlotsin, und denen wurden die Fingerabdrücke abgenommen. Ich habe sie aufgehoben. Sagen Sie Rosie, sie soll auf dem obersten Regal meines Schranks nachsehen, unter dem Karton mit meinen Schwimmtrophäen."

„Wer ist Rosie?" fragte der FBI-Agent.

„Unsere Haushälterin."

Mit dem Gesicht des Mannes ging eine Veränderung vor sich. Er griff nach Maggies Hand. „Miss O'Hanlon, ich glaube, Sie können heute Abend mit einem Besuch Ihres Vaters rechnen."

Der Polizeichef mischte sich ein. „Sind Sie denn sicher ..."

Der FBI-Mann ließ ihn nicht ausreden. „Ich habe die Trophäen selbst gesehen. Bis zu der Kladde bin ich gar nicht gekommen. Rosie war stinksauer, weil ich es gewagt habe, im Schrank dieser jungen Lady herumzuwühlen."

„Bitte, kann ich ihn sofort anrufen?" Maggie zitterte vor Aufregung, und Joshua legte ihr beruhigend den Arm um die Schultern.

„Ich glaube, wir sollten ihn erst einmal auf die Neuigkeit vorbereiten, Miss O'Hanlon. Ich würde lieber erst einen unserer Agenten hinschicken."

Maggie nickte widerstrebend. „Vielleicht haben Sie Recht."

„Wo werden Sie sein, Maggie?" fragte Sam.

Sie sah Joshua an.

„Wir fahren zu mir nach Hause und warten", sagte er.

„Könnten Sie sich vorher noch einige Fotos ansehen?" fragte der FBI-Mann. „Wir wissen noch immer nicht, wer die Frau war, die in Bob Clairbornes Wagen saß."

„Sicher. Dann habe ich's hinter mir."

Maggie umarmte Skeeter und Antoinette und folgte den beiden Agenten in ein Nebenzimmer. Sie zog Antoinette mit sich, und nachdem der Polizeichef ebenfalls den Raum verlassen hatte, blieben Skeeter, Sam und Joshua allein zurück.

„Sag mal, Sam", begann Skeeter, „wieso hast du Maggie plötzlich geglaubt und sie zu Cox' Haus begleitet?"

Sam warf Joshua einen verlegenen Blick zu, doch der lächelte nur verständnisvoll. „Ich weiß nicht genau", antwortete der Sergeant. „Irgendwie habe ich gespürt, dass ihre Gefühle echt waren. Sie hat mich ein paarmal angefaucht, und ich konnte sehen, was für eine Angst sie hatte."

„Ich habe das Ganze noch immer nicht verarbeitet", gab Joshua zu. „Es gibt vieles, was ich nicht begreife."

„Zum Beispiel?" fragte Sam.

„Warum wollte Maggies Vater für sie einen Leibwächter engagieren? Warum war er so um ihren Schutz besorgt?"

„Du lebst nicht in Florida, sonst würdest du es verstehen."

„Verdienen die Immobilienmakler da so gut, dass sie dauernd bedroht werden?" erwiderte Joshua.

„O'Hanlon vermakelt keine Immobilien. Er besitzt sie. Ihm gehört halb Florida. Maggie ist die Erbin eines Riesenvermögens."

Skeeter verstand, was in seinem Freund vorging. „Hör mal, Josh. Nur weil sie reich ist, heißt das noch lange nicht, dass sie so ist wie Daphne."

„Nein", gab Joshua mit tonloser Stimme zurück. „Daphne war nicht annähernd so reich."

„Du weißt genau, dass ich es nicht so gemeint habe." Skeeter drehte sich zu Sam und versuchte das Thema zu wechseln. „Ich habe auch noch eine Frage, Sam. Was glaubst du, warum Cox sie so lange gefangen gehalten hat, nachdem die erste Lösegeldübergabe gescheitert ist?"

„Schätze, das werden wir nie erfahren. Aber ich glaube, Cox war ein Sadist. Er wollte Chester O'Hanlon glauben lassen, seine Tochter wäre tot. Vielleicht hoffte er, irgendwann doch noch abkassieren zu können. In der Zwischenzeit hat er sich an Maggie abreagiert."

Skeeter legte Joshua die Hand auf die Schulter, bevor er eine weitere Frage stellte. „Warum hat er sie dann auf dem leeren Grundstück zurückgelassen?"

Sam zuckte mit den Schultern. „Maggie hat erzählt, dass er betrunken war. Er hat versucht, sie umzubringen, und hielt sie wohl auch für tot. Vermutlich war es ihm zu riskant, sie zurück ins Haus zu tragen. Vielleicht glaubte er, ihren Vater danach nicht mehr erpressen zu können."

„Und dann, als er erfuhr, dass sie nicht tot war? Die Zeitungen waren voll davon."

„Er kam nicht an sie heran. Erst war sie auf der Intensivstation, dann in der geschlossenen Abteilung", erklärte Sam. „Aber er war hartnäckig. Wir haben heute Nachmittag herausgefunden, dass er als Hilfskraft in der Nachtschicht gearbeitet hat. Wahrscheinlich wollte er so an sie herankommen."

Joshua lachte bitter. „Er ist an sie herangekommen. Doch niemand hat ihr geglaubt. Wir dachten alle, sie könnte nicht mehr zwischen ihren Albträumen und der Realität unterscheiden. Habt ihr eine Ahnung, wie oft sie mir erzählt hatte, dass ein Mann in ihrem Zimmer gewesen war und sie mit dem Kissen zu ersticken versuchte? Und wie oft ich die Geschichte ignoriert habe?"

„Sei nicht zu hart zu dir", erwiderte Sam. „Auch wenn du ihr nicht geglaubt hast, du hast ihr vermutlich das Leben gerettet, indem du sie aus dem Krankenhaus geholt hast. Danach war es nur noch ein Katz-und-Maus-Spiel zwischen ihr und Cox."

„Dieser Bastard!" Joshua schrie es fast.

„Er ist tot, Josh. Soll er in der Hölle schmoren."

Als Maggie und Joshua zurückkehrten, rechneten sie damit, seine Wohnung so verwüstet vorzufinden, wie sie sie verlassen hatten. Doch sie sahen sofort, dass Mrs. LeGrand aufgeräumt und sauber gemacht hatte.

„Es ist gut, wieder zu Hause zu sein", sagte Maggie zögernd.

„Ja." Ihre Worte gingen ihm unter die Haut. „Zu Hause."

Wo war Mary Margaret O'Hanlons Zuhause? „Soll ich dir etwas zu essen machen? Ich könnte dir ..."

„Joshua?" Maggie berührte seinen Arm. „Es gibt da etwas, das ich wissen muss."

Stumm wartete er auf ihre Frage.

„Hat sich durch das, was mir passiert ist, irgendetwas zwischen uns geändert? Ich weiß, dass einiges davon ... sehr unschön war." Sie starrte auf ihre Schuhspitzen.

„Was soll sich denn geändert haben?"

Sie hob den Blick. „Ich bin nicht vergewaltigt worden, aber ich weiß, dass es noch ein paar andere ziemlich schreckliche Sachen gibt. Macht dir das etwas aus?"

„Es ist ein Wunder, dass du noch am Leben bist." Er zog sie in die Arme, und seine Lippen strichen über ihr Haar. Sie küssten sich, doch Joshua löste sich gleich wieder von ihr. „Ich werde Sandwiches machen."

Maggie hielt ihn zurück. „Was ist los, Joshua?"

„Nicht jetzt", erwiderte er. „Lass uns erst essen. Wir reden dann später."

Ihre Augen funkelten. „Nein! Sag's mir. Ich lasse mich nicht wie ein Kind behandeln. Was ist los?"

„Ich möchte jetzt nicht darüber sprechen, Maggie. Freu dich auf deinen Vater. Ich möchte nicht, dass die Stimmung durch einen Streit belastet wird."

„Ich möchte wissen, was los ist!"

„Du bist gewöhnt, deinen Willen durchzusetzen, was?"

„Wie bitte?"

„Du bekommst immer, was du willst, nicht? Weil immer alle vor dir Bücklinge gemacht haben, stimmt's? Ich werde das nicht tun."

„Natürlich nicht. Du bist ein störrischer Dickkopf, aber ich liebe dich."

„Du liebst das, was ich für dich gewesen bin. Aber das, was ich dir geben kann, brauchst du jetzt vielleicht nicht mehr. Vielleicht brauchst du jemanden, der sich mühelos in dein Leben einfügt. Das werde ich nie, Maggie. Mein Leben war immer sehr verschieden von dem, das du geführt hast."

„Ich verstehe." Maggie ließ die Hände sinken. „Also wären wir wieder einmal beim Thema Vertrauen, nicht wahr?" Sie lachte tonlos. „Komisch, nicht? Als du mich für eine Prostituierte hieltest, hast du dich an den Gedanken gewöhnt und es akzeptiert. Aber dass ich reich bin, das kannst du mir nicht verzeihen. In deinen Augen bin ich eine vom Vermögen meines Vaters verdorbene Frau, und mit der willst du nichts mehr zu tun haben."

Joshua schüttelte den Kopf. „Nach allem, was du durchgemacht hast, bist du emotional viel zu aufgewühlt, um dich zu entscheiden. Du brauchst Bedenkzeit. Du musst dir erst völlig sicher sein."

„Du verstehst es wirklich nicht, was?" Maggie machte einen Schritt nach hinten. „Du bist derjenige, der sich sicher sein muss. Der bist du immer gewesen. Joshua. Von Anfang an." Sie hob das Kinn, doch ihre Augen waren voller Tränen. „Du kannst mir nicht verzeihen, dass ich reich bin. Nun, es gibt da auch einige Dinge, die ich nicht verzeihen kann. Ich kann nicht verzeihen, dass man mich beschuldigt, etwas zu sein, das ich nicht bin. Das lasse ich mir nicht mehr gefallen. Ich bin die Maggie, die du kennst. Verwechsle mich nicht mit deiner verwöhnten, selbstsüchtigen Exfrau." Sie ging um ihn herum.

„Wohin willst du?"

„In meine Wohnung. Ich werde packen. Keine Angst, ich reise nicht ab, ohne mich zu verabschieden. Du wirst es mitbekommen, wenn du mich endlich los bist." Ohne sich noch einmal umzudrehen, verließ sie das Zimmer.

Chester O'Hanlon war ein kräftig gebauter Mann von durchschnittlicher Größe. Er hatte Maggies braunes Haar, und seine blauen Augen mussten einmal so strahlend gewesen sein wie ihre. Er traf kurz vor Mitternacht ein, in Begleitung eines großen dunkelhaarigen Mannes in einem teuren Seidenanzug und eines der beiden FBI-Agenten.

„Wo ist meine Tochter?"

Joshua wusste sofort, warum Chester O'Hanlon es so weit gebracht hatte. Die Macht lag wie ein sichtbarer Umhang um seine Schultern. „Sie ist drüben in der Nachbarwohnung. Kommen Sie herein. Ich sage ihr, dass Sie da sind." Joshua trat beiseite und ließ die drei ein.

Wie vor einer Stunde, als er nach ihr gesehen hatte, stand Joshua jetzt wieder an Maggies Bett. Sie schlief noch immer, doch ihre Wangen waren von den Tränen nicht getrocknet. „Maggie?"

„Joshua?" Sie rekelte sich lächelnd, bis ihr einfiel, was zwischen ihnen geschehen war. Das Lächeln verschwand. „Was ist?"

„Dein Vater ist hier."

Sie stand auf, fuhr sich mit den Fingern durchs Haar und strich ihr Kleid glatt. „Wie sehe ich aus?"

„Wunderschön."

Sie durchquerte den Raum. Joshua folgte ihr in diskretem Abstand. „Daddy", sagte sie, als sie Joshuas Wohnungstür erreichte.

Dann hielt Chester O'Hanlon sie in den Armen, und beide weinten. Erst später, nachdem Maggie mit ihrer Geschichte herausgesprudelt war und sich die Version ihres Vaters angehört hatte, fiel ihr ein, dass sie Joshua noch gar nicht vorgestellt hatte. Sie stand auf und nahm seinen Arm so beiläufig wie möglich.

„Dad, dies ist Joshua Martane, der Mann, der mir so sehr geholfen hat. Joshua, das ist mein Vater, Chester O'Hanlon." Sie wandte sich dem Mann im Seidenanzug zu. „Und dies ist James Darwin."

„Ich dachte schon, du hättest mich tatsächlich übersehen", sagte James. Er stand auf, gab Joshua die Hand und streckte die Arme nach Maggie aus. „Bekomme ich denn keinen Kuss? Ich habe auch gelitten, weißt du?"

Joshua spürte Maggies Verwirrung. Mit eiserner Entschlossenheit löste er ihren Griff um seinen Arm. Sie ging zu James und gab ihm einen Kuss auf die Wange.

Joshua konnte nicht hinsehen. „Darf ich Ihnen einen Drink anbieten, Mr. O'Hanlon?"

„Nichts, danke. Ich möchte nur meine Tochter nach Hause holen."

James zog Maggie zur Wohnungstür. „Wenn es euch nichts ausmacht", sagte er fast ein wenig verlegen. „Maggie und ich würden gern einen Moment allein sein."

Der FBI-Mann stand auf. „Nun, dann wäre ja alles geklärt. Ich warte draußen." Er gab Joshua die Hand und verließ den Raum.

„Martane?"

„Ja, Mr. O'Hanlon?" Joshua sah Maggies Vater an.

„Das FBI hat mich über alles informiert, was Maggies Fall betrifft. Offenbar haben Sie meiner Tochter sehr nahe gestanden und sie dankenswerterweise unterstützt."

„Das ist richtig."

„Lieben Sie meine Tochter?"

Die Frage war nicht schwer zu beantworten. „Ja."

„Was sind Ihre Pläne?"

Pläne? Konnte man diese verwirrende Kombination aus Objektivität und heißen Gefühlen als Pläne bezeichnen?

Chester O'Hanlon schien zu spüren, was in Joshua vorging. Er war ein Mann, der alles einsetzte, um das zu bekommen, was er wollte. „Was haben Sie ihr zu bieten, Mr. Martane?" Er wartete die Antwort nicht ab. „Mary Margaret hat immer alles bekommen, was sie sich wünschte. Sie ist zu einem anderen Leben nicht bereit. Mit Ihnen könnte sie nie glücklich werden", erklärte Mr. O'Hanlon entschieden.

Joshua hatte genau dieselben Worte schon einmal gehört. Jahre zuvor hatte Daphnes Vater sie ausgesprochen, wenn auch behutsamer und mitfühlender. Daphnes Vater hatte Recht behalten.

„Sie dürfen nicht denken, dass ich undankbar bin", fuhr Maggies Vater fort. „Aber ich werde um das kämpfen, was ich für das

Richtige für meine Tochter halte. Ich will, dass sie glücklich ist. Sie ist der wichtigste Mensch in meinem Leben."

Joshua lächelte bitter. „Dann haben wir ja etwas gemeinsam, nicht?"

Überrascht zögerte Chester O'Hanlon.

„Dad." Maggie stand allein in der Tür, den Blick einzig auf Joshua gerichtet.

„Können wir gehen? Ich kann dich gar nicht schnell genug wieder nach Hause bekommen", erwiderte Chester O'Hanlon und griff nach Maggies Hand.

Maggie sah Joshua ins Gesicht. Seine Miene verriet nichts von dem, was er empfand, und sie bekam nichts von dem Kampf mit, der in ihm tobte.

„Sie wird nirgendwohin gehen, O'Hanlon." Die Worte klangen in dem stillen Zimmer wie eine Detonation. Maggie sah Joshua auf sich zukommen und die Hand ausstrecken. „Sie wird hier bleiben und mich heiraten, sobald alles arrangiert ist."

Es waren die Worte, mit denen Maggie am allerwenigsten gerechnet hatte. Sie schloss die Augen, doch die Tränen ließen sich nicht aufhalten.

„Das wird sie ganz sicher nicht!" explodierte Mr. O'Hanlon. „Sehen Sie sie doch an. Sie nutzen ihre Verwirrung aus. Wie können Sie das wagen? Nach allem, was sie durchgemacht hat? Mary Margaret, du wirst zu Hause genug Zeit haben, um in Ruhe nachzudenken."

„Die Entscheidung liegt allein bei Ihrer Tochter", sagte Joshua leise.

Maggie wusste, dass es trotz ihrer Liebe zu Joshua einige Fragen gab, die beantwortet werden mussten. „Du weißt, dass meine Gefühle im Augenblick aufgewühlt sind, nicht wahr?" fragte sie ihn, die Augen noch immer geschlossen.

„Das weiß ich."

„Und du weißt, dass du meine Gefühle auszunutzen versuchst, wie mein Vater richtig sagt?"

„Gar keine Frage."

„Und du weißt, dass mein Vater so reich ist wie König Midas und ich immer nur das getan habe, was ich wollte?“

Joshua lachte.

„Und du weißt, dass mein starker Wille das Leben mit mir manchmal nicht einfach macht?“

„Mach die Augen auf, Maggie.“

Sie tat es und blickte direkt in seine. „Und du weißt, dass es nie Garantien gibt?“ flüsterte sie.

„Doch, es gibt welche“, sagte er. „Ich kann garantieren, dass ich dich immer lieben werde. Ich kann garantieren, dass ich ab jetzt deiner Liebe vertrauen werde. Ich kann garantieren, dass ich für den Rest meines Lebens versuchen werde, dich glücklich zu machen. Alles andere bleibt dem Schicksal überlassen.“ Er streckte ihr noch immer die Hand hin.

Maggie streckte ihre aus, und die Fingerspitzen berührten sich.

„Das darf doch wohl nicht wahr sein.“ Mr. O'Hanlons Stimme hatte viel von ihrer wütenden Entschiedenheit verloren. „Du liebst ihn wirklich, nicht?“

„Ja“, sagte Maggie.

„Was ist mit James?“

Maggie drehte sich um. „Ich habe soeben die Verlobung gelöst. James sitzt im Wagen und schmollt.“

Chester O'Hanlon runzelte die Stirn. „Er wäre gut für dich gewesen.“

„Das ist ein schwacher Ersatz für Liebe.“

Er versuchte es noch einmal. „Überschlaf es wenigstens. Ich habe eine Suite im St. Charles. Komm mit, und wir reden über alles.“

„Ich komme bald nach. Jetzt muss ich mit Joshua allein sein. Du kannst schon mit der Gästeliste für die Hochzeitsfeier anfangen.“ Maggie löste sich von Joshua und ging zu ihrem Vater. „Ich liebe dich, Daddy. Ich hielt dich für tot, und die Vorstellung war so schrecklich, dass ich deshalb das Gedächtnis verloren habe. Aber ich bin kein kleines Mädchen mehr. Ich bin eine Frau und weiß, was ich will.“

„Und du willst ihn." Mr. O'Hanlon nickte zu Joshua hinüber.

„Das ist richtig."

Er seufzte. Ihm war anzusehen, wie er mit sich rang. „Wie es scheint, habe ich dich schon wieder verloren."

„Vielleicht hast du etwas verloren, aber du hast auch etwas hinzugewonnen", sagte Maggie sanft. „Ich glaube, eines Tages wirst du das einsehen."

Mr. O'Hanlon ging wortlos zur Tür. Dort drehte er sich noch einmal um und nickte Joshua zum Abschied zu.

Dann waren Joshua und Maggie allein. Sie ging zu ihm, schmiegte sich an ihn und legte die Arme um ihn. Er fühlte, wie ihre Hüften sich an seine drängten.

„Liebe mich, Joshua."

„Das tue ich, Maggie."

„Zeig es mir."

Er fühlte ihre Brüste, und die Erregung, die er an ihnen wahrnahm, übertrug sich auf ihn. Maggie löste sich von ihm, gerade weit genug, um ihm ins Gesicht zu sehen, während er die winzigen Perlmuttknöpfe öffnete und das Kleid zu Boden gleiten ließ. Sekunden später war sie nackt.

Fasziniert starrte er auf ihren makellosen Körper. „Maggie, ich muss dir etwas erklären", flüsterte er heiser.

„Nicht jetzt, Joshua."

Er zog sie an sich, und sie streifte ihm die Shorts ab. Er zerrte sich das Hemd vom Körper, und ohne dass es eines weiteren Wortes bedurft hätte, fanden sie zueinander. Joshua trug sie zu seinem Bett. Erst später, nachdem sie ihre Körper hatten sprechen lassen, fanden sie die Ruhe zum Reden.

„Bist du wach?" flüsterte Maggie.

„Eigentlich nicht." Er hob den Kopf und küsste sie.

„Möchtest du noch immer reden?"

„Nein, aber wir sollten es trotzdem tun." Joshua legte den Kopf in die Armbeuge und sah sie an. „Ich will, dass du weißt, warum ich so war, wie ich war."

„Du hattest Angst."

Lächelnd schob er ihr das Haar aus der Stirn. „Ja, ich hatte Angst. Ich wollte dich so sehr, dass ich Angst hatte, du könntest dich als Traumwesen erweisen, das nur in meiner Sehnsucht existiert."

„Ich bin schrecklich real, Joshua. Ich habe ein echt irisches Temperament und eine schiefe Nase. Und ich bin süchtig nach alten Orson-Welles-Filmen."

„Und du liebst mich."

„Mit allem, was ich bin und habe."

„Nur darauf kommt es an", sagte er leise.

„Und ich bin reich."

„Mit deinem Geld kann ich leben. Damit, nicht davon. Du kannst nichts dafür, dass du mit einem so entsetzlichen Geburtsfehler auf die Welt kamst." Er zuckte zusammen, als sie ihm einen spielerischen Rippenstoß verpasste.

„Und ich kann mit deinem Stolz und deiner Arroganz leben", gab sie zurück. „Joshua, ich habe vor, aus dieser Ehe eine echte Partnerschaft zu machen."

„Einverstanden. Kein Geistlicher mehr. Kein Psychologe. Kein Leibwächter. Einfach nur ein Mann, der seine Frau braucht." Er beugte sich vor und küsste sie. „Ich brauche dich, Maggie. Mehr, als ich dir je werde zeigen können."

„Ich finde, du solltest es trotzdem versuchen."

Die Sommernacht von New Orleans umfing sie sanft und mit jener dunklen Geborgenheit, die nur Liebende kennen.

EPILOG

Am Anfang gab es nichts. Weder Gestalt noch Geräusch. Weder Schmerz noch Furcht.

Dann kam die Stimme.

„Joshua. Joshua, wach auf." Maggie öffnete die Augen und rollte sich herum, bis sie seinen festen, kräftigen Körper berührte. „Joshua, du bist an der Reihe."

„Ich hatte gehofft, du würdest es vergessen."

„Ich führe im Kopf Buch darüber. Dies ist das zweihundertzehnte Mal, dass sie mich aus dem Schlaf gerissen hat. Bei Nummer zweihundertneun bin ich aufgestanden."

„Wenn ich gewusst hätte, dass unser Baby dein irisches Temperament erbt, Mary Margaret Martane, hätte ich mir das mit dem Vaterwerden vielleicht anders überlegt." Joshua zog Maggie an sich, und ihr Körper passte sich seinem perfekt an. Er schloss die Augen wieder. „Meinst du, wenn wir sie einfach ignorieren, vergisst sie, dass sie Gesellschaft braucht?"

Ein lautes Schreien antwortete ihm aus dem Nebenzimmer. Joshua vergrub das Gesicht in Maggies Lockenpracht und setzte sich dann auf.

Mit den Händen hinter dem Kopf lag Maggie da und wartete darauf, dass Joshua ihr die drei Monate alte Bridget Marie zum Stillen brachte. Lichtstrahlen drangen zaghaft durch die Vorhänge und kündigten den Anbruch des Tages an. Das große alte Zimmer nahm eine rosige Farbe an, und durch die geöffneten Fenster drang die erste Morgenbrise.

„Ich liebe es, in diesem Haus aufzuwachen", erklärte Maggie Joshua, als er mit seiner Tochter hereinkam. Er hielt sie vor dem Bauch, wie ein Football-Stürmer den Ball. „Ich liebe es, mit dir zusammen aufzuwachen."

„Nun, dazu hast du ja zurzeit reichlich Gelegenheit." Joshua strich Bridget mit der Nasenspitze über den Hals, bevor er sie sichtlich widerstrebend ihrer Mutter übergab.

Maggie setzte sich auf, lehnte sich mit dem Rücken gegen das

Kopfteil aus Walnussholz und legte Bridgets Köpfchen auf einen Arm. Sekunden später nahm das kleine Mädchen ihr erstes Frühstück zu sich.

„In all den Jahren, in denen ich in diesem Haus gelebt habe“, sagte Joshua, während er ihnen zusah, „kam es mir nie so sehr wie ein echtes Zuhause vor wie jetzt.“

Als Joshua und Maggie erfuhren, dass sie ein Baby erwarteten, hatten sie beschlossen, Joshuas Elternhaus in Irish Channel, das nach dem Tod seiner Mutter vermietet worden war, zu renovieren. Es war Jahre zuvor in mehrere Wohnungen aufgeteilt worden und hatte eine Menge Zeit und Arbeit erfordert. Jetzt war es ein architektonischer Beweis für das, was Geduld und Liebe zum Detail aus einem Haus machen konnten.

„Ich kann noch gar nicht glauben, dass ich heute wieder zur Arbeit gehe“, sagte Maggie und legte sich Bridget an die andere Brust.

„Ich kann es gar nicht abwarten, dich wieder hier zu haben.“ Joshua strich Maggie mit der Fingerspitze über den Oberarm. Dann rückte er näher an sie heran und legte ihr den Arm um die Schulter. Ihr zuzusehen, wie sie ihr Kind stillte, würde ihm nie langweilig werden.

„Wie viele Väter haben ihre Frau und ihr Kind so nah bei sich? Du kannst in jeder Pause herunterkommen und uns besuchen.“

„Dank deinem Vater.“

„Ja.“ Maggie reichte Joshua Bridget, und er legte sich das Baby behutsam an die Schulter.

Mr. O’Hanlon hatte dem Krankenhaus, das seiner Tochter das Leben gerettet hatte, einen erheblichen Betrag gespendet, mit dem der Flügel, in dem der Kinderhort untergebracht war, renoviert und modernisiert worden war. Auf Millie Taffins Empfehlung hin war Maggie als neue Leiterin eingestellt worden.

„Gib deiner Tochter einen Gutenachtkuss.“ Joshua hielt Bridgets Gesicht unter Maggies Nase.

„Meinst du, wir sollten sie wieder in ihr Bett legen? In weniger als einer Stunde müssen wir sie ja schließlich doch wecken, wenn wir ins Krankenhaus fahren.“

„Mir fallen einige wunderbare Sachen ein, die wir machen könnten, wenn unser Baby wieder einschläft", sagte Joshua in viel versprechendem Ton.

Maggie küsste Bridget und kuschelte sich unter die Decke. Kurz darauf war Joshua wieder zurück. „Sosehr ich das kleine Geschöpf auch liebe", sagte er, „ich brauche noch immer viel Zeit, in der ich mit seiner Mutter allein sein kann."

Lächelnd streckte Maggie die Arme nach ihm aus. „Dr. Martane, ich habe da diesen immer wiederkehrenden Traum, von dem ich Ihnen erzählen möchte."

Joshua schlüpfte unter die Decke und küsste sie auf den Hals.

„Ich träume dauernd, dass ich alles habe, was ein Mensch sich nur wünschen kann. Dann wache ich auf und kann nicht mehr zwischen Traum und Wirklichkeit unterscheiden." Sie stöhnte leise auf, als sein Mund die Stelle fand, die ihr Baby gerade erst geräumt hatte. „Was meinen Sie dazu?"

„Ich meine", sagte er mit den Lippen an ihrer seidigen Haut, „dass ich immer dafür sorgen sollte, dass Sie den Unterschied niemals merken."

„Ich glaube, ich werde mich Ihrem Behandlungsplan wohl fügen müssen", erwiderte Maggie mit einem tiefen Seufzer der Zufriedenheit.

– ENDE –

Emilie Richards

Mond über dem Mississippi

Roman

Aus dem Amerikanischen von
Johannes Martin

MIRA®

1. KAPITEL

Antoinette Deveraux stöhnte leise und kniff die Augen zu. Es war schon Nachmittag, und trotzdem kam ihr das Sonnenlicht, das durch das Fenster hereindrang, grell und schmerzhaft vor. Sie hatte die Hoffnung aufgegeben, dass ihre Kopfschmerzen verschwinden würden. Auch die Tabletten und drei Tassen Kaffee hatten nichts bewirkt. Es gab nur ein Heilmittel, das wusste sie ganz genau. Eine Zigarette.

Langsam öffnete sie die Augen wieder und betrachtete die kleine Schachtel, die auf dem Schreibtisch vor ihr lag. Der Schachtel war deutlich anzusehen, wie oft Antoinette sie in die Hand genommen und wieder hingelegt hatte. Sie hatte das Päckchen gestreichelt, damit gespielt und es beschimpft. Aber sie hatte keine der Zigaretten geraucht, obwohl der Drang danach fast unwiderstehlich war.

Jetzt streckte sie die Hand aus und strich über die Packung. Selbst das Geräusch der knisternden Hülle wirkte beruhigend. Wie sehr würde es Antoinette erst helfen, wenn sie eine der Zigaretten rauchen würde!

„Du bringst dich damit um!“ beschimpfte sie sich.

Ich rede mit mir selbst! stellte sie fest. So weit ist es also schon mit mir gekommen. Dabei hatte sie sich immer für einen vernunftbetonten Menschen gehalten. Es gab Leute in der Stadt, die darauf angewiesen waren, dass sie Ernsthaftigkeit und Besonnenheit ausstrahlte. Und jetzt saß sie hier und redete mit sich selbst, als sei sie noch verrückter als ihre Patienten.

Antoinette blickte auf ihre Uhr und wieder auf die Zigaretten. Vielleicht sollte sie das Ganze als gescheitertes Experiment ansehen. Dafür würde sie ihren Patienten gegenüber in Zukunft nachsichtiger sein.

Fast unbeteiligt beobachtete Antoinette, wie sie die Hand ausstreckte, noch bevor sie eine Entscheidung getroffen hatte. Entweder begann sie augenblicklich eine Selbsttherapie, oder sie würde im Kampf gegen die Sucht unterliegen.

Sie drückte auf den Knopf der Gegensprechanlage. „Rosy?“

Antoinette wartete auf den beruhigenden Klang der Stimme ihrer Sekretärin. Rosy war wie ein Anker für die vier Psychologen, die sich die Praxisräume im zweiten Stock des Geschäftshauses hier in New Orleans teilten.

Rosy wusste genau, wann sie nicken und wann sie den Kopf schütteln musste. Manchmal musste sie auch nur tröstend: „Natürlich, du konntest dich gar nicht anders verhalten", murmeln. Auch ohne Hochschulausbildung hatte sie durch vier Kinder und zwei Ehemänner eine Menschenkenntnis erlangt, um die sie von den Psychologen beneidet wurde.

Jetzt lag in Rosys Stimme dasselbe Mitgefühl, das sie Antoinette schon die ganze Woche über entgegenbrachte. „Geht es dir gut?"

Antoinette lächelte und ignorierte ihre rasenden Kopfschmerzen. „Heute ist es am schlimmsten", gab sie offen zu.

„Das ist normal. Mein Harry sagte immer, der siebte Tag sei am schlimmsten."

„Wie oft hat er denn mit dem Rauchen aufgehört?"

„Sechsmal. Er hat den siebten Tag nie überstanden. Zum Glück bist du stärker, als mein Harry war. Möge er in Frieden ruhen."

„Na prima", murmelte Antoinette. „Hör zu, Rosy, ich habe einen Termin um halb sechs. Ein gewisser Sam Long. Sollte er noch nicht da sein, wenn du gehst, dann schließ die Praxis bitte nicht ab. Ich werde meine Tür offen lassen, damit ich höre, wenn er kommt."

„Findest du das nicht ein bisschen riskant, wenn du mit einem Patienten ganz allein im Haus bist?"

Antoinette hörte die Sorge aus Rosys Tonfall heraus. „Keine Sorge. Er ist Polizist. Detective Sergeant Sam Long."

„Ein Polizist? Noch schlimmer. Niemand ist unberechenbarer als ein verrückter Polizist. Ich lasse dich auf keinen Fall allein!"

„Er ist nicht verrückt, Rosy. Ich soll ihm lediglich bei einem seiner Fälle helfen. Geh ruhig nach Hause."

Einen Augenblick überlegte Rosy, ob sie sich fügen sollte. „In Ordnung", sagte sie schließlich. „Aber wenn du Schwierigkeiten bekommst, dann ruf meinen ältesten Sohn Deke an. Er wohnt hier gleich in der Nähe und kann dir schnell zu Hilfe kommen."

„Das werde ich tun", stimmte Antoinette ernsthaft zu. Sie stand auf und klemmte ein dickes Buch zwischen die Tür und den Rahmen. Dann ließ sie die Jalousien herunter, damit das Sonnenlicht sie nicht länger quälte. Den Ausblick auf die belebte Geschäftsstraße genoss sie normalerweise genau wie den Sonnenschein, doch heute empfand sie das Licht und den Lärm nur als Belästigung.

Erschöpft setzte sie sich wieder hinter den Schreibtisch, blickte auf die Zigaretten und atmete ein paarmal tief durch.

„Ich verstehe nicht, wieso ich dir so hilflos ausgeliefert bin", sprach sie zu ihrem Tabak. „Ich bin jetzt achtundzwanzig und ein vollwertiges Mitglied der Gesellschaft. Dumm bin ich nicht, und außer dir habe ich keinerlei andere Laster. Du bist das Einzige, was mich an meiner Reife zweifeln lässt."

Starr sah sie auf das Päckchen, griff schließlich danach und schloss die Augen. „Nun, ich bin nur eine kleine Schachtel Zigaretten", antwortete sie sich selbst mit leiser piepsiger Stimme, „aber ich würde sagen, niemand ist vollkommen."

Sam Long öffnete sich den obersten Hemdknopf, während er darauf wartete, dass jemand auf sein Klopfen reagierte. Er blickte auf die Uhr. Fünf Minuten kam er zu spät. Vielleicht gehörte diese Frau zu den Menschen, die ihr Leben nach einem strikten Zeitplan führten. War sie pünktlich um halb sechs gegangen, weil er noch nicht gekommen war? Erneut klopfte er an die Tür, doch nichts rührte sich.

Als er am Türknauf drehte, öffnete sich die Tür von selbst, und Sam betrat das Wartezimmer. Es war menschenleer. An den Wänden hingen Bilder mit moderner Malerei, die Sessel in dem Zimmer sahen weich und teuer aus, und die Auswahl an Zeitschriften war größer als in der Stadtbücherei. In einem riesigen Aquarium schwammen exotische Fische. Offenbar verdienten die Psychologen in dieser Gemeinschaftspraxis eine Menge Geld.

Wo war bloß die Sprechstundenhilfe? Und wo war Dr. Antoinette Deveraux? Sofort begab er sich auf die Suche. Sam Long war kein sehr geduldiger Mensch. Natürlich konnte er in seinem Beruf auch stundenlang ausharren, aber er hatte noch nie warten können, es sei denn, er wartete auf einen Mordverdächtigen.

Vom Empfangszimmer aus führten Flure in verschiedene Richtungen. Das ganze Haus war so klug durchrenoviert worden, dass die alte Fassade erhalten worden war, innen jedoch ein modernes Bürogebäude entstanden war. Sam ging von Tür zu Tür und las die Namensschildchen an den Zimmern.

Als er von einem Flur in den Empfangsraum zurückkehrte, hörte er aus einer anderen Richtung eine Frauenstimme. Er ging in diese Richtung und blieb vor einer Tür stehen, die einen Spalt geöffnet war. Es war das Zimmer von Dr. Deveraux. Sam hörte der Stimme aus dem Raum zu.

„Jetzt fängst du schon wieder an, über Vollkommenheit zu reden. Aber ich will gar nicht perfekt sein. Nur gesund. Und wenn du nicht aufhörst, mich zu quälen, bringst du mich noch um. Es wird übel ausgehen."

Sam runzelte die Stirn und fragte sich, was dort vor sich ging. Ein Stuhl wurde zurückgeschoben, und wieder hörte er die Frauenstimme, doch diesmal mit einem piepsigen Tonfall.

„Seit Jahren benutzt du mich, um deinen Eltern deine Unabhängigkeit zu beweisen. Ich werde nicht zulassen, dass du mich jetzt fallen lässt! Nur durch mich kannst du deiner Umwelt zeigen, dass du nicht perfekt bist."

„Was soll das heißen, du wirst es nicht zulassen? Ich bin eine erwachsene Frau. Du hast mir gar nichts zu sagen. Ich werde mich von dir trennen, ein für alle Mal!"

„Das versuchst du jetzt schon seit einer Woche", entgegnete die piepsige Stimme. „Du brauchst mich. Dir fehlt der Mut, dich von mir zu trennen."

„Ach ja? Dann pass mal auf. Ich werf dich einfach aus dem Fenster."

Sam stieß die Tür auf und betrat den Raum. Die Frau stand mit dem Rücken zu ihm und bemerkte ihn überhaupt nicht. Sie ging entschlossen zum Fenster und zog die Jalousien hoch. Dann riss sie das Fenster auf und schleuderte ein kleines Ding hinaus auf die Straße. Triumphierend lachte sie auf. „Das kommt davon, wenn du mir drohst!"

Antoinette schloss das Fenster wieder. Sie fühlte sich so stark wie noch nie. In dieser Stimmung konnte sie es mit der ganzen Welt aufnehmen. Doch ihr Hochgefühl dauerte nicht lange.

„Eine fantastische Vorstellung. Können Sie mir sagen, womit Sie die Straße verunreinigt haben?"

Antoinette blickte weiter starr aus dem Fenster. Sie strich mit beiden Händen über ihr himbeerfarbenes Kleid und zwang sich, in die Wirklichkeit zurückzukehren. Offenbar war es schon später, als sie gedacht hatte. Sie konnte sich gut denken, wem die Stimme gehörte. „Mit Zigaretten", erwiderte sie ruhig.

„Sie sprechen mit Zigaretten?"

„In gewisser Weise, ja." Sie drehte sich um und sah den blonden Mann an. „Klopfen Polizisten nie an, oder sind Sie darin eine Ausnahme?"

„Ich klopfe nie an, wenn ich befürchte, dass jemand ein Verbrechen begeht."

Antoinette wunderte sich, wie dieser Mann bei solchen Äußerungen ernst bleiben konnte. Also blieb auch sie ernst. „Eigentlich werfe ich selten Leute aus meinem Fenster. So etwas regle ich außerhalb meiner Praxis. Mord ist für mein Zimmer hier eine zu schmutzige Angelegenheit."

Sam musterte die Frau, die gelassen vor ihm stand. Er hatte sie schon einmal getroffen, doch da war er so in seine Arbeit vertieft gewesen, dass er sie kaum wahrgenommen hatte. Jetzt fragte er sich, wie ihm das hatte passieren können. Auch ohne Lächeln sah sie umwerfend aus. Sie war überdurchschnittlich groß, hatte eine schlanke Figur und schwarzes langes Haar, das ihr glatt über die Schultern hing. Ihre Haut war makellos, und die Augen waren strahlend blau.

Auch ihre Gesichtszüge waren vollkommen. Sam glaubte, dass kein Maler in der Lage sein konnte, die Vollkommenheit dieses Gesichts einzufangen. Selbst wenn Sam diesen merkwürdigen Ausbruch von ihr eben nicht miterlebt hätte, wäre es ihm schwer gefallen, diese Frau beruflich ernst zu nehmen. Schöne Frauen passten nicht in sein Bild von psychologischen Fachleuten. Schon jetzt war er überzeugt davon, dass er seine Zeit hier vergeudete.

„Wollen Sie jetzt nicht die Männer mit den Zwangsjacken alarmieren?“ Antoinette neigte den Kopf leicht zur Seite, um Sam zu zeigen, dass sie ihm ihre volle Aufmerksamkeit schenkte. Als er nichts erwiderte, wies sie auf einen Stuhl neben ihrem Schreibtisch. Ohne weiter auf Sam zu achten, ging sie um den Tisch und setzte sich.

„Ich werde Sie nicht länger belästigen.“

Sam stand weiterhin reglos vor der Tür. Antoinette lächelte leicht. „Sergeant Long, ich bin wirklich nicht verrückt. Ich höre gerade mit dem Rauchen auf, und den ganzen Tag schon habe ich rasende Kopfschmerzen. Was ich getan habe, ist eine wissenschaftlich anerkannte Methode, um herauszufinden, woran es liegt.“

Sams Interesse war geweckt. „Und?“

„Es hat so lange geholfen, bis ich merkte, dass Sie mich beobachten. Jetzt dröhnt mein Kopf genauso sehr wie vorher.“ Antoinette rieb sich die Schläfen. „Bitte setzen Sie sich.“

Sam nahm in einem Sessel Platz. Er konnte einfach nicht gehen, ohne wenigstens über den Grund seines Kommens gesprochen zu haben. Wie hätte er das Joshua Martane, dem gemeinsamen Freund von Antoinette und ihm, erklären sollen? Joshua würde ihm, Sam, Überheblichkeit vorwerfen, und damit hätte er sogar Recht.

„Also?“ setzte Antoinette an. „Joshua sagt, Sie brauchen einen Psychologen, der mit einem kleinen Mädchen zusammenarbeitet?“

„Er hat von Ihnen in den höchsten Tönen geschwärmt.“

Antoinette betrachtete den Polizisten genauer. Eigentlich gehörte ein Mann wie Sam Long ins Fernsehen. Er sah viel zu gut aus, um sich draußen auf der Straße in Schwierigkeiten zu begeben. Mit seiner geraden schmalen Nase und dem perfekt geformten Mund entsprach er haargenau dem männlichen Schönheitsideal. Sein Haar war kurz geschnitten und hellblond, seine Augen hatten einen Farbton, der irgendwo zwischen grün und braun lag. Das kleine Grübchen in seinem Kinn wirkte wie ein Ausrufezeichen, das sein Aussehen noch unterstreichen sollte. Im Moment trug Sergeant Long ein kariertes Hemd und Jeans, aber Antoinette konnte sich gut vorstellen, dass dieser Mann in Uniform umwerfend aussah.

„Wir haben uns schon einmal getroffen“, stellte sie fest.

„Ja, am Tag, als Maggie ihre Aussage zu der Entführung machte.“

„Ungefähr vor zweieinhalb Jahren.“ Joshuas Frau Maggie war damals eine Patientin von Antoinette gewesen und hatte unter Gedächtnisverlust gelitten. Dadurch konnte sie sich an nichts aus ihrer Vergangenheit erinnern, auch nicht, dass sie Opfer einer Entführung und eines Mordversuchs gewesen war, den Sam untersuchte.

Antoinette fragte sich, ob Sam aus Prinzip nicht lächelte. Sie versuchte, nicht auf die rasenden Kopfschmerzen zu achten, und strahlte Sam an. „Sagen Sie mal“, fragte sie, „haben Sie oft Fälle, die so glücklich enden wie damals Maggies Fall?“

Sams Gesichtsausdruck blieb unverändert. „Sehr selten.“

„Macht es Sie dann nicht sehr zufrieden, wenn Sie sehen, wie glücklich Maggie und Joshua jetzt miteinander leben?“

„Wie viele Happy Ends erleben Sie denn hier?“ Sam sah sich kurz in dem Raum um.

„Es gibt keine Wunder. Aber ich erlebe oft Verbesserungen.“

„Ich brauche aber ein Wunder.“

Antoinette nickte. „Haben Sie mittlerweile entschieden, dass ich geistig gesund genug bin, um Ihnen zu helfen?“

Das leichte Schmunzeln in Sams Gesicht ermutigte Antoinette.

„Mit einem Päckchen Zigaretten zu reden ist wissenschaftlich anerkannt?“

Obwohl Antoinette daran zweifelte, dass sie Sam Long von ihrer Zurechnungsfähigkeit überzeugen konnte, antwortete sie ehrlich. „Ich habe nicht direkt mit der Schachtel gesprochen, sondern mit dem Teil von mir, der weiterrauchen möchte. Die Schachtel diente dazu nur als Symbol.“

„Und jetzt, wo die Schachtel auf der Straße liegt, werden Sie nie mehr rauchen?“

„Wenn Sie jetzt nicht hier säßen, liefe ich wahrscheinlich auf der Straße herum und würde die Tabakreste aufsammeln“, gab sie zu.

„Dann hat es nicht geklappt."

„Alles, was mit dem menschlichen Gehirn zu tun hat, braucht seine Zeit. Wenn es so einfach wäre, mit dem Rauchen aufzuhören, wäre die Tabakindustrie längst pleite."

Sam sah sich die Einrichtung bewusster an. Er hatte gelernt, Leute nach ihrer Umgebung zu beurteilen. Die Möbel hier stammten nicht aus dem durchschnittlichen Einrichtungshaus. Der Schreibtisch war alt und wertvoll, Sam erkannte den rötlichen Schimmer von Kirschbaum. In einer Ecke stand ein modernes Sofa mit demselben dunklen Rotton. Die Braun- und Rottöne wiederholten sich in dem Orientteppich, der davorlag. Wie viele arme Seelen mochten auf diesem Sofa gesessen und Antoinette ihre Sorgen erzählt haben, während sie mitfühlend nickte?

„Ich habe mit vierundzwanzig das Rauchen aufgegeben", sagte Sam und blickte Antoinette wieder an.

„Und das haben Sie überlebt?" Sie seufzte auf.

„Seit zehn Jahren habe ich keine Zigarette mehr angerührt. Nicht eine einzige."

„Haben Sie Kaugummi gekaut? Oder ständig gegessen? Sich oft gestritten?"

Der Anflug eines Lächelns umspielte seine Lippen. „Ich habe einfach aufgehört. Sonst nichts."

Antoinette blickte ihn skeptisch an. „Und jetzt wollen Sie mir weismachen, es hat Ihnen überhaupt nichts ausgemacht?" Als Sam darauf nicht antwortete, ließ sie sich in ihren Sessel sinken. „Erzählen Sie mir von Ihrem Fall."

Sie wirkte so entmutigt, dass Sam am liebsten eine schreckliche Geschichte über seine Entzugserscheinungen erfunden hätte, aber er sollte sich lieber auf den Grund seines Hierseins besinnen, obwohl er immer noch kein rechtes Vertrauen zu Antoinettes Fähigkeiten hatte.

„Sie haben von dem Fall sicher in den Zeitungen gelesen. Jemand versucht, die Omega-Ölgesellschaft zu vernichten. Bohrgeräte und Öltanker wurden beschädigt. Außerdem wurden Brandanschläge verübt."

„Aber das alles geschieht doch im Golf von Mexiko. Wieso wird denn die hiesige Polizei eingeschaltet?“

„Die Zentrale von ‚Omega Oil‘ befindet sich hier in der Stadt.“ Sam erkannte, dass Antoinette sich ihr eigenes Bild formte.

„Es geht um das Feuer in der Canal Street vor ein paar Wochen, stimmt's?“ sagte sie schließlich.

„Genau. Es war kein Unfall, sondern Brandstiftung. Die obersten drei Stockwerke des Gebäudes sind ausgebrannt.“

Antoinette runzelte die Stirn. „Wurde nicht ein Mann getötet?“

„Einer der Vizepräsidenten. Er sollte eigentlich zu der Zeit nicht dort sein, aber er war noch mal ins Büro gegangen und dort eingeschlafen.“

„Dann geht es auch um Mord.“

Sam lehnte sich zurück und nickte. „Deshalb wurde ich eingeschaltet. Eine der Putzfrauen nahm ihre Tochter am Abend des Feuers mit zur Arbeit. Laurie ist jetzt sieben und lebt seit der Scheidung bei ihrer Mutter. Mrs. Fischer kann sich keinen Babysitter leisten und nimmt Laurie deshalb immer mit zur Arbeit. Sie legte sie an jenem Abend wie üblich auf ein Sofa im obersten Stockwerk zum Schlafen und reinigte mit ihren Kolleginnen nach und nach die tiefer gelegenen Stockwerke. Hin und wieder sah Mrs. Fischer nach ihrer Tochter.“ Sam strich sich über den Ärmel und ballte dann die Hände zu Fäusten. „Unten im zweiten Stock angekommen, hörten die Putzfrauen eine Explosion.“

Antoinette war von Sams Geste überrascht. Eine geballte Faust war sicher das Äußerste an Gefühlen, was Sam zu zeigen bereit war, und Antoinette wunderte sich, dass er diese Regung zeigte. Wahrscheinlich hätten Menschen mit weniger Beobachtungsgabe diese Geste nicht bemerkt, und so war Antoinette überzeugt, dass die meisten seiner Kollegen Sam Long bestimmt für gefühllos hielten, jedenfalls, was seine Arbeit betraf.

„Mrs. Fischer lief die Treppen hinauf, aber im fünften Stock war der Rauch so beißend, dass sie nicht weiterkam. Kurz darauf wurde sie dort von Feuerwehrleuten bewusstlos aufgefunden.“

„Wie geht es ihr jetzt?“

„Es stand schlecht um sie, aber sie wird sich wohl erholen."

Antoinette wusste nicht, ob sie eine Antwort auf die nächste Frage hören wollte. „Und wie geht es Laurie?"

„Laurie wurde draußen auf der Canal Street gefunden. Sie saß weinend auf dem Bürgersteig."

„War sie unverletzt?"

„Sie hatte ein bisschen Rauch eingeatmet und war über Nacht im Krankenhaus, aber sie ist in Ordnung. Sie ist bei einer Pflegefamilie, bis es ihrer Mutter wieder besser geht."

„Wie hat sie bloß hinausgefunden?"

„Sie kann sich nicht erinnern. Sie weiß noch, wie sie sich auf das Sofa gelegt hat und wie sie ein Polizist auf der Straße fand. Alles dazwischen hat sie vergessen."

Antoinette beugte sich vor und stützte den Kopf auf die Hände. Wie eine Welle schlugen die mühsam verdrängten Kopfschmerzen über ihr zusammen. Selbst das Denken tat weh. Sie zwang sich zum Sprechen. „Es ist nicht ungewöhnlich, wenn Menschen auf schreckliche Erlebnisse mit Gedächtnisverlust reagieren. Nehmen Sie Maggie als Beispiel."

„Joshua sagt, ein Grund, weshalb Maggie ihr Gedächtnis wiedergefunden hat, waren die Gespräche mit Ihnen."

„Sie hätte es ohnehin zurückgefunden. Ich habe ihr dabei lediglich ein wenig geholfen." Als Sam nicht antwortete, hob Antoinette den Kopf. Er saß nicht mehr in dem Sessel, sondern war vollkommen geräuschlos aufgestanden. Sie fragte sich, ob das zu der Ausbildung in der Polizeischule dazugehörte.

„Drehen Sie sich nicht um!" Der Stimme nach zu urteilen, musste Sam direkt hinter Antoinette stehen. „Lehnen Sie den Kopf zurück!"

Antoinette gehorchte ohne zu zögern, zuckte jedoch zusammen, als sie seine Finger an ihrem Hinterkopf spürte. Sie fühlte, wie er sich durch ihr dichtes Haar zur Kopfhaut tastete. „Was tun Sie da?" fragte sie, als er die Daumen gegen ihren Schädel presste.

„Ich helfe Ihnen gegen die Kopfschmerzen."

„Vielen Dank, aber ..."

„Sie dürfen nicht verkrampfen, sonst klappt es nicht.“ Sam strich mit den Daumen ihren Hals und Hinterkopf hinauf und hinunter. Dann hielt er ihren Kopf fest umspannt und drückte die Daumenkuppen in die Haut. „Schließen Sie die Augen und atmen Sie tief durch.“

„Das ist mein Text“, entgegnete sie leise und machte die Augen zu. Sie konzentrierte sich darauf, ruhig und tief durchzuatmen. Nach wenigen Sekunden nahm sie nichts mehr wahr außer Sams Fingern, die ihren Nacken und Hinterkopf massierten.

„Die Kopfschmerzen kommen nicht durch den Nikotinentzug. Ihre Nackenmuskulatur ist vollkommen verspannt.“

„Lieber verspannt sein als auseinander fallen. Sie können sich nicht vorstellen, wie sehr ich mich nach einer Zigarette sehne.“

Sam überlegte, ob er sich jemals dermaßen nach etwas gesehnt hatte. Er spürte Antoinettes seidenweiches Haar zwischen den Fingern, und ihr aufregendes Parfüm stieg ihm in die Nase. Das Einzige, wonach er sich jemals so sehr gesehnt hatte, war eine Frau.

„Sie duften wie der Frühling in New Orleans.“

Diese persönliche Bemerkung verblüffte Antoinette. Sie wunderte sich auch über sich selbst. Sie saß hier in ihrer Praxis und ließ sich von einem Fremden die Kopfschmerzen wegmassieren. Gleichzeitig stellte sie fest, dass Sam Longs Behandlung Erfolg hatte.

„Es soll tatsächlich Menschen auf der Welt geben, die den Frühling in New Orleans nicht kennen“, sagte sie leise.

„Und die tun Ihnen Leid.“

„Ich bin hier in New Orleans geboren.“

Sam atmete tief ein und sog ihren Duft auf. „Sie kaufen Ihr Parfüm im französischen Viertel, die Möbel in der Magazine Street und Kleider am Flussufer.“

„Ich bekenne mich schuldig.“ Antoinette begann den Kopf langsam von einer Seite zur anderen zu drehen. Wenn es nach ihr ging, konnte Sam ewig mit der Massage weitermachen.

„Sie sind im Garden District geboren und wahrscheinlich in die Heilig-Herz-Schule gegangen. Sie sind irgendwo ein Jahr aufs College gegangen und dann hierher zurückgekommen. Dann sind Sie während des Karnevals in die Gesellschaft eingeführt worden. Seitdem leben Sie hier in der Stadt."

„Sie haben den Urlaub in Frankreich bei Verwandten in der Nähe von Paris vergessen." Sie lachte kurz auf. „Können Sie das immer so gut? Den Leuten sagen, was sie bisher gemacht haben?"

„Immer."

„Dann wissen Sie also auch, dass ich mein Studium mit Bestnoten abgeschlossen habe und mir nicht von meinen reichen Eltern habe helfen lassen. Dass ich mir einen Namen gemacht habe und jetzt zu den angesehensten Psychologen der Stadt gehöre?"

Sam hielt einen Augenblick inne. „Nein."

„Dann müssen Sie sich demnächst etwas besser erkundigen", sagte sie ruhig. „Wie können Sie sich nur von Ihren Vorurteilen leiten lassen und daraus Schlüsse ziehen?"

Sam strich ihr kurz seitlich den Hals entlang. Noch mehr als die seidenweiche Haut und das duftige Haar regte ihn diese Frau selbst auf. Sobald er die Finger zurückzog, vermisste er die Berührung.

Antoinette neigte den Kopf prüfend zu beiden Seiten. Ihre Kopfschmerzen waren verschwunden. Sie erwartete fast, dass sie allmählich zurückkehrten, doch nichts geschah. Als Sam ihr wieder gegenüber im Sessel saß, öffnete sie lächelnd die Augen. „Sagen Sie bloß, das war ein Teil Ihrer Ausbildung?"

„Man erwartet von mir, dass ich alles mir Mögliche tue, um meine Arbeit zu erledigen."

„Wo haben Sie diese Massage gelernt?"

„Von einem Cajun-Heiler. Ein Naturheiler der französischsprachigen Minderheit südlich der Stadt."

„Joshua meinte, Sie seien ein vielseitig begabter Mann. Und da muss ich ihm zustimmen. Vielen Dank." Antoinette lächelte herzlich.

Sam war weiterhin der Meinung, dass Antoinette Deveraux zu schön war, um wie eine fähige Psychologin auszusehen, aber ihm blieb aus Zeitnot keine andere Wahl. Er würde mit ihr zusammenarbeiten müssen.

Er nickte leicht. Seine Entscheidung war gefallen. „Wir brauchen jemanden, der uns bei Laurie hilft. Und zwar eine Frau, die mit Hypnose arbeiten kann. Der Polizeipsychologe glaubt, dass wir auf diese Weise an Informationen gelangen, die Lauries Bewusstsein nicht freigibt."

„Was für Informationen sollten das sein?"

„Laurie ist nicht von allein auf die Straße gelangt. Es steht außer Frage, dass ihr jemand geholfen hat. Wir müssen wissen, wer."

Antoinette streckte sich und wunderte sich, wie wohl sie sich mit einem Mal fühlte. „Weshalb ist das so wichtig?"

Sam beugte sich vor, und sie hielt mitten in der Bewegung inne und sah ihn an.

„Es ist deshalb so wichtig", sagte er, „weil es sich bei der Person, die ihr geholfen hat, auch sehr gut um den Brandstifter handeln kann."

2. KAPITEL

„Wie kommen Sie darauf?“ Antoinette setzte sich aufrecht hin. Auch wenn sie Zweifel daran hatte, ob sie mit Sam Long gut zusammenarbeiten konnte, so musste sie sich eingestehen, dass dieser Fall sie interessierte.

„Soweit wir beurteilen können, befand sich sonst niemand an diesem Abend im Gebäude. Jedenfalls hat sich bei der Polizei niemand gemeldet. Aber der Brandstifter war dort. Das Feuer wurde gelegt, kurz nachdem die Reinigungsfrauen die obersten Stockwerke verlassen haben.“

„Glauben Sie, er wollte niemanden verletzen?“

„Das nehmen wir an. Er hat sich vorher erkundigt, wenn auch nicht gründlich genug.“

„Ein schlampiger, menschenfreundlicher Brandstifter mit einem Hass auf ‚Omega Oil‘.“ Antoinette spielte nachdenklich mit einem Stift. „Denken Sie, er hat das kleine Mädchen nur zufällig getroffen?“

„Meiner Meinung nach ist sie durch die Explosion aufgewacht und fing an zu schreien. Das Feuer brach im anderen Flügel des Stockwerks aus. Der Mann lief zum Ausgang und hörte Laurie. Dann hat er sie in Sicherheit gebracht und ist verschwunden.“

„Eine Schwäche für Kinder hat unser Brandstifter also auch.“ Antoinette versuchte sich die Szene vorzustellen. „Und Laurie kann sich an nichts erinnern?“

„Auf jeden Fall spricht sie nicht darüber.“

„Wieso soll nicht einer der Polizeipsychologen mit ihr zusammenarbeiten? Ich weiß, dass Sie gute Psychologen unter Ihren Leuten haben.“

„Es sind alles Männer. Laurie ist ohne Vater aufgewachsen.“ Sam machte eine Pause und wirkte sehr ernst. „Um ehrlich zu sein, Laurie wurde im Vorschulalter von ihrem Vater geschlagen, deshalb hat ihre Mutter die Scheidung eingereicht. Laurie hat Angst vor Männern. Unser Psychologe meint, dass sie sich unter Hypnose an

Dinge erinnern könnte, die für uns hilfreich sind. Aber Laurie wird ihm niemals genug vertrauen, um sich von ihm hypnotisieren zu lassen."

„Wieso hat sich Ihr Psychologe nicht darum gekümmert, jemanden zu finden, der für die Aufgabe geeignet ist? Wieso tun Sie das selbst?" Antoinette lehnte sich gelassen zurück, obwohl sie innerlich auf die Antwort gespannt war.

„Weil ich nicht möchte, dass jemand mit ihr arbeitet, den ich nicht kennen gelernt habe."

Sam besaß also nicht nur die wunderbare Fähigkeit, Kopfschmerzen wegzumassieren, sondern er hatte auch eine besondere Schwäche für dieses kleine Mädchen. „Sie machen sich wirklich Sorgen um die Kleine, stimmt's?"

„Ich will nicht, dass ihr jemand wehtut. Die Idee mit der Hypnose hat mir von Anfang an nicht gefallen, weil ich nicht davon überzeugt bin, dass die möglichen Ergebnisse es wert sind, das Mädchen zu verstören."

„Wieso verstören?"

Sam stand auf und ging zum Fenster. „Wenn sie die ganze Angelegenheit vergessen hat und sich schlagartig daran erinnert, wird sie den ganzen Albtraum noch einmal durchleben. Das möchte ich nicht, selbst wenn wir dadurch Informationen bekommen könnten."

„Warum sind Sie dann gekommen?" Antoinette ging zu ihm und lehnte sich mit dem Rücken gegen das Fenster.

„Ich bin überstimmt worden."

Und diese Vorstellung gefiel ihm anscheinend überhaupt nicht. Sie vermutete, dass Sam selten Befehle bekam und sich nur schwer fügen konnte.

„Lassen Sie mich zusammenfassen, was meiner Meinung nach hier vor sich geht", sagte sie gelassen. Auch im Profil wirkte sein Gesicht perfekt. „Sie sind sehr verärgert, weil Sie Ihre Meinung nicht durchsetzen konnten. Um Zeit zu gewinnen, haben Sie sich die Erlaubnis geholt, die ‚richtige' Psychologin für Laurie zu finden. Dabei wissen Sie von vornherein, dass jede Kandidatin Ihrer Beurteilung nach durchfallen wird."

„Soll ich mich auf das Sofa legen, während Sie fortfahren, Doktor?"

„Wenn das für Sie angenehmer ist ...", entgegnete Antoinette ruhig. „Sie haben sich bereits gegen mich entschieden, oder Sie werden es tun, sobald Sie diesen Raum verlassen. Sie werden sich einreden, ich sei zu jung, zu unreif, zu hübsch oder nicht hübsch genug."

„Zu hübsch", stimmte Sam zu.

„Danke sehr", erwiderte sie ohne zu zögern. „Sie werden auch bei den nächsten zwei oder drei Kandidatinnen Fehler finden, und am Ende werden Sie zu Ihrem Vorgesetzten gehen und ihm mitteilen, es gebe in der Stadt keine geeignete Psychologin für Lauries Hypnose. Dabei werden Sie sich nicht einmal eingestehen, was Sie getan haben."

„Muss ich jetzt bezahlen, oder schicken Sie mir eine Rechnung?"

„Schade daran ist nur", fuhr sie ungerührt fort, „dass in dem Fall, den Sie mir geschildert haben, Hypnose wirklich zu einem Ergebnis führen könnte. Und es würde dem kleinen Mädchen kein Leid zufügen. Nicht, wenn man es behutsam und rücksichtsvoll macht."

„Wenn Hypnose so ein Wundermittel ist, weshalb haben Sie dann Maggie nicht auch hypnotisiert?"

Antoinette antwortete völlig selbstverständlich. „Maggie begann sich zu erinnern, noch bevor ich anfing, mit ihr zu arbeiten. Mit Hypnose bereiten wir die Leute darauf vor, sich auf die Erinnerungen einzulassen, wenn sie zurückkehren. Maggie fing bereits an, sich an die Dinge zu erinnern, mit denen sie fertig werden konnte. Deshalb brauchte ich sie nicht zu hypnotisieren."

Sam runzelte nur die Stirn.

„Sie hat sich allmählich an die Vergangenheit erinnert, und zwar genau in dem Tempo, in dem sie die Geschehnisse verkraften konnte."

Sam wandte sich Antoinette zu. „Wie wird Laurie denn das alles verarbeiten?"

Antoinette lächelte. „Ich dachte schon, Sie würden diese Frage niemals stellen."

„Ich frage Sie jetzt."

„Zunächst wissen wir gar nicht, ob Laurie es zulässt, dass man sie hypnotisiert. Falls doch, werde ich ihr vorschlagen, sie soll die Geschehnisse an sich vorbeiziehen lassen, so als würde sie sie im Fernsehen sehen. Dann werde ich sie fragen, was sie sieht und was gesprochen wird. Hinterher werde ich ihr vorschlagen, dass sie sich nach der Hypnose nur an die Dinge erinnert, die bei ihr ein gutes Gefühl hinterlassen. Nach und nach wird sie sich an alle Dinge erinnern, ohne damit überfordert zu sein."

Sam stieß die Luft aus. „Und das soll funktionieren?"

„Natürlich."

„Weil es in irgendeinem Buch steht?"

Antoinette zeigte nichts von dem Ärger, den sie bei dieser Äußerung empfand. „Ich weiß, dass es klappt, Sergeant Long, weil ich mich mit der menschlichen Seele auskenne. Die Öffentlichkeit denkt bei Hypnose immer an einen Nachtklub, wo ein Mann mit Zylinder einen der Zuschauer dazu bringt, wie ein Frosch quakend in der Gegend herumzuhüpfen. Ich benutze Hypnose dann, wenn es mir angebracht erscheint, und ich erziele damit gute Erfolge. Bisher waren alle zufrieden."

„Haben Sie sie schon bei Kindern angewandt?"

„Hin und wieder."

„Haben Sie auf diese Weise jemals versucht, verdrängte Erinnerungen wieder zu wecken?"

„Ja, obwohl ich zugeben muss, dass ich Hypnosetherapie lediglich als eine von vielen Behandlungen anwende." Sie atmete tief durch. „Und nur, damit wir beide uns richtig verstehen: Ich schätze Ihre Fürsorge für Laurie, aber Ihre Haltung mir gegenüber gefällt mir keineswegs. Mir ist völlig egal, ob Sie etwas gegen Frauen im Allgemeinen oder lediglich gegen Psychologinnen haben. Aber wenn Sie Laurie gegenüber etwas von diesen Gefühlen durchscheinen lassen, werde ich niemals mit ihr arbeiten können."

Sam wandte sich Antoinette zu. Auch sie drehte sich zu ihm,

und sie standen dicht voreinander. „Sagen Sie immer genau das, was Sie denken?"

„Ich finde, man spart dadurch Zeit."

„Dann werde ich dasselbe tun. Mir gefällt das hier alles nicht. Ich hätte eine grauhaarige dicke Ärztin vorgezogen, die eine mütterliche Ausstrahlung hat und von sich selbst nicht so überzeugt ist. Aber Sie sind in Ordnung, Dr. Deveraux."

Antoinette holte bereits wütend Luft, als sie den amüsierten Blick in seinen Augen bemerkte. Dieser Blick überraschte sie dermaßen, dass sie die Luft ausstieß und Sam strahlend anlächelte. „Ich mag Sie auch, Sergeant Long."

„Sam."

„Antoinette."

„Werden Sie den Fall übernehmen?"

Antoinette nickte. „Ja."

„Gut." Sam blickte auf die Uhr. „Jetzt habe ich Sie lange genug aufgehalten. Sie haben sicher Besseres vor."

Sie wünschte, es wäre so. Doch vermutlich war diese Unterhaltung mit Sam das mit Abstand spannendste Erlebnis des heutigen Abends. Jetzt, da sie beide eine Art Waffenstillstand geschlossen hatten, musste sie sich eingestehen, dass Sam Long und sein Fall die interessantesten Dinge waren, die ihr seit langem begegnet waren. „Eigentlich", sagte sie, „werde ich lediglich nach Hause gehen und so tun, als wolle ich nie mehr rauchen."

„Falls es zu schlimm wird, sollten Sie einen Dauerlauf machen."

„Nach hundert Metern würde ich tot umfallen. Das ist einer der Gründe, weshalb ich mit dem Rauchen aufhören will." Antoinette folgte Sam zur Tür.

„Haben Sie viel geraucht?"

„Zwei Schachteln am Tag. Seit ich sechzehn bin."

Unweigerlich blieb er auf der Türschwelle stehen. „Das passt nicht zur Heilig-Herz-Schule und der feinen Gesellschaft."

„Genau aus dem Grund habe ich damit angefangen."

Das ergab Sinn. Sam kam wieder zum eigentlichen Thema. „Ich rufe Sie an, um einen Termin für Laurie zu vereinbaren."

„Ich möchte sie treffen und mich mit ihr unterhalten, bevor wir die Hypnose versuchen. Gefällt es ihr bei der Pflegefamilie?"

„Sie vermisst ihre Mutter, aber ansonsten geht es ihr gut."

„Dann können wir uns doch dort kennen lernen."

„Gut. Ich rufe Sie morgen an."

Antoinette berührte Sam am Arm. „Danke dafür, dass Sie mir mit meinen Kopfschmerzen geholfen haben. Bringen Sie mir das mal bei?"

Sam spürte jeden einzelnen Finger auf der Haut. Wahrscheinlich fiel es Antoinette Deveraux leicht, andere Menschen zu berühren. Ob sie wusste, was sie damit bei einem Mann auslöste? Wusste sie überhaupt von ihrer Wirkung auf Männer? Ohne ein Wort zu sagen, nickte Sam und wunderte sich selbst darüber, wie stark er auf diese Frau reagierte. Dann wandte er sich ab und ging den Gang entlang.

Antoinette blickte ihm nach. Innerlich fragte sie sich, ob Sam Long ahnte, welche Wirkung seine ruhige stille Art auf Frauen hatte.

Um während der Stoßzeit durch New Orleans zu fahren, brauchte man sehr viel Geduld und gute Musik im Autoradio. Als Antoinette am nächsten Morgen in der Carrollton Avenue vor einer roten Ampel stand, vermisste sie eine Zigarette mehr als alles andere.

Die Kopfschmerzen waren auch wieder da, wenn auch nicht so stark wie am Vortag. In der vergangenen Nacht hatte sie zum ersten Mal, seit sie mit dem Rauchen aufgehört hatte, richtig tief geschlafen. Allmählich glaubte sie, dass sie die Qualen überleben würde. Sie sehnte sich immer noch mehr nach einer Zigarette als nach allem anderen, aber der innere Druck ließ langsam nach. Es ging ihr wirklich schon etwas besser.

Antoinette wendete auf der Straße und bog in eine Parklücke direkt vor dem Geschäftshaus ein. Die Eingangstür war noch verschlossen, und in der Praxis war es merkwürdig still. Normalerweise war sie nie die Erste, die morgens zur Arbeit kam. Wenigstens Rosy war immer schon da und tippte auf der Schreibmaschine.

Die Tür zu den Behandlungszimmern war unverschlossen, doch das Wartezimmer war leer. Antoinette zuckte mit den Schultern und ging in ihr Büro. Gerade als sie die Tür öffnete, hörte sie das Geräusch. Es war ein unterdrücktes Husten und kam aus ihrem Zimmer. Noch bevor sie sich darüber klar wurde, ob sie sich jetzt fürchten sollte, tönte es laut: „Überraschung!“, und andere Stimmen schrien laut auf.

Sie trat ein und erkannte ihr Büro nicht wieder. Es erinnerte mehr an ein Kinder- als an ein Behandlungszimmer. „Ich habe nicht Geburtstag“, sagte sie und betrachtete die roten Luftballons und die Luftschlangen, die überall verteilt waren. Dann lächelte sie Rosy und den drei anderen Psychologen zu, die sich vor ihr aufgestellt hatten. „Aber wenn euch das nichts ausmacht, stört es mich auch nicht.“

„Das wissen wir doch, Liebes. Aber du hast jetzt seit einer Woche keine Zigarette mehr geraucht. Das ist noch besser als Geburtstag.“

Antoinette drückte Rosy fest an sich und umarmte dann jeden ihrer Kollegen. John Simmons war ein älterer Arzt, der sich auf die Arbeit mit Familien spezialisiert hatte. Daffy Brooks hatte feuerrote Haare und fiel durch ihre Kleidung auf, die lediglich ihrem ganz persönlichen Geschmack entsprach. Daffy arbeitete am liebsten mit Traumdeutung und Rollenspielen, und sie war Antoinettes beste Freundin. Der vierte hieß Jeremy Miller und arbeitete ausschließlich mit Kindern, die in der Schule nicht zurechtkamen. Er besaß eine ruhige Stärke und einen feinen Sinn für Humor. Antoinette wusste, dass er genau der Typ Mann war, in den sie sich verlieben sollte, doch das geschah einfach nie.

Daffy blickte sie aufmerksam an. „Du hast es also geschafft.“

„Nicht so voreilig. Ich habe es jetzt eine Woche lang geschafft.“

„Du wirst nie mehr rauchen“, sagte Rosy ihr vor und legte ihr einen Arm um die Taille. „Und als Belohnung habe ich dir einen Apfelstrudel gebacken.“

„Ich schenke den Kaffee ein.“ Daffy goss allen ein, während John den Kuchen anschnitt.

„Wenn ich jetzt so viel esse, wie ich geraucht habe, werden wir die Türen erweitern lassen müssen." Antoinette seufzte.

„Du wirst sicher nicht fett", widersprach Daffy. „Dafür bist du zu groß. Kleine Leute wie ich werden sofort fett."

„Ach, ihr könntet beide etwas mehr vertragen", stellte Rosy richtig. „Dann gibt es mehr von euch zum Liebhaben."

„Wirklich?" fragte Daffy kauend nach. „Die ganzen Jahre versuche ich schlank zu bleiben, um den Männern zu gefallen, dabei gibt es von mir einfach zu wenig?" Daffy, die ständig mehrere Verehrer gleichzeitig hatte, reichte Antoinette eine Tasse Kaffee. „Gib mir das größte Stück Kuchen, John."

„Wenn es von dir noch mehr gibt", sagte Jeremy leise, „ist kein Mann in New Orleans mehr vor dir sicher."

Daffy lächelte ihr verführerisches Lächeln. „Ist das eine Herausforderung oder eine Warnung?"

„Eine Ankündigung. Das Stück Kuchen wollte ich selbst haben."

Belustigt beobachtete Antoinette das Geplänkel ihrer Kollegen. Das erste Jahr nach dem Studium hatte sie allein in einer Praxis verbracht. Dort hatte sie den größten Teil ihrer Einkünfte für die Miete zahlen müssen. Eine Sekretärin konnte sie sich dort nicht leisten, und an der Einsamkeit wäre sie beinahe zu Grunde gegangen.

Als sie entschied, ihre Praxis zu schließen, lernte sie John kennen, der auch gerade neue Praxisräume suchte. Daffy war sofort bereit gewesen, sich anzuschließen, und über Daffy erfuhr es Jeremy, der auch keine Praxis besaß.

Zu viert hatten sie die Etage gemietet und sich nach anfänglichen Streitereien zusammengerauft. Jetzt verstanden sie sich so gut, dass sie einander um Rat fragten und sich gegenseitig halfen.

„Ist es dir schwer gefallen?" fragte Jeremy Antoinette.

„Unglaublich." Sie schmunzelte. „Gestern Abend wollte ich tatsächlich den Kamin anzünden, nur um den Rauch einzuatmen."

„Aber der Kamin in deiner Wohnung funktioniert doch gar nicht", meinte Daffy.

„Das ist mir letztendlich auch wieder eingefallen."

„Du musst nur tief durchatmen“, empfahl John. „Rauchen ist nur eine Methode, um mehr Sauerstoff zu bekommen.“

„Hast du versucht, mit den Zigaretten zu reden, wie ich es dir geraten habe?“ mischte Daffy sich ein.

Sofort fiel Antoinette wieder ihr peinliches Zusammentreffen mit Sam ein. „Dafür wirst du noch büßen“, sagte sie scherzhaft.

„Kann ich Ihnen helfen?“

Antoinette drehte sich um, um zu sehen, mit wem Rosy sprach. Sam stand in der Tür. Er trug eine braune Hose und einen Tweedmantel. „Sam. Kommen Sie rein!“

Als Sam neben ihr stand, stellte Antoinette ihn ihren Kollegen vor. „Ich werde eine Weile Sergeant Long bei einem seiner Fälle helfen“, erklärte sie.

„Ich will nicht stören“, wandte Sam ein. „Ich wollte lediglich wissen, ob es Ihnen heute passt, Laurie nach der Schule kennen zu lernen.“

„Heute habe ich den ganzen Nachmittag frei. Mittwochs nehme ich mir immer Zeit, um meinen Schreibkram zu erledigen.“

Rosy seufzte genervt auf. „Und am Donnerstag darf ich die ganzen Berichte abtippen, die sie mittwochs anfertigt.“

Während Rosy von ihrer Arbeit für Antoinette berichtete, musterte Sam die Psychologen, die ausgelassen miteinander plauderten. Wo hatte er bloß die Vorstellung her, dass Psychologen ernste, wortkarge Menschen waren? Auch Joshua Martane, sein Freund, der ebenfalls Psychologe war, entsprach diesem Bild nicht. Und schon gar nicht Antoinette, die Sam irgendwie dazu gebracht hatte, persönlich hier vorbeizufahren anstatt nur anzurufen, um einen Termin zu klären.

Er hatte sie sehen wollen, und bis zum Nachmittag hatte er es einfach nicht mehr ausgehalten. Wenn er ehrlich zu sich selbst war, musste er sich eingestehen, dass er Antoinette einfach genießen wollte.

„Möchten Sie etwas Kaffee oder Apfelstrudel?“ Antoinette hoffte sehr, dass Sam das Angebot annahm. Dann würde er sicher noch etwas länger bleiben.

„Ich muss wieder los."

Sie wunderte sich über ihre Enttäuschung. „Wann treffen wir uns dann heute Nachmittag?"

Sam zwang sich, zum Thema zurückzufinden. „Ich könnte Sie um drei Uhr hier abholen. Wenn Ihnen das recht ist. Dann muss ich Ihnen nicht erst den Weg zu dem Haus beschreiben."

Antoinette wollte fast widersprechen, doch die Aussicht auf ein paar Minuten allein mit Sam im Auto war verlockend. „Gut. Ich werde unten an der Straße warten, damit Sie keinen Parkplatz suchen müssen."

Sam nickte und ging.

Daffy kam zu Antoinette herüber. „Verheiratet, geschieden oder ewiger Junggeselle?" wollte sie wissen. Antoinette blickte immer noch gedankenversunken auf die Tür.

„Ich weiß nicht."

„Dann tippe ich auf Junggeselle. Dieser Mann denkt, er sei zu schlau, um sich einfangen zu lassen."

„Was hast du noch festgestellt?" Antoinette blickte Daffy an.

„Verheißungsvolle Möglichkeiten." Daffy reichte ihr noch ein Stück Strudel. „Hier. Du brauchst, glaube ich, eine Stärkung."

Am Nachmittag stellte Antoinette bei Sam im Auto fest, dass Daffy Recht hatte. Außer einem Mal war es ihr in achtundzwanzig Jahren nie schwer gefallen, einem Mann zu widerstehen. Und dieser eine Mann und die Ehe mit ihm hatten ihr alles Wissenswerte über die Gemeinheiten der Männer beigebracht. Doch irgendetwas an Sam Long ließ sie diese Erfahrungen vergessen. Diesen Mann konnte sie einfach nicht ignorieren.

„Wohin fahren wir?" wollte sie wissen, als sie nach rechts abbogen.

„Es ist nicht sehr weit. Aber wenn Sie sich in der wilden Gegend dort nicht auskennen, können Sie sich schnell verfahren."

„Ich wohne ungefähr einen Kilometer in diese Richtung", erklärte Antoinette und zeigte geradeaus.

„Genau wie Laurie."

„Dann haben Sie gerade meine Nachbarschaft beleidigt."

„Ich hätte bei Ihnen eher auf einen schicken Vorort getippt."

„Irrtum. Ich wohne ganz bescheiden, abgesehen vom kleinen Vorgarten für meinen Hund und einer winzigen Veranda. Dafür habe ich die beste Aussicht auf die große Parade zu Karneval. Sollte ich jemals arbeitslos sein, kann ich immer noch am Tag der Karnevalsparade mein Badezimmer vermieten und davon ein Jahr lang leben."

„Wieso?"

„Wieso was?" Sie blickte ihn an.

„Wieso wohnen Sie hier? Sie können sich doch Besseres leisten."

„Hier leben noch richtige Menschen."

„Und die können Sie beobachten. Als Studienobjekte."

„Ich mag Menschen, aber ich schaue nicht ständig, ob ich seelische Probleme bei ihnen entdecken kann, falls Sie das meinen. Ich schätze jeden Menschen so, wie er ist."

Sam fuhr wortlos weiter.

„Warum versuchen Sie ständig, mich in Ihre Kiste mit Vorurteilen zu packen?" wollte Antoinette schließlich wissen.

Dasselbe hatte Sam sich auch schon gefragt. Es überraschte ihn, dass sie seine Gedanken laut aussprach. „Das weiß ich nicht. Vielleicht will ich nur alles erklären können. Das gehört zu meiner Ausbildung."

„Bei Menschen kann man niemals alles erklären."

Sam parkte das Auto vor einem zweistöckigen alten Haus mit Balkon. „Das stimmt, aber man kann viele Dinge voraussehen. Darauf baut die Arbeit der Polizei auf."

„Die Psychologie auch. Aber man darf damit nicht im Privatleben anfangen."

Sam stieg aus und kam um den Wagen herum, doch Antoinette war schon ausgestiegen. „Lassen Sie uns zu Laurie gehen", sagte er nur.

„Sam."

Er blieb stehen und drehte sich um. „Ja?"

„Es wäre für uns beide leichter, wenn Sie einfach mal Ihre Vorurteile vergessen und mir so lange eine Chance geben, bis Sie sehen, ob ich tatsächlich so schlimm bin, wie Sie denken."

„Was glauben Sie denn, was ich denke?"

„Sie denken, ich sei ein schönes verzogenes Mädchen aus reichem Hause."

„Schön sind Sie jedenfalls", sagte er und strich über eine schwarze Haarsträhne, die auf ihrer Schulter lag. Als ihm klar wurde, wie vertraulich die Geste war, zog er die Hand schnell zurück. „Und ich war ganz schön überheblich, stimmt's?"

Sie freute sich, dass Sam das erkannte und auch offen zugab. Entspannt lächelte sie ihn an.

„Jetzt wollen wir zu Laurie gehen." Er ging zur Haustür, und Antoinette folgte ihm.

„Sie ist sehr schüchtern, selbst Frauen gegenüber." Sam hob die Hand und klopfte. Augenblicklich ging die Tür auf, und zwei kleine Kinder rannten heraus, gefolgt von einem riesigen Mischlingshund.

„Laurie?" Fragend sah Antoinette Sam an, doch der schüttelte nur den Kopf.

„Die Pflegeeltern haben sechs eigene Kinder und außer Laurie noch drei weitere Pflegekinder. Sie sammeln Kinder wie andere Leute Briefmarken." Er trat einen Schritt zur Seite, als noch ein Kind aus dem Haus gestürmt kam. Noch bevor Antoinette erkennen konnte, ob es ein Junge oder Mädchen war, war es schon verschwunden.

„Mrs. Patterson?" rief Sam ins Haus hinein.

„Kommen Sie herein."

Antoinette folgte Sam ins Haus. Sie gingen durch den Flur in die Küche.

„Ich dachte mir schon, dass Sie das sind." Mrs. Patterson war eine dicke Frau mit schmutziger Schürze. Ihre Arme steckten bis zum Ellbogen in einer Schüssel mit Brotteig. Sie blickte hoch und lächelte. „Tut mir Leid, aber wenn ich aufhöre zu kneten, dann misslingt der Teig."

„Macht nichts. Dies ist Dr. Deveraux. Dr. Deveraux, Mrs. Patterson."

„Schön, Sie zu treffen." Mrs. Patterson knetete ohne Unterbrechung weiter. „Laurie ist oben und liest. Ich habe noch nie ein Kind so viel lesen sehen."

„Wie hat sie sich hier eingelebt?" fragte Antoinette.

„Sie ist sehr still, aber sie macht uns keine Sorgen. Meiner Meinung nach sind die, die keinen Ärger machen, sowieso diejenigen, die wirklich Probleme haben."

Antoinette nickte. „Wie viele Kinder haben Sie schon hier gehabt? Sie scheinen eine Menge Erfahrung zu haben."

„Es waren vierundfünfzig. Manche nur für ein paar Tage, manche sind geblieben, bis sie mit der Schule fertig waren. Sechs von ihnen gehören für immer zu uns."

„Ich würde sagen, das müssen glückliche Kinder sein", meinte Sam.

„Na ja, ein paar von ihnen haben uns nur Ärger gemacht, aber die meisten waren wirklich liebe Kinder. Ich vermisse sie immer schrecklich, wenn sie fort sind."

Antoinette nickte. Frauen wie Mrs. Patterson verblüfften sie immer wieder. Sie hatten ein großes Herz, in dem Platz für jeden zu sein schien. „Wann soll Laurie wieder zu ihrer Mutter zurück?" fragte sie.

„Nächste Woche, wenn alles klappt. Laurie wird sich freuen. Sie hat so lange mit ihrer Mutter allein gelebt, dass sie sich kaum an den Lärm hier im Haus gewöhnen kann. Aber sie kann daraus nur lernen."

„Das tut sie auch", bestätigte Sam. „Dr. Deveraux möchte sie sehen. Kann ich hinaufgehen und Laurie holen?"

„Natürlich."

„Sam." Antoinette hielt ihn am Ärmel fest. „Wenn Laurie sich vor Männern fürchtet, dann sollten Sie vielleicht nicht gehen."

Mrs. Patterson lachte sehr laut und herzlich. „Bei Sergeant Long macht Laurie gern eine Ausnahme. Sie ist genauso vernarrt in ihn wie er in sie."

„Tatsächlich?“ fragte Antoinette nach und hielt Sam weiter fest.

„Ich sage Ihnen mal meine Meinung“, fuhr Mrs. Patterson fort. „Ich denke, Sergeant Long hat dem Mädchen mehr geholfen, als es jahrelange Behandlung geschafft hätte. Sie brauchte einen Mann, dem sie vertrauen kann, und den hat sie gefunden.“

Antoinette blickte Sam an. Das Ganze war ihm sichtlich peinlich. „Ich denke, Laurie hat eine kluge Entscheidung getroffen“, sagte sie leise und drückte seinen Arm leicht, bevor sie ihn losließ. „Ich freue mich darauf, sie zu sehen.“

3. KAPITEL

Heute sollte Laurie kommen.

Antoinette stand in ihrem Behandlungszimmer und versuchte den Raum mit den Augen eines verstörten kleinen Mädchens zu sehen. Laurie würde Angst haben, das war klar. Vor zwei Tagen, im Haus von Mrs. Patterson, hatte sie kaum ein Wort gesprochen und Antoinette nur aus großen braunen Augen angesehen. Nur ein einziges Mal hatte sie gelächelt, und zwar zu Sam.

Sam würde auch kommen. Von Anfang an hatte Antoinette vermutet, dass hinter der harten Maske des Polizisten mehr steckte. Seit sie ihn mit Laurie zusammen erlebt hatte, wusste sie mit Sicherheit, dass er viel gefühlvoller und verletzlicher war, als er zugeben mochte.

Die bevorstehende Sitzung würde nicht leicht werden. Es war nie einfach, Kinder zu hypnotisieren. Das wusste Antoinette nur zu gut. Und noch dazu mit einem Erwachsenen im Nacken, der dauernd aufpasste. Genau das würde Sam tun. Er war von der Idee mit der Hypnose nicht begeistert und versuchte ständig, Laurie zu beschützen. Antoinette wusste zwar nicht, ob Sam eigene Kinder hatte, aber die Rolle des väterlichen Beschützers spielte er hervorragend.

Antoinette hatte keine Bedenken, dass Laurie leicht in Trance fallen würde. Sie hatte Lauries Mutter im Krankenhaus besucht und erfahren, dass Laurie ein intelligentes Kind mit reger Fantasie war.

Weiterhin hatte Antoinette herausbekommen, dass Laurie mehr als einmal von ihrem Vater verprügelt worden war und Mrs. Fischer nach der Scheidung mit ihr nach New Orleans geflohen war. Damit weder ihr Exmann noch ihre Schwiegereltern Laurie finden konnten, hatte Mrs. Fischer nicht einmal ihren eigenen Eltern gesagt, wo sie zu finden sei.

Aufgrund dieser Erfahrungen misstraute Laurie allen Männern. Erst bei Sam hatte sie sich überwunden und ihm Vertrauen geschenkt. Und Sam hatte sich stundenlang Zeit für sie genommen, um sich ihre Sorgen anzuhören.

Antoinette vermutete, dass Sam versuchte, etwas in die Wege zu leiten, damit Laurie in Zukunft nicht mehr auf irgendwelchen Sofas schlafen musste, während ihre Mutter Büros putzte. Antoinette hatte ihn gefragt, aber er hatte nur etwas Unverbindliches erwidert.

Sam versuchte seinen warmherzigen Kern sorgfältig unter einer harten Schale zu verbergen. Antoinettes Exmann war ähnlich gewesen. Leider hatte er sich nach außen hin empfindsam und mitfühlend gegeben, während er innerlich vollkommen rücksichtslos und gleichgültig gegen andere war. Sams Kombination gefiel ihr natürlich entschieden besser.

Die Tatsache, dass sie Gefallen an Sam fand, machte ihr Angst. Seit ihrer Scheidung hatte sie sich nicht wieder auf eine Beziehung eingelassen. Aus Angst vor Enttäuschungen hatte sie die Einsamkeit in Kauf genommen.

Antoinette kannte sich gut genug, um zu erkennen, welche Tiefe ihre Gefühle für Sam besaßen. Gleichzeitig kannte sie ihre eigenen Bedürfnisse und wusste, dass Sam ihr niemals die Nähe und Anteilnahme geben könnte, die für sie ein entscheidender Teil einer Beziehung waren. So verschieden Sam und ihr Exmann auch waren, eines verband sie doch: Irgendetwas würde ihnen immer wichtiger als das Privatleben sein. Wenn sie sich der Faszination, die Sam auf sie ausübte, hingab, würde sie nur die Fehler der Vergangenheit wiederholen.

Als Sam an die Zimmertür klopfte, hatte Antoinette alle Gedanken an ihn beiseitegeschoben, abgesehen davon, dass er ein Polizist war, der ihre Hilfe brauchte. Beim Öffnen der Tür konzentrierte sie sich ganz auf Laurie.

„Hallo, Laurie." Antoinette lächelte das kleine Mädchen an. Lauries Gesicht drückte panische Angst aus. Antoinette richtete sich auf und blickte zu Sam. „Sergeant Long", sagte sie und nickte. „Kommen Sie herein, wir machen es uns erst mal gemütlich."

„Sie wollte nicht kommen", sagte Sam schlicht.

„Da bin ich sicher." Antoinette blickte wieder zu Laurie. „Es macht Angst, wenn man etwas Neues machen soll, stimmt's? Aber du bist jetzt sieben, und du kannst eine ganze Menge selbst entscheiden."

„Ich will nicht, dass Sie mich hypnotisieren."

Antoinette war gerührt, als sie sah, wie das Mädchen mühsam gegen die Tränen kämpfte. „Ohne deine Erlaubnis kann ich das gar nicht machen, Laurie. Komm rein, dann unterhalten wir uns darüber."

Laurie drehte sich zu Sam um und blickte ihn verängstigt an. „Bleibst du hier?"

„Na klar."

„Du wirst nicht zulassen, dass sie mich hypnotisiert, wenn ich es nicht will, oder?"

„Auf keinen Fall."

Vorsichtig betrat Laurie das Zimmer und sah sich aufmerksam um, bevor sie ein paar weitere Schritte machte. Dann seufzte sie leise auf, und Antoinette bemerkte, wie das Mädchen sich entspannte.

„Was dachtest du denn, wie es hier drin aussieht, Laurie?"

Das Mädchen zuckte nur mit den Schultern. „Ich dachte, es sei dunkel, genau wie im Fernsehen."

„Ich mag Sonnenschein, und alles, was ich tue, kann man gut im Hellen machen." Antoinette ging zum Sofa und setzte sich. Dann klopfte sie auf den Sitz neben sich. „Kannst du mir etwas mehr darüber erzählen, was du im Fernsehen gesehen hast?"

„Das will ich nicht."

„In Ordnung."

Antoinette gab Sam einen Wink, damit er sich auf einen Stuhl neben ihr setzte. Laurie blieb mitten im Raum stehen.

„Es war auch nur ein blöder Zeichentrickfilm."

Antoinette nickte. „Du mochtest den Film nicht?" Laurie ging zum Schreibtisch und nahm eine rosa Muschel, die Antoinette als Briefbeschwerer benutzte. „Manchmal, wenn ich Zeichentrickfilme sehe", sagte Antoinette, „dann bekomme ich Angst."

„Ich nicht", entgegnete Laurie. „Höchstens einmal."

Antoinette versuchte es mit Raten. „Hatte der Film etwas mit Hypnose zu tun?"

„Gargamel hat Papa Schlumpf Dinge machen lassen, die er gar nicht tun wollte."

„Gargamel klingt nach einem schlimmen Kerl."

„Er versucht immer, die Schlümpfe zu kriegen."

„Und kriegt er sie?"

Laurie schüttelte den Kopf.

„Auch nicht, als er Papa Schlumpf hypnotisiert hat?"

Wieder schüttelte sie den Kopf. „Wo ist deine Halskette?"

Antoinette verstand sofort. „Ich habe keine."

„Gargamel hatte eine. Wie kannst du Leute hypnotisieren, ohne eine Zauberkette vor ihren Augen hin- und herzuschwingen?"

„Ich muss nicht zaubern. Ich rede einfach mit den Leuten, und dann entspannen sie sich und fühlen sich blendend. Meistens machen sie die Augen zu, aber das muss nicht sein. Sie hören alles, was ich sage, und wenn sie es wollen, können sie sich hinterher an alles erinnern, was geschehen ist."

„Papa Schlumpf hat sich an gar nichts erinnert."

„Aber du wirst dich erinnern, wenn du willst."

Laurie blickte sie schweigend an.

„Du musst dich vor nichts fürchten, Laurie. Manchmal wollen wir uns an etwas nicht erinnern, weil wir uns bei dem Gedanken daran nicht wohl fühlen. Genauso ist das mit der Hypnose. Wenn du nicht willst, dann erinnerst du dich hinterher nicht daran."

„Bist du schon hypnotisiert worden?"

„Hundertmal. Ich hypnotisiere mich selbst, und ich lasse mich von anderen hypnotisieren."

„Warum?"

„Um mich zu entspannen oder um mich an etwas zu erinnern. Ich habe mich sogar hypnotisiert, um mit dem Rauchen aufzuhören." Antoinette verzog das Gesicht. „Aber es hat nicht geholfen."

Laurie kicherte unwillkürlich.

Antoinette lehnte sich im Sofa zurück. „Soll ich dir erzählen, wie ich einen Diamantring wiedergefunden habe, während ich hypnotisiert war?"

Lauries Augen leuchteten gespannt, und sie nickte. Sie hatte jetzt so weit Vertrauen gefasst, dass sie sich auf das Sofa setzte, wenn auch ans entgegengesetzte Ende von Antoinette.

Antoinette ließ sich ihren Stolz über den kleinen Sieg nicht anmerken. „Vor ihrem Tod hat meine Großmutter mir einen schönen Diamantring geschenkt, der seit fast einhundert Jahren meiner Familie gehört. Ich habe mich über den Ring so sehr gefreut, dass ich ihn überall getragen habe. Er war mir zu groß, und ich habe immer daran gedacht, dass ich ihn zu einem Juwelier bringen und enger machen lassen muss. Aber ich habe es nie getan. Eines Tages habe ich hier auf diesem Sofa gesessen und auf meine Hände gesehen. Der Ring war weg."

„Hast du geweint?" fragte Laurie interessiert.

„Das habe ich."

„Ich weine auch manchmal", gab Laurie zu.

„Das tun wir alle. Nachdem ich geweint hatte, beschloss ich herauszufinden, wo ich den Ring verloren habe. Aber ich war so aufgeregt, dass ich mich an nichts erinnern konnte."

„Was hast du dann gemacht?"

„Ich ging nach Hause und suchte überall, auch in meinem Auto, aber der Ring war nirgendwo zu finden. Dann beschloss ich, mich zu hypnotisieren. Ich wollte wissen, wann ich den Ring zum letzten Mal gesehen und was ich seitdem gemacht hatte."

„Hat es geklappt?" Laurie war jetzt vollkommen gebannt und vergaß ihre Ängste.

„Ja. Ich konnte mich erinnern, dass ich den Ring morgens noch gesehen hatte. Und zwar, als ich mir nach dem Frühstück die Hände wusch. Also habe ich genau überlegt, was ich an dem Tag alles gemacht habe, bevor ich zur Arbeit fuhr. Ich hatte auf der Fahrt bei einem Gemüsehändler angehalten, um einen Salat zu kaufen. Ich hatte die Hand nach einem Kopf Salat ausgestreckt, sie dann aber schnell zurückgezogen, weil eine Wespe angeflogen kam. Dann konnte ich mich erinnern, dass ich den Salatkopf genommen und den Mann mit der anderen Hand bezahlt habe." Antoinette machte eine Pause. „An dem Punkt habe ich mich aus der Hypnose geweckt, bin in die Küche gegangen und habe den Salatkopf angesehen. Mitten in dem Salat steckte mein Ring."

Sam pfiff anerkennend. „Sie sollten für Versicherungen arbeiten."

„Du hast gar nichts Böses gemacht", stellte Laurie fest.

Antoinette ging auf die Gedanken des Mädchens ein. „Nein, Hypnose ist nichts Schlimmes. Ich könnte mich nicht dazu bringen, etwas Böses zu tun, und dich könnte ich auch nicht dazu bringen."

„Und wenn du mich hypnotisierst, wache ich genauso auf wie du?"

„Du wirst nicht richtig schlafen. Wenn du schläfst, kannst du mir ja nicht auf Fragen antworten. Du wirst dich nur entspannen und wohl fühlen. Du wirst vollkommen sicher sein. Und Sergeant Long bleibt hier direkt bei dir." Antoinette spielte ihren Trumpf aus. „Du weißt, er würde nie zulassen, dass dir etwas passiert."

„Willst du, dass sie mich hypnotisiert?" fragte Laurie ihn.

Antoinette sah zu ihm. Auf seine Antwort kam es jetzt an.

„Du würdest mir einen Gefallen tun, wenn du es zulässt", sagte er schließlich. „Ich brauche deine Hilfe."

Ob er weiß, dass er genau das Richtige gesagt hat, überlegte Antoinette. Auf Lauries Hilfsbereitschaft anzuspielen war das Beste, was er tun konnte.

„Es wäre ein bisschen wie nach dem Ring suchen", sagte Laurie gedankenversunken.

„Ja, das stimmt", pflichtete Antoinette bei.

Laurie lehnte sich zurück und kniff die Augen zu. „Na gut, fangen Sie an."

Antoinette blickte zu Sam und lächelte. Obwohl er Laurie ermutigt hatte, wirkte er selbst immer noch besorgt. Er umklammerte die Armlehne seines Stuhls, und Antoinette legte ihre Hand beruhigend auf seine. Dann stand sie auf. „Sergeant Long, ich brauche Ihren Stuhl. Bitte tauschen Sie den Platz mit mir."

Sie zog den Stuhl vor Laurie und setzte sich. Laurie hatte die Augen wieder offen. „Kannst du schwimmen, Laurie?"

„Die Eltern meiner Freundin haben einen Swimmingpool. Ihre Mom hat es mir ein bisschen beigebracht."

„Hast du schon mal versucht, dich flach auf dem Rücken im Wasser treiben zu lassen?"

„Das kann ich gut!" antwortete Laurie stolz.

„Und gefällt dir das?"

„Ja, das macht Spaß."

„Was wir jetzt machen, wird sich für dich ein bisschen so anfühlen, als würdest du im Wasser treiben. Ich bin bei dir, und du kannst dich vollkommen entspannen. Das Gefühl wird dir gefallen."

„Und wenn es das nicht tut?"

„Wenn du es nicht magst, dann hört das Gefühl auf."

„Wirklich?"

„Wirklich."

„In Ordnung."

„Lehn dich zurück und mach die Augen zu", wies Antoinette sie an. „Ich werde dir eine Geschichte erzählen. Sie handelt von einer Hütte in einem verzauberten Wald. Das Besondere an der Geschichte ist, dass du, wenn du wirklich daran glaubst, in diesen Wald gehen kannst."

Sam hörte zu, wie Antoinette Laurie die Geschichte erzählte. Das kleine Mädchen schien sich mehr und mehr zu entspannen, bis es aussah, als würde es schlafen. Laurie war ein sehr schönes Kind. Sam hatte selten mit Kindern zu tun, erst jetzt erkannte er, wie leicht man sie lieb gewinnen konnte. Bei Erwachsenen war das anders. Die trafen ihre eigenen Entscheidungen und waren nicht so hilflos wie Kinder.

Und im Moment war Laurie besonders hilflos. Da saß sie auf dem Sofa und schenkte einer Frau Vertrauen, die sie gar nicht kannte. Er hatte Laurie gebeten, ihm zu helfen, doch tief drinnen wusste er, dass er damit die falsche Entscheidung getroffen hatte. Als Polizist musste er so entscheiden, aber er war sich nicht sicher, ob er für das Kind die richtige Entscheidung getroffen hatte. Jetzt konnte er nur zusehen, wie Antoinette sie in tiefe Trance versetzte.

Antoinette schien genau zu wissen, was sie tun musste. Sie wirkte sehr ruhig. In Sams Augen war sie immer noch etwas zu schön, um wie eine richtige Psychologin auszusehen. Heute trug sie ein dunkelblaues Kostüm mit weißer Bluse. Der Kragen war aus Spitze und lag eng an ihrem schlanken Hals an. Ihr Haar war zu einem Knoten im Nacken zusammengesteckt. Am liebsten hätte er den Knoten geöffnet und beobachtet, wie sich ihr Haar über die Schultern ausbreitete.

Er dachte entschieden zu oft an sie. Es war fast, als habe sie ihn auch hypnotisiert. Noch nie war er tagsüber ins Träumen geraten, doch in letzter Zeit dachte er an Antoinette, während er sich eigentlich auf etwas anderes konzentrieren sollte. In seinem Beruf konnte schon eine Minute Unachtsamkeit schlimme Folgen haben. Mit Mühe zwang er sich, wieder auf die Geschichte zu hören, die Antoinette erzählte.

„Wir haben aus der Zauberquelle getrunken und sind durch den Zauberwald gegangen. Jetzt gehen wir zu der Hütte, in der alles, was ich dir sage, wahr wird." Antoinettes Stimme wurde noch leiser. „Wir laufen den letzten Hügel hinauf, und dort vor uns liegt die Hütte. Die Tür steht offen, und wir laufen schnell hinein. Endlich sind wir da, und jetzt wird alles geschehen, was ich sage. Solange wir in dieser Hütte sind, werden meine Worte Zauberkraft haben."

Sam blickte zu Laurie. Sie wirkte vollkommen entspannt. Zu Anfang hatten ihre Augenlider noch gezuckt, aber nun war sie völlig reglos. Sie wirkte überhaupt nicht unglücklich. Während er sie betrachtete, sagte Antoinette, Laurie solle ihre Hand über dem Kopf schweben lassen, und das Mädchen hob die rechte Hand, als sei der Arm völlig schwerelos. Dann sagte Antoinette, sie solle die Hand wieder herunternehmen.

„Laurie", fuhr Antoinette fort, „nach der Wanderung durch den Zauberwald bist du erschöpft. Du siehst ein Sofa im Wohnzimmer, und du weißt, dass du da sitzen und ausruhen willst. Du gehst hinüber und setzt dich. Das Sofa ist sehr weich, du fühlst dich, als würdest du auf einer Wolke sitzen. Nichts kann dir wehtun, solange du auf dieser Wolke sitzt. Dir gegenüber steht ein Fernseher, es ist ein Zauberfernseher. Du musst nur sagen, dass er angehen soll, und er wird sofort angehen."

Laurie lächelte, und Sam wusste, dass ihr diese Vorstellung gefiel. Am Haus der Pattersons hatte ihr am meisten der große Farbfernseher im Wohnzimmer gefallen.

„Wenn ich dir jetzt sage, du sollst den Fernseher einschalten, dann wirst du das tun. Es gibt nur einen Sender in diesem Fernseher. Und in dem Programm läuft die Geschichte von einem kleinen siebenjährigen Mädchen, das auch Laurie Fischer heißt. Du kannst alles sehen, was sie tut, und es mir dann erzählen. Vielleicht freust du dich auch mit ihr oder bist traurig. Aber du wirst keine Angst haben, weil das alles nur im Fernsehen geschieht. Wenn du mich verstanden hast, sage bitte Ja."

„Ja."

Antoinette nickte unwillkürlich, obwohl Laurie die Augen noch immer geschlossen hatte.

„In Ordnung, Laurie. Schalte den Fernseher an. Du siehst, wie Laurie Fischer sich gestern Abend fürs Bett fertig macht. Sie ist im Haus der Pattersons. Erzähl uns bitte, was sie tut."

„Sie zieht ihren Schlafanzug an. Er gehört eigentlich Ginger, aber Ginger hat ihn Laurie geschenkt. Ginger hat nachts immer Jonas' T-Shirt an. Laurie mag den Schlafanzug. Ginger sagt, dass sie Laurie die Haare kämmen möchte. Laurie hat das gern. Dann muss sie ins Badezimmer und die Zähne putzen, aber da warten schon Leute vor dem Bad, und Laurie muss auch warten."

„Wie fühlt sie sich, wenn sie so warten muss?" fragte Antoinette, nachdem Laurie für ein paar Sekunden schwieg.

„Sie ist müde. Sie will nicht mehr hier stehen, aber es geht nicht anders."

„Nachdem sie sich die Zähne geputzt hat, was macht sie dann?"

„Sie geht ins Bett und weint." Lauries Stimme blieb völlig sachlich. „Mrs. Patterson kommt ins Zimmer und streicht ihr übers Haar. Sie sagt, dass ihre Mutter sie bald wieder abholen kommt.

Dann geht Mrs. Patterson weg, und Ginger kommt zu Laurie ins Bett und umarmt sie. Laurie fühlt sich jetzt besser und schläft ein."

„Das ist sehr schön. Du hast uns ganz toll erzählt, was du gesehen hast. Jetzt schauen wir uns eine neue Sendung an." Antoinette holte tief Luft. Sie war nervös, obwohl sie nicht unsicher war. Sie würde ihrer kleinen Patientin kein Leid zufügen, dennoch blieb immer der kleine Rest Zweifel, ob nicht doch etwas schief laufen könnte. Andererseits wusste sie, dass Laurie klar unterscheiden konnte, was sie auf dem Bildschirm sah und was ihre eigenen Gefühle waren. Antoinette blickte kurz zu Sam und wusste, dass er sich Sorgen machte.

Aber schließlich war Antoinette für solche Aufgaben ausgebildet. Sie blickte Laurie entschlossen an. „Die neue Sendung handelt auch von Laurie Fischer. Du sitzt immer noch auf dem Sofa und fühlst dich sehr wohl. Du freust dich auf die nächste Sendung, denn darin geht es darum, wie Laurie Fischer aus einem Feuer gerettet wird, und du weißt, dass das spannend wird. Das Tollste ist, dass du weißt, dass Laurie nichts passiert, deshalb brauchst du keine Angst zu haben. Wenn du den Fernseher anschaltest, siehst du, wie ihre Mutter Laurie zum Schlafen legt, in dem Haus, in dem Lauries Mutter arbeitet. Erzähl uns, was du siehst."

Lauries Stimme klang ruhig und natürlich, als würde sie tatsächlich beschreiben, was sie auf einem Bildschirm sah. „Lauries Mom sagt ihr, sie solle sich hinlegen, während sie ein anderes Büro putzt. Laurie kann ihre Mutter ein Lied summen hören, während sie den Flur entlanggeht. Laurie will nicht schlafen, aber sie tut es." Laurie verstummte.

Antoinette spürte, dass Sam sich bewegte, obwohl sie den Blick nicht von Laurie ließ. Dies war der Moment, auf den er gewartet hatte, und sicher hörte er angespannt zu.

Nach einer langen Stille forderte Antoinette Laurie zum Weiterreden auf. „Sag uns, was passiert, als Laurie aufwacht."

Laurie zog die Nase hoch. „Die Luft ist voller Qualm. Laurie kann nichts sehen." Wieder schwieg sie einen Moment. „Sie hat große Angst. Sie fängt an zu weinen." Eine Träne lief Laurie über die

Wange. „Sie ruft nach ihrer Mommy, aber ihre Mommy antwortet nicht."

„Das ist eine traurige Sendung", sagte Antoinette mitfühlend. „Kannst du uns sagen, was dann passiert?"

„Sie fängt an zu husten. Es ist schwer zu atmen. Sie muss würgen. Sie setzt sich auf, aber sie kann nichts sehen. Vom Rauch muss sie weinen, und sie fängt an zu schreien." Noch eine Träne lief ihr über die Wange. Kurz darauf brach sie in Tränen aus.

Antoinette beobachtete Laurie so aufmerksam, dass sie gar nicht mitbekam, dass Sam aufstand. Doch dann spürte sie seine Hände auf den Schultern.

„Holen Sie sie sofort zurück", befahl er ihr flüsternd.

Antoinette schüttelte den Kopf. „Alles in Ordnung, Sam", beruhigte sie ihn leise. „Sie muss diese Traurigkeit spüren, aber sie weiß, dass es nur ein Film ist."

„Holen Sie sie zurück!"

Antoinette legte die Hand auf seine. „Vertrauen Sie mir", sagte sie sanft. „Vertrauen Sie mir einfach, bitte. Wir sind gleich so weit."

„Ich will nicht, dass sie sich quält!"

Seine Finger gruben sich schmerzhaft in ihre Schultern, doch sie hielt seine Hand nur weiterhin fest. Dann wandte sie sich wieder Laurie zu. „Was geschieht jetzt mit Laurie?" fragte sie das kleine Mädchen.

„Sie reibt sich die Augen." Lauries Stimme klang immer noch weinerlich. „Dann steht sie auf. Sie versucht die Tür zu finden, aber sie läuft in jemanden hinein. Er nimmt sie auf die Arme und trägt sie wie ein kleines Baby." Laurie schluchzte noch einmal, doch ihre Tränen versiegten.

„Laurie, ich möchte, dass du den Film anhältst. Dies ist ein Zauberfernseher, und du kannst den Film jederzeit anhalten und weiterspielen. Sieh dir den Mann an, der Laurie trägt. Kannst du uns sagen, wie er aussieht?"

Laurie runzelte die Stirn. „Er ist groß, größer als Laurie." Sie verstummte.

„Gut. Kannst du uns sonst noch etwas sagen?"

„Es ist dunkel und voller Rauch. Laurie kann nichts sehen."

Antoinette drängte ihre Enttäuschung beiseite. „In Ordnung, der Film läuft jetzt weiter. Was passiert?"

„Laurie weint und hustet noch, aber der Mann hält nicht an. Er trägt sie immer weiter. Der Gang ist auch voller Qualm, und sie kann nicht atmen. Der Mann macht eine Tür auf, und jetzt gehen sie hinunter. Alles ist schwarz."

Antoinette nahm an, dass Laurie zu diesem Zeitpunkt ohnmächtig geworden sein musste. „Sag uns, was Laurie als Nächstes sieht."

„Sie ist jetzt draußen, auf dem Fußweg. Sie macht die Augen auf, und ein Mann beugt sich über sie. Dann geht er weg. Er hat schwarze Haare."

„Lange oder kurze?"

„Kurze."

„Eine große Nase?"

„Nein."

„Einen Bart? Einen Schnurrbart?"

„Nein."

„Kannst du irgendwelche Leberflecke oder Narben sehen?"

„Nein."

Antoinette fühlte eine Welle der Enttäuschung über sich hereinbrechen, doch sie ließ es sich nicht anmerken. „Ist an seinem Gesicht irgendetwas, das interessant ist oder Laurie Angst macht?"

„Nein."

„Was hat er an?"

„Ein schmutziges Hemd und Jeans."

Antoinette wartete, doch Laurie sprach nicht weiter. Ohne Zweifel hatte Laurie noch mehr wahrgenommen, aber ein siebenjähriges Mädchen konnte einfach noch keine sehr genauen Beschreibungen liefern.

„Machen Sie Schluss. Sofort. Das ist grausam", flüsterte Sam.

Antoinette achtete nicht auf ihn. „Laurie, kannst du uns sagen, ob der Mann etwas sagt?"

Sam drückte schmerzhaft Antoinettes Schulter.

„Ja“, antwortete Laurie.

„Bitte sag uns, was er sagt.“

„Ich kann nicht. Der Film läuft nicht weiter.“

Antoinette nickte verstehend und achtete nicht auf den Schmerz an ihrer Schulter. „Der Film läuft jetzt weiter, der Mann spricht zu Laurie. Du kannst jetzt hören, was er sagt.“

„*Ça me fait de la pain. C’est un affaire à plus finir.*“

Verblüfft blickte Antoinette das Mädchen an. Die französischen Sätze waren mit einem erstaunlichen Akzent gesprochen. „Spricht Laurie Französisch?“ fragte sie das kleine Mädchen.

„Nein.“

„Versteht Laurie, was die Worte bedeuten?“

„Nein.“

Antoinette wandte sich fragend an Sam. Er runzelte nachdenklich die Stirn, doch er drückte ihre Schulter nicht mehr.

„Sagt der Mann sonst noch etwas zu Laurie?“ fragte sie das Kind.

„Nein. Er geht weg. Laurie weint, und dann findet ein Polizist sie.“

Antoinette konzentrierte sich ganz auf Lauries Gesicht. „Und jetzt ist Laurie in Sicherheit.“

„Ja.“

„Sie ist traurig und hat noch Angst, aber sie ist froh, dass der Mann sie aus dem Haus getragen hat.“

„Ja.“

„Und der Fernsehfilm ist jetzt zu Ende. Es war ein trauriger Film, aber wie viele traurige Filme hatte er ein Happy End. Laurie ist gerettet worden.“

Sam beobachtete, wie Antoinette weiterredete und Laurie langsam aus der Hypnose zurückholte. Sie erzählte ihr, dass sie, wenn sie aus dem Wald draußen sei, nichts mehr von den Fernsehfilmen wisse, außer den Teilen, an die sie sich erinnern wolle. Mit der Zeit würde sie sich an immer mehr von den Filmen erinnern, aber sie würde keine Angst dabei haben. Und eines Tages würde sie sich an alles erinnern. Dann führte Antoinette Laurie aus dem Wald heraus und schlug ihr schließlich vor, dass sie sich, wenn sie die Augen öffnete, sehr gut fühlen werde.

„Jetzt bist du wieder zurück. Du kannst deine Augen aufmachen."

Laurie öffnete die Augen und sah sich um, als wisse sie nicht, wo sie sei.

„Wie fühlst du dich, Laurie?" fragte Antoinette.

„Hast du es gemacht?"

„Ja, das habe ich." Antoinette lächelte. „Sag mir, woran du dich erinnerst."

„Ich war in einem Wald und dann in einer Hütte. Dort war ein Fernseher, und ich habe eine Zeit lang ferngesehen. Dann kam ich zurück."

„Ganz toll."

„Das ist nicht hypnotisieren", sagte Laurie ernsthaft. „Das war alles nur meine Fantasie."

„Das gehört alles zusammen", versicherte Antoinette ihr. „Erinnerst du dich an die Filme im Fernsehen?"

Laurie wirkte nachdenklich. „Nur ein bisschen", sagte sie schließlich.

„Kannst du dich jetzt mehr an das Feuer erinnern, als bevor wir in den Wald gingen?"

„Ich glaube schon." Laurie wechselte das Thema. „Mir geht es gut."

„Das freut mich. Ich wusste, dass du dich danach gut fühlst."

„Ich habe geweint."

„Das ist manchmal sehr gut." Antoinette reichte ihr ein Taschentuch, und Laurie schnäuzte sich die Nase.

Antoinette stand auf. „Wenn du magst, kannst du im Wartezimmer die Fische füttern, bis Mrs. Patterson dich abholen kommt. Sag Rosy, dass ich es dir erlaubt habe."

Sam stand auch auf und sah Laurie nach, die mit dem Fischfutter in der Hand aus dem Zimmer lief. „Es geht ihr wirklich gut", stellte er dann fest. „Ich schulde Ihnen eine Entschuldigung."

„Ja", stimmte Antoinette zu.

„Ich hätte mich nicht einmischen sollen."

Prüfend sah sie ihn an. „Ich wette, das war das Stümperhafteste, was Sie seit langem getan haben."

Er zog die Augenbrauen leicht zusammen, doch dann nickte er. „Ich wollte nicht, dass sie sich aufregt, nur um uns mitzuteilen, ob der Brandstifter jetzt schwarze Haare hatte oder nicht."

„Man weiß nie, ob einem die Beobachtungen eines Kindes weiterhelfen oder nicht."

„Es hat aber geholfen."

Antoinette wusste, dass er auf die französischen Sätze anspielte. „Können Sie mit den Sätzen etwas anfangen?"

„Sprechen Sie die Sprache?"

„Obwohl ich in Frankreich war, habe ich kein Wort verstanden."

„Das kommt, weil es Cajun-Französisch war", erklärte Sam. „Lauries Betonung war erstaunlich richtig. ‚Ça me fait de la pain' bedeutet so viel wie ‚Es tut mir Leid', und ‚Cest un affaire à plus finir' heißt ungefähr: ‚Diese Sache hört niemals auf'. Vielleicht hat unser Mann in Süd-Louisiana gelebt, oder er lebt immer noch dort. In einem Landstrich dort sprechen die Leute Cajun-Französisch. Es ist nicht gerade eine heiße Spur, aber wenigstens haben wir jetzt einen Anhaltspunkt."

4. KAPITEL

„Bleibst du schon wieder länger? Das ist jetzt das dritte Mal in dieser Woche. Warum zahlst du überhaupt Miete für eine Wohnung?“

Geduldig hörte Antoinette Rosy zu, die ihr über die Sprechanlage von den Vorteilen von Entspannung und Freizeit erzählte. Sie wusste, dass Rosy Recht hatte. Sie blieb viel zu oft abends in der Praxis. Aber die Arbeit lenkte sie von der Sucht nach einer Zigarette ab. Sie hatte nie gern Sport betrieben, und bei allen Dingen, die sie in der Freizeit tat, hatte sie geraucht. Jetzt fiel es ihr schwer, ohne eine Zigarette in der Hand zu lesen oder fernzusehen.

Und gerade heute Abend brauchte sie eine Zigarette dringender als seit Tagen. Die Sitzung mit Laurie war gut verlaufen, aber Antoinette war jetzt voller Energie. Nur das Diktieren von Briefen und Berichten hier in der Praxis hielt sie davon ab, sich bei einer Zigarette zu entspannen.

Antoinette bemerkte, dass Rosy schwieg. „Du hast Recht, Rosy, aber lieber arbeite ich, als dass ich nach Hause gehe und rauche. Die Versuchung ist dort noch viel größer.“

„Geh wenigstens irgendwo zu Abend essen und komm dann zurück.“

„Ich lass mir was in die Praxis kommen.“

Rosy seufzte laut auf. „Ich werde etwas für dich bestellen. Krabben oder Austern?“

„Krabben. Sag ihnen, sie sollen es in mein Zimmer bringen, und lass die Tür offen, wenn du gehst.“

„Ich werde dafür sorgen, dass sie auch etwas Milch bringen.“

„Milch? Um diese Uhrzeit?“

„Irgendjemand muss sich ja um dich kümmern.“ Rosy schaltete die Gegensprechanlage ab.

Antoinette schmunzelte und streckte sich ausgiebig. Sie blieb heute Abend nicht gern hier. Wenn jemand auf sie warten würde, ginge sie viel lieber nach Hause. Sie stellte sich vor, dass außer ihrer Schäferhündin Tootsie noch jemand auf sie wartete. Wie wäre es, wenn sie die Anspannungen des Tages in den Armen eines Liebhabers vergaß?

Ganz offensichtlich brauchte sie eine Zigarette. Das war nun schon das zweite Mal heute, dass ihre Gedanken in diese Richtung schweiften.

Die Sprechanlage summte, und sie drückte auf einen Knopf.

„Ich gehe jetzt, Liebes. Sie bringen dir ein Sandwich direkt ins Zimmer." Rosys Stimme klang hoffnungslos. „Sie sagen, sie kennen dein Zimmer schon. Du bist ihre beste Stammkundin."

Antoinette murmelte ein Dankeschön und schaltete schnell ab. Dann griff sie nach der obersten Akte auf dem Stapel und konzentrierte sich nur noch auf die Arbeit.

Eine halbe Stunde später klopfte es an der Tür.

„Herein!" rief Antoinette, ohne von der Akte aufzusehen. „Wie viel schulde ich Ihnen?"

„Das geht auf meine Rechnung."

Sie erkannte die Stimme, noch bevor sie den Kopf hob. Sam stand in der Tür und hielt eine Papiertüte in der Hand. Schlagartig wurde ihr der Grund klar, aus dem sie den ganzen Tag schon in erotischen Fantasien schwelgte. Merkwürdig, dass sie sich eingeredet hatte, es würde an der fehlenden Zigarette liegen. Offenbar lag es vielmehr an der vertrauten Stimmung, die durch die gemeinsame Sitzung mit Laurie entstanden war. Mit einem Mal wurde ihr auch klar, von welchem Teil ihres Körpers die Energie ausging, die sie die ganze Zeit schon unterdrückte.

„Arbeiten Sie nebenbei als Botenjunge?" fragte sie leichthin und stand auf.

„Das hier wollen Sie doch sicher erst morgen Mittag und nicht etwa jetzt essen."

„Ich bin eine schlechte Lügnerin."

„Wie können Sie bei solchen Essgewohnheiten bloß so gut aussehen?" Sam musterte ihren Körper prüfend.

Seine Worte und dieser Blick ließen Antoinette erschauern, und ihr wurde klar, dass es schon viel zu lange her war, seit sie zum letzten Mal mit einem Mann geschlafen hatte.

Sie bemühte sich, gelassen zu bleiben. „Ich bin in einem Haus aufgewachsen, in dem es nie ein einfaches Sandwich zum Abendessen gab. Und deshalb liebe ich dieses einfache Essen." Sie ging um den Tisch herum und streckte die Hand nach der Tüte aus. „Sie müssen das hier bezahlt haben. Was schulde ich Ihnen?"

„Ein gemeinsames Abendessen." Sam hielt die Tüte außer Reichweite.

„Ich denke, das dort reicht auch für zwei."

Sam schüttelte den Kopf. „Dies hier landet im Kühlschrank. Ich führe Sie zum Essen aus." Bevor sie ablehnen konnte, fuhr er fort: „Als Dankeschön für Ihre Geduld heute."

„Geduld mit Laurie? Oder mit Ihnen?"

„Beides."

„Woher wussten Sie, dass ich noch hier bin?"

„Ich habe mit Ihrer Sekretärin gesprochen, kurz bevor sie ging. Sie hat mir verraten, wie ich Sie am besten hier herausbekomme."

„Nämlich wie?"

„Hierher kommen anstatt anzurufen. Im Notfall sollte ich den Lieferjungen mit Gewalt zurückhalten und warten, bis Sie vor Hunger schwach werden."

Sie überlegte einen Augenblick, ob er wusste, wovon er sprach. Mit Mühe zwang sie sich, gelassen zu bleiben. „Wir sollten Rosy in eines der Sprechzimmer setzen und ihr ein paar Patienten geben, damit sie glücklich ist."

„Kommen Sie mit mir mit."

„Ich war noch nie zum Essen aus, seit ich mit dem Rauchen aufgehört habe. Vielleicht bekomme ich Krämpfe, wenn ich mir nach dem Essen keine Zigarette anstecke."

„Dazu wird Ihre Gesellschaft zu interessant sein."

Wahrscheinlich hat er Recht, dachte sie und wusste nicht, wie sie ihm widersprechen sollte. „Mir hängt das Essen aus der Tüte auch allmählich zum Hals raus. Aber ich bin für ein feines Restaurant nicht passend angezogen."

„Sie könnten in dieser Stadt überall hingehen. Besonders ...", er berührte ihr Haar, „... wenn Sie Ihr Haar offen tragen."

Das klang nicht gerade nach einem Essen als einfaches Dankeschön. Die Bewunderung in Sams Tonfall war zu offensichtlich. Antoinette konnte sich nicht einreden, dass dieser Abend keine Folgen haben würde. Sie fragte sich nur, ob Sam überhaupt wusste, worauf dieser Abend hinauslief.

Langsam zog sie die Haarnadeln heraus und genoss das Gefühl, als die Haare sich aus dem Knoten lösten. Währenddessen ließ sie Sam nicht aus den Augen. So entging ihr auch das verräterische Funkeln in seinem Blick nicht. Augenblicklich wurde ihr die erotische Spannung bewusst, und sie musste sich konzentrieren, um nicht in den Bewegungen innezuhalten. „Ich muss wissen, ob Sie verheiratet sind."

„Mich wundert, dass Sie sich nicht bei Joshua danach erkundigt haben", entgegnete Sam.

„Ich habe nicht gedacht, dass mich das interessieren könnte."

„Nein, ich bin nicht verheiratet."

Antoinette kämmte sich mit den Fingern durchs Haar und merkte, dass ihre Hände leicht bebten. „Was hätte Joshua mir noch über Sie erzählt?"

„Da gibt es nicht viel zu berichten." Er trat auf sie zu und schob ihr eine Strähne aus dem Gesicht. „Um ehrlich zu sein, ich habe Joshua über Sie ausgefragt."

„Gemeinsame Freunde können eine Menge Zeit sparen, stimmt's?"

Sam bemühte sich, möglichst gleichgültig zu klingen. „Sie wurden mit zweiundzwanzig geschieden, haben nicht wieder geheiratet und hatten beinahe eine Affäre mit Joshua. Er sagte, Sie seien so sehr damit beschäftigt gewesen, die beste Psychologin der ganzen Stadt zu werden, dass Sie Ihr Privatleben vernachlässigt haben."

„Typisch Familienvater!" Antoinette stellte fest, dass ihre Stimme leicht unsicher klang. „Seit Joshua verheiratet ist und eine Tochter hat, versucht er alle Bekannten zu verkuppeln."

„Wenn er das tut, dann hat er mir endgültig verziehen, dass ich damals mit aller Kraft versucht habe, ihn von Maggie fern zu halten. Wussten Sie, dass ich Bridgets Patenonkel bin?"

„Wirklich? Dann muss er Ihnen verziehen haben." Antoinette wandte sich ab und räumte die Akten von ihrem Schreibtisch. „Ich bin gleich wieder da", sagte sie und verschwand in dem kleinen angrenzenden Bad. Kurz darauf kam sie mit frisch gekämmtem Haar zurück. „Okay, wir können die Tüte auf dem Weg nach draußen in den Kühlschrank stellen."

Heute Abend fuhr Sam nicht in dem schlichten weißen Wagen, der anscheinend der Polizei gehörte, sondern einen neuen japanischen Sportwagen. Er stellte im Radio einen Sender mit Bluesmusik ein und fuhr los.

„Haben Sie irgendeinen speziellen Wunsch, wo Sie hinmöchten?"

„In dieser Stadt schmeckt es überall gut."

Sam und Antoinette fuhren zu einem kleinen Restaurant am Flussufer. Es war ein umgebautes Lagerhaus, und von ihrem Tisch aus konnten sie auf die beleuchteten Ufergassen sehen. Bei der Bestellung stellten sie überrascht fest, dass sie sich für das gleiche Fischgericht und den gleichen Wein entschieden hatten.

„Wer hätte gedacht, dass wir den gleichen Geschmack haben?" Antoinette hielt ihr Glas hoch.

„Also, noch einmal: Vielen Dank." Sam stieß mit ihr an. „Darauf, dass wir den Brandstifter finden."

„Wenn Sie jeden schwarzhaarigen Mann in Louisiana überprüfen, der Cajun-Französisch spricht, sind Sie und Ihre Kollegen bis zum Rentenalter beschäftigt", wandte sie ein.

„Glauben Sie, dass Laurie den Mann nach einiger Zeit wieder erkennen könnte?"

Antoinette versuchte sich Laurie bei einer Gegenüberstellung vorzustellen. „Keine Ahnung. Es war dunkel und verqualmt. Dann war sie ohnmächtig. Auf dem Fußweg hat sie ihn nur einen Augenblick gesehen. Wer weiß, wie viel Licht dort war? Andererseits war es für sie eine Ausnahmesituation, und da prägen sich Dinge manchmal viel stärker ein als sonst."

„Vor Gericht können wir Lauries Aussage nicht verwenden, aber wir könnten jemanden, den sie wieder erkennt, näher untersuchen."

„Das alles kann doch ewig dauern."

„Wir haben einige Verdächtige."

Antoinette lehnte sich zurück. „So etwas macht Ihnen Spaß, stimmt's? Wie ein Puzzle, bei dem Sie ein Teilchen nach dem anderen einsetzen. Am Ende haben Sie ein vollständiges Bild."

„Es ist meine Aufgabe, Verbrechen aufzuklären. Mir gefällt es nicht, dass sie überhaupt verübt werden, und das Letzte, woran ich denke, wenn ich in ein Zimmer komme, in dem eine Leiche liegt, ist, dass ich einen neuen Fall habe."

Antoinette fühlte sich nicht angegriffen, dazu war Sams Stimme viel zu sachlich. „Und manchmal fühlen Sie sich schuldig, weil Ihnen die Arbeit Spaß macht."

Sam unterdrückte ein Schmunzeln. „Macht es Ihnen Spaß, in allem, was Sie hören, nach verborgenen Inhalten zu suchen?"

„Wahrscheinlich genauso viel wie Ihnen das Verbrechenaufklären. Es macht mir keine Freude, dass meine Patienten leiden, aber ich finde es faszinierend, die Gründe dafür herauszufinden. Und ihnen zu helfen befriedigt mich wirklich."

„Wie viele Männer fühlen sich durch Ihre Fähigkeit abgeschreckt?"

„Nur die, die ohnehin leicht abzuschrecken sind."

„Gehörte Ihr Exmann dazu?"

Diese persönliche Frage überraschte Antoinette, aber sie antwortete, ohne zu zögern. „Bei meiner Hochzeit besaß ich noch so gut wie überhaupt keine Menschenkenntnis."

„Sie waren sehr jung."

„Ich war sehr unreif. Deshalb habe ich einen Mann geheiratet, der mich als Teil seiner Schmucksammlung wollte."

Sam konnte sich viele Gründe vorstellen, aus denen ein Mann Antoinette heiraten wollte. Sie sah wundervoll aus. Das Licht der Kerze auf dem Tisch ließ ihre Haut schimmern, und ihr Haar glänzte wie schwarze Seide. Er hatte überlegt, sich telefonisch bei ihr zu bedanken, aber dann hatte er der Versuchung, sie wiederzusehen, nicht widerstehen können.

„Und mit zweiundzwanzig haben Sie das herausgefunden?" fragte er schließlich.

Antoinette lächelte. „Von Anfang an habe ich gewusst, dass irgendetwas zwischen uns nicht stimmt, aber ich wollte es nicht wahrhaben. Mit zwanzig habe ich geheiratet, mit einundzwanzig bin ich in eine Therapie gegangen. Mit zweiundzwanzig habe ich erkannt, dass meine Unreife und mein Ehemann das Problem waren. Daraufhin habe ich mich scheiden lassen. Mein Mann war in üble Geschäfte verwickelt, und ich war ihm nur als Besitztum wichtig."

„Es gibt gute und schlechte Menschen. Ihr Exmann gehörte anscheinend zur zweiten Sorte. So einfach ist das."

„Nichts ist einfach. Mein Mann war krank. Er musste ins Gefängnis und wird dort psychiatrisch behandelt." Antoinette biss in ein Salatblatt und seufzte genüsslich auf. „Sie glauben gar nicht, wie lange es her ist, dass ich Salat gegessen habe."

„Glauben Sie etwa, dass er sich durch solche Gespräche verändert?"

„Das ist jedenfalls möglich. Wenn ich nicht daran glauben würde, dass Menschen sich ändern können, hätte ich den Beruf verfehlt. Ich kann es nicht ertragen zu sehen, wie jemand leidet. Selbst ein Mistkerl wie mein Exmann tut mir in dieser Hinsicht Leid."

„Woher wollen Sie wissen, dass er leidet?"

„Er lässt sich von Bedürfnissen leiten, die er nicht versteht. Als Kind wurde er nicht geliebt, und er hat gelernt, seine Umwelt zu beeinflussen, damit er etwas von seiner Selbstachtung zurückbekommt."

Sam schüttelte unwillig den Kopf. „Glauben Sie wirklich, dass Menschen Verbrechen begehen, nur weil in ihrer Erziehung etwas falsch gelaufen ist?"

„So einfach ist das nicht, aber in gewisser Weise stimmt es schon. Neben der Erziehung spielen natürlich auch persönliche Veranlagungen eine Rolle."

„Da sitze ich also mit einer großherzigen, mitfühlenden Frau an einem Tisch."

„Und ich esse mit einem engstirnigen, altmodischen Polizisten zu Abend, und trotzdem ist er die beste Gesellschaft, die ich seit langem hatte." Antoinette legte die Hand auf Sams. „Wieso sind Ihrer Meinung nach manche Menschen schlecht?"

„Jedenfalls nicht, weil sie mit der Flasche gestillt oder abgelehnt wurden oder auf die falschen Schulen gingen."

„Sondern?"

Sam blickte auf ihre Hand. Woher kam es, dass es dieser Frau so leicht fiel, andere zu berühren? „Weil sie sich dafür entscheiden, schlecht zu sein."

„Sie glauben, es sei eine bewusste Entscheidung? Einfach so?"

„Ich weiß, dass es so ist."

„Dann müssen Sie die Psychologie ja für absoluten Unsinn halten. In Ihrer Welt gibt es nur Gut und Böse, und die Menschen entscheiden sich, auf welcher Seite sie stehen möchten." Antoinette zog die Hand zurück, als der Kellner das Essen brachte.

Sams Lächeln überraschte sie. Es war das erste Mal, dass sie Sam richtig lächeln sah, und es war umwerfend. Zum Glück berührte sie ihn nicht mehr, sonst hätte er unweigerlich die Wärme gespürt, die sein Lächeln in ihr auslöste.

„Psychologie hat ihren Sinn", stellte er fest, „aber sie darf die Kriminellen nicht als bemitleidenswerte Opfer darstellen. Die Leute, die die Dinge anrichten, mit denen ich tagtäglich zu tun habe, verdienen kein Mitleid. Ich will nur, dass sie ihre gerechte Strafe bekommen."

Antoinette wechselte das Thema, als ihr klar wurde, dass sie beide ihre Standpunkte deutlich gemacht hatten. „Dürfen Sie über den Fall mit ‚Omega Oil' sprechen? Sie sprachen von Verdächtigen."

Sam lachte kurz auf. „Wenn die alle nebeneinander am Mississippi ständen, würde die Schlange bis hinauf nach Minneapolis und wieder zurück reichen."

„Wieso stehen so viele unter Verdacht? Hasst denn jeder ‚Omega Oil'?"

„Es gibt viele Gründe dafür. Der Firma geht es nicht sehr gut. Seit Jahren macht sich die Firmenleitung Feinde bei der Konkurrenz und bei den eigenen Angestellten. Der Preissturz beim Öl hat ‚Omega' stärker zu schaffen gemacht als anderen Firmen. Sie haben unglaublich viele entlassen, und jetzt sind die Schichten so knapp besetzt, dass sich die Leute dort zu Tode schuften."

„Klingt schlimm."

„Im letzten Jahr haben sie bei einem Wirbelsturm ein paar Männer von einer Ölplattform verloren."

„Daran kann ich mich erinnern", warf Antoinette ein. „Aber ich wusste nicht, dass es ‚Omega Oil' war."

„Die Angehörigen und Freunde dieser Männer haben es nicht vergessen. Einer meiner Cousins arbeitet für ‚Omega', deshalb weiß ich das. Im Süden in der Sumpflandschaft ist der Hass auf ‚Omega Oil' groß. Die verunglückten Männer kamen von dort. Eigentlich hätten sie von der Plattform geholt werden müssen, aber die Firmenleitung hielt das nicht für nötig."

„Anscheinend hat halb Louisiana einen Grund, die Firma zu hassen."

„Es kommt noch mehr dazu", fuhr Sam fort. „Vor drei Monaten wurden die Führungspositionen in der Zentrale hier in der Stadt neu besetzt. Viele fühlen sich übergangen oder ausgebootet."

„Sie sind um Ihre Aufgabe nicht zu beneiden." Antoinette schüttelte den Kopf. „Selbst wenn Sie Lauries Retter finden sollten, könnte es immer noch sein, dass ihn jemand anderer nur dafür bezahlt hat, das Gebäude anzustecken."

„Aber wenn er das Feuer gelegt hat, dann ist er für den Tod des Mannes verantwortlich, der darin umkam. Damit ist mein Teil der Aufgabe gelöst." In diesem Moment ertönte aus Sams Jackentasche ein schrilles Pfeifen. Antoinette erkannte den Ton des Rufgeräts. „Entschuldigen Sie mich einen Augenblick. Ich bin gleich zurück."

Der Kellner kam und räumte das Geschirr ab. Er servierte gerade den Kaffee, als Sam wieder an den Tisch kam. Ohne Umschweife sprach er das Thema an. „Antoinette, es ist ein Notfall. Können Sie sich ein Taxi für den Rückweg nehmen?"

Sie nickte, noch bevor sie merkte, dass er bei seinen eigenen Worten den Kopf schüttelte.

„Nein, hören Sie zu. Warum kommen Sie nicht mit? Das wird interessant für Sie."

„Bin ich nicht im Weg?"

„Nein, aber ich muss sofort los." Er zückte seine Brieftasche und legte ein paar Geldscheine auf den Tisch. „Kommen Sie."

Erst im Auto auf der Fahrt zurück ins Stadtzentrum sprach Antoinette wieder. „Könnten Sie mir sagen, wohin wir fahren?"

„Kennen Sie das ‚Tadlows'?"

Antoinette war dort ein paarmal mit Freunden gewesen. Es war eine Bar, in der Geschäftsleute oder die Angestellten des Krankenhauses nach der Arbeit manchmal noch einen Drink nahmen. Sie konnte sich nicht vorstellen, dass dort eine Schlägerei ausbrach.

Sie nickte, und Sam sprach weiter. „Skeeter Harwood, ein Freund von mir, hat mich alarmiert. Er war mit Joshua heute Abend im ‚Tadlows', nachdem Joshua mit der Arbeit im Krankenhaus fertig war. Dann machte ein Gast Ärger, und der Barkeeper bat ihn zu gehen. Plötzlich zog der Mann ein Gewehr und bedrohte alle. Sie kamen sicher ins Freie, aber der Mann hat sich in einem Raum eingeschlossen und droht, er werde jeden erschießen, der versuchen sollte, ihn herauszuholen."

Bei der Vorstellung, dass Joshua in der Bar war, zuckte Antoinette zusammen. „Jeder, der sich einschließt und die Polizei herausfordert, ist ein kranker Mensch. Er klingt selbstmordgefährdet."

Sam lachte spöttisch. „Tut der Mann Ihnen Leid? Ja, sehen Sie denn nicht, dass er genauso gut alle Leute in der Bar hätte erschießen können? Wenn Joshua nicht auf ihn eingeredet hätte, damit er die Leute hinauslässt, dann würden wir jetzt zum Leichenschauhaus fahren."

„Er ist ein kranker Mensch. Das soll nichts entschuldigen, Sam, es ist nur eine Feststellung."

„Muss er erst einen Freund von Ihnen umbringen, damit Sie aufhören, ihn zu bemitleiden?"

Schlagartig war in dem Auto nur noch das leise Schnurren des Motors zu hören, während sie in die Stadt fuhren. „Tut mir Leid", sagte Sam schließlich. „Ich weiß nicht, wieso ich das gesagt habe."

Antoinette hätte ihm den Grund nennen können. Es war die Wut, die er bei der Vorstellung empfand, dass zwei seiner Freunde in der Gewalt dieses Verrückten gewesen waren. „Schon gut", sagte sie ruhig. „Ich kann Sie verstehen."

Sam spürte die Wirkung ihrer Worte in jeder Faser seines Körpers. Ja, wahrscheinlich verstand sie ihn besser als er sich selbst. Sie war der verständnisvollste Mensch, der ihm je begegnet war. Doch mit solchem Verständnis konnte er nicht umgehen. Deshalb nickte er nur knapp.

Antoinette beobachtete Sam, der nur sehr ernst aussah, aber ansonsten keine Gefühle zeigte. Wie weit hat er sich jetzt unter Kontrolle? überlegte sie. Ob er eine Waffe trägt? Hat er sie schon oft benutzt? Was mag er dabei empfinden?

„Wieso hat Skeeter Sie angerufen? Dort muss es doch mittlerweile vor Polizisten wimmeln."

„Er weiß, dass ich am Omega-Fall arbeite."

Interessiert beugte Antoinette sich vor. „Was hat das mit ‚Omega' zu tun?"

„Bevor der Kerl sein Gewehr hervorholte, schimpfte er immer wieder darüber, was ‚Omega' ihm angetan habe. Anscheinend hat man ihn nach zwanzig Jahren kurz vor der Pensionsberechtigung entlassen. Offenbar wartete er auf einen der Firmenleiter, um ihn zu erschießen."

„Meinen Sie, er könnte etwas mit dem Feuer zu tun haben?"

„Möglich wäre es. Vielleicht hat es aber auch gar nichts miteinander zu tun."

„Hat Joshua mit ihm gesprochen, seit er sich eingeschlossen hat?"

„Joshua und die Polizei reden durch die Tür pausenlos auf ihn ein."

„Gut."

Sam sah zwar nicht, was daran so gut war, aber er wollte nicht wieder eine Diskussion vom Zaun brechen. Endlich kamen sie bei der Bar an, und Sam parkte an einem Taxistand.

Vor dem „Tadlows" hatte sich eine Menschentraube angesammelt, direkt vor dem Eingang jedoch war eine Fläche abgesperrt. Dort standen Polizisten in Uniform und Joshua Martane in einem langen Mantel. Sam zog Antoinette mit sich zu einem Mann, der durch seine dunkle Hautfarbe und einen sauber gestutzten Schnurrbart exotisch aussah.

„Was geschieht hier?“ wollte Sam wissen.

„Nichts, seit ich dich angerufen habe.“ Der Mann betrachtete Antoinette von oben bis unten und lächelte dann anerkennend.

„Sie müssen Skeeter sein“, stellte Antoinette fest und erwiderte das Lächeln. „Ich bin Antoinette Deveraux. Ich glaube, ich habe Sie schon an dem Tag getroffen, als Maggie bei der Polizei ihre Aussage machte.“

„Daran kann ich mich auch noch erinnern.“

Antoinette überlegte, ob Skeeter es schaffen würde, sich ohne aufzufallen in einer Menschenmenge zu bewegen. Wahrscheinlich nicht, stellte sie fest. Dazu wirkte er mit dem eindringlichen Blick und dem herzlichen Lächeln viel zu auffallend.

„Skeeter, bleib bei Antoinette. Ich gehe hinein.“

„Sie haben mich mitgenommen, und jetzt werde ich nicht hier zurückbleiben“, widersprach sie selbstbewusst. „Ich werde nicht im Weg sein, aber Joshua könnte meine Hilfe brauchen.“

Sam hatte nicht die Zeit, um zu streiten. Wenn es gefährlich wurde, würde er sie wegschicken, und sie würde es nicht wagen zu widersprechen.

Sie wurden von zwei Polizisten angehalten, die sie erst durchließen, als sie Sam erkannten. Joshua stand direkt an der Tür und sprach offensichtlich mit dem Mann.

„Erreicht er etwas?“ wollte Sam von dem Polizisten wissen, doch bevor der antworten konnte, drehte Joshua sich um und erkannte Sam und Antoinette. Er sagte ein paar Worte zu dem Mann in der Bar und kam auf sie zu.

Joshua war noch größer als Sam und wirkte eher wie ein Preisboxer als ein Psychologe. Seine Gesichtszüge waren nicht so schön wie Sams, dennoch besaß auch er eine magische Anziehungskraft auf Frauen. Er nickte Antoinette kurz zu, bevor er sich an Sam wandte.

„Er will nicht nachgeben. Sagt, dass er jeden umbringt, der versucht, ihn da rauszuholen.“

„Ein richtig netter Mensch.“

„Er hört mir überhaupt nicht zu. Ich habe eine Psychologin

alarmieren lassen, weil er vielleicht eher auf eine Frau hört, aber sie trägt kein Rufgerät bei sich. Es kann noch dauern, bis man sie erreicht."

„Ich werde selbst mit ihm reden", beschloss Sam.

„Lassen Sie mich es versuchen." Antoinette wartete ab, bis beide Männer sie anblickten. Sam konnte sich anscheinend nur mit Mühe beherrschen. „Sam, Sie sind ein Mann und obendrein noch wütend auf ihn. Das hört man aus jedem Ihrer Worte. Lassen Sie mich das machen. Ich habe die Ausbildung und weiß, was geschehen ist."

„Mischen Sie sich nicht ein, Antoinette." Sams Stimme war eiskalt.

Joshua blickte die beiden nachdenklich an. „Ich weiß nicht, was hier vorgeht", sagte er, „aber Antoinette hat in einer Sache Recht. Du klingst viel zu wütend, um bei dem Kerl etwas ausrichten zu können. Du wirst ihn nur noch mehr aufregen, und dann ist er unberechenbar. Abgesehen davon bin ich wirklich davon überzeugt, dass eine Frau ihn eher zum Zuhören bringt."

„Deswegen werde ich trotzdem nicht zulassen, dass Antoinette ihr Leben aufs Spiel setzt."

„Das Risiko ist nicht groß. Offen gesagt, glaube ich, dass er höchstens sich selbst umbringt", erwiderte Joshua ruhig. „Und wenn Antoinette das verhindern kann, sollten wir ihr die Chance geben."

„Es ist in Ordnung, Sam", sagte Antoinette und griff nach seiner Hand. „Ich werde aufpassen, und ich weiß genau, was ich tue."

Wie beruhigend ihre Berührung ist, dachte Sam. Gleichzeitig wusste er, dass er sie gehen lassen musste. Und noch etwas wurde ihm in diesem Moment klar.

Wenn sie sich das nächste Mal berührten, würde er selbst den ersten Schritt dazu tun, und es würde nicht bei einer flüchtigen Berührung bleiben.

5. KAPITEL

„Hat er dir seinen Namen verraten?" fragte Antoinette Joshua.

„Howard Fauvier."

„Hat er etwas von Familienangehörigen erzählt, die wir anrufen könnten?"

„Seine Frau starb letztes Jahr. Sie hatten keine Kinder. Sonst hat er nur über ‚Omega Oil' gesprochen. Ich nehme an, Sam hat dir davon erzählt."

Antoinette nickte und ging auf die Tür zu. Sofort war Sam an ihrer Seite und begleitete sie. Joshua beobachtete sie von der Absperrung aus.

Obwohl sie keine Angst hatte, genoss Antoinette das Gefühl, Sam neben sich zu wissen. Wahrscheinlich genoss sie es schon viel zu sehr. Sam winkte die beiden Polizisten von der Tür weg und stellte sich so vor Antoinette, dass sie vor möglichen Schüssen gedeckt war.

„Mr. Fauvier?" Antoinette wartete eine Zeit lang auf eine Antwort. „Mr. Fauvier, mein Name ist Antoinette Deveraux, und ich bin eine Freundin des Mannes, mit dem Sie eben gesprochen haben. Ich würde gern mit Ihnen sprechen."

Das Grunzen hinter der Tür klang kaum menschlich. Antoinette hätte viel darum gegeben, jetzt das Gesicht des Mannes zu sehen, um ihn besser einschätzen zu können.

„Ich dachte, Sie möchten vielleicht darüber reden, weshalb Sie so wütend sind", fuhr sie ruhig fort. „Manchmal hilft es, darüber zu reden." Unwillkürlich ging sie noch näher an die Tür heran, und sofort spürte sie, dass auch Sam sich näher an sie drückte. Ein angenehmes Gefühl der Wärme und Geborgenheit durchströmte sie.

„Ich glaube nicht, dass Sie irgendjemanden verletzen wollen", rief Antoinette in die Richtung der Tür. „Ich denke, Sie wollen auf etwas hinweisen. Aber wenn Sie nicht mit mir reden, wird niemand verstehen, was Sie den Leuten auf diese Weise sagen wollen."

„Gehen Sie weg!"

Antoinette fühlte sich durch diese Worte ermutigt, mochten sie auch noch so feindselig klingen. „Ich habe gehört, dass Sie Ihre Frau und Ihren Job im vergangenen Jahr verloren haben“, fuhr sie fort. „Es muss sehr schwer sein, damit fertig zu werden.“

Der Mann schwieg.

„Sie vermissen Ihre Frau sicher schrecklich. Wie lange waren Sie verheiratet?“

Hinter der Tür war ein Geräusch zu hören. Es klang wie ein Schluchzen.

„Ich habe nie jemanden verloren, der mir so nahe stand“, sprach sie weiter und versuchte den Kummer des Mannes nachzuempfinden. „Ich würde lügen, wenn ich behauptete, dass ich weiß, wie Sie sich jetzt fühlen. Aber ich glaube, ich habe eine Ahnung davon, was in Ihnen vorgeht.“

Sam umfasste ihren Arm, als wolle er nicht, dass sie so mitfühlend mit dem Mann sprach.

„Gehen Sie weg! Lassen Sie mich allein!“

Ohne nachzudenken versuchte Antoinette, noch näher an die Tür zu gehen, als könne sie dadurch besser auf den Mann einwirken, doch Sam hielt sie zurück. „Mr. Fauvier“, sagte sie und versuchte Sams Hand abzuschütteln. „Ich weiß, dass Sie Ihre Frau geliebt haben. Und als sie starb, müssen Sie verzweifelt gewesen sein. Dann wurden Sie entlassen, nachdem Sie all die Jahre für ‚Omega Oil‘ gearbeitet haben. Sie haben ein Recht, enttäuscht zu sein und sich aufzuregen.“

Am Tonfall des Mannes hörte sie, dass er weinte. „Ich habe nichts mehr. Gar nichts!“

Antoinette fragte sich, ob sie jemals ungerührt bleiben würde, wenn sie menschliches Elend erlebte. Gefühlsmäßig erkannte sie, dass Mr. Fauvier, wie viele andere verzweifelte Menschen auch, nur jemanden suchte, der ihn von seinem Weg der Selbstzerstörung wegführte. Und genau das würde sie versuchen.

Sie bemühte sich, diese Gefühle in ihrer Stimme mitklingen zu lassen. „Hören Sie mir zu. Ich glaube, dass Sie ein Mann sind, der nie jemandem etwas zu Leide getan hat. Und dann plötzlich erleben

Sie zwei harte Schicksalsschläge. In so einer Lage würde jeder wütend werden."

„Ich bin nicht wütend", widersprach er mit fast flehend klingender Stimme. „Ich bin ein Killer. Hat Ihnen das niemand dort draußen gesagt?"

„Nein, niemand hier glaubt, dass Sie ein Killer sind. Ich glaube, dass Sie ein liebevoller Ehemann und ein guter Angestellter waren. Sie versuchen gegen Ihr Schicksal zu kämpfen, aber dafür gibt es bessere Wege."

„Mir bleibt keine andere Wahl", stieß Howard Fauvier hervor.

„Erinnern Sie sich, wie Sie sich fühlten, bevor das alles geschah?" fragte Antoinette. „Sie waren glücklich und zufrieden und haben sich auf jeden neuen Tag gefreut, stimmt's?" Aus dem Augenwinkel sah sie, wie Sam spöttisch den Mund verzog. Seiner Meinung nach war das hier alles Zeitvergeudung.

„Ja, ich erinnere mich."

„Wenn Sie sich helfen lassen, werden Sie sich wieder so fühlen", versprach sie. „Ich habe das schon bei sehr vielen Menschen erlebt. Mit etwas Hilfe können Sie ganz neu anfangen. Ihr Leben wird anders sein, aber Sie können wieder glücklich werden."

„Ich weiß nicht, was mit mir los ist."

„Mr. Fauvier", sagte sie sanft. „Jeder von uns muss kämpfen, wenn es ihm schlecht geht. Aber man braucht nicht viel Mut, um sich selbst oder jemand anderen umzubringen. Dagegen erfordert es Mut zuzugeben, dass man Hilfe braucht." Dann fuhr sie fort, dem Mann zuzureden, dass er sich helfen lassen und nicht aufgeben solle. Die Minuten kamen ihr endlos vor, während sie den Mann davon abzuhalten versuchte, sich umzubringen.

Schließlich schluchzte der Mann hemmungslos auf. „Wenn ich jetzt herauskomme, wird die Polizei mich dann erschießen?" fragte er ängstlich.

„Nein. Niemand will Sie erschießen", versicherte sie ihm. „Neben mir steht ein Freund von mir. Er ist Polizist, und wenn Sie bereit sind, wird er Ihnen genau sagen, was Sie zu tun haben. Ich bleibe hier und sorge dafür, dass Ihnen niemand etwas tut."

„Die Welt wäre ohne mich besser dran."

„Ohne Sie wäre die Welt um einen wertvollen Menschen ärmer." Atemlos lauschte Antoinette auf das Schweigen, während Sam neben ihr langsam ungeduldig wurde.

„Ich brauche Hilfe", gab Mr. Fauvier schließlich zu.

Sie entspannte sich ein bisschen. „Die werden Sie bekommen, das verspreche ich Ihnen."

„Ich möchte herauskommen."

„Das weiß ich. Sind Sie bereit, mit Sergeant Long zu sprechen?"

„Werden Sie da sein, wenn ich herauskomme?"

„Ich rühre mich nicht vom Fleck."

Sam trat einen Schritt vor. „Wir machen das jetzt ganz einfach", sagte er mit kühler Stimme. „Sie legen das Gewehr auf den Boden und schließen die Tür auf. Öffnen Sie sie einen Spalt und schieben Sie die Waffe mit dem Fuß durch den Spalt. Ich komme dann unbewaffnet zu Ihnen herein. Auf diese Weise kann niemandem von uns etwas geschehen."

Wieder herrschte lange Zeit Schweigen. Dann hörten sie, wie ein Schlüssel im Schloss gedreht wurde. Die Tür öffnete sich einen Spalt, und kurz darauf wurde ein Gewehr nach draußen geschoben.

Antoinette atmete erleichtert auf, und die Leute ringsum klatschten Beifall.

„Ich komme jetzt hinein", kündigte Sam an. „Heben Sie die Hände über die Kopf, damit ich sehe, dass sie leer sind. In ein paar Sekunden ist alles vorbei." Er öffnete die Tür.

Antoinette wartete, doch von drinnen hörte man nichts. Schließlich ging sie auch hinein und sah, wie Sam einem kleinen älteren Mann Handschellen anlegte.

„Ist das nötig?" fragte sie Sam leise.

„Auf jeden Fall."

„Sie werden alle Hilfe bekommen, die Sie benötigen", versicherte sie Mr. Fauvier. „Sie haben genau das Richtige getan."

Mr. Fauvier wischte sich mit einem Ärmel die Augen trocken.

Als noch mehr Polizisten in die Bar strömten, legte sie dem Mann beruhigend die Hand auf den Arm. Überrascht blickte er zu ihr auf, während Sam missbilligend die Augenbrauen zusammenzog.

„Sie werden es schaffen", sagte sie sanft. „Es wird nicht leicht, aber Sie haben einen Anfang gemacht."

Er drehte den Kopf weg, und Antoinette sah, wie ihm Tränen über das Gesicht liefen. „Ich besuche Sie, wenn Sie sich etwas gefangen haben", versprach sie ihm.

„Kommen Sie", sagte Sam und zog Mr. Fauvier am Arm mit sich. „Ich lese Ihnen jetzt Ihre Rechte vor und bringe Sie auf die Wache."

Antoinette blickte ihnen nach. Der Barbesitzer kam wieder herein, und sie ging hinaus, um sich von Joshua und Skeeter zu verabschieden.

„Hallo Tootsie!" Antoinette war es egal, dass ihr Rock gleich mit Hundehaaren bedeckt sein würde. Angeblich sollten Schäferhunde nicht haaren, wenn man sie regelmäßig bürstete. Antoinette zog es vor, sich jeden Morgen etwas Zeit zu nehmen, um ihre Kleidung abzubürsten.

Jetzt kniete sie sich hin und bereitete sich auf Tootsies Überfall vor.

„Hast du mich vermisst? Ist Cathy mit dir spazieren gegangen?" Sie erduldete Tootsies feuchte Begrüßung, dann stand sie auf und sah in die Küche, um sicherzugehen, dass das Nachbarmädchen den Hund am Nachmittag gefüttert und ausgeführt hatte.

Später saß sie im Bademantel auf dem Sofa. Mit geschlossenen Augen versuchte sie sich zu entspannen. Tootsie lag neben ihr und hatte den Kopf auf Antoinettes Schoß gelegt. Einen anstrengenden Tag wie diesen beendete man am besten mit einer Zigarette und Rückenkraulen. Eine Zigarette hatte sie seit über einer Woche nicht mehr geraucht, und die letzten Zärtlichkeiten von einem Mann lagen noch viel länger zurück.

Antoinette tat sich Leid. Sie konnte mittlerweile Bücher über den Zusammenhang von Zigarettenentzug und Selbstmitleid schreiben, und das alles aus eigener Erfahrung.

Sie öffnete die Augen und sah Tootsie an. Es wurde Zeit, dass sie das Leben mit jemandem teilte, der nur zwei Beine hatte.

Als es an der Tür klingelte, wedelte Tootsie lediglich mit der Schwanzspitze und stellte die Ohren auf. Abgesehen davon blieb die Hündin reglos liegen.

„Ein toller Wachhund bist du", schimpfte Antoinette, schob Tootsie zur Seite und ging zur Tür. Sie zog den Bademantel fester zu und blickte aus dem Fenster. Zwischen den Topfblumen auf der Veranda stand Sam Long, immer noch im blauen sportlichen Anzug. Allerdings hatte er die oberen Knöpfe des Hemds geöffnet, und das Haar war vom Wind zerzaust. Antoinette gestand sich ein, dass er fantastisch aussah, dann machte sie die Tür auf und bat ihn herein.

Sam lächelte nicht. „Haben Sie geschlafen?"

„Ich glaube nicht, dass ich in den nächsten Stunden zur Ruhe komme."

„Das glaube ich Ihnen gern."

„Ist Mr. Fauvier jetzt im Gefängnis?"

„Bis morgen. Dann wird entschieden, was mit ihm geschieht."

Antoinette drehte sich um. Sie hörte, dass Sam ihr ins Wohnzimmer folgte. Dort wandte sie sich ihm wieder zu. „Kann ich Ihnen etwas anbieten? Kaffee oder einen Drink?"

„Ich nehme ein Bier, wenn Sie das haben."

Antoinette ging in die Küche und holte eine Flasche und ein Glas. Als sie zurückkam, saß Sam auf dem Sofa und wurde von Tootsie fast erdrückt.

„Ich hätte Sie warnen sollen. Jetzt wird sie Sie nicht mehr in Ruhe lassen."

Sam schmunzelte. Bis heute Abend hatte er noch keine Frau gesehen, die ungeschminkt und im Bademantel so schön und erotisch aussah. Dabei erkannte er, dass er sich etwas vormachte, wenn er sich einredete, er wolle sich lediglich bei ihr bedanken. Er wollte mehr von ihr.

Er griff nach ihrer Hand, in der sie das Bier hielt. „Setzen Sie sich doch zu mir."

Antoinette spürte Sams Finger nur am Handgelenk, doch ihr ganzer Körper reagierte auf die Berührung. Sie fühlte sich einsam, erschöpft und traurig. Wie gern würde sie sich an diesen Mann anlehnen! „Ich glaube, das ist keine gute Idee", sagte sie ehrlich.

Sam bat sie nicht länger, sondern zog sie einfach zu sich. „Ich weiß auch nicht, ob es eine gute Idee ist", gab er zu.

Tootsie begriff anscheinend, dass sie störte, und verschwand in der Küche. Da jetzt genügend Platz auf dem Sofa war, wusste Antoinette nicht, was sie erwidern sollte, stellte das Bier ab und setzte sich neben Sam. Als er den Arm um sie legte, lehnte sie den Kopf an seine Schulter. Sie spürte, wie er mit den Fingerspitzen leicht über ihren Kopf strich.

Von Anfang an hatte sie den Mann in Sam Long gesehen, obwohl sie mit ihm nur in seiner Rolle als Polizist zu tun hatte. Dennoch hatte die ganze Zeit über zwischen ihnen eine sexuelle Spannung geherrscht. Wenn sie ihn berührte, hatte sie sich eingeredet, sie täte es, um ihn zu beruhigen, aber jetzt musste sie ehrlich sein. Eigentlich hatte sie sich nach Geborgenheit gesehnt, doch jetzt wollte sie von Sam umarmt und geküsst werden. Sie sehnte sich danach, sich einem wilden Verlangen hinzugeben, das sie schon viel zu lange nicht mehr gespürt hatte.

„Ich muss den Verstand verloren haben." Sie zog sich gerade in dem Moment zurück, als sie Sam das Gesicht zuwandte.

„Ich weiß, was jetzt in dir vorgeht."

„Ich kenne dich gar nicht richtig."

„Dagegen tun wir doch gerade etwas."

„Siehst du? Ich wusste nicht einmal, dass du Sinn für Humor hast." Sie zog die Knie hoch und lehnte sich an Sam an.

Sam streichelte weiter ihr Haar. „Weißt du, dass ich dich schon an dem Tag küssen wollte, als du mit der Zigarettenschachtel gesprochen hast?"

Antoinette hatte gewusst, dass auch er sich zu ihr hingezogen fühlte, dennoch tat es ihr gut, dass er es offen zugab. „Ich freue mich." Sie versuchte die Unterhaltung etwas aufzulockern. „So, du stehst also auf verrückte Frauen."

„Nur, wenn sie schwarze Haare und blaue Augen haben." Er strich ihr über die Wange. „Und samtweiche Haut."

Sie schmiegte ihre Wange an seine Handfläche. „Es ist lange her, dass mich jemand geküsst hat."

„Wie kommt das?"

„Weil ich es nicht wollte."

„Und jetzt?"

„Jetzt will ich es schon, aber ich kenne den Mann gar nicht. Er ist Polizist und benimmt sich auch so. Doch hin und wieder schimmert der Mensch in ihm durch. Er mag Kinder, kann es nicht ertragen, dass jemand leidet, und würde sein Leben für die Gerechtigkeit aufs Spiel setzen. Abgesehen davon weiß ich nichts über ihn." Sie rückte ein Stück weg und sah ihn an. „Aber ich will dich kennen lernen."

„Und du brauchst diese ganzen Informationen, bevor du dich küssen lässt?" Sam zog sie wieder an sich.

„Weil ich glaube", fuhr sie fort, „dass ein Kuss bei diesem Mann nur der Anfang ist."

„Wollen wir es nicht darauf ankommen lassen?" Er umarmte sie und drückte sie an sich, bis ihr Gesicht direkt vor ihm war. Sie schloss die Augen und schmiegte sich an ihn. Als Sam diese Hingabe sah, küsste er Antoinette.

Wie sehr hatte er sich selbst betrogen! Er hatte sie küssen und berühren wollen, um zu beweisen, dass sie genau wie alle anderen Frauen war. Doch jetzt erkannte er das Gegenteil. Nie zuvor hatte eine Frau mit dieser Leichtigkeit seine abweisende Haltung durchbrochen und seine Lebensgrundsätze ins Wanken gebracht.

Antoinette seufzte auf und gab sich ihren Empfindungen hin. Sie tat genau das Richtige. Was nützte es, alles im Leben genau erklären zu wollen, wenn sie Sams Anziehungskraft vielleicht nie ganz verstehen würde? Es war ihr egal.

Als er den Kuss vertiefte, genoss Antoinette das Gefühl. Sie sah keinen Sinn darin, sich zu wehren oder zu zweifeln. Sie legte die Arme um seinen Nacken, und Sam zog sie an sich, bis sie auf seinem Schoß saß. Mit den Händen fuhr er ihr durchs Haar und streichelte ihr Gesicht. Sie spürte seine Zungenspitze an den Lippen und öffnete den Mund.

Sam ließ ihr Haar durch die Finger gleiten. Alles an dieser Frau machte ihn wahnsinnig vor Leidenschaft. Ihr Haar, ihre Haut, ihr Mund. Er traute den Gefühlen nicht, die sie in ihm auslöste. Sam konnte mit einer Frau schlafen, ohne innerlich den Abstand zu verlieren. Bei Antoinette hatte er schon bei diesem einen Kuss das Gefühl, ihr sein Innerstes zu offenbaren. Noch dazu sehnte er sich unbändig nach mehr.

Antoinette war es, die den Kuss unterbrach. Sie zog sich zurück und blickte forschend in Sams Gesicht. Mit einem Finger strich sie ihm über die Wange und das Grübchen in seinem Kinn. „Das fühlte sich wie ein Anfang an."

„Musst du alles zerpflücken?" Sam sog mit den Lippen an einer ihrer Fingerkuppen.

„Musst du über alles hinwegsehen?" Sie beugte sich vor und küsste ihn leicht auf die Stirn.

„Willst du sagen, ich hätte dich nicht beachtet?" Wieder drückte er sie an sich und konnte ihre Brüste spüren. Augenblicklich reagierte sein Körper so stark, dass Sam fast aufgestöhnt hätte.

„Dein Bier wird warm." Antoinette versuchte wegzurücken, doch Sam hielt sie fest.

„Wenn du jetzt gehst, war der Anfang schon das Ende."

„Ich gehe nur so weit weg, dass du nichts Dummes machst, und ich bleibe so nahe, dass du nicht vergisst, was wir gemacht haben." Diesmal ließ er sie los. Sie goss ihm Bier ein und reichte ihm das Glas, bevor sie sich bequem zurücklehnte.

„Und was jetzt?" fragte Sam und prostete ihr vor dem ersten Schluck zu.

Ja, was jetzt? In Antoinettes Kopf drehte sich alles, und ihr Körper fühlte sich vollkommen willenlos an. Das Gefühl kannte sie von der Hypnose gut. Sie war entspannt, aber sehr empfänglich. Und durch die leichte Trägheit hindurch spürte sie die Nähe des Mannes neben sich so deutlich, als sei er ein Teil von ihr.

„Erzähl mir von dir", bat sie schließlich.

„Wie viel musst du denn wissen, um sicherzugehen, dass du keinen Fehler machst?“

„Das werde ich dann schon erkennen.“

Unbewusst nahm er eine ihrer Haarsträhnen und drückte sie sich an die Wange. „Ich bin im Irish Channel, dem irischen Viertel von New Orleans, geboren und aufgewachsen. Joshua, Skeeter und ich sind seit unserer Kindheit Freunde. Man sagt, ich sei als Kind nicht zu bändigen gewesen. Mein Vater hat sein Leben in Kneipen verbracht, und meine Mutter hat entweder gearbeitet, oder sie war in der Kirche beten. Ich habe mich auf der Straße herumgetrieben.“

Antoinette legte ihm eine Hand auf die Schulter und rückte ein Stück näher.

„Irgendwann hat Joshua angefangen, in einer Mannschaft von der Kirche Basketball zu spielen. Ich hatte dazu keine Lust und habe mich mit Leuten herumgetrieben, gegen die Joshua und Skeeter wie Heilige wirkten. Mein Vater hat trotz Alkohol irgendwann erkannt, was mit mir geschah, und meine Mutter hat mich dann zu ihrem Bruder Claude in das Sumpfgebiet geschickt.“

„Und du bist gegangen?“

„In nüchternem Zustand war mit meinem Vater nicht zu scherzen.“ Sam schmunzelte leicht. „Ich ging und blieb zwei Jahre. Das waren die besten Jahre meines Lebens.“ Er schwieg und trank sein Bier zu Ende.

„Willst du mir nicht von diesen Jahren erzählen?“ Antoinette strich ihm über die Wange.

Sam erkannte, dass er über diese Zeit noch mit niemandem gesprochen hatte. Bisher hatte er auch noch niemanden getroffen, der die Gefühle richtig hätte einschätzen können, die er mit dieser Zeit verband. Die Tatsache, dass Antoinette ihn verstehen würde, ließ ihn nur noch vorsichtiger werden.

„Da gibt es nicht viel zu erzählen“, sagte er nach einer Zeit. „Die Seite meiner Verwandtschaft mütterlicherseits ist Cajun-Französisch. Sie haben schon immer dort im Sumpf gelebt. Meine Mutter wurde von der Familie verstoßen, als sie meinen Vater heiratete. Siebzehn Jahre später, als sie ihnen meinetwegen schrieb, haben sie ihr verziehen und mich aufgenommen. Mein Vater fuhr mich damals dorthin, während meine Mutter aus Stolz zu Hause blieb."

„Hat sie sich jemals mit ihnen versöhnt?"

„Nein, sie starb, während ich im Sumpf war. Ich fuhr zur Beerdigung nach New Orleans und beschloss, hier zu bleiben. Mittlerweile hatte ich eine andere Sicht vom Leben." Er machte eine kurze Pause. „Ich arbeitete, ging zur Schule und bekam danach eine Stelle bei der Polizei. Seitdem bin ich hier."

Antoinette überdachte, was er ihr erzählt hatte, und freute sich, obwohl sie die Lücken in der Geschichte erkannte. „Wirst du mir eines Tages auch den Rest erzählen?"

„Wozu?"

Welches Misstrauen in dieser einen Frage lag! Sie schüttelte den Kopf. „Wir sind so verschieden. Das ist doch wirklich verrückt, oder nicht?"

Sam schob sie zur Seite, stand auf und ging auf und ab. Sie wussten beide, warum er jetzt Abstand suchte.

„Jetzt will ich dir mal sagen, was diese Wohnung hier über dich aussagt", wechselte er das Thema.

Interessiert wandte Antoinette sich ihm voll zu. „Ich bin gespannt."

Sam blickte sich noch einmal um. „Hier ist alles handgemacht. Diese Landschaft", er wies auf ein Aquarell, „ist ein Original. Und diese Vase hier ist von Hand getöpfert. Du musst alles verstehen, was dich umgibt. Es muss dich ansprechen. Es muss wirklich sein. Deine Möbel sind zusammengewürfelt. Du hast sie gekauft, wenn dich die Lust dazu überkam." Sam ging umher.

„Hier stehen alte wertvolle Möbel neben sehr modernen. Die Antiquitäten zeigen deine Herkunft, die modernen Möbel sind dein Versuch, daraus auszubrechen. Die Farben sind kühl und weiblich, mit warmen Untertönen. Es darf nicht zu viel sein, aber man kann es nicht übersehen. Pflanzen machen dein Zuhause lebendig, und nicht genug damit, du hast noch einen Hund, der genauso gern berührt wie du."

Antoinette lachte laut auf, und er sah sie wieder an.

„Du bist nicht sehr gesellig“, sprach er weiter.

„Wie kommst du darauf?“

„Ein Sofa, ein Sessel, nur zwei Stühle am Tisch. Keine Bar, kein Gläserschrank, nicht viel Platz für eine Party.“

„Und was sagt das aus?“

„Du kannst in einer Menge nicht jedem so viel Aufmerksamkeit schenken, wie du gern möchtest. Am glücklichsten bist du, wenn du nur einen Gast hast.“

„Absolut ins Schwarze getroffen!“

„Du machst den Leuten mit deiner Ehrlichkeit und deinem Drang, sie völlig zu kennen, Angst.“

„Sprechen wir jetzt über mich oder dich?“ Antoinette ging zu ihm hinüber

Sam legte ihr die Hände auf die Schultern. Sie hatte den Kopf wieder zur Seite geneigt, und so wusste er, dass sie sich voll auf ihn konzentrierte. Merkwürdigerweise verunsicherte ihn das. Diese Nähe und Wärme, die sie ausstrahlte, wollte er nicht.

„Ich habe keine Angst vor dir, Antoinette. Aber ich will nicht, was du mir anbietest.“

Unwillkürlich öffnete sie die Augen weiter und atmete tief ein. „Ich habe nicht bemerkt, dass ich irgendetwas angeboten habe“, sagte sie leise.

„Lass mich dir von dem Ort erzählen, an dem ich lebe“, erwiderte er eindringlich. „Es ist immer noch das Haus, in dem ich aufgewachsen bin, allerdings gehört es jetzt mir und nicht irgendeinem Vermieter. Es ist ein altes großes Haus mit drei Wohnungen. Ich lebe in der kleinsten. Außer kaputten Glühbirnen habe ich noch nichts ausgewechselt, seit ich dort eingezogen bin. Die Wohnung sagt nichts über mich aus.“

„Und willst du so den Rest deines Lebens verbringen?“

„Ich habe nicht vor, etwas zu verändern.“

„Dann sag mir, weshalb du hier bist.“

Sam war gekommen, weil es ihm unmöglich war, sich von ihr fern zu halten. Jetzt erkannte er, dass es ein Fehler gewesen war, es nicht stärker zu versuchen. Seine Stimme war rau. „Ich finde dich attraktiver als jede andere Frau, die ich getroffen habe. Wir sind beide erwachsen. Du kennst die Antwort."

„Dann ist es Sex." Abwartend sah sie ihn an.

„Ich schäme mich nicht dafür, dass ich dich begehre." Er kam dichter zu ihr und hielt sie in den Armen.

„Nein? Was soll dann die Warnung?"

„Ich will keine Beziehung. Ich möchte mit dir schlafen, aber wenn wir keine Lust mehr haben, möchte ich, dass wir uns als Freunde trennen."

„Und wenn du gehen möchtest, ich aber nicht?"

Sein Gesicht war direkt vor ihr, und sie blickte ihn offen und fragend an. „Das darf nicht geschehen", antwortete er. „Dazu dürfen wir es nicht kommen lassen."

Sie legte ihm die Arme um den Nacken, hielt ihn aber gleichzeitig auf Distanz. „Sam", flüsterte sie. „Sieh mich an. Ich habe seit meiner Scheidung mit keinem Mann geschlafen. Denkst du, ich könnte mich dir jetzt hingeben, nach dem, was du gesagt hast? Warum sollte ich mich quälen?"

Sam hatte mit ihrer Zurückweisung gerechnet, doch er hatte nicht geahnt, dass sie so verletzlich wirken würde und dass sie seit sechs Jahren mit keinem Mann geschlafen hatte. Jedenfalls wusste er, es war richtig von ihm gewesen, so offen zu sprechen. „Viele Männer würden liebend gern die Versprechungen machen, die ich nicht geben kann. Worauf wartest du?" fragte er jetzt völlig direkt.

Auf einen Polizisten mit Augen wie ein Wintertag? Auf einen Mann, der beschützen und herausfordern konnte? Jemanden, der genau das brauchte, was sie geben konnte? „Auf einen Mann, den ich lieben kann", sagte sie einfach. „Mehr nicht."

„Dann sei froh, dass wir uns ausgesprochen haben."

Sie zog seinen Kopf zu sich und gab sich dem letzten Kuss hin, den sie mit diesem Mann teilen würde. Wenn er ihnen beiden schon keine Chance geben wollte, so sollte er sich wenigstens immer daran erinnern, was ihm entgangen war.

Mit den Lippen und der Zunge erforschte sie seinen Mund. Sie wollte jeden Winkel erkunden. Sie hielt nichts von ihren Empfindungen zurück und war von der Mischung aus Trauer und Lust überrascht. Sie presste sich an ihn und wusste, wie gut sie zusammenpassten.

Als sie die Lippen öffnete, drang Sam mit der Zunge in sie ein. Gleichzeitig zog er sie an sich, bis sie sein körperliches Verlangen deutlich spüren konnte. Sie fühlte, wie sich ihre Brustspitzen aufrichteten und sie von einer Hitze durchströmt wurde, die sie erbeben ließ.

Antoinette krallte sich in Sams Haar fest und suchte nach einem Weg, um ihm noch näher zu sein. Am liebsten wollte sie diesen Kuss niemals enden lassen.

Sam hob schließlich den Kopf, trat einen Schritt zurück und löste ihre Arme von seinem Nacken. Schwer atmend ging er zur Haustür, trat hinaus und zog die Tür hinter sich zu.

Antoinette stand reglos da und sah ihm nach. Und fragte sich, ob sie jemals wieder glücklich sein würde.

6. KAPITEL

Antoinette zog sich einen smaragdgrünen Pullover über den Kopf und betrachtete sich zufrieden im Spiegel. Sie trug einen Rock in derselben Farbe und passende Ohrstecker. Beim Einsetzen der Stecker merkte sie, wie aufgeregt sie war. Es war der Samstag vor dem St. Patricks-Tag, und vor zwei Wochen hatte sie Sam Long zum letzten Mal gesehen.

In dieser Zeit hatte sie oftmals gehofft, er würde anrufen, doch das hatte er nicht getan. Dann hatte sie vor zwei Tagen Joshua im Krankenhaus getroffen, als sie Mr. Fauvier besuchte, der aus dem Gefängnis in die psychiatrische Abteilung verlegt worden war. Joshua und Maggie veranstalteten am frühen Abend der traditionellen St. Patricks-Parade eine Party und luden Antoinette dazu ein.

Ohne lange nachzudenken hatte Antoinette eingewilligt. Erst später war ihr aufgegangen, dass Sam wahrscheinlich auch kam. Doch sie hatte bereits zugesagt, und ihr Stolz verbot ihr, wegen Sam auf eine Party zu verzichten. Immerhin hatten sie beide sich nur geküsst. Es gab keinen Grund, die Einladung nicht anzunehmen.

Jetzt hielt sie einen Moment inne und zwang sich dazu, sich zu entspannen. Durch Sam Long durfte sie sich nicht aus der Ruhe bringen lassen.

Die Fahrt zu Joshua und Maggie gab ihr Zeit, sich zu überlegen, was sie zu Sam sagen sollte, falls sie ihn traf. Sie würde ihn nach Laurie und dem Omega-Fall fragen. Freundlich, aber nicht zu herzlich. Abgesehen von der gemeinsamen Freundschaft zu den Martanes hatten Sam und sie keine Verbindungspunkte. Dennoch war New Orleans klein genug, dass sie sich durch Zufall irgendwo begegnen konnten. Warum dann nicht jetzt, wo sie Gelegenheit hatte, sich darauf vorzubereiten?

Die Straßen des Irischen Viertels waren bereits voll geparkt, und Antoinette musste den Wagen ein paar Blocks weiter weg abstellen. Auf dem Weg zum Haus der Martanes bewunderte sie die mit Bändern, Girlanden und Ballons geschmückten Häuser. Dieses ehemalige Arbeiterviertel war im letzten Jahrhundert entstanden und damals von irischen Einwanderern bewohnt. Heutzutage lebten hier Menschen aller Nationalitäten.

Das Haus der Martanes war wie viele andere auch im Lauf der Jahre durchrenoviert worden. Antoinette blieb am Gartenzaun stehen, um die Erneuerungen am Haus zu bewundern. Die zwei Stockwerke wurden durch einen Balkon und eine Veranda aufgelockert, und der gepflegte Garten wirkte auch zu dieser Jahreszeit freundlich.

„Antoinette!“ Maggie kam aus dem Haus und trug Bridget auf dem Arm.

„Ich bewundere gerade, was ihr aus dem Haus gemacht habt.“ Antoinette schob das Gartentor auf und ging auf das Haus zu.

„Warst du schon so lange nicht mehr hier?“ Maggie gab ihr einen flüchtigen Kuss auf die Wange. Bridget griff staunend nach Antoinettes Haar. „Nein, Bridget, nicht daran ziehen“, sagte Maggie und löste die Strähnen wieder aus der Kinderhand.

„Komm her, Bridget, dann kannst du mit meinen Haaren spielen“, bot Antoinette an. Das kleine Mädchen zögerte nur kurz, dann streckte es die Hände nach Antoinette aus.

„Sie sieht dir sehr ähnlich“, stellte Antoinette fest, als sie Bridget auf den Arm nahm. Genau wie Maggie hatte auch Bridget braune Locken, große blaue Augen und ein herzförmiges Gesicht. Heute waren sie sogar gleich angezogen und trugen grüne Kleider.

„Wenn sie wie ich aussieht, dann nehme ich das als Kompliment.“ Maggie lachte. „Sie ist das niedlichste Kind, das jemals geboren wurde.“

„Einverstanden“, stimmte Antoinette ernsthaft zu. Dann setzte sie die Kleine ab, und das Kind lief ins Haus. „Sie ist schon so groß. Wie schnell sie wächst!“

„Ich sehe sie ja jeden Tag, und trotzdem finde ich, dass sie sich ständig verändert“, gab Maggie zu.

„Und wie sieht es mit Geschwistern aus?“

„Um ehrlich zu sein, ich bin wieder schwanger. Aber mehr als zwei oder drei Kinder will ich sicher nicht haben. Höchstens vielleicht vier, wer weiß.“

Die beiden Frauen lachten, und Antoinette gratulierte ihr. Dann gingen sie ins Haus.

Das Wohn- und das Esszimmer waren voller Leute, von denen Antoinette viele flüchtig vom Sehen aus dem Krankenhaus kannte. Sam Long war nicht da. Aber Skeeter betätigte sich als Barkeeper, und Maggie begleitete Antoinette zu ihm, um sicherzugehen, dass sie ihren Irish Coffee auf der Stelle bekam.

Antoinette lehnte sich an den Tresen und sah zu, wie Skeeter den Whiskey mit dem starken schwarzen Kaffee mischte und die dicke süße Sahne daraufgab. Er trug ein strahlend weißes Hemd und auf dem Kopf einen grünen Filzhut, unter dem sein dichtes schwarzes Haar hervorlugte.

„Soll ich Ihnen mal sagen, wie fabelhaft Sie die Situation beim ‚Tadlows' in den Griff bekommen haben?" fragte er und reichte ihr die Tasse Kaffee. „Ich weiß das von jemandem, der sich in solchen Sachen auskennt. Er sagt, Sie hätten dem Kerl das Leben gerettet."

„Joshua war schon immer einer meiner größten Fans." Antoinette nahm vorsichtig einen Schluck und genoss die Wärme, die sich in ihr ausbreitete.

„Nein, ich meinte Sam."

Rasch blickte Antoinette hoch. Skeeter sah sie prüfend an. „Offenbar sind Sie einer der wenigen Auserwählten, mit denen Sam spricht."

„Das stimmt."

„Und ich gehöre ebenso offensichtlich nicht dazu."

„Nein, Sie gehören zu denen, über die er spricht."

Jetzt wurde ihr noch wärmer. „Und was sagt Sam, wenn er über mich spricht?"

„Wie gut kennen Sie Sam?"

„Kennt ihn überhaupt jemand gut?" entgegnete sie.

„Ich kenne ihn seit meiner Kindheit. Deshalb verstehe ich ihn auch, wenn er nichts sagt."

Antoinette stellte den Becher ab. „Was verstehen Sie?"

„Dass Sie eine unglaubliche Zeit vor sich haben, genau wie er."

„Nichts haben wir vor uns. Das hat Sam sehr deutlich gemacht."

„Das war bei Joshua und Maggie einmal genauso." Skeeter nahm seine grüne Halskette ab und legte sie Antoinette an. Dann küsste er sie auf die Wange. „Ich wünsche Ihnen alles Gute."

Sie wollte ihn noch fragen, was er damit meinte, aber Skeeter kümmerte sich bereits um die Getränke der anderen Partygäste. Irische Folk-Music untermalte die angeregte Unterhaltung, und Antoinette schlenderte von einer Gruppe zur anderen, wobei sie sich den Leuten vorstellte, die sie noch nicht kannte, und Bekannte begrüßte. Es waren ausnahmslos nette Leute, die durch den Alkohol noch aufgeschlossener und herzlicher wurden. Joshua umarmte sie, und sie gratulierte ihm zum bevorstehenden Familienzuwachs.

Als sie genug von den Unterhaltungen und dem wehmütigen Einatmen des Zigarettenrauchs in der Luft hatte, beschloss Antoinette, in den Garten zu gehen. Sie wusste, dass dort Bridget und die anderen Kinder, die mit zur Party gekommen waren, spielten. Der Tag war warm und klar, so dass es den Kindern draußen nicht zu kühl wurde.

Antoinette wollte die frische Luft genießen und in Ruhe über das nachdenken, was Skeeter zu ihr gesagt hatte. Eigentlich hatte sie einen Sandkasten und Turnstangen erwartet, aber auf dem kleinen Rasenstück hinter dem Haus stand Sam und stieß Bridget und ein anderes kleines Mädchen, die auf der Schaukel saßen, an. Unwillkürlich fragte Antoinette sich, ob er hier hinausgegangen war, um sie nicht zu treffen, doch dann kam ihr dieser Gedanke völlig unsinnig vor.

Als sie noch überlegte, ob sie wieder hineingehen sollte, war es auch schon zu spät.

„Ich könnte Hilfe brauchen", sagte Sam ruhig und blickte sie eindringlich an.

„Du siehst aus, als kämst du sehr gut zurecht."

„Es ginge mir aber besser, wenn du auch mit Schwung geben würdest."

So beiläufig wie möglich ging sie zu ihm. Sam trat einen Schritt zur Seite, so dass Antoinette das kleine Mädchen neben Bridget anschubsen konnte.

„Das ist Martha", stellte Sam vor. „Sie will bis in den Himmel fliegen."

Antoinette gehorchte und begann das Mädchen anzuschaukeln. Sie musste unweigerlich lächeln, als die Kleine laut auflachte, während ihre schwarzen Zöpfe vor- und zurückwippten.

„Wie ist es dir ergangen?"

Einen Moment dachte Antoinette über Sams Frage nach. Auf keinen Fall wollte sie ihm die ganze Wahrheit sagen. Was ging ihn ihre Erkenntnis an, wie einsam sie war?

„Ich war sehr beschäftigt, da ich Notfälle von einem Kollegen übernommen habe, der im Urlaub ist. Mit denen hatte ich viel zu tun."

Sam beobachtete, wie Martha immer höher schaukelte, und besonders, wie grazil Antoinettes Hände sich bewegten, wenn sie das Mädchen anstieß. Gab es überhaupt etwas, das Antoinette nicht mit ruhiger Selbstsicherheit tat? Wie mochte es sich anfühlen, wenn sie mit diesen schlanken Händen über seinen Körper strich? Hastig besann Sam sich auf ein anderes Thema.

„Ich habe gehört, dass du Howard Fauvier besucht hast."

„Stimmt. Er braucht Unterstützung."

„Wie geht es ihm?"

Antoinette sah ihn an. Sie hatte einen spöttischen Gesichtsausdruck erwartet, aber sie entdeckte Interesse. Die Sonne ließ sein Haar golden strahlen, und Antoinette wandte sich rasch wieder Marthas Rücken zu.

„Eigentlich könnte Joshua dir mehr dazu sagen als ich. Er behandelt Howard, während ich ihn nur als Freund besucht habe."

„Als Freund? Howard?"

„Er braucht dringend jemanden."

„Wieso dich?"

Das konnte sie Sam sicher nicht klar machen, dennoch wollte sie es versuchen. „Wenn man ein Leben rettet, passiert etwas. Ich bezweifle, dass Howard sich umgebracht hätte, aber ich habe ihn nun einmal dazu bewegt, aus der Bar herauszukommen. Dadurch ist ein Band zwischen uns entstanden. Ich kenne ihn und weiß, was er getan hat. Vor allem kümmere ich mich um ihn. Das hilft ihm wie Medizin. Es wird ihn nicht verändern, aber es bringt ihn auf den richtigen Weg."

„Kein Wunder, dass du beschäftigt bist. Immerhin trägst du die Probleme der ganzen Welt auf deinen Schultern."

„Nein, das tue ich nicht. Ich helfe nur, wo und wann ich kann. Dabei gebe ich nicht nur, ich bekomme auch viel zurück." Antoinette erkannte, dass sie Martha immer stärker angestoßen hatte, und trat einen Schritt zurück, damit das Mädchen wieder etwas zur Ruhe kam.

Sam dachte über ihre Antwort nach. Antoinettes Anteilnahme beeindruckte ihn. In einer Beziehung war sie bestimmt genauso. Sie würde ständig geben und davon überzeugt sein, dass sie ebenso viel zurück bekam. Wie mochte ihr Exmann es nur geschafft haben, sie so weit zu bringen, dass sie ihn verließ?

Antoinette wartete darauf, dass Sam aussprach, was ihn offensichtlich beschäftigte. Als er das nicht tat, fing sie mit der Unterhaltung an, die sie sich vorher zurechtgelegt hatte. „Wie geht es Laurie jetzt, wo ihre Mutter wieder aus dem Krankenhaus ist?"

„Viel besser. Wusstest du, dass die beiden jetzt bei den Pattersons leben?"

„Nein, das wusste ich nicht."

„Mr. und Mrs. Patterson wollten sie nicht wieder in die Wohnung ziehen lassen, in der sie vor dem Feuer wohnten. Mrs. Fischer braucht immer noch viel Ruhe, und Mrs. Patterson hat sie überredet, sich von ihr erst mal ein bisschen verwöhnen zu lassen."

„Wird sie bald wieder arbeiten?" fragte Antoinette interessiert.

„Sie und Laurie werden zurück nach Mississippi ziehen, sobald es Mrs. Fischer besser geht. Dort will Lauries Mutter wieder zur Schule gehen und einen Abschluss erlangen."

Diese Neuigkeiten machten Antoinette froh. „Wie hat sich das ergeben?"

„Jemand aus ihrer Heimatstadt war hier auf einer Tagung und

hat den Artikel in der Zeitung gelesen. Dabei hat er ihren Namen wieder erkannt. Ihre Eltern und Schwiegereltern kamen letztes Wochenende, um sie und Laurie zu sehen. Die Eltern von Lauries Vater haben erkannt, dass er Probleme hat, und haben ihn zu einer Behandlung geschickt. Seitdem suchten sie nach Laurie und ihrer Mutter. Mrs. Fischer sagt, sie würde Unterstützung bekommen, damit sie zurückkehren und ein neues Leben beginnen könne."

Antoinette merkte, dass sie aufgeseufzt hatte. Sie liebte Happy Ends und erlebte sie viel zu selten. „Ich bin so froh, dass für die beiden alles gut wird. Sie haben beide ein besseres Leben verdient."

„Und vier Großeltern in Mississippi bekommen ihre Enkelin zurück."

„Na, du scheinst Happy Ends auch zu mögen." Antoinette wandte sich ihm wieder zu und lächelte ihn strahlend an.

Sam spürte die Wirkung wie einen Faustschlag in den Magen. In den vergangenen Wochen hatte er sich eingeredet, dass Antoinettes Anziehungskraft auf ihn nur etwas Vorübergehendes gewesen sei, doch das war ein Irrtum. „Wieso auch nicht?"

Ihr Lächeln erstarb. Sie wollte sich auf keine Unterhaltung einlassen, die persönlich wurde. „Kannst du über den Fall mit ‚Omega Oil' sprechen, oder ist das streng geheim?"

Innerlich stimmte Sam ihr zu. Am besten, sie blieben auf Distanz zueinander. „Leider gibt es nichts Neues zu berichten. Wir könnten immer noch ein Fußballstadion mit den Verdächtigen füllen."

„Was ist mit Howard Fauvier?"

„Natürlich gehen wir allen möglichen Spuren nach, aber ich glaube nicht, dass er mit dem Feuer etwas zu tun hat."

„Hat euch Lauries Beschreibung geholfen?"

„Nein, und ich denke, daran wird sich auch nichts ändern."

„Ich will runter!"

Antoinette hörte auf, Martha anzustoßen. „Sofort, Martha." Sie hielt die Schaukel an und machte den Sicherheitsbügel auf. Aus dem Augenwinkel heraus sah sie, dass Bridget auch von der Schaukel stieg. Sofort rannten die beiden kleinen Mädchen ins Haus.

„Die Parade fängt bald an.“ Antoinette blickte auf ihre Uhr. „Ich gehe hinein und frage, wann wir hier losgehen.“

„Antoinette.“

Sie war schon auf halbem Weg zum Haus, als Sams Ruf sie zurückhielt.

Er hatte nicht gewusst, was er tat, als er ihren Namen rief. Was wollte er von ihr? Sie war nett, aber distanziert. Sie wusste, wie wenig er einer Frau geben konnte, und war nicht mehr an ihm interessiert. Was sollte er jetzt bloß sagen?

„Gehst du mit mir zur Parade?“

Antoinette merkte, dass Sam über seine Frage selbst überrascht war. „Was geschieht hier?“ fragte sie ihn nach langem Zögern.

„Das weiß ich wirklich nicht.“

„Sam, du hast mir deutlich gesagt, dass du mich nicht willst.“

„Ich möchte mit dir befreundet sein.“

„Das wäre etwas Neues.“

Unweigerlich musste Sam lächeln. Wer hätte gedacht, dass Antoinette auch halsstarrig sein konnte? „Hilft es dir, wenn ich sage, dass mir das, was geschehen ist, Leid tut?“

„Was davon genau tut dir Leid?“

Was genau? Dass er nicht den Mund gehalten hatte. Dass er geredet hatte, statt einfach mit ihr zu schlafen. Dass er nicht wusste, wie sich ihre Hände auf seinem Körper anfühlten.

„Ach, ist auch egal.“ Antoinette warf die Haare zurück, aber sie musste schmunzeln. Sam mochte seine Gefühle auch noch so gut verstecken können, sein Blick verriet, dass er sie begehrte. „Ich denke, ich kann einen kleinen Spaziergang mit dir riskieren.“ Sie stand schon auf den Stufen zum Haus und verschwand, bevor Sam eine passende Antwort einfiel.

Es stellte sich heraus, dass der Gang zur Parade ein Musterbeispiel für einen harmlosen Spaziergang wurde. Joshua wollte nicht, dass Maggie früher als nötig losging, damit sie nicht so lange stehen musste. Sam bot sich an, Bridget mitzunehmen, damit sie keinen Augenblick von der Parade verpasste. Als sie an der Straße standen, reichte Sam Bridget an Antoinette weiter, weil er eine Leiter mit einem aufgebauten Sitz dabeihatte.

„So hat Bridget den besten Platz", erklärte er.

„Und den buntesten." Das Leitergestell war in Rot, Grün und Gold gestrichen. Der Sitz war auch goldfarben gepolstert, und die Farbzusammenstellung schmerzte in den Augen.

„Willst du etwa meine Leiter kritisieren?"

„Deine Leiter?" Antoinette sah Sam an, dem die Last nichts auszumachen schien.

„Ich habe sie für Bridget gebastelt. Dann musste ich sie noch anstreichen, damit Bridget sich überhaupt darauf setzte."

„Meins", klärte Bridget die Situation und zeigte auf die Leiter.

Antoinette versuchte diese neue Information zu verdauen. Offenbar war es fast unmöglich, Sams Liebe zu gewinnen, aber wenn man sie erst einmal hatte, kannte sie keine Grenzen. Auch Maggie gegenüber hatte Sam sich fürsorglich und hilfsbereit gezeigt, und es hatte Antoinette wehgetan, dass eine andere Frau von Sam mit so viel Aufmerksamkeit beschenkt wurde, mochte sie auch glücklich verheiratet sein.

„Du liebst sie alle drei, stimmt's? Joshua, Maggie und Bridget."

Als Antwort stieß Sam nur ein Grummeln aus.

Wie viele Menschen mochte er in seinem Leben geliebt haben? Antoinette wünschte sich, auch zu diesen Menschen zu gehören.

Kurze Zeit später blieben sie stehen, und Sam stellte die Leiter auf. In New Orleans fanden die Menschen immer einen Grund, eine Parade zu veranstalten. Kein Feiertag verging, an dem nicht irgendwo ein Zug durch die Straßen führte und die Zuschauer mit Bonbons oder Blumen beworfen wurden. Bei der St. Patricks-Parade kam zusätzlich noch Gemüse dazu.

Bridget saß jetzt oben auf dem Sitz und klatschte vergnügt in die Hände. Sie beobachtete eine Gruppe von Clowns, die ein großes grünes Pappauto vor sich herschoben. Einer der Clowns kam auf die Leiter zugelaufen und reichte Bridget einen Luftballon, der wie ein Pudel aussah, dann verschwand er wieder.

Es war nicht so voll wie zum Karneval, wenn zur „Mardi Gras"-Parade jede Straße mit Menschen überfüllt war. Die Stimmung war deshalb entspannter und lockerer. Polizisten, die für Ordnung sorgen sollten, begrüßten Sam und unterhielten sich mit ihm. Antoinette wurde als eine Bekannte vorgestellt, dennoch wurde sie eingehend gemustert.

Nach und nach kamen Gäste von der Party der Martanes und gesellten sich zu ihnen. Pünktlich zum eigentlichen Anfang der Parade kamen Joshua und Maggie, die Bridgets Leiter festhielten. Sam legte Antoinette den Arm um die Taille. Antoinette kam sich vor, als sei sie die Einzige von allen, die nicht genau wusste, in welcher Beziehung sie zu Sam stand.

In der nächsten halben Stunde bemühten sich alle Leute, möglichst viel von den zugeworfenen Süßigkeiten, bedruckten Plastiktassen und dem Gemüse aufzufangen.

„Was haben wir bis jetzt?" fragte Sam Antoinette, die die Plastiktüte bewachte.

„Zwei Kohlköpfe, sechs Kartoffeln, drei Mohrrüben und eine ganze Menge Rosenkohl."

„Pass auf!"

Antoinette duckte sich sofort. Aus langjähriger Paradenerfahrung kannte sie den Schmerz, wenn man eine fliegende Kartoffel an den Kopf bekam.

„In Ordnung", hörte sie Sams Stimme hinter sich. „Jetzt haben wir drei Kohlköpfe."

„Wenn wir jetzt noch etwas Fleisch bekämen, hätten wir ein Abendessen zusammen."

Antoinette fühlte, wie Sam sich auf ihr abstützte, als er sich reckte, um etwas aufzufangen. Vor ihnen auf der Straße rollte gerade ein Wagen vorbei, auf dem einige Footballspieler aus New Orleans standen, und die Menge tobte.

„Das hier haben sie dir zugeworfen." Sam hielt einen grünen Strumpfhalter hoch. „Du solltest ihn anziehen."

Antoinette sah ihm in die Augen und erkannte die Herausforderung in seinem Blick. „Ich habe beide Hände mit Gemüse voll“, antwortete sie langsam. „Warum ziehst du ihn mir nicht an?“

Eine Weile sah er sie nur schweigend an. „Mit Vergnügen“, erwiderte er dann, und Antoinette meinte, einen heiseren Unterton in seiner Stimme zu entdecken. Ihr Herz klopfte wie wild, als er sich vor sie hinhockte.

Sie nahm die Parade nur noch wie durch einen Nebel wahr, als Sam ihren Fuß hochhob und ihr den Schuh auszog. Bevor er ihr das Strumpfband anlegte, strich er mit beiden Händen kurz über ihren Fuß. Dann streifte er das Band langsam über ihren Fuß, die Wade und das Knie, bis es schließlich direkt unterhalb des Rocksaumes saß. Mit beiden Händen fuhr er wieder am Bein hinab, um ihr anschließend den Schuh wieder anzuziehen.

Er stand auf, und Antoinette wusste nicht, was sie sagen sollte.

„Ich dachte, es sei vorbei, dabei hat es gerade erst begonnen“, stellte er leise fest, und sie wusste, dass er nicht über die Parade sprach.

Die Straßen des vornehmen Viertels, die die Parade passiert hatte, waren still und menschenleer. Hier wurden die Vorgärten von Berufsgärtnern gepflegt, und die Häuser waren größer als die im Irischen Viertel. Statt einer herzlichen Lebendigkeit herrschte hier der Einfluss von reichen, alteingesessenen Familien. Während Sam und Antoinette, die aus diesem Viertel stammte, eine stille Seitenstraße entlanggingen, wurde ihnen beiden klar, wie unterschiedlich ihre Herkunft war.

„Neige das Haupt, denn jetzt betreten wir geweihten Boden.“ Antoinette lehnte den Kopf an Sams Schulter. Sie beide gingen eng umschlungen an einem großen Grundstück vorbei.

„Dein Haus?“

„Das hier mit dem breiten Balkon.“ Sie zeigte nach vorn. „Dort oben war ich am liebsten, aber ich durfte da nicht spielen, weil meine Mutter es unschicklich fand.“

Sam betrachtete das große Haus mit den farbigen Glasfenstern und versuchte sich Antoinette als spielendes Kind hier vorzustellen.

Es fiel ihm schwer. Das Haus wirkte so perfekt und ordentlich, dass es nichts hatte, was auf Kinder anziehend wirken würde.

„Warst du ein Einzelkind?" fragte er probehalber.

„Ich habe noch eine zwei Jahre jüngere Schwester."

„Lebt sie hier in New Orleans?"

„Nein. Mignon ist mit siebzehn von zu Hause ausgezogen und nie zurückgekommen. Zweimal im Jahr höre ich von ihr, und meistens ist sie in der Zwischenzeit umgezogen. Ich nehme an, dass sie glücklich ist."

Sam wollte noch weiter fragen, doch da bemerkte er eine Bewegung auf der Veranda des Hauses. „Ist das deine Mutter?" erkundigte er sich.

„Wir sind erwischt worden. Ist das schlimm?" Antoinette winkte ihrer Mutter zu, die reglos wartete. Während sie sich aus der Umarmung löste, gab Antoinette Sam die Hand. „Wir gehen nicht rein. Ich stelle dich ihr nur vor, dann gehen wir weiter."

Sam folgte ihr den mit Ziegelplatten belegten Weg entlang, der von bunten Blumen eingerahmt wurde. Beim Anblick der Frau auf der Veranda konnte Sam sich vorstellen, wie Antoinette in zwanzig Jahren aussehen mochte, falls sie sich in der Zwischenzeit nur noch vom Leben enttäuscht fühlte und verbittert in die Zukunft blickte.

„Hallo, Mutter. Dies ist Sam Long, ein Freund von mir. Sam, das ist meine Mutter, Martha Deveraux."

Mrs. Deveraux schien zu überlegen, ob sie Sam die Hand reichen sollte, dann ließ sie sich zu einem kurzen laschen Händedruck hinreißen. „Hallo, Mr. Long."

„Sam und ich spazieren etwas durch die Gegend. Wir waren vorhin bei der St. Patrick-Parade."

„Du bist als Kind jedes Jahr dort gewesen."

Sam bemerkte den leicht abfälligen Tonfall.

„Stimmt. Wie geht es dir, Mutter?"

„Gut. Dein Vater und ich kommen gerade von einer Reise von den Bermuda-Inseln zurück."

„Hat es euch gefallen?"

Mrs. Deveraux hob die Schultern ein winziges Stück. Dann führte sie weiter diese gepflegte Unterhaltung mit ihrer Tochter, wobei Sam auffiel, dass nur Antoinette die Fragen stellte.

Erst als sie sich verabschiedet hatten und außer Sichtweite des Hauses waren, lehnte Antoinette sich wieder entspannt an Sams Schulter. Sam hatte den Eindruck, als habe er gerade einen stundenlangen Vortrag über ihre Kindheit mit Diashow und Interviews erhalten.

„Wie hast du das bloß überlebt?“ fragte er schließlich.

Antoinette wusste genau, was er meinte. Dieselbe Frage hatte sie sich auch oftmals gestellt. „Ich habe genau das getan, was man von mir erwartete. Meine Eltern sollten sich so wenig wie möglich über mich aufregen, und ich habe auf die erste Gelegenheit gewartet, um von zu Hause auszuziehen. Die bekam ich durch meinen Exmann, und ich bin vom Regen in die Traufe gestolpert. Danach brauchte ich ein paar Jahre, um mein Leben zu überdenken, aber nachdem ich das geschafft hatte, wusste ich, dass ich anderen Menschen gern bei der Lösung ihrer Probleme helfen würde.“

Sam war mit ihr eine Parallelstraße, in der die Martanes wohnten, entlanggelaufen. Jetzt blieb er stehen und wies auf ein Haus, das unbedingt einen neuen Anstrich benötigte. Es stand verwahrlost da und wartete, dass sich jemand darum kümmerte.

„Diesen Sommer habe ich drei Wochen Urlaub. Die meiste Zeit davon werde ich wohl brauchen, um dieses Haus anzustreichen.“

Antoinette besah sich das Haus. Sam war in diesem heruntergekommenen Haus aufgewachsen? „Es braucht Farbe und Liebe“, stellte sie fest. „Und Fürsorge.“

„Dazu habe ich keine Zeit.“

Sie stand direkt vor ihm und sah ihm in die Augen. Dann hob sie die Hand und strich ihm über die Wange. „Ich glaube, du kennst dich nicht sehr gut“, sagte sie leise und stellte sich auf Zehenspitzen, um ihn zart zu küssen.

Augenblicklich legte er ihr die Arme um die Taille und zog sie an sich. „Ich weiß, was ich will und was nicht. Aber ich weiß nicht, ob ich das eine ohne das andere bekommen kann.“

„Dann wirst du wählen und zu deiner Entscheidung stehen müssen."

„Oder du musst dich entscheiden", antwortete er, bevor er ihr einen Kuss gab, der ihnen beiden sofort klar machte, dass es nie leicht war, die richtige Wahl zu treffen.

7. KAPITEL

Daffy machte in ihrem abgedunkelten Sprechzimmer in einer Ecke einen Kopfstand, während Antoinette geduldig bei der Tür abwartete, bis ihre Freundin mit ihren Übungen fertig wurde.

„War es ein schwerer Tag?“ fragte Antoinette, als Daffy im Lotussitz auf dem Boden saß. Daffy machte immer Yoga, wenn sie gestresst war. Den endlosen Übungen nach zu urteilen, musste dieser Tag die reinste Qual gewesen sein.

„Sehr schwer. Der schlimmste meines Lebens.“

„Hast du dir einen Fingernagel eingerissen?“

Daffys Schmunzeln kam von Herzen. „Denkst wohl, du kennst mich genau, was?“

„Besser kann man dich nicht kennen. Was ist geschehen?“ Antoinette setzte sich auf einen gepolsterten Hocker.

„Mein Auto ist gestorben. Tot. Nicht mehr wieder zu beleben! Sie haben ihn auf den Schrottplatz gebracht, und ich musste noch dafür bezahlen! Sie wollen nicht einmal mehr die Einzelteile!“

Antoinette bemühte sich, ernst zu bleiben. Es handelte sich um einen dreißig Jahre alten Käfer, obwohl im Laufe der Jahre fast alles schon einmal ersetzt worden war. „Hast du schon an einen neuen Wagen gedacht?“

„Ach, schäm dich!“ Daffy warf ihre roten Haare aus der Stirn.

„Na, wenn du zu Ende getrauert hast, wäre ich froh, dir mein Auto zu leihen, damit du dir ein neues kaufen kannst.“

„Es wird Jahre dauern, bis ich mich erholt habe.“

„Das Gefühl kenne ich.“

Daffy drehte sich leicht zur Seite, damit sie ihre Freundin frontal sehen konnte. Sie war eine der empfindsamsten Therapeutinnen, die Antoinette kannte. „Wovon musst du dich erholen?“ erkundigte Daffy sich. „Hat dieser sündig gut aussehende Polizeisergeant etwas mit den Ringen unter deinen Augen zu tun?“

Da sie immer ehrlich zu Daffy gewesen war, nickte Antoinette nur. „Hat er. Zwei Wochen lang habe ich ihn nicht gesehen, und heute ruft er plötzlich an und lädt mich ein, mit ihm und einem kleinen Mädchen morgen in den Park zu gehen. Ich habe keine Ahnung, was für eine Art Beziehung wir haben. Sonst könnte ich mich darauf einstellen, aber so komme ich völlig aus dem Gleichgewicht."

„Dann ist er genau das, was du brauchst."

Antoinette drehte den Kopf und sah ihrer Freundin zu, die gerade eine Brücke machte und dabei laut durch den Mund atmete. „Was soll das denn heißen?"

„Das heißt, du brauchst jemanden, der dich ein bisschen wachrüttelt", entgegnete Daffy keuchend. „Ich habe gehofft, dass das geschieht, bevor du dreißig wirst. Die Dreißiger sind zu gut, um sie damit zu verplempern, vorsichtig zu sein und sich so zu verhalten, wie alle es von dir erwarten."

Antoinette überging die Tatsache, dass auch Daffy erst achtundzwanzig war. „Ich tue nichts, was ich nicht will."

„Du tust aber auch nicht die Dinge, die du tun willst." Daffy ließ sich auf den Boden sinken und rollte sich auf den Bauch. „Könntest du auf meinen Rücken steigen?"

„Ich weiß nicht, wie."

„Du stellst deine Füße einfach seitlich von meiner Wirbelsäule und läufst über meinen Rücken. Trau dich."

Aufseufzend zog Antoinette sich die Schuhe aus und stellte sich breitbeinig über ihre Freundin. „Ich werde dir etwas brechen. Beschwer dich hinterher nicht!"

„Ich warte."

Antoinette stellte einen Fuß auf Daffys Rücken und verlagerte langsam ihr Gewicht immer weiter. Daffy stöhnte nur genussvoll. Kopfschüttelnd stellte Antoinette auch den anderen Fuß auf den Rücken und verteilte das Gewicht gleichmäßig. Dann ging sie vorsichtig los. „Was heißt das, ich tue nicht die Dinge, die ich tun will?" Sie kam am Hals an, stieg von Daffy herunter, drehte sich um und ging wieder den Rücken hinunter. Dann setzte sie sich auf den Hocker.

„Danke." Daffy richtete sich auf und fing an, den Kopf kreisen zu lassen. „Du bist eine schöne Frau mit natürlichen Bedürfnissen, aber du hältst jeden Mann, der sich dir nähert, auf Abstand. Du stürzt dich in Arbeit und achtest nicht auf deine Wünsche und Triebe."

„Also bin ich sexuell unbefriedigt, obwohl ich mich nach Sex sehne?"

„Irgendetwas hält dich immer davon ab, dir einen Liebhaber zu nehmen. Und ich glaube, das liegt daran, dass du einmal einen großen Fehler gemacht hast."

Antoinette mochte es nicht, wenn man ihre Ängste so leicht durchschaute, aber Daffy sprach ungerührt weiter. „Du willst nicht einsehen, dass du dich seitdem verändert hast. Man könnte dich gar kein zweites Mal so benutzen."

„Sam will mich nicht benutzen. Er ist sehr ehrlich. Er sehnt sich nach mir. Genau genommen nach meinem Körper."

„Und du willst bis nach der Hochzeit warten?"

Antoinette schüttelte den Kopf. „Ich glaube, ich möchte eine schriftliche Versicherung, dass ich nicht verletzt werde."

„Was ist denn das Schlimmste, was passieren könnte? Was stellst du dir vor?"

„Ich könnte mit Sam schlafen, und er könnte nach einer oder zwei Nächten beschließen, dass er mich nicht mehr will."

„Und du wärst verletzt und wütend. Nach einer Weile würdest du erkennen, dass du nicht schlechter dran bist als vorher und dich wenigstens um etwas Wunderbares bemüht hast."

„Aber was wäre", Antoinette beugte sich vor, „wenn sich erst eine richtige Beziehung entwickelt und ich mich total in ihn verliebe, bevor er mich verlässt?"

„Könntest du jemanden total lieben, ohne Hoffnung, wiedergeliebt zu werden?"

„Nein, selbst bei meinem ersten Mann dachte ich, er würde mich lieben."

„Und Sam? Wechseln seine Gefühle häufig? Ist er der Typ Mann, der heute liebt und morgen hasst?"

Auch wenn sie an Sam nicht alles verstand, eines wusste sie sicher: Wenn er jemanden liebte, dann für immer. „Nein, das tut er nicht. Ganz im Gegenteil."

„Da hast du deine Antwort. Der schlimmste Fall kann gar nicht eintreten, und das Risiko ist klein. Also entscheide dich!"

„Bei dir klingt das alles immer so einfach."

„Oft versuchen die Leute nur absichtlich, einfache Dinge kompliziert zu machen."

„Du meinst, ich sollte mich auf eine Affäre mit Sam einlassen?"

„Du solltest dich bemühen, das zu bekommen, was du dir wünschst. Soll ich dir zur Abwechslung mal eine gute Nachricht sagen?"

Schmunzelnd nickte Antoinette. „Ich bitte darum."

„Auch in deinem fortgeschrittenen Alter bist du noch nicht zu alt zum Lernen."

Antoinette sah Sam zu, wie er vorführte, auf welche Weise man am besten mit einem Netz kleine Fische aus dem Teich fing. Laurie stand neben ihm und sah konzentriert zu.

„Was mache ich, wenn ich einen habe?" fragte sie skeptisch.

„Dann tust du ihn ins Glas. Bevor wir gehen, schütten wir sie zurück in den See."

„Beißen sie?"

„Höchstens, wenn du zu gut riechst."

Laurie kicherte und nahm das Netz. Fast augenblicklich war sie damit beschäftigt, die kleinen Fische zu überlisten. Sam setzte sich zu Antoinette auf die Decke und lehnte sich gegen eine große alte Eiche, die mit Moos bewachsen war.

„Bist du dir im Klaren, dass das den ganzen Tag dauern kann?" fragte er sie träge.

„Den ganzen Tag, um einen von diesen kleinen Fischen zu fangen?"

Sam setzte sich bequem zurecht. „Wir können nun mal nicht gehen, solange sie keinen gefangen hat. Sie würde sich sonst wie eine Versagerin vorkommen."

„Und in der Zwischenzeit kannst du hier faul herumliegen."

„Genau so stelle ich das vor."

„Ich habe einen! Komm schnell, Sam! Ich habe einen!"

Sam stöhnte und stand wieder auf, während Antoinette schallend lachte. Er musste auch schmunzeln und ging ans Ufer, um dem kleinen Mädchen über die Schulter hinweg ins Netz zu sehen. „Du hast einen, stimmt."

„Bring mir das Glas. Schnell!"

Sam hielt ihr das mit Wasser gefüllte Glas hin, und Laurie ließ den kleinen silbrigen Fisch hineinfallen. „Er ist wunderschön", beglückwünschte er sie.

„Es ist ein Fischmädchen."

„Woher weißt du das?"

„Sie sieht wie ein Mädchen aus. Mal sehen, ob ich beim nächsten Mal einen Jungen fange."

„Viel Glück." Sam stellte das Glas in den Schatten und ging zurück.

„Es könnte auch ein kurzes Picknick werden", meinte Antoinette und schloss die Augen.

„Na, es ist ein großer Park. Da hat sie noch viele Fische zu fangen."

„Du wirst sie vermissen, stimmt's?" Antoinette griff nach seiner Hand. Der heutige Tag war eine Abschiedsfeier für Laurie. Morgen würde sie mit ihrer Mutter die Stadt verlassen.

Sam verschränkte die Finger mit Antoinettes. Mit dem Daumen liebkoste er ihr Handgelenk und spürte, wie sich ihr Puls beschleunigte. „Ich werde sie vermissen, aber ich freue mich für sie. Von jetzt an wird das Leben für sie einfacher."

Antoinette sah in den Picknickkorb, den Mrs. Patterson ihnen mitgegeben hatte. Neben selbst gemachtem Brot und anderen Leckereien fand sie Dutzende eingelegter Garnelen. Immer noch war sie unsicher, wohin dieser Tag führen würde. Das ständige Auf und Ab in der Beziehung zu Sam hatte sie tatsächlich aus dem Gleichgewicht gebracht.

Sie pflückte die Schale von einer Garnele und wechselte das

Thema. „Beim letzten Mal, als wir uns sahen, warst du im Omega-Fall noch nicht weiter. Gibt es was Neues?"

Obwohl kein Vorwurf in ihrer Stimme lag, hörte Sam nur den Anfang. Sofort kamen ihm wieder Vorstellungen von Ketten, die sie ihm anlegte. Immer wieder hatte er in den vergangenen zwei Wochen diese Vorstellung gehabt – und Antoinette trotzdem angerufen. Was wollte er eigentlich von ihr? War er nicht zufrieden mit seinem Leben? Wieso konnte er sie nicht in Ruhe lassen?

„Sam?" Antoinette hielt ihm die Garnele direkt vor die Lippen. „Hast du Hunger?"

Er öffnete den Mund und sog die Garnele sanft hinein. Dann leckte er Antoinettes Fingerspitzen ab.

Unwillkürlich machte sie die Augen zu, als er ihre Finger mit den Lippen umschloss. Sam überlegte, warum eine Frau wie sie seit Jahren mit keinem Mann mehr geschlafen hatte. Eine Frau, die es offensichtlich genauso genoss, berührt zu werden, wie sie andere berührte.

Sam ließ ihre Finger los, und Antoinette griff nach einer weiteren Garnele. Auch Sam setzte sich auf und fing an, einer Garnele die Schale abzuziehen. „Du fragtest eben nach dem Omega-Fall."

Antoinette versuchte, gleichmütig zu klingen. „Reine Neugier. Wenn du darüber nicht reden kannst, ist es auch in Ordnung."

„Ich wünschte, es gäbe etwas, das ich erzählen könnte."

„Tappst du immer noch völlig im Dunkeln?"

„Die Leute, die an dem Fall arbeiten, sind in zwei Lager gespalten. Die einen sagen, einer der entlassenen Manager war es, die anderen meinen, es sei ein Verwandter von einem der Leute, die letztes Jahr auf der Bohrinsel ums Leben kamen. Beides kann richtig sein."

„Was von beidem glaubst du?"

„Nichts. Ich arbeite lieber ohne feste Theorie."

„Hat jemand schon versucht, ein psychologisches Profil des Täters zu entwerfen?"

„Wir wissen ja noch nicht einmal, ob es sich überhaupt um einen Einzelnen handelt."

„Glaubst du denn, es war eine Gruppe von Leuten?“ Antoinette spürte, dass Sam sie an der Schulter berührte. Sie blickte auf, und er strich ihr das Haar nach hinten.

„Nein, eigentlich glaube ich, dass es ein Einzelner war.“

„Was hältst du von einem psychologischen Profil?“

„Wir haben zu wenig Ansatzpunkte, und wir sind unterbesetzt.“

„Ich könnte das für dich tun.“ Sie wandte sich ihm zu. „Gratis.“

„Warum?“

„Weil mich der Fall interessiert. Der Mann, der Laurie aus dem Feuer gerettet hat, ist kein Verrückter. Wenn er derjenige ist, der das Feuer gelegt hat, dann besitzt er eine sehr vielschichtige Persönlichkeit. Ich habe mir schon ein paar Gedanken über ihn gemacht. Das Ganze wäre kein ausgearbeitetes Gutachten, sondern eher eine Reihe von Hinweisen und Vermutungen. Aber es könnte hilfreich sein.“

Sam musterte Antoinette eingehend. Heute trug sie Jeans und ein türkisfarbenes Sweatshirt, das die schlanken Konturen ihres Körpers perfekt umspielte. Das durch die Blätter der Bäume gedämpfte Sonnenlicht verstärkte den Schimmer ihrer Haut und das tiefe Schwarz ihrer Haare. Er erinnerte sich an den Tag, an dem er in ihre Praxis gegangen war und sie gefragt hatte, ob sie ihm mit Laurie helfen könne. Damals hatte er gedacht, sie sei zu schön, um gut in ihrem Beruf zu sein, doch heute wusste er es besser.

„Ich würde mich freuen, wenn du mir hilfst.“ Noch mehr freuen würde er sich, wenn sie mit ihm schlief, aber das wollte er nicht laut sagen.

„Jetzt habe ich eine ganze Fischfamilie zusammen.“ Laurie kam mit dem Wasserglas herüber.

„Wie wäre es mit einer Garnele?“ Antoinette hielt ihr eine geschälte hin.

„Fische essen doch keine Garnelen!“

„Aber junge Damen tun das“, stellte Antoinette richtig.

Laurie setzte sich auf die Decke zwischen Sam und Antoinette und nahm die Garnele.

„Kommst du mich in Mississippi besuchen?" Laurie blickte zu Sam hoch.

„Na klar."

Laurie drehte sich zu Antoinette. „Du kannst auch kommen."

„Danke sehr."

„Ich mag dich. Du hast gemacht, dass ich mich wieder an das Feuer erinnere."

Antoinette blickte zu Sam, der bei Lauries unbekümmerter Feststellung die Stirn runzelte. „Dann erinnerst du dich jetzt also", hakte sie mit geübter Beiläufigkeit nach. „Macht dir das Angst?"

„Nein. Ich kann mich nicht an viel erinnern, nur an viel Rauch und dass ich geweint habe. Und an einen Mann, der mich rausgetragen hat. Der war nett." Laurie wandte sich an Sam. „Wenn du ihn findest, sagst du ihm, dass ich froh bin, dass er mich gefunden hat?"

„Sicher tue ich das." Sam hatte sich vollkommen unter Kontrolle.

„Gut." Laurie aß noch eine Garnele.

„Iss sie auf, dann machen wir eine Fahrt im Tretboot." Sam kramte im Picknickkorb nach Servietten, und Antoinette schloss die Augen. Genüsslich legte sie sich zurück, während Sam sich darum kümmerte, dass Laurie genug aß.

„Du siehst traurig aus." Antoinette stand vor Sam auf der Veranda ihres Hauses. Das Picknick war ein voller Erfolg gewesen. Nach einer Stunde Tretbootfahren, Karussellfahrt und Rundkurs in der Parkbahn hatten sie Laurie beim Haus von Mrs. Patterson abgesetzt.

Laurie hatte sich an Sam geklammert. Sie hatte geahnt, dass es lange dauern würde, bis sie ihn wiedersah. Er hatte sie auf die Stirn geküsst und versprochen, ihr zu schreiben. Dann war sie ins Haus zu ihrer Mutter und Mrs. Patterson gegangen. Auf der Fahrt zu Antoinettes Haus hatte Sam kein Wort gesprochen.

Die Sonne war untergegangen, und der Himmel strahlte orange und glutrot. In der kühlen Luft lag der Duft des Frühlings, und Antoinette sah, wie eine Taube mit Nestbau beschäftigt war. Das alles hatte sie schon so oft erlebt, doch nie hatte sie den Frühling so intensiv wahrgenommen.

Jetzt trat sie dichter an Sam heran und strich ihm übers Haar. „Laurie ist ein liebenswertes kleines Mädchen", sagte sie leise. „Ich weiß, dass du sie vermissen wirst."

„Ich kann mir einen wirksamen Trost vorstellen." Er legte ihr eine Hand um die Taille, zog sie jedoch nicht zu sich heran.

Antoinette wusste, er wartete darauf, dass sie den nächsten Schritt tat. „Ich möchte nicht, dass du gehst."

„Ich habe es nicht eilig."

Sie fuhr ihm durchs Haar. Sein Gesicht war jetzt direkt vor ihr, und sein Ausdruck zeigte eine Mischung aus Vorsicht und Verlangen. Sie hatten einander keine Versprechungen gemacht, und keine der Fragen, die in Antoinettes Kopf herumwirbelten, war beantwortet worden. Zum ersten Mal in ihrem Leben fragte sie sich, ob Versprechungen und Antworten vielleicht gleichgültig waren. „Möchtest du hereinkommen? Ich glaube, ich habe alles für ein Abendessen im Haus."

„Das würde mir gefallen."

Immer noch zögerte sie, doch dann seufzte sie leise auf und stellte sich auf die Zehen. Vorsichtig berührte sie seinen Mund mit den Lippen.

Das reichte ihm aus. Er steckte die Hände in die Gesäßtaschen ihrer Jeans und zog Antoinette an sich. Fordernd küsste er sie, und Antoinette schlang die Arme um seinen Nacken. Endlich hatte sie eine Entscheidung gefällt.

Sam spürte genau den Augenblick, in dem sie sich entspannte und sich von dem Kuss forttragen ließ. Willig öffnete sie die Lippen und umkreiste seine Zungenspitze mit ihrer. Sein Pulsschlag beschleunigte sich sofort. Er hatte nicht gewusst, wie es sich anfühlte, wenn man innerhalb von einer Sekunde vor Verlangen fast den Verstand verlor. Mit letzter Willenskraft schob er Antoinette von sich.

Sie hielt die Augen halb geschlossen und wandte ihm immer

noch das Gesicht zu. Wie hatte sie achtundzwanzig Jahre leben können, ohne zu erleben, zu welchen Empfindungen ihr Körper fähig war? Aber warum hatte Sam so abrupt aufgehört?

„Lass uns hineingehen." Sam ließ sie los und trat noch einen Schritt zurück.

Antoinette hörte den vorsichtigen Tonfall seiner Stimme. Angst durchzuckte sie, und diese Empfindung war fast ebenso stark wie das Verlangen zuvor. Oft genug hatte man ihr gesagt, sie sei schön. Sie hatte die Anerkennung in den Blicken der Männer gelesen und in ihren Stimmen gehört. Und genau wie jetzt hatte sie sich jedes Mal gefragt, ob es lediglich die schöne Hülle war, die die Männer an ihr reizte. War sie selbst, mit ihren Gefühlen und ihrer Seele, so wertlos?

Sie drehte sich um, suchte den Schlüssel hervor und öffnete die Tür. Immer noch drohte ihr Selbstbewusstsein unter ihrer Angst gänzlich zusammenzubrechen.

„Antoinette, wenn du willst, dass ich gehe, dann tue ich es."

Sie hörte selbst die Verletzlichkeit in ihrer Stimme. „Tu, was du möchtest, Sam."

Sam folgte Antoinette hinein und sah zu, wie sie Tootsie begrüßte. Der Hund wurde vor Freude beinahe wahnsinnig, und ein Gefühl, dem er lieber keinen Namen gab, durchschoss Sam beim Anblick von Antoinette, die sich hinkniete, um den Hund zu umarmen. Er hatte viele Frauen kennen gelernt, doch keine von ihnen hätte sich auf den Boden gesetzt, um mit einem Hund zu schmusen. Keine von ihnen hätte sich Sorgen um einen Mann gemacht, der damit drohte, sich umzubringen, oder um die Ängste eines kleinen Mädchens. Keine hätte sich für einen seiner Fälle interessiert. Und keine dieser Frauen hatte ihn mit dieser hingebungsvollen Leidenschaft geküsst.

Am liebsten wäre Sam sofort geflohen.

Antoinette stand auf und klopfte sich die Hundehaare von der Jeans. Lachend entschuldigte sie sich. „Tut mir Leid, sie führt sich schrecklich auf, aber sie ist ein liebebedürftiger Hund, und sie ist den ganzen Tag eingesperrt. Ich wollte sie mit in den Park nehmen, aber sie ist so wild, ich dachte, vielleicht erschreckt sie Laurie. Mrs. Patterson sagte, dass Laurie sich vor Hunden fürchtet."

„Wann hast du mit Mrs. Patterson gesprochen?"

„Gestern Abend."

„Du hast sie wegen des Hundes angerufen?"

„Also, eigentlich hat sie mich angerufen. Sie hat ein neues Pflegekind, das ihr Probleme bereitet. Da wollte sie meine Hilfe."

„Bezahlt dich überhaupt jemand für deine Arbeit? Oder arbeitest du immer umsonst?"

„Deine Behörde hat mich bezahlt. Erinnerst du dich?" Antoinette ging zur Küche. Sie spürte etwas in Sams Tonfall, das sie nicht verstand. Es klang fast wie Missfallen.

„Wohin gehst du?"

Sie wandte sich um und lehnte sich kraftlos an den Türrahmen. „In die Küche. Uns etwas zu essen machen."

Sam zählte still alle Gründe auf, weshalb er jetzt ärgerlich war. Er ärgerte sich über Antoinette, weil sie so war, wie sie war, über sich selbst, weil er sie begehrte, obwohl er wusste, wie gefährlich es sein würde, mit ihr zu schlafen. Dann ärgerte er sich über die ganze Welt, in der Leute, die sich nie verstehen würden, trotzdem ineinander verliebten. „Für mich brauchst du nichts zu machen."

Antoinette hörte die Wut heraus. „Was habe ich getan?" Als er nichts erwiderte, kam sie zu ihm zurück, blieb jedoch einen Schritt entfernt stehen. „Sam, sprich mit mir."

Sein Kopfschütteln war kaum wahrnehmbar. „Wir haben schon alles gesagt. Und was hat es gebracht? Wir stehen hier am selben Ort, sehen einander an, und keiner von uns hat sich verändert. Nichts hat sich geändert."

Antoinette glaubte ihn verstanden zu haben und lächelte erleichtert. „Stimmt nicht. Dachtest du, ich spiele mit dir?" Sie lachte leise. „Hast du mich deswegen weggestoßen?" Versuchsweise ging sie auf ihn zu und legte ihm den Arm um die Taille. „Das würde ich nicht tun, Sam."

Sam kannte sie gut genug, um zu wissen, dass sie sich ihm ebenso wenig gedankenlos für eine Nacht hingeben würde. „Ich habe mich nicht geändert", sagte er warnend, als er sie an sich zog. „Ich möchte keine feste Beziehung."

„Das weiß ich. Wollen wir nicht einen Schritt nach dem anderen machen?"

Aber was nützt das? überlegte Sam. Wir bereiten uns bloß gegenseitig Kummer. Einerseits wollte er sie von ihrer Entscheidung abbringen und andererseits am liebsten sofort ins Bett begleiten.

„Was ist der nächste Schritt?" fragte er und fuhr ihr mit einer Hand durchs Haar und über die Schulter.

„Küss mich, aber stoß mich nicht wieder weg."

Mit beiden Händen hob er ihr Gesicht, bis ihr Mund direkt vor seinem war. Einen Augenblick zögerte er, dann küsste er sie sanft.

Sie lehnte sich vor und erwiderte den Kuss glutvoll. Erbebend spürte sie seine Hand, mit der er ihr den Rücken hinabstrich, einen Moment auf ihrem Po innehielt und dann langsam das Sweatshirt hochschob.

Den Verschluss ihres BHs öffnete er mit einer Geschicklichkeit, die Übung zeigte. Während er sie mit Zunge und Lippen erregte, liebkoste er gleichzeitig die Außenseiten ihrer Brüste. Antoinette spürte, wie sich eine Hitze in ihr ausbreitete, die sie schließlich bis in die Fingerspitzen durchdrang. Sie wusste, dass sie zitterte.

Sam hob die Lider, um sie anzusehen. Ihre blauen Augen wirkten groß und verletzlich. Laurie hatte ihn heute genauso angesehen, mit dieser erwartungsvollen Verehrung. Er wollte nicht, dass diese Frau ihn so ansah. Außer Schmerz konnte er ihr nichts geben.

Sie roch wie der Frühling, sah wie ein unschuldiges Kind aus und fühlte sich wie die begehrenswerteste Frau der Welt an. Selbst der flüchtigste Kuss und die leiseste Berührung stachelten sein Verlangen an.

Der Argwohn blieb jedoch die ganze Zeit über in seinem Blick, und Antoinette erkannte bald, wie dieser Argwohn sich vertiefte. Sams Hände sanken wieder zu ihren Hüften herab. Als sie merkte, dass es vorbei war, verspannte sich ihr Körper, und in ihrer Stimme lag Bitterkeit.

„Du verstehst es wirklich, mir Wechselbäder der Gefühle zu verschaffen." Sie zwang sich, einen Schritt zurückzutreten. „Du brauchst dich nicht verpflichtet zu fühlen, mit mir zu schlafen. Ich habe mich bisher noch nie einem Mann an den Hals geworfen. Wahrscheinlich wirke ich noch sehr unerfahren darin."

„Mach dir nichts vor. Ich begehre dich."

„Ja, das habe ich gemerkt", sagte sie lächelnd. „Ich glaube, ich habe dich vollkommen missverstanden. Wahrscheinlich ist es das Beste, wenn du jetzt gehst." Ihre Stimme klang ruhig, aber in ihren Augen standen Tränen der Wut und Enttäuschung.

Sam wollte, dass sie ihn verstand. „Ich möchte nur wissen", sagte er, „wie du dich in ein oder zwei Stunden fühlen würdest, wenn ich dann aufstehe, um nach Hause zu gehen."

„Ich dachte, du bleibst über Nacht."

„Ich schlafe lieber allein."

„Ich verstehe."

„Wirklich?" fragte er nach.

„Ja, du sagst mir, dass ich dir nicht einmal eine Nacht wert bin. Eine größere Demütigung kann ich mir nicht vorstellen." Sie hob den Kopf und drängte die Tränen zurück. „Und jetzt kann ich mich auch wieder gut daran erinnern, weshalb auch ich lieber allein schlafe."

„Es gibt unzählige Männer, die dir geben können, was du dir ersehnst."

„Schade eigentlich, dass ich mir nichts aus ihnen mache." Sie verschränkte die Arme vor der Brust, um das Mitleid abzuwehren, das sie in seinem Blick zu erkennen glaubte. „Danke für das Picknick. Aber ruf mich in Zukunft bitte nicht mehr an, Sam. Ein Mann in meinem Leben, der nicht das will, was ich ihm anbiete, reicht mir. So eine Erfahrung wie mit meinem Exmann möchte ich nicht noch einmal."

Es war vorbei, und es war genauso zu Ende gegangen, wie er es sich ausgemalt hatte. Warum hatte er bloß dieses Gefühl, gerade einen schrecklichen Fehler begangen zu haben? Er streckte die Hand nach ihr aus, um sie zu überzeugen, dass das Ganze nicht ihr Fehler war, aber sie wich ihm aus und blickte ihn nur starr an. Er drehte sich um und wäre beinahe über Tootsie gefallen, die sich hinter ihm ausgestreckt hatte.

An der Tür blieb er stehen, doch es gab nichts mehr zu sagen. Er ging hinaus in die Dunkelheit. Antoinette sah ihm nach und kam sich unsagbar dumm und lächerlich vor.

8. KAPITEL

Antoinette konzentrierte ihre Aufmerksamkeit auf Tootsie, die ihr hechelnd zu Füßen lag. Wie schon so oft überlegte Antoinette, dass sie ein neues Heim für Tootsie finden musste. Es reichte einfach nicht, dass der Hund hin und wieder ein bisschen gestreichelt wurde. Tootsie brauchte Gesellschaft, Liebe und Zuneigung.

„Brauchen wir das nicht alle?“ fragte sie laut und zog sich Schuhe und Jackett aus. Sie schaltete das Küchenlicht an und kramte im Kühlschrank herum, bis sie sich für einen Jogurt entschied.

Während der vergangenen Woche hatte sie ihre letzte Energie eingebüßt. Und viel war ohnehin nicht mehr vorhanden nach der Szene mit Sam. Im Moment lief in ihrem Leben alles schief. Nicht nur, dass sie sich diesem Mann an den Hals geworfen und damit zum Narren gemacht hatte. Sie musste auch einen ihrer Patienten ins Krankenhaus einliefern und bei zwei anderen erhebliche Rückschläge feststellen. Obwohl so etwas zu ihrem Beruf gehörte, machte es sie in ihrer momentanen Lage doch verzweifelt.

Müde schaltete sie den Videorecorder ein, um die Nachrichten zu sehen, die sie immer aufzeichnete, wenn sie nicht rechtzeitig nach Hause kam. Doch durch die schlechten Neuigkeiten aus aller Welt wurde ihre Stimmung nur noch düsterer. Am Schluss der Aufzeichnung kündigte die Sprecherin in der folgenden Sendung einen Bericht über einen neuen Brandanschlag auf „Omega Oil“ an. Doch danach schaltete sich der Recorder aus. Antoinette sank ins Sofa.

In der vergangenen Woche hatte sie oft an Sam gedacht. Sein Zögern, sich auf sie einzulassen. Ihr eigener Wunsch, sich mit ihm einzulassen. Und dann die Schlussszene, hier in diesem Raum. Wieso konnte sie nicht mit Männern glücklich werden? Weshalb wurde sie immer abgelehnt? Doch bei all ihren Gedanken hatte sie vollkommen den eigentlichen Grund vergessen, aus dem Sam und sie sich überhaupt getroffen hatten. Sie hatte ihm versprochen, ein Gutachten über den Brandstifter zu verfassen. Zwar hatte sie wenige Anhaltspunkte, aber in diesem Stadium war jeder Hinweis wertvoll.

Jetzt hatte sie ein schlechtes Gewissen, dass sie daran nicht gearbeitet hatte. Auch wenn es Sam war, dem sie es versprochen hatte – ein Versprechen war für sie eine Verpflichtung.

Tootsie kam und ließ sich den Kopf kraulen, während Antoinette überlegte, was sie sonst noch vergessen haben mochte. Sie aß nichts Vernünftiges mehr, schlief schlecht und fühlte sich bloß noch erschöpft. Entweder bekam sie sich schnell wieder in den Griff, oder sie würde sich bald im Krankenhaus wiederfinden.

Dabei sie musste sich bloß etwas zusammenreißen. Zunächst würde sie den Bericht verfassen, was für ein Mensch der Brandstifter wahrscheinlich war, und ihn Sam bringen. Sie würde höflich und abweisend sein. Dann würde sie ihre schlechte Laune abschütteln, die Schachtel Zigaretten wegwerfen, die sie heute früh gekauft hatte, und mit ihrem Leben neu anfangen.

Den kleinen Teil von ihr, der sich wünschte, dass die Dinge anders lägen, den würde sie einfach nicht beachten. Man musste seine Bedürfnisse, Wünsche und Gefühle nicht nur verstehen, man musste auch mit ihnen umgehen können.

Sie stand auf, schaltete den Fernseher aus und ging ins Bad. Noch heute Abend würde sie den Bericht fertig schreiben. Und morgen würde sie ihn Sergeant Sam Long bringen.

Sam sah blicklos auf den Stapel Papiere auf seinem Schreibtisch. Den Schreibkram mochte er von der ganzen Polizeiarbeit am wenigsten. Die Unterlagen verschwammen vor seinen Augen. Er arbeitete jetzt ausschließlich an dem Fall „Omega Oil". Der zweite Anschlag, auf eine andere Niederlassung der Firma, hatte unter anderem bewiesen, dass Howard Fauvier, der in einer Heilanstalt war, nichts mit dem ersten Feuer zu tun hatte. Vielleicht ergaben sich in der nächsten Woche neue Hinweise, da sich herausgestellt hatte, dass die ehemaligen Manager von „Omega Oil" an dunklen Machenschaften beteiligt waren. Ein paar von ihnen hatten einiges zu gewinnen, falls der Konzern in den Ruin gedrängt wurde.

Doch Sam hatte nicht das Gefühl, kurz vor der Auflösung des Falls zu stehen. Allerdings versuchte er ohnehin, seine Gefühle zu verdrängen. Sobald ihm das nicht gelang, sah er Antoinettes Gesicht vor sich und spürte wieder ihren Körper. Der Duft ihres Parfüms lag ihm in der Nase, und er hörte ihr sinnliches Lachen.

Er hatte nicht gewollt, dass es so endete. Vielmehr hatte er mit ihr schlafen wollen und danach gehen, wenn sie beide ihre Lust befriedigt hatten. Bisher hatte es keine schmerzhaften Abschiede bei den Frauen in seinem Leben gegeben. Es war ein Fehler gewesen, die Dinge so weit laufen zu lassen. Den Unterschied zwischen Antoinette und den anderen Frauen hatte er vorher gespürt, und auch den Unterschied in seinem eigenen Verhalten und Fühlen.

Es gab in seinem Leben keinen Platz für eine ernsthafte Beziehung. Dafür war sein Beruf zu aufreibend und zu gefährlich. Wenn er am Leben bleiben wollte, musste er sich voll auf seine Arbeit konzentrieren.

Aber er sehnte sich nach ihr.

Sam stützte den Kopf auf die Hände. Obwohl das Büro voller Menschen war, achtete niemand darauf, was Sam machte. Ständig klingelten Telefone, Aussagen wurden aufgenommen, und keiner merkte, wenn einer der Polizisten vor Erschöpfung und Einsamkeit allmählich verrückt wurde.

„Sam?"

Die Stimme war sanft und melodiös. Einen Augenblick meinte er, unter Wahnvorstellungen zu leiden. Dann hob er den Kopf, und da stand sie. Sie sah genauso aus, wie er sich fühlte. „Was machst du hier?"

Antoinette hatte sich sorgfältig zurechtgemacht. Sie trug einen dunkelblauen Blazer und einen schlichten Rock. Ihr Haar war in einem exakten Mittelscheitel nach hinten gekämmt, und ihr Gesichtsausdruck wirkte genauso berufsmäßig. Aber sie befürchtete, dass die Ringe unter ihren Augen trotz des Make-up noch zu sehen waren.

„Ich bringe dir das Täterprofil, das ich dir versprochen hatte. Tut mir Leid, dass es nicht schneller fertig war, aber ich war in letzter Zeit sehr beschäftigt."

Er wurde von der Erkenntnis überwältigt, dass er eine letzte

Chance erhielt. Langsam stand er auf und zog einen Stuhl heran. „Setz dich bitte."

„Nein, danke." Sie war stolz auf den ruhigen Klang ihrer Stimme. Andererseits zerriss sie vor Anspannung fast den Riemen ihrer Handtasche. Sie zwang sich, sich zu entspannen. Manchmal war es doch nützlich, wenn man schon als Kind gelernt hatte, sich zusammenzureißen. „Ich muss zurück zur Arbeit."

„Lass mich den Bericht wenigstens lesen, bevor du gehst. Vielleicht habe ich noch Fragen." Sam versuchte ihren Blick zu halten, aber sie blickte ihm absichtlich nicht direkt in die Augen. Das gab ihm Gelegenheit, ihr Gesicht zu betrachten. Er kam sich vor, als sei ihm das Augenlicht nach langer Zeit für einen kurzen Moment wiedergeschenkt worden.

„Du hast meine Nummer", sagte sie freundlich. „Ich beantworte dir deine Fragen gern, zwischen drei und vier Uhr habe ich heute etwas Zeit. Hoffentlich hilft dir das hier weiter."

„Antoinette, es tut mir Leid." Er kam um den Schreibtisch und lehnte sich an die Kante.

„Was denn, Sam?" fragte sie gelassen. Dann zögerte sie, weil sie erkannte, dass sie genau wusste, wovon er sprach. „Du hast uns beiden einen Gefallen getan."

Er fragte sich, ob sie nicht nur hypnotisieren, sondern auch Gedanken lesen konnte. Dasselbe hatte er sich seit Tagen eingeredet. „Wirklich?" fragte er leise. „Normalerweise fühle ich mich gut, wenn ich mir einen Gefallen tue. Das ist diesmal nicht so."

Ihre perfekte Rolle bekam einen Riss, und er bemerkte den verletzlichen Blick in ihren Augen. „Fang nicht wieder damit an", bat sie heiser.

„Ein Neuanfang ist besser als ein Ende."

„In beidem bist du ja Experte." Der Spott in ihrem Tonfall klang nur schwach.

Sie beide konnten niemals einfach Freunde sein. Sam wollte, obwohl er sich nach ihr sehnte, nun einmal keine feste Beziehung. Er wollte sie lieben, gleichzeitig wusste er nicht, ob es Raum für Liebe in seinem Leben gab.

Er konnte nicht lügen. Das Einzige, was er ihr geben konnte, um ihr und sich selbst zu helfen, war die Wahrheit. Und ein klares Zeichen, dass er auch die Traurigkeit, die ihre Trennung ihnen beiden brachte, nicht wollte.

„Ich fahre morgen zu meinem Onkel, der im Sumpf lebt. Die Gegend heißt Bayou Midnight", sagte er und griff nach ihrer Hand. „Komm mit mir mit."

„Nein." Sie wollte die Hand wegziehen, aber er hielt sie fest.

„Ich habe dort ein eigenes Haus", fuhr er fort. „Es ist nichts Besonderes, nur eine Fischerhütte mitten im Sumpf, aber mir gefällt es. Wir könnten dort das Wochenende miteinander verbringen."

„Wozu? Damit du dir im letzten Moment wieder überlegst, dass du mich nicht willst? Damit wir das ganze Wochenende enttäuscht und bedrückt sind?"

Mit der freien Hand strich er ihr über die Wange. „Oh, Antoinette", sagte er leise. „Ich habe nie gesagt, dass ich dich nicht will. Verstehst du nicht, dass ich mich einfach zu stark nach dir gesehnt habe?"

Sie konnte sich nicht rühren. Dass er ihr hier vor seinen Kollegen so ein Geständnis machte, überwältigte sie. Obwohl niemand sie direkt beobachtete, wussten sie beide, dass ihnen zahllose Ohren zuhörten. Für Antoinette war Sams Verhalten ein Zeichen, wie viel sie ihm bedeutete.

„Und jetzt?" sagte sie schließlich. „Sehnst du dich jetzt weniger nach mir? Willst du deshalb mit mir zusammen sein? Oder begehrst du mich noch mehr, so dass es dir egal ist? Oder …"

Sam legte ihr einen Finger auf die Lippen. „Bitte. Ich weiß es nicht. Ich kann dir keine Versprechungen machen, und ich will nicht weiter als bis zum Wochenende planen." Er zögerte einen Augenblick. „Komm mit mir und lass uns alles andere vergessen. Ich zeige dir, wo ich wirklich aufgewachsen bin. Sei bei mir und verbringe die Nächte mit mir."

Sie hörte genau, worauf sie sich einlassen sollte. Ihr Stolz und ihr Verstand sagten ihr, dass das nicht genug war. Aber ohne ihn war ihr Leben so trostlos. Sie wollte ihn besser kennen lernen, und sie sehnte sich danach, mit ihm zu schlafen. Sam wusste, wie er ein unwiderstehliches Angebot machen musste.

„Ich bin nicht sehr mutig“, gestand sie. „Und du wirst mich wieder verletzen.“

„Ich habe versucht, dir nicht wehzutun.“

Antoinette nickte und küsste die Fingerkuppen, die noch auf ihrem Gesicht ruhten. „Anscheinend bin ich verrückt, aber ich werde mitkommen.“

Also lag noch ein ganzer Tag ohne sie vor ihm. Sam wusste nicht, wie er das ertragen sollte.

„Gut.“ Er strich ihr durchs Haar und zog ihren Kopf zu sich, um sie zu küssen. Dabei hörte er das höfliche Hüsteln vom Nebentisch. Es war ihm egal. „Zu einem kleinen Vorspiel heute Nacht könnte ich dich wohl nicht überreden, oder?“ sagte er so leise, dass nur sie es hören konnte.

„Lass mir die Vorfreude, Sam“, erwiderte sie genauso leise.

Als sie einen Schritt zurücktrat, sah er, dass ihre Wangen gerötet waren. Sam lachte und drückte ihre Hand, bevor er sie losließ. „Ich hole dich morgen früh um sechs Uhr ab.“

„Um sechs? Ich habe in letzter Zeit wenig geschlafen …“

„Ich auch.“ Er schmunzelte. „Und an diesem Wochenende werden wir auch nicht viel schlafen. Also geh früh zu Bett.“

Ihr Blick hätte Wasser zum Kochen bringen können. Dann wandte sie sich um und ging zwischen den Tischen aus dem Büro. Sam hörte nicht auf das Lachen der Kollegen, als sie weg war.

Was nahm man mit, wenn man zu einem Liebeswochenende in die Sümpfe fuhr? Antoinette fragte sich, ob es den Alligatoren und Mücken etwas ausmachte, wenn sie nur Jeans und Sweatshirts mitnahm. Sie würde es Sam nicht sagen, aber sie war in ihrem ganzen Leben noch nie in den Sümpfen gewesen.

Die Geschichte der ersten Siedler, die sich in den Sumpfgebieten niedergelassen hatten, kannte sie allerdings, und die Küche der Cajun-Leute war in den letzten Jahren genau wie ihre Musik immer beliebter geworden. Antoinette mochte die würzigen Speisen und die Akkordeon- und Geigenmusik, die alten Geschichten, das merkwürdige Französisch, das sie sprachen, und den Stolz dieser eigenen Kultur, die noch nicht untergegangen war. Schon oft hatte sie ein Wochenende irgendwo im Süden Louisianas verbringen wollen.

Aber es war etwas völlig anderes, mit Sam dorthin zu fahren.

Sie hörte einen Moment auf, die Koffer zu packen, und überlegte, ob sie den Verstand verloren hatte. Jeden Augenblick konnte Sam kommen, und sie packte den Koffer nur noch einmal, um sich zu beschäftigen. Im Grunde ihres Herzens glaubte sie nicht daran, dass er kommen würde. Seit einer Stunde versuchte sie diesen Gedanken zu verdrängen, aber sie war überzeugt, dass Sam sie wieder abweisen würde.

Das Klopfen an der Tür und Tootsies Bellen bewiesen ihr lediglich, dass er gekommen war, um ihr persönlich abzusagen. Sie klappte den Koffer zu und öffnete die Tür. An Sams Blick erkannte sie, dass sie sich umsonst Sorgen gemacht hatte. Vor Erleichterung fiel sie ihm um den Hals.

„Ich dachte, du würdest nicht kommen." Sie verschränkte die Hände hinter seinem Nacken und suchte in seinem Blick nach Anzeichen der Unentschlossenheit.

„Ich dachte schon, du willst nicht, dass ich komme."

„Dabei habe ich zweimal gepackt, nur um beschäftigt zu sein."

„Seit fünf Uhr bin ich fix und fertig." Sam zog eine Spur von Küssen über ihr Gesicht, bis er bei ihrem Mund angelangt war. Hungrig presste er seine Lippen auf ihre.

„Warum ist zwischen uns alles so schwierig?" fragte sie, nachdem sie sich von ihm gelöst hatte.

„Weil ich ein schwieriger Mensch bin." Sam hob ihr Gesicht leicht an. Sie sollte ihn verstehen. „Vor jemandem wie mir würde ich jede Frau warnen."

„Als Kind bin ich nur dann in Schwierigkeiten gekommen, wenn mich jemand herausgefordert hat. Ich konnte nie widerstehen. Jetzt fühle ich mich genau wie damals."

Sam lachte, und endlich verschwand auch sein ernster Gesichtsausdruck. „Ich werde dich von nichts abhalten. Lass uns endlich losfahren."

„Ich muss Tootsie noch Futter hinstellen. Mein Nachbar kommt erst später, um sich um sie zu kümmern."

Sam bückte sich und kraulte Tootsie hinter den Ohren. „Willst du mit uns kommen?"

Tootsie kläffte froh, als hätte sie ihn genau verstanden.

Überrascht blickte Antoinette ihn an. „Meinst du das ernst?"

„Bei meiner Hütte gibt es kaum festen Boden, aber mein Onkel hat einen Hund und unzählige Katzen. Dort könnte sie bleiben."

„Sie wird sich wohl fühlen."

Fast direkt hinter der Stadtgrenze von New Orleans fingen die Sumpfgebiete an. Neben der Straße zogen sich endlose freie Flächen mit langem Sumpfgras und schmalen Rinnsalen. Hin und wieder fuhren Sam und Antoinette an Häusern vorbei, die auf Stelzen gebaut waren, und manchmal sahen sie ein Motorboot mit Fischern. Dann folgte ein mit Zypressen bewachsener Sumpf. Der Sumpf war neblig und wirkte verzaubert. Obwohl die Landschaft fast unberührt schien, erzählte Sam, dass einer seiner Fälle ihn direkt hierher geführt habe.

„Hier gibt es Gebiete, in denen selbst die ältesten Sumpfbewohner noch nie waren. Der Sumpf verschluckt alles, was man hineinwirft, und vieles taucht nie wieder auf."

Antoinette schauderte. „Sprichst du jetzt von Leichen?"

Er musste schmunzeln, als er ihr erschrecktes Gesicht sah. „Ich wollte es etwas poetisch ausdrücken. Ja, ich spreche von Leichen. Der Sumpf ist ein beliebter Entsorgungsplatz."

„Wie schrecklich."

„Das ist Mord immer."

Antoinette sah zu Sam hin. „Dabei fällt mir ein … du hast überhaupt noch nichts zu meinem Bericht gesagt."

„Ich versuche immer noch, ihn zu verdauen. Hat dir schon mal jemand gesagt, wie intelligent und aufmerksam du bist?"

Das Kompliment tat ihr gut. „Niemand, auf dessen Meinung ich so viel Wert gelegt hätte."

Er legte ihr kurz eine Hand auf die Schulter. „Du hattest sehr wenige Anhaltspunkte, und das meiste von dem, was du schreibst, beruht auf eigenen Eindrücken und Überlegungen. Dein Bericht ist eine beachtliche Leistung. Im Moment allerdings suchen wir in den höheren Rängen von ‚Omega Oil' nach dem Täter. Dein Bericht weist mehr auf einen einfachen Arbeiter hin."

Sie nickte. „Ein Einzelgänger oder jemand, der sich mit einem oder zwei anderen zusammengeschlossen hat, die genauso enttäuscht sind wie er. Er fühlt sich von den Entscheidungen ausgeschlossen und sieht nur diesen Weg, um auf sich aufmerksam zu machen."

„Glaubst du, Howard Fauvier könnte mit dahinterstecken?"

Darin war Antoinette sich ganz sicher. „Nein. Howard hätte das mittlerweile jemandem gesagt. Er könnte so etwas nicht lange für sich behalten."

„Dein Bericht beruht stark auf Lauries Geschichte. Aber wir wissen nicht mit Sicherheit, dass ihr Retter auch unser Brandstifter ist. Das ist nur eine Überlegung."

„Aber sie ergibt einen Sinn."

„Besonders für jemanden, der daran glaubt, dass kein Mensch von Grund auf schlecht ist."

Sie lachte. Obwohl sie beide sehr unterschiedliche Meinungen über die Menschen hatten, stritten sie sich nicht mehr darüber.

Sie bogen in eine Straße, die am Ufer des Mississippi entlangführte. Hin und wieder sahen sie alte Plantagenhäusern und neue Fabriken. Sie fuhren an Zuckerrohrplantagen vorbei und an kleinen ärmlichen Hütten, die von Fischern bewohnt wurden.

„Das hier ist noch sehr bewohnt", warnte Sam sie. „Wir fahren zu einem der entlegendsten Plätze weit und breit. Wenn du jemals wissen wolltest, wie die Leute hier vor fünfzig oder hundert Jahren gelebt haben, dann wirst du es bald herausfinden."

„Das ist alles vollkommen neu für mich. Was ist so ungewöhnlich an dem Leben deiner Familie?"

Sam erzählte die Geschichte gern. „Noch in den Zwanzigern lebten viele Leute im Sumpf vom Fischen und Fallenstellen. Dann gab es eine große Überschwemmung, und es wurden Dämme gebaut, um das Wasser zu stauen. Einige Leute blieben und lebten in Wohnbooten, aber die meisten zogen in die umliegenden Städte, wo sie nicht mindestens einmal im Jahr nasse Füße bekamen. Mit Außenbordmotoren konnten sie leicht hierher fahren, ihre Fallen stellen und abends wieder zurückkehren. Die Leute gewöhnten sich an elektrischen Strom und fließendes Wasser. Ihr Leben veränderte sich."

„Und deine Familie blieb?"

„Ja, eine Zeit lang. Meine Mutter erzählte mir von der kleinen Stadt, in die all ihre Verwandten zogen. Sie waren gut miteinander ausgekommen, bis sie auf einmal alle dicht zusammen wohnten. Mein Onkel Claude hielt es nicht mehr aus, und so blieb er eines Tages draußen und lebte ein halbes Jahr in einer Hütte. Dann hatte er einen Platz gefunden, an dem er sein Haus baute."

„Wurde es überschwemmt?"

„Regelmäßig. Jedes Jahr. Aber er war damals erst sechzehn und musste noch viel lernen. Als er zwanzig war, wusste er genau, wie und wo er ein Haus bauen musste. Dieses kleine Haus steht immer noch und gehört jetzt mir. Du wirst es kennen lernen."

Antoinette freute sich über den Stolz in Sams Stimme. Je näher sie Bayou Midnight kamen, desto entspannter wirkte Sam. „Und wo lebt dein Onkel?"

„Er hat sich ein Haus am Rand des Sumpfgebiets gebaut, ungefähr drei Kilometer von meiner Hütte. Dort gibt es jetzt eine kleine Siedlung, obwohl die Häuser von Claude und Leonce etwas abseits liegen. Sie haben Strom und Wasser. Leonce hat sogar ein Telefon. Aber im Vergleich zu normalen Wohnungen leben sie sehr einfach."

„Leonce?"

„Er ist mein Cousin, Onkel Claudes Sohn. Er ist mit Didi verheiratet, die sehr entfernt auch mit mir verwandt ist. Martin, mein anderer Cousin, lebt bei Onkel Claude."

„Ich weiß nicht, ob ich das richtig verstanden habe."

Sam strahlte als Antwort nur. „Das war erst der Anfang. Die Cajun-Leute hier hängen mehr an ihrer Familie als anderswo. Onkel Claude ist eher zurückhaltend, aber du wirst Didi und Leonce mögen. Leonce arbeitet auf einer Bohrstelle von ‚Omega Oil', und Didi ist die beste Köchin im gesamten Sumpf."

Nach einem kurzen Moment sprach er weiter. „Martin ist etwas unzugänglich. Der Sumpf ist sein ganzes Leben. Er lebt vom Fischen und würde lieber sterben, als für eine Ölfirma zu arbeiten. Er war in Vietnam und ist seitdem sehr still. Aber er ist ein prima Kerl, und ich verdanke ihm viel."

„Wieso?"

„Als ich hierher geschickt wurde, hat er sich meiner angenommen. Er hat mir gezeigt, wie schön es hier ist."

Antoinette wunderte sich, wie viel Sam in dieser kurzen Zeit von sich preisgab. Sie lehnte sich zurück und genoss die Landschaft. Ihre Zweifel, ob es richtig war, hierher zu fahren, waren verflogen. Etwas Besonderes lag hier in der Luft, und Sam wurde dadurch offener und zugänglicher. Und Antoinette wollte es mit ihm teilen.

Antoinette und Sam machten in einem kleinen Café Frühstückspause. Während sie mit Wurstplatten und Rühreiern ihren Hunger stillten, lauschten sie dem merkwürdigen Akzent, in dem sich die anderen Gäste unterhielten.

Sam erklärte Antoinette, dass es hier noch Leute gab, die ausschließlich Cajun-Französisch sprachen, dass aber die meisten lediglich einzelne Phrasen in ihre Sätze einbauten. Leider war die Sprache durch das einheitliche Schulsystem und die offizielle Behördensprache so gut wie ausgestorben.

Den Rest der Fahrt über genoss Antoinette nur den Ausblick, während Sam hin und wieder auf etwas Eigentümliches der Landschaft hinwies. Je weiter sie fuhren, desto ursprünglicher wurde die Natur. Sie fuhren von der asphaltierten Straße ab und bogen in einen gewundenen, mit Kies gestreuten Weg, der an einem mit Hyazinthen überwucherten Morast entlangführte. Schließlich bestand der Weg nur noch aus Wurzeln und platt getretenen Pflanzen.

„Ist das Bayou Midnight?" wollte Antoinette wissen. Schon

lange hatten sie die letzten Zeichen der Besiedlung hinter sich gelassen. Hier gab es nur noch Boote auf dem Wasser, aber weder Häuser noch Hütten.

„Noch nicht. Dort ist das Wasser noch schwärzer und die Straße nicht mehr so gut."

Antoinette fragte sich, ob das möglich war. Doch zwanzig Minuten später wusste sie es sicher. Gerade als sie überzeugt war, dass Sam sie hier ins Nichts gefahren hatte, um ihr irgendetwas klar zu machen, hielt er hinter einem Haus an, das direkt am Rand einer leichten Erhöhung stand und auf ein tiefdunkles Gewässer hinausblickte.

„Wir sind zu Hause."

Von seinem Tonfall gerührt, stellte Antoinette fest, wie sehr Sam an diesem Ort hängen musste. Und als er sich ihr zuwandte, erkannte sie in seinem Blick, dass er hier keine Mauern der Verteidigung brauchte. Hier war er herzlich, warm und offen.

„Es ist schön hier, Sam."

Das Haus war klein, aus Zypressenholz gezimmert und auf Holzpflöcken aufgestockt. Das Zinkdach hatte sicher früher der Trinkwasserversorgung gedient. Seitlich vom Haus, am Rand des Wassers, befand sich ein Schuppen mit einem kleinen Bootssteg. Um das Haus herum standen hohe alte Bäume, die mit spanischem Moos behangen waren. Ein leichter Wind bewegte die Baumwipfel, und ein scheckiger Hund kam auf sie zugetrottet.

„Ich sehe Claudes Auto nicht. Er muss weggefahren sein."

„Fahren wir zu deiner Hütte und warten dort, bis er zurück ist?" erkundigte Antoinette sich.

„Ja, aber nicht mit dem Auto. Wir müssen das Kanu oder Martins Boot nehmen. Im Frühling sieht mein Haus sowieso eher wie ein Boot aus."

Sie stiegen aus und gingen Hand in Hand um das Haus, während Tootsie sofort die Umgebung erkundete.

Vorn besaß das Haus eine breite Veranda, die durch das vorspringende Dach im Schatten lag. Antoinette war begeistert. „Sieh nur, Sam. Dort die Lilien, die wachsen ja praktisch auf dem Wasser."

Sie ließ seine Hand nicht los. „Und da ist ein Reiher. Was für ein wunderschöner Vogel."

Sam hatte gehofft, dass es ihr gefallen würde, aber er hatte nicht mit solcher Begeisterung gerechnet. „Hier gibt es alle möglichen Fische und zahllose Blumen- und Vogelarten." Er zögerte einen Moment. „Und Alligatoren und Wasserschlangen."

Ihre Augen öffneten sich weit, aber sie lächelte. „Ich fahre nicht, bevor ich nicht einen Alligator gesehen habe. Auf die Wasserschlangen kann ich verzichten."

„Hast du jemals Alligatorenfleisch gegessen?"

Antoinette merkte, dass er sie herausfordern wollte, und richtete sich auf. „Alligator in pikanter Sauce. Ich sage dir, ein Gedicht!"

„Gut. Didi kocht für uns heute Abend ein Festmahl. Du wirst ihre Alligatorwürstchen mögen."

„Klingt fantastisch." Strahlend lächelte sie ihn an. „Worauf darf ich mich sonst noch freuen?"

„Sumpfkaninchen." Sam blickte zur Seite, doch er konnte Antoinette nichts vormachen. Sie genoss es, ihn so unbeschwert zu sehen.

„Ich liebe Kaninchen."

„Sumpfkaninchen", berichtigte Sam.

„Also gut", gab sie nach. „Was ist das?"

„Gebratene Bisamratte."

Antoinette blickte auf das Wasser und schwieg einen Moment. „Ich freue mich immer, wenn ich neue Erfahrungen sammeln kann", fuhr sie dann fort.

„Dann gibt es noch Nutriagulasch."

Sie hatte schon genug Nutrias gesehen. Beim Gedanken, diese großen Ratten mit den langen orangefarbenen Zähnen auf dem Teller zu haben, zog sich ihr Magen krampfhaft zusammen. „Ich werde keine Nutrias essen!"

„Gut, denn das tut hier niemand."

Sie fuhr zu ihm herum, doch als sie seinen sanften Gesichtsausdruck sah, verschwand ihr Ärger schlagartig. Er umfasste ihr Kinn und beugte sich herab, um ihr einen langen, einfühlsamen Kuss zu geben.

„Ich weiß ja nicht, wie es dir geht", sagte er schließlich, „aber ich würde gern zu meiner Hütte fahren. In Ordnung?"

Als gäbe es einen Ort, an den sie ihm nicht folgen würde! Sie nickte und wartete auf der Veranda, während er eine Nachricht für seinen Onkel zurückließ, in der er mitteilte, wann sie angekommen waren und dass Tootsie zu ihnen gehörte. Dann gingen sie zu Sams Kanu.

9. KAPITEL

„Ich hätte niemals gedacht, dass du weißt, wie man Kanu fährt."

„Und ich hätte mir nicht träumen lassen, dass es mir noch einmal etwas nützt, was ich als Teenager im Sommerlager gelernt habe." Antoinette duckte sich, damit sie sich nicht in dem Moos verfing, das von den Bäumen herabhing. Der kleine Wasserweg war so schmal, dass die seitlichen Äste sich in der Mitte trafen und durch das Moos miteinander verbunden wurden.

Sam beobachtete von hinten, wie Antoinette kurz mit dem Paddeln aussetzte, damit er um einen der vielen Zypressenstümpfe, die aus dem Wasser ragten, herumsteuern konnte. Dann tauchte sie das Paddel wieder ein, und Sam war von der Anmut ihrer Bewegungen fasziniert.

„Ich hatte keine Ahnung, dass das so wundervoll sein würde." In Antoinettes Stimme lag Begeisterung. „Es ist nicht so wie der Ausblick auf das Meer oder von hohen Bergen herab. Manches hier ist sehr einfach, fast langweilig. Und dann wieder hast du einen Blick wie dort, wo der alte tote Baum am Ufer lehnt, oder da, die Weide mit dem Himmel im Hintergrund. Das ist atemberaubend."

Sam lächelte still und fragte sich, ob Antoinette wusste, wie viel Freude sie ihm mit ihren Worten bereitete.

Sie schreckten einen Reiher auf, der seine schneeweißen Schwingen ausbreitete und davonflog. Immer wieder plätscherte es um sie herum, wenn ein Fisch nach etwas auf der Oberfläche schnappte.

„Hier ist so viel Leben", sagte Antoinette leise. „Ich kann es direkt spüren, wie es sich überall um uns herum vermehrt. Man hat fast den Eindruck, hier hat alles begonnen. Hier ist das Leben einfach, wild und fruchtbar."

„Wir sind gleich da."

„Sam, wie kann es hier ein Haus geben? Hier ist kein Land."

„Denk dran, dass der Wasserstand hier normalerweise sehr viel niedriger ist."

Sie fuhren das letzte Stück schweigend, als wollten sie beide nicht die Stille des Sumpfs unterbrechen. Erst als sie fast da waren, entdeckte Antoinette Sams Haus.

Sie hatte sich auf ein Haus auf Stelzen vorbereitet. Doch dies hier war ein Floß mit einem Haus aus Zypressenholz darauf. Verankert war das Ganze an einem kurzen Steg, der zu einem kleinen Landstück dahinter führte. Die Gegend war so abgelegen und die Hütte so gut hinter den Bäumen versteckt, dass Antoinette blinzeln musste, um sicherzugehen.

Der Himmel hatte sich verdunkelt, und die Frösche begannen mit ihrem Konzert, als würden sie glauben, dass jetzt die Nacht anbrach. Der Wind war aufgefrischt, und Sam und Antoinette hatten das letzte Stück kraftvoller paddeln müssen, um dagegen anzukommen. Jetzt erkannte Antoinette, dass sie ihren ersten Sturm im Bayou erleben würde.

„Sam. Vielen Dank."

Unwillkürlich hatte er die Augen gesenkt. Er wusste nicht, was er erwidern sollte. Die Gefühle, die in ihrer Stimme mitschwangen, drohten ihn zu überwältigen. Er hätte es nicht für möglich gehalten, aber in dieser Umgebung wirkte sie noch anziehender und liebenswerter.

„Es wird einen Sturm geben", stellte er fest. „Wir sollten lieber hineingehen." Erfahren lenkte er das Kanu durch die Bäume zum Steg. „Warte, ich steige aus und helfe dir."

Sam betrat den Steg und reichte Antoinette die Hand. Er half ihr hinauf und zog dann das Kanu auf den Steg.

Antoinette richtete sich auf und machte eine ausholende Geste. „Das ist wundervoll. Einfach perfekt."

Er versuchte es mit ihren Augen zu sehen. Eine verwitterte Hütte auf einem rostigen Stahlfloß, hinter Zypressen verborgen. Gedankenversunken schlug er nach einer Stechmücke und genoss die kindliche Begeisterung in Antoinettes Gesicht. „Hattest du als Kind einen geheimen Ort für dich allein?"

Sie trat dicht zu ihm und fuhr ihm mit den Fingern über die Lippen. „Mignon und ich haben uns heimlich in den Geräteschuppen geschlichen. Dort haben wir in einer Ecke aus Brettern und Geräten eine Bude gebaut. Als meine Mutter es mitbekam, mussten wir alles wieder auseinander bauen. Dann wurde der Schuppen abgeschlossen." Sie strich wieder über seine Lippen. „Du siehst also, auch ich habe etwas für Verstecke übrig. Genau wie du."

In einiger Entfernung hörten sie schon Donnergrollen, und Sam legte ihr den Arm um die Schulter. Er meinte sie beschützen zu müssen, und dieses Gefühl empfand er nur für sehr wenige Menschen in seinem Leben. „Du wirst dich wohl fühlen. Es ist hübscher als ein Geräteschuppen."

Von innen sah man, mit wie viel Sorgfalt das Hausboot gebaut war. Jedes Brett passte exakt an das andere, damit keine Spalten entstanden, in denen sich Insekten einnisten konnten. An drei Wänden befanden sich große Fenster mit feinmaschigen Fliegengittern. Doch die größte Überraschung befand sich hinten, wo eine Tür auf eine Veranda führte, die man nur von innen erreichen konnte.

Die Hütte war sparsam eingerichtet, aber Antoinette vermutete, dass jedes Möbelstück sorgfältig ausgewählt war. Teppiche auf dem Boden, Stühle und ein einfacher Tisch. Ein Holzofen zum Heizen und ein Propangasherd zum Kochen. Auf Regalen standen Konservendosen und unverderbliche Lebensmittel in Vorratsgläsern. Töpfe und Pfannen waren an Nägeln über einer Anrichte aufgehängt, und eine altmodische Wasserpumpe befand sich direkt daneben. Das Ganze wirkte einfach, aber gemütlich. Nur ein Möbelstück fehlte, und zwar das Bett.

„Komm mit auf die Veranda", forderte Sam sie auf.

Das Bett stand mitten auf der Veranda und bot einen freien Blick auf Himmel, Wasser und Natur. Antoinette war sicher, dass es keinen schöneren Ausblick in der Welt gab.

Sam legte den Arm um sie und zog sie an sich. „Letztes Mal, als ich hier war, bin ich auf die Veranda gezogen. Bis zum Herbst lasse ich das Bett hier, dann bringe ich es wieder hinein."

Antoinette blickte auf die gemusterten Laken. Die Matratze war gerade breit genug für zwei. Irgendwie beruhigte sie das. Ein schmales Ein-Personen-Bett hätte sie an Sams Absichten zweifeln lassen, und ein breites Doppelbett hätte in ihr den Verdacht geweckt, dass das Ganze hier lediglich als Frauenfalle diente. So wie es war, konnte man darin nur aneinander geschmiegt liegen.

„Hast du schon jemals auf Spanischem Moos geschlafen?“ erkundigte er sich und fuhr ihr durchs Haar.

„Klingt, als ob es piekst.“

Sam lachte auf. „Mit Moos sammeln konnte man früher viel Geld hier in der Gegend verdienen. Einige Leute tun das immer noch. Didi hat mir diese Matratze damit gestopft, und ich fürchte, sie hat noch einige andere Dinge mit dazu gemischt.“

„Was für Dinge?“

„Da musst du sie schon selbst fragen. Jedenfalls riecht es sehr gut. Würde mich nicht wundern, wenn es ein Zaubermittel ist. Ihr Vater war ein Heiler.“

„Hat er dir beigebracht, wie man Kopfschmerzen wegmassiert?“

„Genau.“

Sie drehte sich um und zog seinen Arm enger um sich. „Was für ein Zauber mag darin sein?“

„Bei Didi würde ich auf Liebeszauber tippen. Seit Jahren will sie mich verkuppeln.“

„Mit wem?“

„Du kennst sie noch nicht“, ahmte er den melodischen Klang einer weiblichen Cajun-Stimme nach, „aber du wirst sie kennen lernen, und du wirst ihr verfallen mit Haut und Haar.“

„Ich glaube, ich werde diese Didi mögen“, stellte sie fest.

„Das wirst du“, versicherte er. „Und meine Familie wird dich mögen. Du passt hierher, obwohl ich das nicht gedacht hätte. Aber so leicht kann man sich irren.“

Antoinette wusste nichts zu erwidern. Sie hätte sagen können, dass sie sich hier wohl fühlte, dass dies ein perfekter Ort war und sie hier viel ruhiger wurde. Aber sie hatte gelernt, vorsichtig zu sein, und so lächelte sie nur und ging zum anderen Ende der Veranda, um zu beobachten, wie der Sturm über dem Sumpf heraufzog.

„Ich kann riechen, dass er kommt.“ Sie atmete tief durch und sog den Geruch der frischen kühlen Luft ein. Die Bäume wiegten sich im Wind, und ein Schwarm kleiner brauner Vögel stieg in die Luft auf.

„Leg dich her zu mir und sieh es dir an." Sam war wieder neben ihr. Es kam Antoinette wie eine Zeremonie vor. Sie näherten sich einander, dann gingen sie wieder auseinander, ein Schritt vor, einen zurück. Sie war nicht nervös, und Sam spürte kein Zögern bei ihr. Vielmehr kam es ihm vor, als wisse sie nicht genau, ob er sie noch begehre.

Das war beinahe lustig, denn er hatte sie nie so begehrt wie jetzt.

Er drehte sie leicht zu sich und vergrub die Hände in ihrem Haar. Sanft küsste er ihre Stirn, ihre Augenlider und die Nasenspitze. Sie öffnete die Lippen und gab sich ganz dem Kuss hin. Die Hände verschränkte sie hinter seinem Nacken, und ihr Parfüm mischte sich mit dem Geruch des Sturms.

„Welchen Sturm soll ich mir ansehen?" wollte sie wissen.

„Welchen du willst." Er zog sie dicht an sich und hob sie hoch.

Antoinette lag auf dem Bett, und Sam legte sich neben sie. Sie fragte sich nicht einmal, wie sie dorthin gekommen war. Sam und sie blickten einander an, doch ihre Körper berührten sich nicht. Antoinette versuchte den Ausdruck in seinem Gesicht zu deuten. Draußen fing der Wind an, in den Ästen zu heulen.

„Dieses Bett ist frisch bezogen." Sie legte das Gesicht auf die Matratze und atmete tief ein. „Und du hast Recht, es riecht wundervoll."

„Didi war heute Morgen offensichtlich da. Hier war es noch nie so sauber, und die Bettlaken gehören mir nicht."

„Du hast Didi, und ich habe Rosy."

„Rosy wechselt deine Bettwäsche?"

Sie lachte und wandte ihm das Gesicht zu. „Rosy kümmert sich um mich. Und auch meine Freundin Daffy. Wenn ich einer von ihnen von diesem Ausflug erzählt hätte, wären sie nachts in mein Haus eingebrochen, um ein schwarzes Negligee in meinen Koffer zu schmuggeln." Sie wollte ihn berühren, um ihrer beider Leidenschaft anzustacheln, doch sie konnte sich nicht bewegen. Sie fühlte sich träge und schwer.

Sie lächelte. Ob er gemerkt hatte, dass er über die Zukunft sprach?

Sam konnte sich nicht überwinden anzufangen. Er wusste, eine Berührung, ein einziger Kuss würde zu einem Ausbruch von Gefühlen und Lüsten führen, von dem er sich womöglich nie wieder erholte. Er genoss die Gefühle, die sich in ihm aufbauten, einfach weil er neben ihr lag. Eine Wärme ging von ihr aus, und in Gedanken spürte er ihre Haut und hörte ihr Stöhnen, wenn er sie küsste.

Einen Augenblick schloss Antoinette die Augen, als ob sie sich an etwas erinnern wollte. „Gerade fällt mir ein, warum es mir so richtig vorkommt, hier mit dir zu liegen, während der Sturm auf uns zukommt."

Er stützte den Kopf auf und blickte sie an.

Sie öffnete die Augen wieder. Es schien ihr peinlich zu sein. „Es ist noch eine Kindheitsgeschichte."

„Das macht doch nichts."

„Mignon und ich haben uns vor Gewittern gefürchtet. Immer wenn es blitzte, kam sie in mein Zimmer geschlichen und ist zu mir ins Bett gekrochen. Ich habe immer auf ein Gewitter gehofft ..."

Er sah sie zögern, und das verwunderte ihn. Sanft strich er ihr über den Kopf. „Du hast Gewitter gemocht?"

Sie lächelte traurig. „Nein, aber ich mochte es, wenn Mignon bei mir schlief. Es ist eine der wenigen Erinnerungen, die ich daran habe, wie mich jemand umarmt. In unserer Familie haben wir uns nur selten berührt."

Wie ein Schlag traf ihn das Mitleid mit dem kleinen Mädchen, das in der schönen kalten Villa aufgewachsen war. Jetzt verstand er auch, weswegen sie andere Menschen so gern berührte. „Ich verstehe, wieso du so jung geheiratet hast."

„Ja?" Sie lachte über sich selbst. „Leider hat mich mein Mann auch nicht oft berührt. Ich war für ihn so etwas wie eine Porzellanpuppe, die man in einer Glasvitrine aufbewahrt und bei passender Gelegenheit herausholt."

„Antoinette."

Sie hörte die Anteilnahme in seiner Stimme. Er hatte sie noch dichter an sich gezogen, und sie lehnte den Kopf an seine Schulter. „Alles in Ordnung", versicherte sie ihm. „Es hat einige Zeit gedauert, aber eines Tages begriff ich, dass es nicht an mir lag."

„Wie konntest du das jemals glauben?"

„Obwohl ich Psychologin bin, habe ich dieselben Bedürfnisse wie jeder andere. Dieselben Ängste und dasselbe Verlangen."

Sam fuhr mit der Hand ihren Hals hinab zu ihrem Rücken, um sich an sie zu pressen. „Weißt du nicht, was du bei Männern auslöst?" fragte er flüsternd. „Sie sehen dich an und sehnen sich danach, dich anzufassen."

„Ich wünsche mir jemanden, der mich wirklich berührt. Verstehst du den Unterschied?"

Er spürte ihren Atem an seinem Hals und erbebte. „Sprichst du über Liebe?"

„Ich weiß nicht. Ich spreche von jemandem, der mich begehrt, weil ich so bin, wie ich bin. Nicht, weil ich schön bin oder reich. Sondern weil ich ich bin." Es sollte nicht nach Selbstmitleid klingen, und sie versuchte ihrer Stimme einen leichten Tonfall zu geben. „Du musst verstehen, wie das ist, Sam. Hast du dich nie gefragt, ob die Frauen in deinem Leben mehr in dir sehen als deinen Körper und dein Gesicht?"

„Offen gesagt, es war mir immer egal, weshalb eine Frau mich begehrte, solange sie es tat." Er spürte ihren weichen Körper an sich. „Das war jedenfalls bis jetzt so."

Sie verharrten beide reglos. Er war über seine Worte genauso überrascht wie sie. Antoinette fühlte, dass Sam eigentlich nicht bereit war für eine solche Offenbarung seiner Gefühle. Spielerisch küsste sie ihn auf den Hals. „Keine Angst", zog sie ihn auf. „Ich weiß, dass das kein Antrag war."

„Vielleicht könnten wir aufhören zu reden." Er drehte sie auf den Rücken, so dass er halb auf ihr lag, und blickte in ihr Gesicht. Wie oft hatte er dieses Gesicht in letzter Zeit in Gedanken vor sich!

Kaum merklich nickte sie und strich ihm übers Haar, als er sich vorbeugte, um sie zu küssen. Sein Kuss war wie der Sturm. Wild und zügellos. Nur mit Mühe behielt er seinen Körper unter Kontrolle, und noch während sie das merkte, beschloss sie, diese Kontrolle schnell zu brechen.

Sie zog das Hemd aus seiner Jeans, während er mit den Lippen über ihren Mund fuhr, und strich ihm über den Rücken. Lustvoll öffnete sie den Mund, damit er mit der Zunge eindringen konnte. Seine Haut war weich, und die Muskeln darunter kraftvoll. Sie wusste, dass er in seinem Beruf körperlich fit sein musste, aber die breiten Schultern und die schmalen Hüften waren ein Geschenk der Natur. Er würde auch im Alter stark und männlich bleiben.

Unter ihren Liebkosungen zuckte er zusammen. Er stützte sich auf die Ellbogen, und sie legte die Hände auf seine Brust. Mit einer Hand fing sie an, sein Hemd aufzuknöpfen. Seine lockige blonde Brustbehaarung stand in aufreizendem Kontrast zu der gebräunten Haut. Sie folgte der Behaarung bis zu dem Punkt, an dem sie in einem schmalen Streifen im Hosenbund seiner Jeans verschwand.

„Du bist nicht die Einzige, die es liebt, gestreichelt zu werden", gab er mit heiserer Stimme zu. Antoinette blickte ihm in die Augen, während sie mit beiden Händen in kreisenden Bewegungen über seine Brust fuhr. Einen Augenblick richtete er sich auf, um sich das Hemd ganz abzustreifen, dann kam er wieder zu ihr und fing seinerseits an, ihr Sweatshirt hochzuschieben. Sie hob sich leicht hoch, damit er es ihr über den Kopf streifen konnte. Unverwandt sah sie ihm in die Augen, als er ihren BH öffnete und achtlos auf den Boden warf.

Insgeheim wartete sie auf eine unpassende Bemerkung, bei der sie sich wieder wie ein Gegenstand statt wie ein vollwertiger Mensch fühlen würde. Sie wollte nicht hören, wie perfekt ihr Körper war oder dass er nie eine schönere Frau gesehen hätte.

Sam beugte sich über sie, seine grünen Augen waren halb geschlossen. „Versprich mir, dass du mich irgendwann wieder aus dem Bett herauszerrst", sagte er leise. „Denn ich werde es freiwillig nie wieder verlassen."

Sie lachte glücklich und setzte sich auf, um ihn an sich zu ziehen.

Der Klang ihres Lachens ließ ihn die letzte Hemmung verlieren. Die Berührung ihrer Brüste an seinem Oberkörper strahlte eine glutvolle Hitze durch jede Faser seines Körpers. Er öffnete ihre Jeans und streifte sie ihr über die Hüften hinab, wobei er den seidenen Slip mit hinunterschob.

Wieder lachte Antoinette auf, und es hatte eine befreiende Wirkung auf die zum Zerreißen gespannte Stimmung. „Sam", sagte sie lachend. „Du hast meine Schuhe vergessen. So kriegst du die Jeans nie aus."

Ungeduldig sprang er vom Bett und hockte sich vor ihre Füße. Hastig zog er ihr die Schuhe aus und befreite sie von der Hose. Dann richtete er sich auf und zog auch sich selbst aus.

Antoinette blieb das Lachen im Hals stecken. Er verkörperte all die Dinge, die sie von ihm nicht hatte hören wollen. Sein Körper war perfekt. Es war das Schönste, was sie je gesehen hatte. Sie suchte nach einer passenden Beschreibung, aber es fiel ihr nichts Entsprechendes ein. So streckte sie nur die Arme nach ihm aus und sagte mit bebender Stimme: „Du kannst dir nicht vorstellen, wie sehr ich dich will."

Es war offensichtlich, wie sehr er sie begehrte, als er sich wieder zu ihr ins Bett legte. Der Sturm brach über der Hütte los. Obwohl es noch nicht regnete, zuckten Blitze über den Himmel. Sam legte sich auf Antoinette und nahm erst die eine Brustspitze zwischen die Lippen, dann die andere. Antoinette wand sich unter ihm. Gelächter, Unsicherheit, alles war von ihr abgefallen. Sie spürte nur noch diesen Mann.

Es gelang ihr nicht, still zu liegen und sich den Liebkosungen seiner Finger und Lippen hinzugeben. Sie wusste, dass es bei Sam keine Regeln gab. Es gab keine Leidenschaft, die sie nicht ausleben, keine Grenzen, die sie nicht überschreiten durfte. Er begehrte sie so wie sie ihn. Mit jeder Bewegung und jedem Kuss zeigte er ihr das.

Sie spürte, wie seine Lippen über ihren Nabel tiefer nach unten glitten. Aufstöhnend spreizte sie die Schenkel, und sein Mund berührte sie dort, wo sie sich am meisten nach Liebkosung sehnte. Auch wenn sie geahnt hatte, dass es nicht lange dauern würde, bis sie einen Höhepunkt erreichen würde, überraschte es sie doch, wie schnell sie von den Wogen der Lust mitgerissen zu werden drohte.

Sie stöhnte auf und versuchte sich von ihm zu entfernen, doch Sam schien überall, und sie konnte ihm nicht ausweichen. Sie umfasste seinen Kopf und hob ihn etwas an.

„Noch nicht“, flehte sie. „Ich bin noch nicht so weit.“

Doch das stimmte nicht, und Sam erkannte die Lüge. Er schob sich über sie und drang in sie ein, gerade als sie den Gipfel erreichte. Er zog sich ein Stück zurück und sah, dass sie fast wahnsinnig wurde vor Lust. Dann verlor er die Beherrschung.

Die ersten Regentropfen fielen auf das Dach über ihnen, und augenblicklich ging es in ein ohrenbetäubendes Prasseln über. Es war ein richtiger Sturm, der wild über die Landschaft zog. Sam hielt Antoinette und streichelte sie sanft. Er wartete auf den Augenblick, in dem er von vorn beginnen konnte.

„Wo bist du?“ fragte sie mit zitternder Stimme. „Ich will dich.“

„Du hast mich, ich bin hier bei dir.“ Sanft drückte er sie zurück aufs Bett und begann sie aufs Neue zu erregen.

„Wieso hast du dich so schnell zurückgezogen?“ fragte sie seufzend. „Ich wollte den Moment auskosten.“

„Du wirst ihn wieder erleben.“ Mit den Zähnen zog er leicht an ihrer Unterlippe. Aufreizend umspielte er mit der Zungenspitze ihre, und er fühlte ihre Anspannung. Sie war den Tränen nahe. Sam würde ihr zeigen, zu welchen Empfindungen ihr Körper fähig war, wenn sie sich gehen ließ.

Mit einem Finger umfuhr er ihre rosige Brustspitze. Antoinette zog keuchend die Luft ein, als er die Knospe mit Daumen und Zeigefinger reizte, bis sie sich aufrichtete. Er ließ sich Zeit dabei, die Spur seiner Finger mit den Lippen nachzuziehen. Wieder stöhnte Antoinette auf.

Sie konnte nicht glauben, welche Empfindungen ihren Körper erfüllten. Sam verlangte eine Reaktion von ihr, von der sie nicht gedacht hätte, dass sie sie zweimal hintereinander geben könnte. Allmählich traute sie sich selbst nicht mehr.

Sam kniete über ihr, und sie streckte die Hände aus, um ihn herabzuziehen. Blitze erleuchteten den Himmel, und Sam war in ihr. Antoinette meinte zu fallen. Der Regen, die Blitze und der dröhnende Donner schienen rings um sie herum zu sein. Sie bog sich Sam entgegen, atmete keuchend und spürte, dass sie weinen musste. Sie klammerte sich an ihn und folgte seinen Bewegungen. Dann spürte sie den zweiten Höhepunkt und schrie auf.

Sam nahm wie durch einen Nebel ihren Schrei wahr und ließ sich auf sie sinken. Er gab dem Drängen seiner Lust nach und kostete das Gefühl aus, mit Antoinette zu verschmelzen. Vielleicht kannte er sich beim Liebesakt besser aus als sie, aber er wusste, obwohl er sich das nicht eingestehen wollte, dass er vor diesem Nachmittag noch nie so vollkommenen Sex gehabt hatte.

Erst viel später bewegte Antoinette sich wieder. Sam hatte sich widerwillig so weit von ihr zurückgezogen, dass sie atmen konnte. Innerlich jedoch fühlte er sich ihr lebensgefährlich nahe. Er hatte es nie gemocht, mit einer Frau im selben Bett zu schlafen. Das Gefühl, einen Körper neben sich zu haben, erdrückte ihn. Jetzt konnte er ihr gar nicht nahe genug sein. Er wollte wieder in ihr sein, um sich als Ganzes zu fühlen.

Antoinette blickte zu dem Mann auf, der sie immer noch im Arm hielt. Er hatte die Augen geschlossen, und sein Gesicht wirkte so friedlich, wie sie es noch nie gesehen hatte. Sie fragte sich, ob es möglich war, dass die letzte Anspannung aus seinem Gesicht verschwand.

Es regnete immer noch, aber es war ein ruhiger, friedlicher Regen nach dem Sturm. Auch der Wind hatte sich gelegt. Antoinette streckte sich ein wenig und spürte Muskeln, von denen sie bislang nichts gewusst hatte.

„Wenn es wirklich sechs Jahre her ist, dann sollte ich dir ein Kissen ins Kanu legen“, sagte Sam leise.

„Das habe ich nur erfunden, um dich mit meiner Keuschheit zu beeindrucken“, sagte sie belustigt. „Ich mache es mindestens einmal pro Woche. Besonders dann, wenn ich einen Polizisten dazu bringen kann, mich in seine Hütte im Sumpf mitzunehmen.“

„Du tust also alles für ein Hausboot und Zypressen.“

Wieder reckte sie sich, umarmte Sam und zog ihn an sich. „Ehrlich gesagt, ich könnte das Kissen brauchen."

„Ehrlich gesagt, will ich gar nicht, dass du dich ins Kanu setzt."

„Und was ist mit Didis Essen?"

Er strich ihr eine Strähne aus der Stirn und küsste die Stelle, wo das Haar gelegen hatte. „Ich habe so eine Ahnung, als wäre sie uns nicht böse."

„Ganz bestimmt werde ich Didi mögen."

„Ich sehne mich schon wieder nach dir."

„Vorausgesetzt, du hast zwei Kissen."

„Das lässt sich regeln."

Antoinette setzte sich auf und bemerkte, dass sie allein im Bett lag. Der Regen hatte aufgehört. Sie schob sich das Haar aus dem Gesicht und betrachtete Sam, der am geöffneten Fenster der Veranda stand und auf die Nachmittagssonne blickte, die gerade wieder durch die Wolken brach.

Er hatte sie mit einer weichen Decke zugedeckt, doch trotzdem vermisste sie seine Körperwärme. Sie zog die Decke eng um sich, bevor sie sprach.

„Hallo, Sergeant Long."

Sam sah zu ihr und schmunzelte. „Selber hallo."

Er hatte seine Jeans wieder angezogen, doch seine Brust und seine Füße waren nackt. Antoinette wunderte sich, wie sie ihn so sexy finden konnte, obwohl sie vollkommen erschöpft war. „Ist es Zeit fürs Dinner?"

„Willst du gehen?"

Sie versuchte abzuwägen, ob sie lieber den Abend mit ihm allein verbringen oder seine Familie kennen lernen wollte. Nachdenklich runzelte sie die Stirn.

„Wir gehen. Morgen Abend bleiben wir dann hier." Sam entschied für sie.

Antoinette lächelte strahlend. Sie wusste, dass sie sich unaufhaltsam immer mehr in ihn verliebte.

Sam sah ihr Lächeln und konnte mühelos ihre Gedanken lesen.

Er wollte sie warnen, damit sie innerlich eine Distanz einhielt. Er wollte sie nicht wieder verletzen. Von Anfang an hatte er gewusst, dass es ein Fehler war, die Beziehung wachsen zu lassen. Trotzdem, obwohl er die Wahrheit erkannte, konnte er nichts anderes fühlen als die tiefe Befriedigung seines Körpers und die Wärme ihres Lächelns.

Sam bemühte sich um einen lockeren Tonfall. „Du weißt, wenn du mich weiter so ansiehst, kommen wir hier heute nicht mehr heraus."

Antoinette zog die Decke enger um sich und setzte sich auf die Bettkante. Dann stand sie neben Sam. „Darf ich dir sagen, dass es ein schöner Tag war?"

Er zog ihr die Decke aus den Händen und ließ sie fallen. „Du kannst sagen, was du möchtest, aber ich kann dir nicht garantieren, dass du die Antwort bekommst, die du hören willst."

„Ich wollte nie, dass mir jemand Lügen erzählt."

Er umfuhr die Kurven ihres Körpers. Wie vertraut ihm dieser Körper jetzt war. Und fast noch reizvoller als zuvor. „Ich danke dir", erwiderte er einfach.

Sie fragte sich, wofür. Sie ließ sich an ihn sinken, und gemeinsam blickten sie auf das Wasser, das die Sonnenstrahlen reflektierte.

10. KAPITEL

Claude LeBeaud hockte am Ende des Bootsstegs, der ins Bayou Midnight hineinreichte. Sein ergrauter Kopf war gesenkt, während er mit geübten Griffen einen großen Fisch ausnahm. Hinter ihm erstrahlte der Himmel in Farben, wie sie Antoinette noch nie gesehen hatte. Sie wusste, dass sie diesen Moment immer in Erinnerung behalten würde. Der alte Mann, der Himmel und das Gefühl, dass sie genau dort war, wo sie hingehörte.

Sams Onkel hob nicht den Kopf, als das Kanu auf den Bootssteg zukam, doch als Sam es auf den flachen Strand zusteuerte, nickte Claude zufrieden.

„Nichts kann dich von Didis Kochkünsten abhalten, Samson, stimmt's? Nicht einmal eine schöne Frau", sagte er im typischen französischen Cajun-Akzent.

„Wir konnten den Essensduft über das ganze Bayou riechen, Onkel Claude. Da wollten wir Didi nicht enttäuschen."

„Eher lernt ein Alligator fliegen, als dass Didi dir vergibt, wenn du nicht zum Essen kommst", stimmte Claude zu.

Sam stieg aus dem Kanu und half Antoinette hinaus. Sie folgte ihm zum Ende des Stegs.

Claude richtete sich auf und wischte sich die Hände ab. „Kann Ihnen leider nicht die Hand geben."

„Das macht nichts, Mr. LeBeaud", versicherte Antoinette. „Meine Hände sind vom vielen Paddeln sowieso voller Blasen."

Sam lachte herzlich. „Das ist nicht meine Schuld, sie wollte unbedingt wieder hierher zurück. Onkel Claude, das ist Antoinette Deveraux. Antoinette, mein Onkel, Claude LeBeaud."

„Deveraux. Gut, ein französischer Name. Nicht Cajun, aber immerhin."

„Können Sie mir meine Herkunft verzeihen?"

„Aber ja, *chérie*. Es ist keine Sünde, nicht Cajun zu sein."

„Sind schon alle drinnen?" fragte Sam.

„Alle. Sogar Martin."

Antoinette und Sam folgten seinem Onkel auf die Veranda, wo Tootsie sie begrüßte, bevor sie wieder mit Claudes Hund verschwand. Antoinette stellte fest, dass Sam Recht hatte. Aus dem Haus drang ein verführerischer Essensduft.

Der Einrichtung von Claude LeBeauds Haus sah man an, dass dort zwei Junggesellen lebten. Leonce und Didi wohnten in der Nähe, und Antoinette fragte sich, wie deren Haus wohl eingerichtet war. Sicherlich war es dort sehr gemütlich.

Hier drin war nichts Schmückendes, abgesehen vielleicht von den Geweihen, die an der Wand hingen und als Hutablage dienten. Die Wände hatten innen dasselbe verwitterte Grau wie draußen.

Die Einrichtung war mehr als einfach. Doch alles war sauber und in gutem Zustand. Und der Ausblick aus den Fenstern ersetzte jedes schmuckvolle Möbelstück.

Zwei kräftige dunkelhaarige Männer saßen auf Stühlen und sahen fern. Sie standen auf, als Antoinette eintrat, und musterten sie kurz, während sie ihnen vorgestellt wurde.

Martin war der größere von beiden. Sein Haar war tiefschwarz. Er hatte ebenmäßige Gesichtszüge und dieselbe gerade Nase wie Sam. Auch seine Haltung und der beherrschte Gesichtsausdruck erinnerten Antoinette an Sam. Martin sprach ein paar Sätze in Cajun-Französisch, von denen sie kein Wort verstand. Sie nickte nur und hoffte, dass sie sich schnell an den Akzent gewöhnte.

Leonce lächelte die ganze Zeit über. Er hatte auch Sams Nase und das Grübchen im Kinn. Sein Gesicht war runder, und er hatte einen Bauch, der die Kochkünste seiner Frau verriet. Er begrüßte Antoinette in Englisch mit nur einem leichten Akzent.

„Hat man so was schon gehört? Ich mache die ganze Arbeit in einer fremden Küche, und mir wird nicht mal gesagt, dass sie längst da sind.“ Eine blonde Frau mit blauen Augen kam hereinmarschiert. Sie trug über ihrem blauen Kleid eine strahlend weiße Schürze. „Ich erfahre immer alles als Letzte.“

Sam hob die kleine Frau hoch und küsste sie auf die Wange. Dann stellte er sie mitten zwischen sich und Antoinette ab. „Antoinette, das ist Didi. Didi, Antoinette.“

„Schön, dass Sie sich von den Tölpeln nicht haben abschrecken lassen."

„So schnell geht das nicht." Antoinette hatte das sichere Gefühl, eine Verbündete gefunden zu haben.

„Na schön. Ich muss den Fisch braten. Lassen Sie sich den bequemen Stuhl geben. Dieser Kerl hier", Didi zeigte auf ihren Mann, „vergisst beim Fernsehen noch das Atmen."

„Vernachlässigt er dich?" erkundigte Sam sich.

„Wer?" fragte Leonce nur und sah wieder auf den Fernseher.

Didi hob nur die Hände und ging hinaus.

„Mal sehen, ob ich helfen kann." Antoinette folgte Didi, blieb in der Küchentür jedoch abrupt stehen. Didi schien alles gleichzeitig zu machen, und zwar in atemberaubender Geschwindigkeit.

Die Küche war im Gegensatz zum Rest des Hauses in keiner Weise einfach eingerichtet. In der Mitte stand ein riesiger Tisch, und die Regale überall an den Wänden waren voll gestellt mit Vorräten, Töpfen, Pfannen und Geschirr. Alle möglichen Gewürze, Zwiebeln und rote Pfefferschoten verströmten einen aromatischen Duft. Wie der Rest des Hauses blitzte auch die Küche vor Sauberkeit.

„Ich bringe diesen Claude noch mal um. Ich sag ihm, er soll sich nicht an meinem Eintopf vergreifen, und er schüttet Pfeffer hinein, wenn er denkt, ich sehe es nicht."

Schon beim Gedanken traten Antoinette Tränen in die Augen. „Was ist das denn für ein Eintopf?"

„Tja, eigentlich ist alles drin, was man hineintun kann."

„Didi, das Essen riecht wunderbar. Sam sagt, Sie seien die beste Köchin im ganzen Bayou."

„Typisch Samson, das sagt er nur, weil er es essen will. Dieser Mann braucht eine Frau, die für ihn kocht. Bei Claude ist das anders. Der kocht besser als jeder Chefkoch, aber sobald ich hier bin, weigert er sich, die Küche zu betreten. Wir können essen, sobald der Fisch fertig ist."

„Was kann ich tun?"

„Sie können das Brot da in Scheiben schneiden."

Während Antoinette sich ein Messer nahm und das Brot schnitt, fragte sie Didi: „Warum sagen alle Samson zu Sam?“

„Claude fing damit an. Er meinte, Sam sei für ihn wie ein Sohn, und deshalb nennt er ihn Sam-son.“

Alle in dieser Familie schienen sich eng miteinander verbunden zu fühlen. Antoinette spürte die Geborgenheit. „Es ist schön hier. Ich kann mir gut vorstellen, wie Sam hier aufgewachsen ist, wie seine Jugend war.“

„Das Einzige, was hier fehlt, sind die Frauen. Die Männer verlernen jegliches Benehmen. Leonce war ein fast hoffnungsloser Fall, als ich ihn kennen lernte.“

Antoinette musste schmunzeln. „Sam sagte, Sie seien auch eine Cousine von ihm.“

„Na ja, fünften oder sechsten Grades.“ Didi rollte den Fisch in einer Mischung aus Mehl und Kräutern. „Sie sind nicht Cajun, stimmt's?“

„Nein, meine Familie kommt aus einem anderen Teil Frankreichs.“

„Gut. Diese Familie braucht frisches Blut.“

„Didi, Sam und ich lernen uns gerade erst kennen.“

„Ja, ja. Sie werden schon sehen. Er würde Sie nicht in diese Hütte mitbringen, wenn er Sie einfach kennen lernen will. Ich war bislang die einzige Frau hier drin, und ich mache nur sauber.“

Antoinette wollte das Thema wechseln. „Erzählen Sie mir von sich und Sams Familie. Haben Sie immer hier gelebt?“

„Ich stamme nicht von hier. Leonce habe ich bei einer Tanzveranstaltung kennen gelernt, als ich sechzehn war. Dann haben wir geheiratet.“

„Sam sagt, Leonce arbeitet für ‚Omega Oil‘.“

„Ja, Leonce arbeitet gern mit Maschinen und verdient ganz gut dabei. Martin dagegen hasst alles Moderne. Er will nicht, dass die Natur leidet.“

Antoinette wusch das Geschirr ab, das Didi benutzt hatte. „Martin hat Sam alles über den Sumpf beigebracht?“

Didi lachte hell auf. „Soweit ich weiß, hat er Sam in ein Boot gesetzt und gedroht, ihn irgendwo zu ertränken, wenn er sich nicht anständig aufführt. Das war das Beste, was er tun konnte."

„Ist das Essen bald fertig, Didi?" Sam stand in der Tür, und Antoinette fragte sich, wie viel er mitgehört hatte.

„Sehen Sie sich das an! Samson steht fast in der Küche. Komm her, Samson, dann bring ich dir bei, wie man Fisch brät."

„Seit acht Jahren versucht Didi mir das Kochen beizubringen."

„Ich krieg dich noch, Samson. Du lernst es noch irgendwann." Didi lief an ihm vorbei, um den Männern zu sagen, dass das Essen fertig sei.

„Wenn du nicht kochen kannst", fragte Antoinette und wischte sich die Hände ab, „wie ernährst du dich dann?"

„Ich koche. Nur Didi sieht das anders."

„Er kocht nicht, sondern wärmt sich Sachen auf, womit man keinen Hund füttern sollte." Didi kam zurück. „Er braucht eine gute Köchin." Sie blieb vor Antoinette stehen. „Und Sie? Können Sie kochen?"

Antoinette sah zu Sam und lächelte. „Natürlich. Wir beide müssen unbedingt Rezepte austauschen."

In Didis strahlendem Lächeln stand Anerkennung.

Das Essen übertraf alles, was Antoinette bislang kennen gelernt hatte. Alles war frisch und unglaublich intensiv im Geschmack. Die rohen Austern schmeckten noch leicht nach Salzwasser, und in dem Eintopf steckten alle möglichen Meeresfrüchte und zahllose Gewürze. Der gebratene Fisch war köstlich, und die Langusten auf Reis und Tomaten stellten schon für sich eine komplette Mahlzeit dar. Antoinette konnte kaum glauben, dass die Männer, nachdem sie alles aufgegessen hatten, noch auf ein Dessert warteten. Didi kam mit einem Brotpudding aus der Küche, in dem so viel Eier und Sahne waren, dass man schon vom Hinsehen dick wurde. Dazu gab es eine mit Whisky abgeschmeckte Soße.

„Du musst davon essen", sagte Sam Antoinette. „Sonst denkt Didi, du magst ihre Küche nicht."

„Das Einzige, was ich nicht mag, ist die Tatsache, dass in meinem Magen einfach kein Platz mehr ist."

„Mach dir nichts draus“, versicherte Claude ihr. „Didi mästet uns regelrecht. Leonce war spindeldürr, als er sie geheiratet hat, Jetzt ist er so fett wie die Ratten, die ich fange.“

„Onkel Claude jagt Nutrias und Bisamratten“, erklärte Sam. „Martin und er haben eine Hütte im Moor.“

Martin schob abrupt den Stuhl vom Tisch zurück. „Dieses Jahr wird nichts aus der Jagd.“

Sam runzelte die Stirn. „Wieso nicht?“

„‚Omega Oil‘“, erwiderte Martin nur.

„Unsere Hütte steht auf dem Gelände von ‚Omega Oil‘“, erklärte Claude. „Sie wollen uns nicht mehr auf ihr Land lassen.“

Auch Sam rückte ein Stück vom Tisch ab. „Die scheinen sich Feinde zu machen, wo sie nur können.“

„Niemand hier mag ‚Omega Oil‘, das kann ich dir sagen. Sie holzen den Sumpf in einer Geschwindigkeit ab, dass einem schwindlig wird. Und dann legen sie Kanäle.“

„Kanäle?“ fragte Antoinette nach.

„Um das Land trockenzulegen“, erklärte Sam.

„Ich jage dort, seit ich acht bin“, sagte Martin mürrisch. „Es ist mein Land.“ Der Rest von dem, was er sagte, war für Antoinette unverständlich, aber nicht für die übrige Familie, die sich während des Essens Mühe gegeben hatte, nicht in Cajun-Französisch zu verfallen.

Sam schüttelte langsam den Kopf und sah zu, wie Leonce aufstand und wortlos den Raum verließ. „Wenn es für euch ein Trost ist, viele Leute aus dem ganzen Land ärgern sich genauso über die Firma wie ihr.“

Martin stand auf, steckte die Hände in die Hosentaschen und ging auch hinaus.

Betrübt blickte Claude seinen Söhnen nach. „Martin liebt den Sumpf. Er wäre besser hundert Jahre früher geboren worden. In dieser Welt ist kein Platz für ihn. Nicht in dieser Zeit.“

Schweigend paddelten Antoinette und Sam zurück zum Hausboot. Lautlos glitt das Kanu durch das vom Mond beschienene Wasser, und weder Antoinette noch Sam wollten die friedliche Stimmung durchbrechen. Die Ochsenfrösche stimmten ein pausenloses Konzert an. Einmal bemerkte Antoinette eine Bewegung im Wasser und sah kurz den großen Kopf eines Alligatoren, bevor er wieder untertauchte. Es war jetzt kühler, und sogar die Mücken ließen sie in Ruhe. Antoinette war rundherum glücklich.

Bei der Hütte angekommen, brachte Sam ihre Koffer hinein, bevor sie ihm half, das Kanu auf den Steg zu ziehen. Drinnen zündete er eine Petroleumlampe an und pumpte Wasser in ein Becken. Dann ging er auf die Veranda, während Antoinette sich wusch und sich die Zähne putzte. Anschließend zog sie sich das seidene Nachthemd an, das sie sich am Tag vor ihrer Abfahrt gekauft hatte.

„Du bist dran." Sie ging zu Sam auf die Veranda, und er legte die Arme um ihre Taille.

„Obwohl es ein schönes Nachthemd ist, wirst du dich sehr bald davon trennen müssen."

„Wirklich?"

„Sobald ich zurück bin." Sam ging hinein.

Antoinette streckte sich auf dem Bett aus und wartete auf Sam. Durch die Fenster wehte ein leichter Wind, und sie meinte, das sanfte Schwanken des Stahlfloßes spüren zu können. Während sie den Tag in Gedanken an sich vorüberziehen ließ, dämmerte sie ein, und als Sam mit Waschen fertig war, schlief sie bereits tief.

Später wachte sie auf. Sie lag nackt in seinen Armen. Sam schlief, und sie lauschte auf seinen ruhigen tiefen Atem. Sie fand es schade, dass sie eine Gelegenheit verpasst hatten, sich zu lieben. Den ganzen Tag über hatte sie nicht über ihre Beziehung nachgedacht, doch jetzt wurde ihr bewusst, dass Sam neue Mauern um sich errichten würde, wenn sie am Montagmorgen zurück in die Stadt fuhren.

Sie verstand ihn jetzt noch besser. Hier hatte sie durch seine Familie mehr über ihn gelernt, als sie gehofft hatte. Es war offensichtlich, dass Sam in seiner Kindheit zu wenig weibliche Zuneigung gespürt hatte. Seine Mutter hatte viel und hart gearbeitet, und dies hier draußen war eine reine Männerwelt.

Sam erkannte diesen Mangel nicht. Für ihn war es unvorstellbar, auf eine Frau angewiesen zu sein, und ihre Gesellschaft, ihre Liebe und ihre gefühlsmäßige Unterstützung um sich zu haben. Antoinette schmiegte sich in seine Arme und hoffte, dass sie ihm geben konnte, was er ihrer Meinung nach dringend brauchte. Leider wusste sie andererseits gut genug, dass die Menschen ihre eigenen Entscheidungen treffen und ihre eigenen Fehler machen mussten.

„Du bist also wach."

Sie lächelte an seiner Brust. Diese Nacht würden sie also doch nicht einfach so verstreichen lassen. „Warum hast du mich nicht geschüttelt, als du zu Bett kamst?"

„Ich habe dich ausgezogen und mit Küssen bedeckt. Dann habe ich schließlich aufgegeben."

Er roch nach der Seife, die sie beide benutzt hatten. „Ich habe anscheinend einen tiefen Schlaf. Aber jetzt schlafe ich nicht mehr."

Antoinette rollte sich auf den Rücken und genoss das Gefühl, als Sam sich auf sie legte.

„Der Tag hat dich erschöpft."

„Vollkommen." Antoinette nickte.

„Dann sollte ich dir den Schlaf gönnen."

„Das solltest du."

„Das werde ich aber nicht."

„Gut so."

Sein tiefes Lachen ließ ihren Körper erbeben, und sie gab sich seinen Händen, seinen Lippen und der Gewissheit hin, dass sie noch vierundzwanzig Stunden Zeit hatten, bevor sie in den Alltag zurückkehrten.

Beim nächsten Mal, als Antoinette wach wurde, schien die Sonne hell durch die Fenster und Sam war nirgends zu sehen. Sie setzte sich auf und streckte sich. Es war ihr unverständlich, wieso nicht alle Leute auf spanischem Moos schliefen. Das war mit Abstand die beste Nacht ihres Lebens gewesen. Das Nachthemd lag auf dem Boden neben dem Bett, und sie zog es sich über, bevor sie sich auf die Suche nach Sam machte.

Er stand auf dem Bootssteg und beobachtete einen Reiher in der Nähe. Antoinette schlang die Arme um seine Taille und fühlte, dass er vollkommen entspannt war. Sie wusste, dass sie einen guten Einfluss auf ihn hatte. Und er war das Beste, was ihr je begegnet war.

„Da ist Kaffee in der Küche. Ich wusste nicht, wann du wach wirst."

„Für mich keinen Kaffee, danke."

„Denkst du, ich koche ihn mit Sumpfwasser?"

„Der Gedanke ist mir gekommen."

„Zum Trinken und Kochen benutze ich Quellwasser aus einem Tank unter der Spüle."

„Ich bin gleich zurück."

Als sie mit dem Kaffee zurückkam, rückte Sam zwei Kisten zurecht. „Ich weiß, dass man auf ihnen nicht sehr bequem sitzt."

„Ich bin vollauf zufrieden."

Sie sah bezaubernd aus. Die Luft im Sumpf ringsum war noch leicht dunstig, und Antoinette in ihrem Seidennachthemd mit nackten Füßen wirkte wie ein zerbrechliches Geschöpf aus dem Nebel. Sam konnte sich nicht vorstellen, dass er je wieder hier stehen würde, ohne an sie zu denken.

„Was möchtest du heute gern tun?" fragte er, um den Zauber zu brechen.

„Ich will alles sehen."

„Was meinst du damit?"

„Das Bajou, den Sumpf. Wie weit ist es zum Moor?"

„Zu weit, um mit dem Kanu zu fahren. Es liegt nahe bei der Mündung. Kennst du denn nicht einmal die Landkarte der Gegend?"

„Auf jeden Fall weiß ich schon mehr als gestern."

„Was willst du sonst noch sehen?" Sam nahm einen Schluck von dem fast kalten Kaffee.

„Den Rest deiner Familie, einen Cajun-Heiler bei der Arbeit, eine Ölbohrung und wie Claude Fische und Bisamratten fängt."

„Du magst die Gegend wirklich sehr", stellte Sam fest.

„Wirklich." Sie stand auf und ging ans Ende des Stegs. Es gab so viel zu sehen. Alles war neu und aufregend. „Deine Familie mag ich auch."

„Es sind wirkliche Menschen, stimmt's?"

Einen Augenblick überlegte sie, ob sie Spott in seiner Stimme gehört hatte. „Ich sehe sie nicht als typische Beispiele von einfachen Leuten, die ich beobachten kann, Sam. Falls du das denkst."

Schon wieder entschuldigte er sich dafür, dass er ihr unterstellte, sich bewusst unter das einfache Volk zu mischen. „Es tut mir Leid."

„Fang nicht jetzt schon an, auf Distanz zu gehen." Sie wandte sich ihm nicht zu, sondern stand ruhig da und trank ihren Kaffee. Dann erschauderte sie. „Wir haben noch den Rest des Tages und die Nacht. Warte wenigstens noch so lange, bis du deine Mauern wieder aufbaust."

Er war hineingegangen, während sie ihren Kaffee ausgetrunken hatte. Auf dem Weg zur Veranda traf sie ihn, und er zog sie in die Arme. Seine Umarmung war hart, und trotzdem fühlte Antoinette sich geborgen. „Ich werde dir heute so viel zeigen, wie ich kann", flüsterte er ihr ins Ohr.

Sie gab sich so unbeschwert wie möglich. „Sag mir, was ich anziehen soll."

„Etwas Bequemes."

„Das habe ich bereits an."

„Aber wenn du so bleibst, bist du sehr schnell wieder ausgezogen, und wir gehen nirgendwohin."

„Shorts und ein Baumwollhemd", entschied sie. „Und dann ein langer Abend hier zu zweit."

„Nachdem wir mit Didi und Leonce zu Abend gegessen haben", sagte Sam leicht entschuldigend. „Wir werden früh essen."

„Didi will wieder für uns kochen?"

„Didi will mir von Martin erzählen. Sie macht sich Sorgen um ihn. Wenn es nach ihr ginge, würde Martin einen festen Job haben, eine Frau, und dann würde er sich gemütlich irgendwo niederlassen."

„Woher hat sie nur so merkwürdige Ideen?" Antoinette schmunzelte.

Sam lachte und schob sie in Richtung Veranda. „Die Rundfahrt geht in genau fünfzehn Minuten los. Und dem Ehrengast zeige ich sogar einen Ort, der nicht auf der Touristenroute liegt."

„Ein Geheimplatz? Prima, dann bin ich in fünf Minuten fertig."

11. KAPITEL

Beim Anblick der Ausrüstung, die Sam mitnahm, fragte Antoinette sich, was er vorhatte. „Fischerstiefel?"

„Ich habe doch gesagt, dass wir heute bei Didi und Leonce essen. Aber wir müssen für den Hauptgang sorgen."

„Soweit ich weiß, sollen Gummistiefel eher zäh sein."

Sam schmunzelte und packte weitere Sachen in das Kanu. „Alles andere bekommen wir von Onkel Claude. Dort nehmen wir uns ein Sportboot, weil wir nicht den ganzen Weg paddeln können."

„Und wofür sind diese Netze und Drähte?" erkundigte Antoinette sich interessiert.

„Wart's ab."

Weder Claude noch Martin waren zu Hause, als sie dort ankamen. Tootsie saß auf dem Bootssteg, als habe sie sie erwartet. Sie sprang an Antoinette hoch und leckte ihr die Arme. Währenddessen belud Sam das Sportboot mit dem Gepäck aus dem Kanu und weiteren Gegenständen aus Claudes Haus. Dann stiegen sie beide wieder ein. Tootsie legte sich auf die Veranda und blickte ihnen nach.

Es war warm, und die Sonne glitzerte auf dem Wasser. Die Luft war frisch und klar. Ohne paddeln zu müssen, konnte Antoinette sich ganz auf die Landschaft konzentrieren. Unzählige verschiedene Vogelarten entdeckte sie, einige davon kannte sie überhaupt nicht.

Und sie beobachtete Sam, der damit beschäftigt war, das Boot durch die engen Wasserstraßen zu lenken. Sein Hemd war halb aufgeknöpft, und die abgeschnittenen Jeans entblößten seine muskulösen Schenkel. Er wirkte glücklich, und der Wind zerzauste ihm das Haar. Für ihn schien es nichts Wichtigeres zu geben als die Anzahl der Fische, die sie fangen würden.

„Ich habe die Orientierung verloren. Wohin fahren wir?" fragte Antoinette nach einer Dreiviertelstunde verwirrt.

„Ich kann dich nicht verstehen." Sam schmunzelte.

„Oh doch. Darf ich das nicht wissen?"

„Es ist ein geheimer Platz. Wenn du ihn einmal gesehen hast, wirst du ihn jedem zeigen wollen", ärgerte er sie.

Lachend winkte sie ab. So gelöst kannte sie Sam gar nicht, und sie mochte ihn so nur noch mehr. Sie lehnte sich zurück und sah zu, wie er um eine weitere Biegung fuhr und den Motor ausstellte.

„Da wären wir."

Antoinette sah sich um. Sie befanden sich in einer kleinen Bucht, an die sich morastiger Boden anschloss. Zwei große moosbehangene Eichen rahmten die Bucht ein, der Uferrand war mit Seerosen bewachsen. Jetzt wusste Antoinette auch, wofür die Fischerstiefel waren.

„Wir müssen an Land waten", stellte sie fest und versuchte, nicht an Alligatoren und Wasserschlangen zu denken.

„Es sieht ganz so aus, nicht wahr?"

„Willst du meinen Mut testen?" fragte sie sachlich nach.

„Fragen über Fragen." Sam warf ihr ein Paar Stiefel zu.

„Du bist dir sicher, dass wir nicht einfach im Morast versinken, ja?" Sie bemühte sich verkrampft um einen ruhigen Tonfall.

„Ich kenne niemanden, dem das passiert ist", sagte er ernst. „Andererseits, wem sollten sie es noch erzählen?"

„Sam, warst du schon mal auf einem Festball zu Karneval?" Sein Gesichtsausdruck verriet ihr, was er von solchen Anlässen hielt. „Gut. Ich werde dafür sorgen, dass du dieses Jahr eine Einladung zu dem formellsten, langweiligsten Ball bekommst. Außerdem wird dein Chef erfahren, dass du dort die Polizei der Stadt vertrittst."

„Im Schwachpunktfinden bist du also auch Expertin."

„Absolut." Sie beugte sich herab, um die Stiefel festzuschnallen. Die Stiefel waren so schwer, dass sie unweigerlich im Moor versinken musste.

„Also gut", sagte er widerwillig. „Wenn du zum dritten Mal untergehst, hole ich dich raus."

„Versprochen?" Antoinette sah zu, wie Sam ins Wasser stieg und merkwürdigerweise nur bis zum oberen Rand der Stiefel versank. Dann griff er nach dem Boot und zog es hinter sich her ans Ufer. Erst als er es an richtigem Festland angebunden hatte, stieg Antoinette auch aus. „Und warum musste ich jetzt diese schweren Stiefel anziehen?"

„Weil du darin so niedlich aussiehst. Und“, fuhr er fort, als sie die Stiefel ausziehen wollte, „weil du sie beim Netzspannen brauchst.“

Sie ließ die Hände sinken. „Diese Netze dort?“

„Genau. Wir beide müssen heute Abend zwanzig Kilo Langustenfleisch mitbringen, damit es genug zu essen gibt.“

Die Sonne stand höher am Himmel. Antoinette lag im Schatten der beiden Eichen auf einer Decke und sah Sam zu, der seine Netze überprüfte. Vier der zehn gespannten Netze waren ihr zugeteilt, und weil sie nicht so oft neue Köder darin befestigte, fing sie erheblich weniger als Sam. Doch sie war unglaublich stolz auf ihren Fang.

Sie hatten den ganzen Vormittag Rast gemacht und Brotpudding vom Vorabend und später Früchte gegessen. Sam hatte einen Katzenfisch gefangen, den er ausnahm und über einem Campingkocher briet. Sie aßen den Fisch mit Weißbrot, und Antoinette schmeckte es ausgezeichnet.

Dennoch freute sie sich auf das Abendessen. Sam hatte ihr das Essen beschrieben. Die Langusten, zusammen mit Knoblauch, Pfeffer und Gewürzen gekocht, wurden zu Maiskolben, Zwiebeln und Kartoffeln gegessen. Und zwar mit den Fingern, sobald es nicht mehr zu heiß war.

„Haben wir schon genug?“ erkundigte Antoinette sich träge, als Sam zurückkam und sich neben sie legte.

„Noch nicht. Du musst deine Netze auch noch überprüfen.“

„Du verstehst meine Taktik nicht.“ Sie strich ihm mit einem Finger über die Nase. „Weißt du, ich glaube an die natürliche Auslese. Wenn eine Languste in mein Netz gerät, muss ich ihr Zeit geben, sich wieder zu befreien. Nur so überleben die Stärksten, und …“ Sie verstummte, als Sam sich auf sie legte.

„Kein Cajun-Mann erlaubt es seiner Frau, sich vor der Arbeit zu drücken.“

„Im Moment fühle ich mich dazu außer Stande“, flunkerte sie. „Gnade, mein Herr. Außerdem bist du nur zur Hälfte Cajun.“

Sam strich ihr das Haar aus der Stirn. Die Stimmung war den

ganzen Vormittag über gelöst gewesen, und ihm kam es wie eine Offenbarung vor, dass er mit einer Frau die Zeit so genießen konnte. Antoinette erwartete keine Versprechungen und wollte einfach nur bei ihm sein. Er spürte, dass sie genau wie er selten einfach nur Spaß hatte. Jetzt genoss sie es in vollen Zügen.

Sie war so begeisterungsfähig wie ein kleines Mädchen, konnte sich benehmen wie eine feine Dame, war eine fähige Psychologin und eine leidenschaftliche, sinnliche Frau. Alles, was ein Mann sich wünschte, war in ihr verkörpert. Bislang hatte er nicht geglaubt, dass er sich diese Dinge auf Dauer wünsche, doch anscheinend kannte er sich nicht gut aus.

Er nahm nicht einmal wahr, wie sehr ihm seine Gedanken anzusehen waren.

„Sam", sagte Antoinette leise. „Du weißt, dass du mit mir über alles sprechen kannst, wenn du willst."

Aber er sah keinen Weg, ihr zu erklären, wie sehr sie sein Leben aus der Bahn warf.

„Schlaf mit mir", flüsterte sie. „Jetzt."

Er wusste, dass es keine gute Idee war, selbst als er anfing, sie zu liebkosen. Sie passte einfach zu gut zu ihm, und er fragte sich, ob er jemals wieder von ihr freikommen konnte. Im Moment war sie alles, wonach er sich sehnte.

Hastig zogen sie sich aus. Sie ließen sich keine Zeit mit einem langsamen Aufbauen der Spannung, sondern gaben sich dem Ansturm ihrer Leidenschaft hemmungslos hin. Gemeinsam erreichten sie kurz darauf den Höhepunkt.

Nachher lagen sie aneinander geschmiegt im Schatten und ließen sich vom leichten Wind, der vom Wasser her wehte, die Haut kühlen. Als sie aufstanden, sich anzogen und die Netze noch einmal überprüften, hielten sie sich an den Händen.

Sam fuhr einen anderen Weg zurück und erzählte dabei Geschichten, die er mit den einzelnen Plätzen verband, an denen sie gerade vorüberkamen. Während Antoinette ihm gebannt zuhörte, wusste sie, wie selten es vorkam, dass er persönliche Erinnerungen mit jemandem teilte.

Und kurz bevor sie zu seiner Hütte zurückkamen, wurde ihr klar, dass sie ihn liebte.

Es war nicht klug, und sie wusste, dass es für sie mit Sam keine Zukunft gab. Aber sie hatte nicht ahnen können, wie wenig sie ihre Gefühle unter Kontrolle hatte. Jetzt war es zu spät. Sie hatte sich völlig fallen lassen.

An der Hütte stieg sie schwach lächelnd aus und ging wortlos hinein, um sich umzuziehen. Flüchtig wusch sie sich und zog frische Shorts und ein dunkelrotes T-Shirt an. Dann wartete sie draußen, während Sam sich umzog. Schweigend stiegen sie ins Boot und fuhren los zu Didi und Leonce.

„Du bist sehr still. Habe ich zu viel geredet?" wollte Sam wissen.

„Es war sehr schön", stellte sie aufrichtig fest. „Der ganze Tag hat mir sehr gefallen." Sie war nur so schweigsam, weil sie ihre Gefühle für ihn erkannt hatte.

„Nächstes Mal fahren wir ins Moor. Wir nehmen Martins Flugboot und starten bei Sonnenaufgang."

Sie zwang sich, keines der Gefühle zu zeigen, die der Ausdruck „nächstes Mal" in ihr weckte. „Das wäre schön", sagte sie nur. „Sag mir nur rechtzeitig Bescheid, damit ich mir passende Stiefel besorgen kann." Nachdenklich sah sie auf die Wellen, die sich hinter dem Boot ausbreiteten.

Das Haus von Didi und Leonce stand auf einer kleinen Landzunge, knapp einen Kilometer von Claudes Haus entfernt. Die Unterschiede fielen Antoinette sofort auf. Vom Bau her ähnelte es dem von Sams Onkel, aber es war weiß gestrichen, und die Eckbalken waren hellblau. Schon von weitem entdeckte sie Blumen auf der Veranda und auf dem Weg zum Wasser hinunter. Neben dem Haus lag ein Gemüsegarten mit einer Vogelscheuche, die die Arme ausstreckte.

„Anscheinend ist Martin auch hier", stellte Sam fest, als er das Boot festmachte.

Jetzt konnte auch Antoinette Martin und Leonce sehen, die neben dem Haus standen. Sie unterhielten sich aufgeregt, und die wenigen Wortfetzen, die zu ihnen drangen, waren Cajun-Französisch. Sam runzelte nachdenklich die Stirn.

„Soll ich lieber erst mal hier bleiben?“ fragte sie vorsichtig. „Martin klingt sehr verärgert.“

„Nein, komm ruhig mit. Er regt sich leicht auf, und nur vor Leonce lässt er sich so gehen. Er wird sich beruhigen, sobald er uns sieht.“

Zweifelnd folgte sie ihm zum Haus. Sam hatte Recht. Sobald die Männer sie entdeckten, erstarb die Unterhaltung.

„Hier ist das Abendessen“, verkündete Sam und schwenkte den Beutel mit den Langusten. „Wohin damit?“

„Didi hat schon den großen Kochtopf hinter dem Haus aufgestellt“, erklärte Leonce und lächelte Antoinette zu. Dann trat er leicht gegen den Beutel. „Hast du das Fischen verlernt, Samson? Da ist ja nichts drin.“

„Dann muss einer von uns wohl hungrig bleiben.“ Sam piekste Leonce mit dem Finger in den gewölbten Bauch. „Martin, bleibst du auch?“

„Nein“, erwiderte Martin gedehnt, drehte sich um und ging, wobei er noch etwas Unverständliches murmelte.

„Ich muss mich für ihn entschuldigen“, sagte Leonce zu Antoinette. „Es geht ihm nicht gut, eigentlich ist er ein netter Mensch.“

„Schon in Ordnung. Ich nehme es nicht persönlich.“

„Didi wartet im Haus auf Sie.“ Dann drehte er sich zum Haus. „Didi!“ schrie er. „Antoinette ist da.“

Die Tür flog auf, und Didi stürzte auf Antoinette zu. „Toll, dass Sie da sind. Kommen Sie rein.“

Antoinette folgte ihr zu einem Rundgang durch das Haus. Es wirkte von oben bis unten gemütlich, warm und sehr persönlich. Offenbar verdiente Leonce nicht schlecht, und Didi hatte mit Einfallsreichtum die Einrichtung noch anziehender gestaltet.

„Der Kochtopf steht dort draußen“, erklärte Didi, als sie in die Küche gingen. „Die Gewürze sind schon im Wasser, und den Rest können dann die Männer machen. Selbst Samson kann dabei nichts falsch machen.“

„Was kann ich noch tun?"

„Du kannst dich hinsetzen und mir zuhören." Didi wechselte wie selbstverständlich zu der persönlichen Anrede über. „Samson sagt, du arbeitest mit Menschen, die Probleme haben."

Antoinette nickte. Es machte Spaß, Didi zuzusehen, wie sie in der Küche herumwirbelte.

„Na ja, und Martin hat Probleme. Anscheinend merkt das in der Familie niemand außer mir."

Antoinette wurde klar, dass sie in Familienangelegenheiten hineingezogen wurde, aber sie konnte es nicht vermeiden, ohne verletzend zu sein. „Du machst dir um Martin Sorgen", stellte sie schlicht fest.

„Mehr als das. Ich glaube, dass er verrückt wird. Er achtet nicht mehr auf sich, isst nicht vernünftig und schläft kaum. Er fährt hinaus und bleibt endlos lange draußen. Meistens hat Claude keine Ahnung, wo er ist."

„Er ist ein erwachsener Mann", wandte Antoinette ein.

„Das weiß ich, aber er verhält sich nicht so. Er hat keine Freunde, keine Geliebte, nichts. Für ihn gibt es nur Fallen, Fischen und Boote. Außer mit Leonce spricht er mit niemandem, und – den schreit er meistens an. Hast du es vorhin nicht gehört?"

„Doch, Didi, aber ich habe kein Wort verstanden."

„Das kommt noch dazu. Er spricht kaum noch Englisch. Wir alle sprechen manchmal Französisch, aber Martin benimmt sich, als würden ihn Leute, die kein Französisch reden, überhaupt nicht interessieren."

„Macht ihm die Sache mit ‚Omega Oil' so zu schaffen?"

Didi wusch Maiskolben und Kartoffeln und sah nur kurz von der Spüle hoch. „Nicht nur das. Die Welt verändert sich, und damit kommt er nicht zurecht. Leonce meint, das läge an den schrecklichen Dingen, die Martin im Krieg in Vietnam erlebt hat, aber das ist schließlich schon lange her."

„Hast du darüber mit Sam gesprochen?"

„Samson will davon nichts hören." Einen Augenblick blickte Didi zu Antoinette, und Antoinette verstand, wie ernst es Didi war.

„Samson glaubt offenbar, hier in seiner Familie kann nichts falsch sein. Er liebt Martin, er liebt uns alle, aber er will nichts von Schwierigkeiten hören. Für ihn ist der Sumpf eine heile Welt."

„Was, glaubst du, könnte passieren?" fragte Antoinette nach. Hatte Didi Angst, dass Martin gewalttätig wurde?

„Keine Ahnung. Ich denke, Martin wird eines Tages hinausfahren und vergessen, zurückzukommen."

Bei dem Gedanken lief Antoinette ein Schauder über den Rücken.

„Ich brauche das Gemüse, das mit den Langusten zusammen kochen soll." Leonce wischte sich vor der Hintertür die Füße ab und kam herein.

Didi gab ihm wortlos den Korb mit dem Mais und den Kartoffeln. Außerdem gab sie ihm Knoblauchzehen, Zwiebeln und große Wurststücke.

„Na, vielleicht kriegen wir ja doch noch alle was zu essen", spöttelte er. „Von den Langusten, die die beiden mitgebracht haben, wird höchstens einer satt."

„Besonders, wenn du mitisst", erwiderte Didi und wischte sich die Hände ab. „Du hast heute gar nicht gefischt, mein Lieber."

„Martin ist losgefahren. Er hat hundert Kilo gefangen, aber sein Abnehmer sagte, der Preis sei gefallen. Da hat Martin ihm alles vor die Füße geschüttet." Leonce versuchte zu lachen, aber man merkte ihm an, was er von solchem Verhalten hielt.

Didi blickte rasch zu Antoinette und schüttelte den Kopf. „Das ist völlig unsinnig. Nichts von dem, was er tut, ergibt einen Sinn, so erscheint es mir jedenfalls."

„Jetzt belästige Antoinette nicht mit dem Kram über Martin. Er ist ein bisschen anders, aber ein guter Mensch. Und er ist mein Bruder." Der scharfe Unterton in seiner Stimme war nicht zu verkennen.

„Koch du den Fisch", wies Didi ihn ungerührt an.

Sie aßen draußen an einem Tisch am Ufer, und obwohl Leonce Sam weiterhin damit aufzog, wie wenig er gefangen hatte, war immer noch viel übrig, als sie alle satt waren.

Sie warfen die Schalen ins Wasser, und ein großer Barsch kam an die Oberfläche, um sich ein Stück zu schnappen.

„Hoffentlich mag er Chili", sagte Didi und kicherte.

Die Unterhaltung war unbeschwert, und Didi schien es besser zu gehen, nachdem sie Antoinette ihre Sorgen erzählt hatte, obwohl Antoinette ihr keine Ratschläge gegeben hatte. Als das Gespräch kurz auf Martin kam, verhielt Sam sich ähnlich wie Leonce zuvor.

Als sie sich verabschiedeten, umarmten die beiden Frauen sich herzlich und tauschten ihre Telefonnummern aus. Schweigend fuhren Sam und Antoinette zu Claudes Haus und nahmen dort wieder das Kanu, um zur Hütte zurückzupaddeln.

Viel später lag Antoinette in Sams Armen und lauschte dem tiefen Knurren, mit dem ein männlicher Alligator irgendwo draußen auf sich aufmerksam machte. Sie war in jeder Hinsicht befriedigt und vollkommen glücklich, abgesehen von der Tatsache, dass sie morgen zurück in die Stadt fuhren und sie nicht wusste, wie Sam sich nach diesem Wochenende verhalten würde.

„Es kommt mir vor, als sei ich schon Jahre hier", sagte sie leise.

„Sehnst du dich nach der Stadt?"

„Überhaupt nicht. Lass uns bei der Arbeit anrufen und krankfeiern. Dann können wir noch eine oder zwei Wochen bleiben."

Sam schmunzelte in der Dunkelheit. Ihm war klar, dass auch ein Körnchen Ernst hinter diesem Vorschlag steckte. „Du könntest hierher ziehen und die Alligatoren behandeln."

„Ich könnte sogar ein oder zwei Menschen finden, die meine Hilfe brauchen." Trotz ihres unbeschwerten Tonfalls dachten sie beide an Martin.

„Didi hat sich mit dir darüber unterhalten?"

Sie spürte, wie er sich unwillkürlich anspannte. „Ja. Sie weiß nicht, an wen sie sich wenden soll, und ich war ihr eine geduldige Zuhörerin."

„Sie glaubt, Martin wird verrückt."

„Sie macht sich Sorgen, Sam. Und ich finde, zu Recht."

„Du kennst ihn nicht. Nur weil er anders ist, meinst du, man müsse ihm helfen. Nicht jeder muss so leben wie Didi und Leonce."

Antoinette wusste, dass er jetzt auch von sich sprach, und spürte, dass sie ein heikles Thema berührten. Andererseits wollte sie nicht einfach dazu schweigen. „Natürlich sollen nicht alle Menschen gleich sein. Ich mag die Unterschiede der Menschen. Aber bei Martin geht das Ganze noch weiter. Er ist wütend und kann seine Gefühle kaum noch kontrollieren."

„Und das weißt du, nachdem du ihn zweimal gesehen hast?"

Sein Spott tat ihr weh, aber sie sprach dennoch weiter. „Natürlich nicht. Ich halte mich an das, was Didi mir erzählt hat. Offenbar kann ich nichts für ihn tun. Aber ich glaube, dass du es eines Tages bereuen wirst, nicht auf Didi gehört zu haben."

„Ich habe dich hierher gebracht, um meine Familie kennen zu lernen, nicht um sie oder mich zu kritisieren."

Allmählich baute er seine Mauern wieder auf. Antoinette wunderte sich lediglich, dass er in den vergangenen zwei Tagen so offen zu ihr gewesen war. Jetzt vermisste sie diese Offenheit schmerzlich.

„Wenn ich das Thema nicht angeschnitten hätte, worüber hättest du dich dann aufgeregt?" fragte sie und löste sich aus seiner Umarmung. Das Bett kam ihr mit einem Mal zu klein vor.

„Hör auf, die Psychologin zu spielen."

„Das tue ich nicht", versicherte sie. „Mir ist klar, dass du jedes meiner Worte gegen mich verwenden wirst."

„Dann sei still und schlaf."

Das versuchte sie und hielt die Tränen mühsam zurück. Eine Weile lagen sie beide still und hörten den Grillen und Fröschen zu. Als der Alligator wieder aufbellte, fuhr Antoinette erschreckt hoch.

„Mist!" schimpfte Sam.

„Tut mir Leid", entschuldigte sie sich. „Ich habe mich erschreckt."

„Ich bin nicht auf dich wütend. Komm zu mir."

Er zog sie an sich, und kurz darauf lag sie auf ihm. Der Nachthimmel war wolkenverhangen, und in der Dunkelheit konnte sie Sams Gesicht kaum erkennen.

„Siehst du, Martin und ich sind nicht sehr verschieden", sagte er. „Wenn du ihn kritisierst, dann fühle auch ich mich angesprochen.

Er und ich, wir sind beide mit unserem Leben zufrieden. Wir wollen nicht, dass sich jemand da einmischt."

Antoinette wusste genau, wovon er sprach. Das Thema stand seit dem Anfang ihrer Bekanntschaft zwischen ihnen.

„Bist du glücklich?" Sie stützte sich auf die Ellbogen und umfasste sein Gesicht mit den Händen. „Hast du mich hierher eingeladen, um mir zu zeigen, wie wenig du meine Einmischung in dein Leben gebrauchen kannst? Sam, ich bitte dich nicht, mich zu heiraten. Gib uns nur eine Chance. Ich will dir nicht deine Freiheit nehmen. Aber zerstöre dir mit deiner merkwürdigen Vorstellung von einem guten Polizisten nicht jegliche Freude."

„Hast du dir jemals überlegt, dass ich vielleicht besser als du weiß, was gut für mich ist? Du und Didi, ihr seid euch sehr ähnlich."

„Immer, wenn ich auf deine Gefühle vertraut habe, bist du zu mir zurückgekommen. Wenn du dir so sicher wärst, dann hättest du mich nicht zu diesem Wochenende eingeladen. Du hast vorhin ja schon von einem nächsten Mal gesprochen." Sie beendete die Unterhaltung, indem sie ihn küsste. Mit beiden Händen krallte er sich in ihre Haare, und sie erkannte, dass er ärgerlich war.

Antoinette wusste, dass Wut die körperliche Lust ungemein anregen konnte. Ihre Körper fanden sich in einem plötzlichen, drängenden Verlangen. Mit den Lippen und Fingerspitzen reizten sie einander immer mehr, bis Sam glutvoll in sie eindrang.

Später schlief sie auf ihm ein. Hätte sie darüber nachgedacht, wäre sie nicht in dieser Position eingeschlafen. Sie drückte etwas Besitzergreifendes und gleichzeitig Liebevolles aus, und Antoinette wusste, dass Sam das nicht wollte.

12. KAPITEL

Im Morgengrauen wurde Antoinette durch Sam geweckt, der im Nebenraum rumorte. Es regnete, und der Nebel ringsum verschmolz mit dem feinen Niesel. Antoinette stand auf. Sie fürchtete sich vor diesem Tag.

Sam stand am Waschbecken und rasierte sich. Sie blieb in der Tür stehen und sah ihm zu. Dabei musste sie sich gegen den Drang wehren, zu ihm zu gehen und ihn zu umarmen. Das Wochenende war vorüber. Sie kannte Sam gut genug, um zu wissen, dass sie von ihm heute keinen Humor und keine Nähe zu erwarten brauchte. Deshalb begrüßte sie ihn nur knapp und ging zu ihrem Koffer, um die Haarbürste herauszuholen.

Zwanzig Minuten später saßen sie, in alte Regenmäntel gehüllt, im Kanu. Schon nach wenigen Metern verschwand das Hausboot im Nebel, und Sam steuerte das Kanu mehr nach Gefühl als nach Sicht.

Während sie gleichförmig paddelte, beobachtete Antoinette, wie es langsam durch den Nebel hindurch heller wurde. Als sie in das Bayou Midnight hineinkamen, stieg die Sonne am Horizont empor. Antoinette hätte gern in Ruhe den Sonnenaufgang beobachtet, doch Sam paddelte kraftvoll weiter, und sie wollte ihn nicht bitten, anzuhalten.

Mit dem Nebel schien auch das vergangene Wochenende langsam zu verschwinden. Antoinette wurde unendlich traurig bei dem Gedanken, dass Sam sich schon bald wieder in den Polizeisergeant verwandeln würde, der seine Gefühle verbarg und niemanden an sich heranließ.

Auch Sam war vollkommen in Gedanken versunken. Wie sehr hatte er sich vorhin danach gesehnt, Antoinette in die Arme zu nehmen. Im Licht der Petroleumlampe hatte sie in dem Nachthemd wundervoll ausgesehen. Doch sein Verstand hatte gesiegt. Die gemeinsame Zeit war vorbei. Und jetzt beobachtete er, wie sie vor ihm in gleichmäßigen Schlägen paddelte. Sie beklagte sich nicht, obwohl sie sich bestimmt in der feuchten kalten Luft genauso unwohl fühlte wie er. Doch wahrscheinlich genoss sie auch diese neue Erfahrung. Diese Neugier war einer der Züge an ihr, die er nie würde vergessen können.

Und noch jemand beobachtete, wie sie durch das Bayou fuhren. Im Schatten von Claudes Bootshaus stand ein Mann, der leise fluchte, weil er vergessen hatte, dass Samsons Auto hier geparkt war. Natürlich würde Samson mit seiner Freundin hierher kommen, wenn die beiden heute wieder in die Stadt zurückfuhren.

Martin drückte sich tiefer in den Schatten. Er hatte gelernt, sich lautlos zu bewegen und sich praktisch unsichtbar zu machen. Auch Samson hatte diese Fähigkeit von ihm gelernt, und in seinem Beruf war ihm das sicherlich von Vorteil. In Vietnam hatte sich Martin damit oft das Leben gerettet. Und jetzt zerstörte die moderne Gesellschaft einen Teil seines Lebens.

Früher hatte Martin mit Samson über seine Probleme gesprochen, doch diese Zeiten waren vorbei. Jetzt konnte er mit niemandem mehr darüber reden, welche Wut in ihm kochte und welche Angst er davor hatte, seine Familie mit seinem Tun zu zerstören.

Martin hörte das Knirschen, als das Kanu anlegte. Sollte Samson doch nach Hause gehen. Zurück in die Stadt. Martin hatte Zeit, er konnte warten. Und er würde den Zeitpunkt erkennen, an dem er handeln musste.

Sam stand am Ufer, sein Körper war angespannt und in Alarmbereitschaft.

„Sam?“ Antoinette schlang die Arme um sich. Sie wollte so schnell wie möglich ins trockene Auto.

Eine Weile stand er völlig reglos da. „Ich dachte, ich hätte etwas gehört“, sagte er schließlich.

„Natürlich. Es regnet in Strömen.“

„Nein. Etwas anderes. Jemand anderen.“

„Stört es dich beim Horchen, wenn ich inzwischen Tootsie suche?“

Er schüttelte den Kopf und folgte ihr. „Ich helfe dir, sonst kommen wir zu spät zur Arbeit.“

Antoinette ging zum Haus, während Sam auf dem Weg zum Auto nach dem Hund rief. Fast sofort kam Tootsie auf Antoinette zugestürmt und sprang an ihr hoch.

Antoinette hielt den verschmutzten Hund auf Abstand. „Oh, Tootsie, ich weiß nicht, wer von uns beiden ein Bad dringender braucht."

Antoinette rieb Tootsie mit einem alten Tuch ab, bevor sie den Hund ins Auto ließ. Sam und sie zogen die Regensachen aus und setzten sich hinein. Die Scheibenwischer arbeiteten auf Höchststufe, als Sam losfuhr. Obwohl der Weg voller Schlammlöcher war, fuhr Sam, als seien sie auf einer ausgebauten Straße. Erst als sie wieder auf dem Kiesweg fuhren, brach Antoinette das Schweigen.

„Es ist vorbei", sagte sie seufzend und ließ sich kraftlos in den Sitz sinken. „Es war ein wunderbares Wochenende, und jetzt ist es vorbei."

Sam wusste nicht, ob sie lediglich vom Wochenende sprach. Er wollte nicht reden, und er wollte auch nicht über ihre Worte nachdenken.

„Du bist sehr leicht zufrieden zu stellen", meinte er, als das Schweigen bedrückend wurde.

„Findest du?" fragte sie. Es verletzte sie, dass er ihre Freude als etwas Kindisches abtat. „Vielleicht sollte ich meine Ansprüche heben."

„Antoinette, ich will mich nicht mit dir streiten." Doch er erkannte selbst, dass das eine Lüge war. Er suchte Streit, obwohl er den Grund nicht kannte.

„Ich denke, schon." Sie blickte starr geradeaus und sah auf die Scheibenwischer. „Wenn wir jetzt streiten, wirst du bei der Erinnerung an das Wochenende immer an den Streit denken."

Das war zu viel für seinen unterdrückten Zorn. Sie hatte ihn besser durchschaut als er sich selbst. „Kannst du dir vorstellen, wie es sein muss, mit jemandem verheiratet zu sein, der einem ständig die Worte zerpflückt und vor Augen hält?" Sam schlug unbeherrscht aufs Lenkrad. „Mach mal Pause mit dem ständigen Analysieren, Antoinette. Darauf kann ich verzichten."

„Wer hat hier vom Heiraten gesprochen?“ fragte sie verblüfft.

„Das musst du gar nicht laut aussprechen.“

„Also, wer liest hier wessen Gedanken?“

„Ich bin doch nicht dumm. Keine Sekunde hast du in mir eine flüchtige Affäre gesehen. Du hast in der Hinsicht sehr strikte Vorstellungen. Das Wochenende hast du nur in Kauf genommen, um mir klarzumachen, dass ich dich in meinem Leben brauche. Und das bedeutet Heiraten.“

„So weit habe ich nicht gedacht“, widersprach sie.

„Sei ehrlich. Könntest du dich jemals mit weniger zufrieden geben?“

„Das tue ich seit sechs Jahren. Auch ohne Mann in meinem Leben war ich sehr zufrieden. Denkst du, jede Frau auf der Welt hat nichts anderes vor, als dich vor den Altar zu schleppen?“

„Bisher hat mich niemand irgendwohin geschleppt.“

Antoinette erkannte, dass er wütend auf sich war, weil sie ihm mehr bedeutete, als ihm lieb war. Aber immerhin war sie mit ihren Gefühlen auch nicht glücklich.

„An deiner Meinung von Frauen kann ich nichts ändern“, sagte sie lustlos. „Aber wenn du dir einbildest, ein arroganter, herrschsüchtiger Polizist – und Weiberheld noch dazu – sei für mich das Gelbe vom Ei, dann hast du dich getäuscht.“

Die nächste halbe Stunde herrschte absolute Stille im Auto, bis sie vor einem Café anhielten.

„Herrschsüchtig? Arrogant? Weiberheld?“

„Vielleicht habe ich etwas übertrieben“, gab sie zu.

„Ich will nicht mit dir streiten. Wenn ich das gemacht habe, um die Erinnerung an das Wochenende zu zerstören, dann tut mir das Leid.“

Antoinette gab ihrem Drang nach und strich ihm übers Haar. „Es war wunderschön, und ich weiß, dass es dir auch gefallen hat. Egal, was jetzt kommt, lass es uns so im Gedächtnis behalten, ja?“

„Ich bin es nicht gewöhnt, dass mir jemand so nahe steht.“

„Ich bin’s nur, Sam. Antoinette. Und ich verlange nichts von dir, nur weil ich weiß, wer du bist.“

Sam gab ihr den ersten Kuss am heutigen Tag. „Lass uns etwas essen gehen."

Der Rest der Fahrt war angenehmer, und erst als Sam ihr die Koffer zum Haus trug, bildete sich wieder eine Spannung.

„Sieht aus, als schaffen wir es noch rechtzeitig zur Arbeit", sagte sie.

Sam blickte auf die Uhr. „Ich muss mich beeilen."

„Ja, vielen Dank für alles."

Er beugte sich vor, um ihr einen flüchtigen Kuss zu geben, doch bei der ersten Berührung zog er sie aufstöhnend an sich. Sie schlang die Arme um ihn und presste sich an ihn.

Als er sich schließlich von ihr löste, riskierte er nicht einmal ein Lächeln. Ohne sich noch mal umzudrehen, ging sie ins Haus und schloss die Tür.

Antoinette summte vor sich hin und blickte aus dem Fenster. Als sie sich wieder ihrer Arbeit zuwandte, stellte sie fest, dass sie dieselbe Seite jetzt mindestens schon zum sechsten Mal las, ohne auf den Inhalt zu achten. Sie hörte, wie die Tür aufging, und hob den Kopf.

„Hat er immer noch nicht angerufen?" erkundigte Daffy sich und schloss die Tür. Sie trug eine hellblaue Bluse und gleichfarbige Leggings. Dazu hatte sie einen weiten orangefarbenen Rock an, der ihr bis zu den Waden reichte. Die roten Haare hatte sie mit einem grünen Tuch zusammengebunden. Selbst diese merkwürdige Farbzusammenstellung entlockte Antoinette kein Schmunzeln. Sie schüttelte nur den Kopf. Das Wochenende mit Sam lag jetzt vierzehn Tage zurück, und er hatte sich seitdem nicht wieder gemeldet.

„Dann ruf du ihn an!"

Aufseufzend legte Antoinette die Fachzeitschrift weg. Seit jenem Wochenende konnte sie sich kaum noch konzentrieren. Sie aß und schlief zwar regelmäßig und traf sich mit Freunden, doch in Momenten wie diesem konnte sie keinen klaren Gedanken fassen.

„So kann das doch nicht weitergehen", stellte Daffy fest.

Antoinette stand auf und ging zum Sofa. Gleichzeitig setzten die beiden Frauen sich hin. „Was soll ich ihm denn sagen? ‚Hallo, Sam, erinnerst du dich an mich?'"

„Weißt du, Antoinette", fing Daffy an, „die Zeiten haben sich geändert. Es ist durchaus üblich, dass Frauen Männer anrufen und sie zum Essen einladen. Sie bezahlen auch mal die Rechnung und machen den ersten Schritt, wenn der Mann zu schüchtern ist."

„Ich kann nicht aus meiner Haut."

„Du leidest hier, obwohl es vielleicht einen Grund dafür gibt, dass Sam nicht anruft."

„Natürlich gibt es einen Grund. Er will mich nicht wiedersehen."

„Ruf ihn an und vergewissere dich! Du solltest doch am besten wissen, wie wichtig es ist, miteinander zu reden."

Es klopfte, und bevor Antoinette etwas sagen konnte, streckte Rosy den Kopf herein. „Hat er schon angerufen?"

„Ich habe anscheinend keine Geheimnisse in meinem Leben." Antoinette schloss die Augen und lehnte sich zurück. Den ganzen Tag hatte sie Kopfschmerzen, nur diesmal war Sam nicht da, um sie wegzumassieren. Und sie sehnte sich nach einer Zigarette.

„Zwischen meinen beiden Ehen bin ich mit einem Mann ausgegangen, der behauptete, den Boden küssen zu wollen, auf dem ich gehe." Rosy kam herein und schloss die Tür. Insgeheim rechnete Antoinette damit, dass gleich alle ihre Kollegen hier versammelt sein würden.

„Dann", fuhr Rosy fort, „rief er nicht mehr an. Einfach so. Ich war wütend und lief in meinem Stolz verletzt in der Gegend herum. In der Zeitung sah ich dann Johns Todesanzeige. Er hatte einen Unfall gehabt. Da war er seit Tagen tot, und ich hatte meine Energie damit verschwendet, wütend auf ihn zu sein." Rosy blickte bekümmert drein. „Dabei ..." Sie schlug die Augen nieder. „Dabei hätte ich schon längst nach einem Neuen Ausschau halten können."

Antoinette schluckte zweimal, bevor sie unweigerlich in Gelächter ausbrach. „Das hast du erfunden." Wieder musste sie lachen. „Verdammt, Rosy! Du willst mich nur aufheitern."

„Na ja, zum Teil ist die Geschichte wahr", verteidigte Rosy sich.

„Welcher Teil?“

„Dass er nicht mehr angerufen hat.“

„Und?“

„Und dass ich aus der Zeitung den Grund erfahren habe.“

„Was hast du herausgefunden?“

„Er war aus der Stadt geflohen und hatte das Geld aus der Kasse der Caféteria mitgenommen, in der er gearbeitet hat.“

„Jetzt reicht's!“ Antoinette stand auf, aber sie musste immer noch schmunzeln. „Ich rufe ihn an. Was anderes bleibt mir wohl nicht übrig.“

„Wenn er auch nur halb so gefühlskalt ist, wie ich denke, dann bist du ohne ihn sowieso besser dran“, sagte Daffy und folgte Rosy aus dem Sprechzimmer.

Antoinette wusste genau, wieso Daffy das gesagt hatte. Sie wollte vorbeugen, damit Antoinette, falls Sam sie abwies, auf ihn wütend war, anstatt an sich selbst zu zweifeln. Leider wusste sie auch, dass das nicht funktionieren würde. Nach diesem Wochenende wusste sie, dass Sam nicht gefühlskalt war. Er besaß alle Charaktereigenschaften, die sie an einem Mann schätzte. Vielleicht war er etwas zu selbstbeherrscht, aber sie liebte ihn.

Sie suchte die Nummer seiner Dienststelle heraus und wählte, bevor sie es sich anders überlegen konnte. Sam meldete sich fast sofort.

„Sergeant Long.“

Sie hätte nicht anrufen sollen. Kraftlos setzte sie sich und schluckte. „Sam, ich bin's, Antoinette.“

Stille. Sie versuchte sich seinen Gesichtsausdruck vorzustellen. Auf keinen Fall freute er sich, dass sie ihn anrief.

„Ja, Antoinette.“

Mit der freien Hand zupfte sie nervös an einer Haarsträhne. „Rufe ich zu einem unpassenden Zeitpunkt an? Ich habe dich vermisst.“

Wieder Schweigen. „Ich war sehr beschäftigt“, sagte er endlich.

Sie schloss die Augen und beschimpfte innerlich Daffy und Rosy, aber eigentlich musste sie sich selbst die Schuld geben. „Ja, also, das war ich auch." Sie hörte ihre Stimme und merkte, dass sie eine Rolle spielte. Augenblicklich wurde sie ärgerlich, weil sie sich wie ein Teenager aufführte. Entschlossen machte sie die Augen auf und setzte sich aufrecht hin. „Und weil wir beide viel beschäftigte Leute sind", fuhr sie fort, „komme ich gleich zur Sache. Ich will dich sehen. Wir beide müssen noch etwas klarstellen."

„Die Untersuchung kostet mich all meine Zeit", entgegnete Sam und benutzte den Omega-Fall als Ausrede.

„Dann werden wir es kurz machen", beschloss sie. „Treffen wir uns irgendwo auf einen Drink. Wir können uns dann sagen, was zu sagen ist."

„Ich habe nicht die Zeit …"

Antoinette wollte sich nicht streiten. Sie wartete still ab, bis er die Wahrheit sagte.

„Was versprichst du dir davon?" meinte er schließlich.

„Du bist es mir schuldig."

„In Ordnung." Er nannte ihr ein Hotel, und sie vereinbarten, sich abends dort zu treffen.

Antoinette legte auf und nahm die Zeitschrift wieder vor. Angestrengt konzentrierte sie sich auf den Text und las den Artikel zu Ende.

Sam kam zu spät, und Antoinette fragte sich, ob er das aus Trotz tat oder ob er lediglich die bevorstehende Auseinandersetzung scheute. Als er schließlich in die Hotelbar kam, setzte er sich ihr grußlos gegenüber. Er trug einen dunkelgrünen Anzug mit curryfarbener Krawatte. Mit dem Mann aus Bayou Midnight hatte er nichts mehr gemeinsam.

„Du hast schon bestellt?"

„Ich bin schon beim zweiten Drink", teilte sie ihm mit. Sie winkte die Kellnerin heran, und er gab seine Bestellung auf. Dann waren sie ungestört.

Sie hatte ihm versprochen, es würde nicht lange dauern. Und so sollte es auch sein. „Ich werde nicht fragen, wie es dir geht oder was dein Fall macht. Sondern ich komme gleich zum Thema."

„Wie ist es dir denn ergangen?“

Es klang, als sei er wirklich daran interessiert. Doch das verwunderte sie nicht. Immerhin empfand er etwas für sie, daran hatte sie nie gezweifelt. Vielmehr war entscheidend, ob er zulassen wollte, dass diese Gefühle sich weiterentwickelten.

„Ehrlich gesagt, schlecht. Seit zwei Wochen habe ich jetzt auf einen Anruf von dir gewartet, und das ist mir schwer gefallen.“ Sie blickte ihm in die Augen, doch sie konnte an seinem undurchdringlichen Gesichtsausdruck seine Gedanken nicht erkennen. „Sam, es ist offensichtlich, dass du eine Entscheidung getroffen hast. Und ich möchte, dass du mir diese Entscheidung mitteilst.“

„Warum tust du das?“

Die Kellnerin brachte den Drink.

„Ich tue es, weil ich daran glaube, dass es besser ist, offen miteinander umzugehen. Anscheinend unterscheiden wir uns in diesem Punkt.“ Es fiel ihr schwer, nach außen hin ruhig zu bleiben.

„Ich war von Anfang an aufrichtig. Über die Zukunft habe ich dich nie angelogen.“

Antoinette hörte seinen betont nüchternen Worten zu. Das hier war nicht der Mann, den sie kennen gelernt hatte. Diesen Mann wollte sie gar nicht erst kennen lernen.

„Du warst sehr wechselhaft. Mal wolltest du mich, dann wieder nicht. Sag es mir ganz offen und deutlich, bitte. Wenn es zwischen uns aus ist, dann sag es mir, damit ich mit meinem Leben weitermachen kann.“

„Es gibt in meinem Leben keinen Platz für eine Frau.“

Obwohl sie die Worte wie Schläge trafen, nickte sie nur. Doch damit hatte er nur bestätigt, was sie ohnehin schon vermutet hatte. „Vor zwei Wochen war da noch Platz. Hat das Wochenende deine Bedürfnisse fürs Erste gedeckt?“

„So war es nicht.“

„Sondern?“

„Ich habe dich nicht dorthin eingeladen, um meinen Hunger nach Sex zu befriedigen, das meine ich damit.“

„Warum hast du mich dann eingeladen?“

Das hatte Sam sich auch schon gefragt, und die Antwort war einfach. Er hatte nicht anders gekonnt. Aus demselben Grund hatte er in den letzten Wochen bereits ein Dutzend Mal nach dem Telefonhörer gegriffen, jedoch immer wieder aufgelegt, weil er sie nicht noch mehr verletzen wollte. Er hätte sie nie nach Bayou Midnight einladen und mit ihr schlafen sollen. Sie hätte nie in sein Leben treten dürfen.

„Es war ein Fehler, dich einzuladen." Sam trank einen Schluck von seinem Drink. „Du bist sehr verletzlich und sehr ernsthaft in den Beziehungen, die du zu Menschen eingehst. Das wusste ich, aber ich war zu sehr auf mich selbst bezogen, um darauf Rücksicht zu nehmen. Ich habe dich begehrt, obwohl ich wusste, dass zwischen uns nichts Dauerhaftes entstehen kann. Ich habe mit dir geschlafen, und das war ein Fehler. Es tut mir wirklich Leid, und ich will es für uns beide nicht noch schlimmer machen. Das Ganze muss ein Ende haben, und zwar sofort." Sam trank sein Glas leer. „Bevor du dich in mich verliebst."

Wäre es nicht so ernst gewesen, hätte sie laut aufgelacht. „Zu spät", sagte sie und blickte von ihren Händen auf. „Ich habe mich bereits in dich verliebt."

„Das darfst du nicht!" stieß er aus.

„Schön, wenn das so einfach wäre."

„Ich kann dir nichts geben. Du bist doch Psychologin, du hättest es früher erkennen müssen."

„Du kannst mir alles geben, aber ich hätte erkennen müssen, dass du dazu nicht bereit bist", stellte sie richtig. „Mit der Liebe ist das so eine Sache. Hinterfragen und nach Gründen suchen ist dabei meist zwecklos."

„Ich hätte dich nie berühren dürfen."

„Nein", stimmte sie zu. „Aber du hast es getan, und ich habe mich in dich verliebt." Sie blickte ihn offen an. „So schlimm ist es gar nicht, Sam. Es lohnt sich auch zu geben, wenn man nichts dafür bekommt."

„Es tut mir Leid."

„Unsinn. Ich komme damit zurecht." Sie schob den Stuhl vom

Tisch zurück und lächelte Sam an. „Ich liebe dich, Sam, aber ich liebe auch mich selbst. Ich werde mir keine Vorwürfe machen und dich auch nicht anflehen, deine Meinung zu ändern. Jetzt werde ich hier rausgehen und mein Leben weiterleben. Beim nächsten Mal, wenn ich mich verliebe, werde ich etwas vorsichtiger sein."

Sie stand auf, zögerte einen Augenblick und ging zu ihm. Dann küsste sie ihn auf die Wange. Sie wollte sich nicht im Zorn von ihm trennen, auch wenn die Dinge dadurch leichter wurden. „Viel Glück beim Omega-Fall. Ruf mich an, wenn es vorbei ist, und sag mir, was dabei herauskam." Sie richtete sich auf und ging davon, ohne sich umzublicken.

Sam blickte ihr nach und sah, dass sie an der Bar die Rechnung bezahlte. Von Anfang an hatte sie die ganze Szene unter Kontrolle gehabt. Sam hatte Abschiedsszenen mit anderen Frauen erlebt, die losheulten und sich aufregten. Das hatte ihn immer innerlich kühl werden lassen, und er war froh gewesen, aus der Affäre herauszukommen. Diesmal fühlte er sich nur vollkommen leer.

Er hatte sie nicht angerufen, weil er sich gescheut hatte, ein Ende zu setzen. Nun musste er damit fertig werden, dass sie fort war. Seine Energie und Zeit konnte er jetzt wieder voll auf seine Arbeit verwenden.

Von der Bar her sah eine braunhaarige Frau zu ihm herüber. Sie lächelte einladend. Sie war auffällig geschminkt und sah gut aus. Sam wusste, dass er sie noch heute Nacht in sein Bett bekommen könnte, doch er stand auf und ging. Antoinettes Kombination aus Stil und Hingabe war unvergleichlich.

Es würde lange dauern, bis er wieder Interesse an anderen Frauen fand.

13. KAPITEL

Sam blickte von seiner Angel hoch und sah das Boot seines Onkels lautlos durchs Wasser gleiten. Onkel Claude besuchte ihn selten in dem Hausboot, weil er annahm, dass Sam Ruhe suchte, wenn er hierher kam. Jetzt sah Sam zu, wie sein Onkel anlegte und aus dem Boot stieg.

„Hoffentlich kommst du her, um mir zu sagen, dass mein Fall gelöst ist und mein Chef bei Didi angerufen hat, um mir einen Extra-Urlaub zuzugestehen."

„Nein, ich habe nur gehört, dass du hier bist, Samson. Wollte nur sehen, ob das stimmt."

„Ich bin hier." Sam schämte sich, dass er nicht einmal eine Nachricht bei seiner Ankunft zurückgelassen hatte. Das war zwei Tage her. Und seitdem hatte er das Hausboot nicht verlassen.

„Schon eine Weile her, dass du hier warst."

Es war genau ein Monat. Ein ganzer entsetzlicher Monat. „Ich habe pausenlos gearbeitet", entschuldigte Sam sich. „Das ist mein erstes freies Wochenende."

„Musst dich nicht entschuldigen, Samson. Das hast du mit sechzehn nie getan. Du hast dich aufgeführt wie ein Verrückter, damals."

„Ich war ständig wütend", erinnerte Sam sich. „Weil ich früh aufstehen musste, bis zum Schulbus paddeln und jeden Nachmittag hierher zurückkommen."

„Und weil du Angeln solltest und nie etwas gefangen hast."

„Ich habe damals viel gelernt."

„Du wolltest dir von niemandem etwas sagen lassen. Aber ich war stärker als du."

„Ohne dich säße ich jetzt irgendwo im Gefängnis", sagte Sam. „Stattdessen bringe ich andere Leute hinein. Vorausgesetzt, ich finde sie." Er musste wieder an den Omega-Fall denken.

„Vielleicht suchst du manchmal an den falschen Plätzen."

„Vielleicht."

„Solltest da nach Antworten suchen, wo du sie nicht erwartest."

„Weißt du etwas, das ich nicht weiß?" Sam sah ihn forschend an, doch Claude ließ sich an seinem Gesichtsausdruck nichts anmerken.

„Nur Gerede. Nichts Genaues."

„Worüber?"

„Über ‚Omega Oil'."

„Ich weiß, dass niemand hier diese Firma mag. Wir hatten den Verdacht, dass jemand aus der Gegend damit zu tun hat, aber es hat sich nichts ergeben. Der Sheriff hat versucht, uns zu helfen."

„Der Sheriff." Claude spuckte ins Wasser. „Der weiß doch nicht, was hier vor sich geht."

„Haben Leonce oder Martin mit dir darüber gesprochen?"

„Martin spricht fast gar nicht. Und Leonce spricht nie über etwas Ernsthaftes. Nein, das Ganze ist nur ein Gerücht. Ich habe es aufgeschnappt."

Damit drehte Claude sich um und ging zurück zum Boot.

„Onkel Claude, ich werde vergessen, was du gesagt hast."

„Tu das, Samson." Claude blieb stehen und sah ihn an. „Wo ist Antoinette? Nette Frau. Nicht Cajun, aber trotzdem nett."

„Sie wird nicht mehr kommen."

„Nichts ist schlimmer als ein Leben ohne Frau."

Eine merkwürdige Bemerkung von Claude, der seit Jahren Witwer war. „Du tust das doch auch", erinnerte Sam ihn.

„Du hast deine Tante Louise nie kennen gelernt. Sah ein bisschen aus wie Antoinette. Im Traum höre ich noch oft ihre Stimme. Sie wird auf mich warten, wenn ich sterbe."

Sam war gerührt. In all den Jahren hatte Claude seine frühere Frau nie erwähnt. Jetzt verstand Sam auch den Grund. „Ich dachte immer, du heiratest nicht wieder, weil du keine Frau willst, die dein Leben durcheinander bringt."

„Ich bin noch verheiratet, daran hat sich nie etwas geändert."

Sam sah Claude nach, als der mit dem Boot davonfuhr. Er fühlte sich rastlos. In den vergangenen zwei Tagen hatte er nur dagesessen und gegrübelt. Er hatte sich Bier und Essen mitgebracht, auf der Matratze gelegen, auf der er mit Antoinette geschlafen hatte und den Geräuschen des Sumpfs zugehört. Er hatte mit ihren Ohren zugehört, aber nicht ihre Begeisterung empfunden. Alles hier erinnerte ihn an Antoinette.

Es war richtig gewesen, die Beziehung zu beenden. Aber wie lange würde es noch dauern, bis er nicht mehr morgens als Erstes an sie dachte?

Dieses Grübeln hatte keinen Sinn mehr. Hier auf dem Hausboot war alles für ihn noch schlimmer. Sam stand auf und ging hinein, um seine Sachen zusammenzupacken. Er war hierher gekommen, um Antoinette zu vergessen. Das war ein Fehler gewesen. Hier konnte er sie genauso wenig vergessen wie bei der Arbeit. Es dauerte einfach seine Zeit, er konnte lediglich dafür sorgen, dass sie etwas schneller verging.

Antoinette machte einen Rauchring und blickte ihm nach. Sie wurde wieder besser im Ringeblasen. Wenn sie den Rauch tief einatmete, musste sie auch nicht mehr husten. Sie war zurückgekehrt auf den Weg der Selbstvernichtung.

Dabei redete sie sich ein, dass sie in ein oder zwei Monaten wieder damit aufhören würde. Das konnte gesundheitlich schließlich keinen großen Unterschied machen. Und die Zigaretten halfen ihr im Augenblick, normal zu essen, zu arbeiten und zu schlafen.

Es war lediglich ein kleiner Rückfall. Wenn sie die Sache mit Sam erst verarbeitet hatte, konnte sie wieder aufhören. Dann würde Rosy wieder einen Apfelstrudel backen, und ihr Leben verliefe wieder ganz normal.

Als es an der Tür klopfte, legte sie die Hände vor das Gesicht. Bislang wusste keiner von ihren Kollegen, dass sie wieder angefangen hatte. Das würde sich jetzt ändern. „Herein!"

Rosy warf nur einen Blick in das verrauchte Zimmer, ging zum Fenster und riss es weit auf. Wenigstens gab sie keinen Kommentar ab. „Ich gehe jetzt. Es hat jemand für dich angerufen, als du deine letzte Sitzung hattest. Ein Ferngespräch." Sie reichte Antoinette einen Notizzettel und wartete, während Antoinette die Nachricht las. Es war Didi, die angerufen hatte. „Sie sagt, sie hat versucht, dich zu Hause anzurufen, aber du seist nie da."

Antoinette hörte die Neugier in Rosys Tonfall. „Ich war oft mit Freunden weg."

„Besser als ständig arbeiten." Rosy konnte sich nicht länger beherrschen. „Und besser als rauchen."

„Ich weiß."

„Komm doch zum Essen zu mir", bot Rosy ihr an.

„Es geht mir gut." Antoinette lächelte strahlend. „Wirklich. Manchmal bin ich etwas einsam und oft traurig, aber es geht. Ich bin nicht die einzige Frau mit Liebeskummer auf der Welt."

„Wenn dieser Kerl je wieder diese Praxis betritt …"

„Das wird er nicht."

Rosy nickte und ballte die Fäuste. „Ist auch besser für ihn."

„Danke für die Nachricht und die Einladung. Aber ich muss nach Hause, sonst erkennt Tootsie mich allmählich nicht mehr."

„Schönes Wochenende, Liebes."

„Danke, das werde ich haben."

Als Rosy gegangen war, rief Antoinette bei Didi an. Sie wollte es schnell hinter sich bringen. Erst nach dem zehnten Klingeln hob jemand ab.

„Didi, hier ist Antoinette. Schön, deine Stimme zu hören."

„Antoinette, seit Tagen versuche ich, dich zu erreichen."

Antoinette lehnte sich zurück und hörte zu, wie Didi in rasender Geschwindigkeit losredete. Nach einer Minute war sie auf dem neuesten Stand der Dinge. „Klingt, als wärst du beschäftigt. Ist Leonce diese Woche auf der Bohrstelle?"

„Ja. Er konnte es gar nicht erwarten. Mit Extraschichten und Überstunden." Ihre Stimme wurde etwas weicher. „Wir brauchen das Geld für das Baby."

„Das Baby?" Antoinette schmunzelte. „Ihr bekommt ein Baby?"

„Wurde auch Zeit. Da ist auch ‚Omega Oil' dran schuld. Zum richtigen Zeitpunkt war Leonce nie zu Hause. Aber es geht mir um etwas ganz anderes. Ich muss dringend mit dir reden, und das kann ich nicht am Telefon. Könntest du herkommen? Ich weiß, es ist ein sehr langer Weg, aber …"

„Didi, weißt du, dass Sam und ich uns nicht mehr sehen?"

Einen Augenblick schwieg Didi. „Ja, ich dachte mir schon so etwas."

„Ich weiß nicht, ob ich unter diesen Umständen kommen sollte."

„Sam wird nicht hier sein. Er kam letztes Wochenende."

Antoinette fielen zahllose Gründe ein, aus denen sie nicht fahren sollte. Die Zeit, der damit verbundene Umstand, die Erinnerungen an Sam. Und dann dachte sie an die junge Frau, die offensichtlich ihre Hilfe brauchte. „Wann soll ich kommen?"

„Morgen? Ich mache dir ein Bett fertig."

„Kann ich den Hund mitbringen?"

„Natürlich. Ich erkläre dir noch mal den Weg."

Ein paar Minuten später legte Antoinette auf und fragte sich, wie sie sich darauf hatte einlassen können. Die Antwort war für sie klar. Im Grunde suchte sie Sams Nähe. Sie würde die schmerzlichen Erinnerungen erdulden, wenn sie dafür bei jemandem sein konnte, der über ihn reden würde. Das Ganze war nicht sehr vernünftig, aber sie würde es überleben, wie vieles andere auch. Und möglicherweise fiel es ihr nach dieser Fahrt leichter, Sam und Bayou Midnight zu vergessen.

„Dr. Martane bitte!"

Joshua Martane unterdrückte einen Fluch. Er war völlig erschöpft und hatte bereits drei Überstunden hinter sich. Zu Hause warteten seine Frau und seine kleine Tochter auf ihn, und er wollte Bridget noch sehen, bevor sie zu Bett musste. Er achtete nicht auf den Aufruf und ging zur Tiefgarage des Krankenhauses.

„Dr. Martane. Haben Sie den Aufruf nicht gehört? Man sucht Sie doch schon."

„Doch." Joshua fuhr herum und blickte seinen Kollegen an. „Aber ich werde nicht gehen."

Das Lächeln auf den Lippen des Mannes verschwand schlagartig. „Es wird Sie interessieren. Ein Freund von Ihnen ist vor kurzem als Notfall zu uns gekommen. Ich habe seine Wunde genäht, und er wird sich wieder erholen. Aber er wollte Sie sprechen. Ich glaube, er ist ziemlich aufgeregt, obwohl er nicht viel spricht."

„Wer ist es?"

„Sergeant Sam Long. Er fragte, ob Sie noch hier seien."

Noch nie hatte Joshua erlebt, dass Sam ihn um irgendetwas bat. Sofort hastete er den Gang entlang auf die Intensivstation.

Sam saß mit bloßem Oberkörper auf einer Liege. Seine Schulter war verbunden, das Gesicht kalkweiß.

„Was ist passiert?"

„Ich hätte beinahe das Zeitliche gesegnet."

Joshua pfiff leise. „Wirklich? Was hast du gemacht?"

„Ich habe geträumt."

Langsam bekam Joshua das Gefühl, als könnte das eine längere Geschichte werden. Er blickte sich nach einem Stuhl um und zog ihn an die Liege. „Warum fängst du nicht am Anfang an?"

„Hast du genug Zeit?"

„Natürlich. Für dich immer."

„Ich habe einem Verdächtigen heute den Rücken zugewandt", sagte Sam zerknirscht. „Wie ein blutiger Anfänger habe ich mich benommen. Meinen Partner hätte es deswegen fast erwischt."

„Und ich dachte, dir passieren keine Fehler."

Sam verzog das Gesicht bei der spöttischen Bemerkung. „In meinem Job macht man normalerweise nur einmal einen solchen Fehler."

„Du hast es überlebt."

„Weil mein Partner schneller gezogen hat als der Verdächtige."

„Hat er ihn getötet?"

„Nein." Sam schüttelte leicht den Kopf. „Der Kerl wird gerade operiert, und er wird durchkommen. Aber es kann Tage dauern, bis wir ihn verhören können."

Joshua nahm an, dass Sam sich darüber am meisten ärgerte. „Na ja, hier läuft er euch wenigstens nicht weg."

Sam dachte an „Omega Oil". Sie waren dicht an einem Durchbruch gewesen, das hatte er gespürt. Der Verdächtige war ein bekannter Brandstifter gewesen, und man hatte ihn in der Nähe von

Firmenniederlassungen gesehen. Alles passte zusammen, und dann war Sam dieser Patzer unterlaufen. Weil er an Antoinette gedacht hatte und daran, dass er ihr bald die Lösung erzählen konnte.

Joshua sah Sam prüfend an. „Ist es wichtig, ihn bald zu befragen?"

„Dieser Kerl ist ein Verdächtiger in einem Fall. Wenn er schuldig ist, hat ihn jemand beauftragt, und wir brauchen den Namen des Auftraggebers."

„Es hat keinen Sinn, wenn du dich jetzt aufregst. Du lebst, und dein Tatverdächtiger auch. Es wird schon alles gut."

Sam stieß verächtlich die Luft aus. Er war nicht der Typ Mensch, der sich ständig über irgendetwas Sorgen machte, aber diesmal betraf es seinen Beruf und sein eigenes Verhalten. „Weil ich nicht bei der Sache war, wären beinahe Menschen gestorben."

„Woran hast du denn in dem Moment gedacht?"

Man konnte Joshua nichts vormachen, und Sam glaubte, dass er unterbewusst deshalb mit ihm sprechen wollte. „Du hast ein Talent, zum wunden Punkt durchzukommen, Josh."

„Mal sehen, ob es was hilft."

„Ich habe an Antoinette gedacht. Das ist die schlichte Wahrheit."

„Sie ist eine Frau, die es wert ist." Joshua bemerkte Sams Unsicherheit, und zum ersten Mal hatte er den Eindruck, dass Sam lieber ein langes glückliches Leben mit dieser Frau führen würde, statt sich in Arbeitseifer zu verkriechen.

„Wir treffen uns nicht mehr."

„Oh!"

„Bekommst du für solche Antworten dein dickes Gehalt?"

„Na ja, manchmal fällt mir auch mehr ein. Aber da hat es ja endlich mal den Richtigen getroffen. Ich dachte schon, dass dich niemals jemand von deinem Sockel stoßen wird."

„Was soll das denn heißen?"

„Das heißt, dass wir bald auf Sam Long, das menschliche Wesen, anstoßen können."

Sam wusste genau, was Joshua meinte, auch wenn er seine Ansicht nicht teilte. „Mein Beruf ist mein Leben. Dafür muss ich mich nicht entschuldigen."

„Nicht nötig, ich will gar keine Erklärungen hören. Ich kenne dich länger als sonst jemand. Wir haben uns ein Leben lang abgerackert, um unsere Herkunft abzuschütteln. Ich weiß, was du alles für Jugendliche getan hast, die in Schwierigkeiten geraten sind."

Sam wirkte mürrisch. „Willst du damit sagen, dass ich mit meinem Beruf lediglich meine Vergangenheit gutmachen will?"

„Ich will nur sagen, dass du allmählich damit aufhören kannst. Du hast deine Schulden bezahlt, Sam. Du kannst ein ganz normales Leben führen und trotzdem ein guter Kerl sein. Und du kannst jeden Abend nach der Arbeit zu Antoinette nach Hause gehen und bis zum nächsten Morgen deinen Beruf vergessen. Dann wirst du trotzdem ein guter Polizist sein." Joshua strich sich durchs Haar. Er hatte einen langen Tag hinter sich. „Kannst du nach Hause?"

„Ich habe meinen Kollegen weggeschickt, um einen Bericht zu schreiben."

„Dann fahre ich dich." Eigentlich hatte Joshua mit einer abweisenden Antwort gerechnet, doch die kam nicht.

Sam stand vorsichtig auf. „In Ordnung."

„Antoinette ist eine schöne Frau", sagte Joshua, während sie zum Stationszimmer gingen. „Sie braucht dich fast so sehr wie du sie. Was ihr fehlt, ist etwas Rückhalt und Hingabe. Du könntest ihr beides geben."

„Sie ist mit mir fertig."

„Schon möglich." Joshua wollte ihn nicht bedrängen. Er hatte Sam bereits mehr zu denken gegeben, als Sam wissen wollte. Auf dem Heimweg berichtete er von Bridgets Streichen und brachte Sam zum Schmunzeln. Innerlich wünschte er seinem Freund alles Gute.

In seiner Wohnung schob Sam einen Stapel Zeitungen vom Sofa und streckte sich lang aus. Er war zu müde, um sich fürs Bett fertig zu machen. Seine Schulter und sein Kopf schmerzten, und er malte sich aus, wie es sein mochte, zu Antoinette nach Hause zu kommen, anstatt in eine leere ungemütliche Wohnung.

Er konnte sich nichts mehr vormachen. Das alles heute wäre nicht geschehen, wenn er mit ihr zusammen wäre. Wie hatte er sich bloß einreden können, dass er ohne sie besser zurechtkäme?

Sein Beruf machte ihm Spaß. Er kam mit vielen verschiedenen Leuten in Kontakt und sah sich ständig neuen Herausforderungen gegenüber. Bis heute war sein Beruf alles für ihn gewesen.

Vielleicht hatte Joshua Recht. Er, Sam, war nicht nur Polizist, er war auch ein Mensch. Und dieser Mensch hatte seine Bedürfnisse. Dieser Mensch in ihm brauchte Antoinette.

Mit dieser Erkenntnis schlief er ein.

14. KAPITEL

Die Strecke bis zum Bayou Midnight kam Antoinette endlos vor. Aber diesmal war Sam auch nicht bei ihr, und sie versuchte krampfhaft, die Landschaft zu genießen, um nicht immer an das letzte Mal zu denken, als sie hier gewesen war. Die Sümpfe schienen ihr mit einem Mal gefährlich und abstoßend.

Sie kam an den Fabriken vorbei und regte sich über die Menschheit auf, die auch die letzten Naturgebiete unaufhaltsam zerstörte. Während der Fahrt rauchte sie alle ihre Zigaretten und kaufte sich in dem Café, in dem sie mit Sam gefrühstückt hatte, eine neue Schachtel. Schließlich bog sie in den Kiesweg ab. Didis Wegbeschreibung war ausgezeichnet, doch als der Weg immer schlechter und kurviger wurde, machte sie sich doch Gedanken, was geschehen könnte, falls sie falsch abbog. Dann würde sie sich in dieser Landschaft verfahren, die ihr heute nur feindselig und bösartig vorkam.

Sie atmete erleichtert auf, als sie an Claudes Haus vorbeikam und dann auch Didis Haus entdeckte. Kurz darauf klopfte sie an die Hintertür. Sobald sie die Autotür geöffnet hatte, war Tootsie herausgesprungen und in die Richtung von Claudes Häuschen gelaufen.

„Antoinette." Didi umarmte sie herzlich und führte sie hinein. „Es tut mir Leid, dass du den ganzen Weg fahren musstest, aber ich muss unbedingt mit jemandem sprechen."

„Ich glaube, ich musste auch kommen", versicherte Antoinette ihr. „Vielleicht hilft mir das bei der Verarbeitung meiner romantischen Erinnerungen."

„Wer von euch beiden hat Schluss gemacht? Du oder Samson?" Didi wies auf ein Sofa, und Antoinette setzte sich, während Didi zwei Gläser Eistee holte.

„Sam", antwortete Antoinette und nahm eines der Gläser. „Er will keine Frau in seinem Leben haben."

„Er weiß anscheinend nicht, was er will."

„Doch, das tut er. Und mich will er nicht."

„Wolltest du ihn heiraten?“ fragte Didi ohne Umschweife.

Antoinette hatte sich dasselbe auch schon gefragt. „Didi“, sagte sie schließlich. „Ich weiß es wirklich nicht. Obwohl ich gern mit ihm zusammen war, hatte ich Zweifel daran, dass Sam unsere Beziehung wachsen lassen würde. Deshalb habe ich mich mit dem Gedanken an eine Heirat überhaupt nicht befasst. Allerdings würde ich eines Tages gern jemanden mit Sams Eigenschaften heiraten.“

Didi machte eine abwehrende Handbewegung. „Du willst Samson, obwohl er so ein Dickkopf ist. Und ich sage dir, einen besseren Fisch kannst du gar nicht an Land ziehen.“

Antoinette schmunzelte. „Jedenfalls habe ich das Angeln ganz aufgegeben, seit er mir wieder entwischt ist.“

„Samson war hier. Er hat mit niemandem gesprochen, kam nicht zum Essen und war nur in seinem Hausboot.“

„Er war sicher erschöpft, weil er Tag und Nacht am ‚Omega Oil‘-Fall arbeitet.“

„Nein, er war sicher traurig. Und wütend auf sich selbst.“ Didi schüttelte den Kopf. „Aber sag lieber, wie es dir geht.“

„Nein, erzähl mir von dir und dem Baby.“ Antoinette hatte keine Lust, über ihre düstere Stimmung zu reden.

Didi strahlte und berichtete Antoinette ausführlich.

„Dann kommt es also zu Weihnachten.“

„Es wird ein Junge, das spüre ich genau. Und als Nächstes möchte ich ein Mädchen. Männer habe ich langsam genug um mich herum.“

„Wie geht es allen anderen?“ erkundigte Antoinette sich.

Schlagartig wurde Didi ernst. „Deswegen habe ich dich angerufen. Irgendetwas Schlimmes passiert hier. Claude will mir nicht zuhören. Er sagt, wenn ich weiter über Martins Probleme rede, werde ich noch großen Ärger mit Leonce bekommen.“ Es schien ihr unverständlich zu sein, dass ihr Mann es nicht mochte, wenn sie sich in das Leben seines Bruders einmischte.

„Was sagt Leonce dazu?“

„Nichts. Er sieht mich nur an, als würde ich ihn mit einem Messer bedrohen. Er kann sich nicht vorstellen, dass es Martin schlecht geht. Martin könnte das Haus hier anzünden, dann würde Leonce in der Asche Kartoffeln backen und sich bei Martin fürs Essen bedanken."

Antoinette unterdrückte ein Schmunzeln. Sie erkannte Didis Problem. „Wie kann ich dir helfen, Didi?"

„Ich muss wissen, ob Martin ein Problem hat oder ob ich mir das nur einbilde. Wenn du glaubst, dass er in Schwierigkeiten ist, dann wende ich mich an meine Eltern, damit die mit Claude reden."

„Du hast ihnen noch nichts davon erzählt?"

Didi schüttelte den Kopf. „Ich will kein Gerede in die Welt setzen, solange ich mir nicht sicher bin. Das Bayou ist klein, was Tratsch angeht."

Antoinette konnte sich gut vorstellen, dass viel über Martin geredet werden würde. Andererseits konnte es gut sein, dass die Leute hier mehr Verständnis für jemanden mit psychischen Problemen aufbrachten als in der Stadt. „Und was soll aus Martin werden, wenn er krank ist?"

„Er war im Krieg. Für ehemalige Soldaten gibt es Einrichtungen, wo ihm geholfen werden kann. Abends könnte er hier schlafen, damit er nicht ganz aus seiner gewohnten Umgebung gerissen wird."

Antoinette nickte. Anscheinend hatte Didi sich alles genau überlegt. „Also gut, dann erzähl mir, was dir aufgefallen ist."

Eine halbe Stunde später wusste Antoinette, dass Martin ernsthafte seelische Probleme hatte. Nach allem, was Didi erzählte, hatte sich sein merkwürdiges Verhalten noch verschlimmert. Er verlor die Selbstkontrolle, regte sich über Kleinigkeiten übermäßig auf und verschwand aus Wut tagelang, ohne zu sagen, wohin er ging. Obwohl er wenig mit Didi sprach, hatte sie Gesprächsfetzen von seinen Unterhaltungen mit Leonce aufgeschnappt. Immer ging es darum, dass „Omega Oil" sie nicht mehr auf das Gelände ließ, auf dem sie bisher ihre Fallen aufgestellt hatten.

Didi respektierte, dass ihr Schwager in sich gekehrt war und an der Natur hing. Aber seine Stimmungsschwankungen, sein tagelanges Schweigen und seine Wutausbrüche machten ihr Sorgen. Und dann beschäftigten sie noch die Auswirkungen, die sein Verhalten auf Leonce hatte.

„Leonce spricht nicht mehr mit mir", sagte Didi bedrückt. „Wenn ich Martin erwähne, verlässt er den Raum. Manchmal geht er morgens weg und kommt erst wieder, wenn es dunkel ist. Und er geht nicht fischen, denn er bringt keinen einzigen Fisch mit. Er will nur weg von mir."

„Glaubst du, ich treffe auf Martin, während ich hier bin?"

„Das hatte ich gehofft. Ich habe Claude und Martin gesagt, dass du kommst und wir alle gemeinsam zu Abend essen. Natürlich weiß ich nicht, ob Martin kommt."

„Abwarten. Danach kann ich dir Genaueres sagen."

Didi bot Antoinette an, mit ihr per Boot in ein kleines Dorf zu fahren. Die beiden Frauen packten etwas zu essen ein und fuhren in den kleinen Ort, der nur aus einer Schule, einer Bushaltestelle, einem Geschäft, einer kleinen Kirche und ein paar Häusern bestand. Am Ufer saßen Fischer, die ihre Netze flickten, und Antoinette fühlte sich, als sei sie fünfzig Jahre in der Zeit zurückgereist.

Sie besuchten eine Freundin von Didi, mit der sie sich in der Sonne unterhielten. Mathilde, Didis Freundin, war eine nette lebhafte Frau, und Antoinette genoss den Nachmittag.

Um halb fünf kehrten sie zurück und begannen mit den Vorbereitungen für das Abendessen. Dabei kamen sie wieder auf Sam zu sprechen.

„Fand Claude es nicht merkwürdig, dass ich ohne Sam zu Besuch komme?"

„Nein." Didi schüttelte den Kopf. „Claude sagte nur, dass Samson zu dumm ist, eine schöne Frau zu erkennen, selbst wenn sie vor ihm steht. Er würde dich sofort heiraten, wenn du ihn so ansehen würdest, wie du Sam ansiehst."

Antoinette lächelte. Sie hatte nicht gewusst, dass sie in Sams Onkel einen Verbündeten besaß. „Jedenfalls freue ich mich, dass du mich eingeladen hast. Auch wenn du dir Sorgen um Martin machst."

„Dich als Schwägerin kann ich mir gut vorstellen."

Antoinette erkannte, dass sie fast von Anfang an mit dem Gedanken gespielt hatte, Sam zu heiraten. Kein Wunder, dass er sie so fluchtartig verlassen hatte. Er hatte das gespürt und war zu Tode erschrocken.

„Samson wird schon noch merken, was ihm fehlt", beruhigte Didi sie.

„Eher lernt ein Alligator fliegen", erwiderte Antoinette traurig.

Der Schmerz in der Schulter war schlimmer geworden, aber abgesehen davon ging es Sam am nächsten Morgen besser als seit Tagen. Er hatte davon geträumt, sich mit Antoinette zu versöhnen, und jetzt nahm er sich vor, genau das wenigstens zu versuchen.

Antoinette musste verrückt sein, wenn sie ihm noch eine Chance gab. Sam wusste, wie schlecht er sie behandelt hatte. Er würde sie um Verzeihung bitten und seine ganze Energie daran setzen, sie für sich zu gewinnen. Das Telefon klingelte, und einen Augenblick lang glaubte er fest, dass sie es war, die anrief.

Doch es war Joshua. „Wie geht's dir heute?"

„Besser", versicherte Sam. „Besser, als du dir vorstellen kannst."

„Du wirst doch heute nicht arbeiten wollen."

„Sie lassen mich nicht. Ich soll das Wochenende freinehmen."

„Ruh dich aus. Ich musste Maggie festbinden, damit sie nicht zu dir kommt und dir ein Süppchen kocht."

Sam zögerte einen Augenblick, dann beschloss er, sich Joshua anzuvertrauen. „Sag ihr, wenn alles klappt, wird Antoinette das übernehmen."

Joshua pfiff leise, und Sam konnte Joshuas Lächeln fast vor sich sehen. „Sicher werde ich ihr das sagen."

Sam legte auf und blickte nachdenklich auf das Telefon. Dann hob er den Hörer wieder ab und wählte Antoinettes Nummer, die sich ihm unauslöschlich ins Gedächtnis gebrannt hatte.

Unwillkürlich hielt er den Atem an, als sich endlich ihr Anrufbeantworter einschaltete. Er war so enttäuscht, dass er noch mal anrief, nur um ihre Stimme zu hören. Und hängte schließlich ein, ohne eine Nachricht zu hinterlassen.

Es war noch nicht einmal zehn Uhr morgens. Wo war sie? Ihm war jegliche Geduld abhanden gekommen.

Nachdem er geduscht und gefrühstückt hatte, versuchte er es wieder. Er konnte die Ansage auf dem Band fast mitsprechen. Diesmal hinterließ er seinen Namen und seine Nummer. Am Nachmittag räumte er die Wohnung auf und ging für das Abendessen einkaufen. Immerhin war es möglich, dass er sie erreichte und sie ihn sehen wollte.

Doch sie war nicht zu Hause. Aus Langeweile sah er sich im Fernsehen Filme an, in denen modebewusste Polizisten Gangster jagten, die auch nach dem neuesten Schick gekleidet waren. Dabei fragte er sich, ob die Leute wirklich glaubten, dass Polizeiarbeit so gut bezahlt wurde und so einfach war.

Spätabends konnte er Antoinette immer noch nicht erreichen. Hatte sie jemanden gefunden, der ihr die Nähe geben konnte, nach der sie sich sehnte? Das war der letzte Gedanke, bevor er einschlief.

Claude kam als Erster zum Abendessen. Er wischte sich die Schuhe sorgfältig ab, als würde ihn Didis sauberer Haushalt einschüchtern. Auf dem Sofa mit einem Bier in der Hand wirkte er allerdings wieder ruhig und selbstsicher.

Martin kam gerade, als Didi, Antoinette und Claude beschlossen hatten, ohne ihn anzufangen. Er wirkte mürrisch und begrüßte sie auf Englisch. Danach redete er nur noch Französisch, obwohl Claude ihn daran erinnerte, dass Antoinette ihn nicht verstand.

Unauffällig beobachtete sie ihn, während sie die scharf gewürzten Speisen aß. Er hatte sich tatsächlich verändert, wenn auch nur ein wenig. Antoinette war nicht sicher, ob er nur sehr zornig oder geistig krank war. Es gab zwar Wege, das herauszufinden, doch das ging nicht beim Abendessen. Hinzu kam noch, dass sie ihn nicht verstand. Sie fragte sich, ob er sich dessen vielleicht bewusst war.

Er ging sofort nach dem Essen, und Claude folgte ihm kurze Zeit später. Wortlos räumten Didi und Antoinette den Tisch ab.

„Didi“, sagte Antoinette schließlich, nachdem sie noch einmal gründlich über Martin nachgedacht hatte. „Ich weiß nicht recht, was ich dir sagen soll. Noch nie habe ich eine Analyse gemacht, bevor ich mir ganz sicher war. Martin ist ganz offensichtlich voller Zorn, aber das weißt du auch so. Du musst dir meiner Meinung nach keine Sorgen machen, dass er sich etwas antut. Dafür richtet sich seine Wut zu stark nach außen, nicht nach innen."

„Und wenn er jemand anderem etwas antut?"

Antoinette nickte. Die Sorge war berechtigt. „Das ist möglich, obwohl Martin so wenig Kontakt zu anderen hat, dass kaum eine Gelegenheit dazu besteht."

„Du meinst, er ist nicht verrückt?"

„Verrückt ist ein sehr ungenauer Begriff. Wenn Martin seine Probleme nicht lösen kann, könnte er dadurch geistig krank werden. Wie nahe er an diesem Punkt steht, weiß ich nicht. Du musst selbst entscheiden, ob du mit deinen Eltern sprichst. Ich wünschte, ich könnte dir mehr helfen, aber ohne gründliche Untersuchung kann ich nur Vermutungen anstellen, und das hilft dir wenig."

„Nein, das stimmt. Vermutungen sind nicht gut", stimmte Didi ernsthaft zu und wischte die Anrichte ab. „Claude mag dich."

Antoinette sah keinen Zusammenhang zwischen den Äußerungen.

„Er würde dir zuhören", fuhr Didi fort.

Jetzt verstand sie. Zunächst wollte sie sich nicht einmischen. Andererseits war sie als Freundin tatsächlich besorgt über Martins Verhalten. Irgendetwas stimmte hier nicht, das fühlte sie.

Aber wenn sie mit Claude sprach, würde Sam davon erfahren und wütend auf sie sein. Dennoch wollte sie es tun. Sie beschloss, sehr behutsam vorzugehen, um die Situation nicht noch zu verschärfen.

„In Ordnung", stimmte sie zu. „Ich rede mit Claude. Aber ich werde ihm nicht sagen, was er tun soll."

Dankbar lächelte Didi sie an, und Antoinette spürte, wie erleichtert Didi war.

„Claude steht später auf als Martin. Morgen, am Sonntag, wird er bis neun zu Hause sein."

„Dann gehe ich um halb neun hinüber und werde mit ihm reden. Von dort aus fahre ich dann nach Hause."

„Ich gehe zur Frühmesse. Das tue ich regelmäßig, damit ich einen gesunden Sohn bekomme."

Antoinette umarmte sie. Didi war ein ganz besonderer Mensch. „Ich werde weg sein, wenn du wiederkommst. Es war ein schöner Tag. Danke."

„Ich muss mich bedanken. Ich möchte nur, dass meine Familie wieder glücklich ist. Du wirst mir dabei helfen."

„Das hoffe ich, Didi."

Didi war schon fort, als Antoinette am Sonntagmorgen aufwachte. Seit einem Monat hatte sie nicht mehr so gut geschlafen. Sie zog sich an und setzte sich auf die Veranda, wo sie ihre erste Zigarette des Tages rauchte. Dabei blickte sie auf das ruhige Wasser.

In der Küche fand sie frischen Kaffee und Zimtkuchen. Und kurz nach acht lud sie ihre Reisetasche ins Auto und fuhr zu Claudes Haus. Sie fühlte sich nicht wohl dabei, aber es war richtig, mit ihm zu sprechen. Sobald sie Claude erzählt hatte, was sie über Martin dachte, würde sie zurück nach New Orleans fahren und nicht wieder hierher kommen. Die Erinnerungen an das Bayou waren jetzt nicht mehr ausschließlich mit Sam verbunden, und das würde ihr helfen. Wenn Didi sie wieder sprechen wollte, müsste sie zu Antoinette nach New Orleans kommen.

Bei Claudes Haus stellte sie den Wagen ab und stieg aus. Eigentlich hatte sie damit gerechnet, von Tootsie begrüßt zu werden, doch der Hund war nirgends zu entdecken. Auch Martin und Claude waren weit und breit nicht zu sehen. Antoinette klopfte an die Tür, aber niemand öffnete.

Sie ging ums Haus und rief nach Tootsie. Ohne Erfolg. Dann fiel ihr das Bootshaus ein. Vielleicht bastelte Claude dort an einem Boot. Es wäre ein idealer Platz für ein zwangloses Gespräch.

An der Tür zum Bootshaus zögerte Antoinette. Ein schweres Schloss hing davor, allerdings nur eingehängt. Ein solches Zeichen des Misstrauens hätte sie von Claude LeBeaud nicht erwartet.

Nachdem sie zweimal geklopft hatte, öffnete sie die Tür. Jemand schien vor kurzem hier gewesen zu sein. Fußspuren in den Sägespänen führten ans andere Ende des Schuppens. Der Schrank, der dort stand, war auch mit einem Vorhängeschloss gesichert. Jetzt war Antoinettes Neugier vollends geweckt.

Was hielten Claude oder Martin bloß so sicher unter Verschluss? Es ging sie zwar nichts an, aber sie musste es wissen. Sie ging durch den Schuppen. Wie unter Zwang musste sie herausfinden, was darin war. Irgendwo in ihrem Kopf formte sich ein Verdacht. Auch das Schloss am Schrank war nicht zugeschnappt. Es war ein Warnzeichen, dass bald jemand zurückkehren würde, doch diese Warnung nahm sie nicht wahr. Sie nahm das Schloss ab und öffnete die Tür.

Beim Anblick der Holzkisten voller Sprengstoff schloss sie entsetzt die Augen. Jetzt war ihr alles klar, und die Lösung war schlimmer, als sie angenommen hatte. Das Einzige, was sie nun noch verblüffte, war die Tatsache, dass sie alles nicht früher erkannt hatte.

Martin mit seinem Hass auf „Omega Oil". Er war der Einzelgänger, auf den ihr psychologisches Gutachten hingewiesen hatte. Martin war der Brandstifter! Im Krieg hatte er die Fähigkeit erlernt, sich unbemerkt anzuschleichen und das zu zerstören, wovon er glaubte, selbst zerstört zu werden. Absichtlich hatte er nicht gemordet und sogar Laurie Fischer das Leben gerettet. Dennoch trug er die Schuld am Tod eines Menschen. Und anscheinend hatte er noch weitere Anschläge vor. Alles passte zusammen.

Sie musste es Sam sagen. Wie hatte er die Wahrheit nicht erkennen können? Andererseits hätte Sam nie jemanden aus seiner Verwandtschaft verdächtigt.

Jetzt würde Sam es nicht länger verdrängen können. Martin hatte das Motiv, die Fähigkeiten und den Sprengstoff.

Ihr Herzschlag raste, und ihre Hände begannen zu zittern. Sie musste Sam anrufen, bevor noch mehr passierte. Das nächste Telefon war in Didis Haus. Sie würde Sam von dort aus anrufen und zurückfahren. Er würde dann schon mit der Situation fertig werden.

In diesem Augenblick wurde ihr klar, dass sie sich in Gefahr befand. Wenn Martin noch in der Nähe war, dann wusste er, dass sie hier hineingegangen war. Er hätte die Schlösser einrasten lassen, würde er länger wegbleiben. Jeden Moment konnte er zurückkommen, und Antoinette wurde klar, was er dann tun würde. Didi hatte Recht, Martin war viel kränker, als sie alle glaubten.

Ein leises Geräusch ließ ihr Herz rasen, der Puls dröhnte ihr in den Ohren. Sie wusste mit völliger Sicherheit, dass sie nicht mehr allein war.

Sie wandte sich um, und diese Drehung kostete sie mehr Mut als alles andere in ihrem bisherigen Leben. Im Schatten des Bootshauses meinte sie, ihren Augen nicht trauen zu können. Der Mann in der Tür war kleiner und dicker als Martin. Dann wurde sie von einer Woge der Erleichterung gepackt.

„Ein Glück", stieß sie atemlos hervor und schloss für einen Moment die Augen. „Leonce. Du kannst dir überhaupt nicht vorstellen, wie glücklich ich bin, dich zu sehen."

15. KAPITEL

„Was tust du hier, Antoinette?“ Leonces Gesicht war ernst, und Antoinette wusste, wie sehr es ihm missfiel, dass sie hier herumstöberte.

„Ich habe deinen Vater gesucht, um mit ihm über Martin zu sprechen.“ Es fiel ihr so schwer, dass sie es war, die Leonce die Wahrheit über seinen Bruder sagen musste. Einen Moment suchte sie nach den passenden Worten. „Martin ist ernsthaft in Schwierigkeiten, Leonce“, sagte sie schließlich. Sie trat zur Seite und wies auf den Schrank, der mit Sprengstoff gefüllt war. „Martin ist der Brandstifter von ‚Omega Oil‘.“ Sie beobachtete sein Gesicht, doch er verzog keine Miene.

„Du solltest nicht hier sein. Niemand hat dich gebeten, hierher zu kommen und dich in unser Leben einzumischen.“

Seine Reaktion überraschte sie, doch dann kam ihr die Erkenntnis, dass er auf sie wütend war. „Leonce, Didi hat mich eingeladen“, sagte sie langsam.

Beim Namen seiner Frau schüttelte er den Kopf. „Du hättest dich lieber um deinen Kram kümmern sollen, Antoinette. Wirklich.“

„Ich verstehe, dass du dich aufregst. Aber wir können nichts daran ändern. Du musst mir jetzt helfen, damit Martin sich nicht noch mehr Ärger einhandelt.“ Einen Moment wirkte Leonce unentschlossen, dann wurde sein Gesicht wieder ausdruckslos.

„Ich kann dir nicht helfen.“

Wie konnte er so blind sein? „Was willst du denn sonst tun?“ fragte sie ihn ratlos. „Mich in den Sumpf werfen, damit ich nichts verraten kann? Denk doch nach, Leonce. Martin könnte selbst umkommen oder für den Rest seines Lebens ins Gefängnis wandern. Das willst du doch auch nicht. Wir müssen ihn aufhalten.“

„Leonce.“

Antoinette zuckte zusammen, dann tauchte plötzlich ein zweiter Mann hinter Leonce auf. Er war groß und voller Sommersprossen. Sein Blick war eiskalt.

„Wer, zum Teufel, ist das denn?“

„Sie ist eine Freundin von meinem Cousin Sam. Dem Polizisten.“ Leonce betonte die letzten Worte besonders, ohne Antoinette aus dem Blick zu lassen. „Und sie weiß Bescheid.“

„Verdammter Mist, das sollte doch angeblich ein sicherer Platz sein. Niemand außer deinem Vater und deinem Bruder käme hierher, hast du gesagt.“

„Ich weiß, was ich gesagt habe.“

Antoinette wurde heiß und kalt. „Leonce?“

„Sei still!“ fuhr der größere Mann sie an.

„Was geschieht hier?“ Ein dritter Mann tauchte auf, er trug eine Brille. „Mist, eine Frau.“

„Schlimm genug, wenn dein Vater oder dein Bruder es entdeckt hätten, seit wir es gestern hierher gebracht haben“, sagte der Mann mit Brille. „Aber jetzt haben wir sie am Hals. Sie muss verschwinden“, stellte er kühl fest.

Antoinette wusste, wovon sie sprachen, doch sie wollte sich nicht anmerken lassen, wie verängstigt sie war. „Dann warst du es und nicht Martin“, sagte sie zu Leonce. „Darauf wäre ich nie gekommen.“

„Sei still!“ fuhr einer der Männer sie an.

„Aber Sam wird darauf kommen, wenn ich heute Nachmittag nicht in New Orleans bin“, fuhr sie fort. „Er wird herkommen, um mich zu suchen.“

Leonce stieß verächtlich die Luft aus. „Er würde kommen, wenn er wüsste, dass du hier bist.“

„Wir sind zum Abendessen verabredet“, log sie.

„Dann müssen wir es als Unfall hinstellen“, schloss der Mann mit der Brille.

„Nein.“ Leonce wirkte beharrlich. „Wir waren uns einig, keine Toten. Wer Antoinette etwas antut, muss vorher mich umbringen. Und das wäre keine so gute Idee.“

„Was sollen wir dann mit ihr tun?“

Das fragte Leonce sich anscheinend auch. „Wir nehmen sie mit. Dann setzen wir sie auf einer der kleinen Sumpfinseln ab. Morgen oder übermorgen wird jemand sie dort schon finden. Das Auto fahren wir an einer tiefen Stelle ins Wasser. Dann sieht es so aus, als sei sie dort verschwunden."

Die anderen beiden nickten, und Antoinette konnte sich vorstellen, warum. Man würde einen entlegenen Ort aussuchen und darauf zählen, dass sie dort starb. Oder vielleicht wollten sie auch ohne Leonce noch mal zurückkommen.

„Leonce", flehte sie. „Gib auf, bevor du da niemals wieder herauskommst."

„In Schwierigkeiten bin ich jetzt schon", sagte er bedauernd. „Das wird unser letzter Schlag, danach verschwinden wir."

„Und was wird aus Didi und dem Baby?"

„Die sind ohne mich besser dran."

„Nein, Leonce, das ist nicht wahr. Es gibt noch eine Lösung. Sam wird dir helfen. Du hast die Brände doch nicht selbst gelegt. Du könntest als Kronzeuge auftreten. Sicher warst du es doch, der das kleine Mädchen gerettet hat, oder? Das wird die Geschworenen beeindrucken."

„Sie ist nicht dumm, oder?" sagte der große Mann bewundernd. „Aber du irrst dich, Kleine. Falls wir geschnappt werden, muss Leonce seinen Teil der Strafe tragen. So läuft das nun mal, und unser Freund hier weiß das auch."

„Wir müssen in zwanzig Minuten los", sagte der Mann mit der Brille. „Ich kümmere mich um ihr Auto."

Leonce holte sein Schweißband hervor und kam zu Antoinette. „Du hättest dich da wirklich heraushalten sollen", sagte er bedrückt. „Omega ist eine schlimme Firma, die uns bis zum Letzten aussaugt. Jetzt entlassen sie die Leute, weil der Ölpreis fällt. Didi weiß es nicht, aber ich habe seit Wochen keine Arbeit mehr, und Jerry und Lew sind noch länger arbeitslos."

„Das ist doch kein Grund, Leute zu töten."

„Niemand sollte umkommen. Jerry und Lew wollten denen nur eine Lektion erteilen." Er kam auf sie zu und umarmte sie traurig. Dann band er ihr das Schweißband um den Mund. „*Ça me fait de la pain. C'est un affaire à plus finir.*"

Antoinette war immer noch nicht zu Hause. Sam knallte den Hörer auf die Gabel. Es war Sonntagmorgen, und anscheinend war sie das Wochenende über weggefahren. Wohin?

Er merkte, dass ihn das nichts anging. Von Anfang an hatte er ihr deutlich gemacht, dass er Wert auf seine persönliche Freiheit legte. Die hatte er jetzt, und es war ein schreckliches Gefühl.

Immer wieder hatte er sich überlegt, was er sagen wollte, wenn er sie erreichte. Jetzt wurde ihm klar, dass er nicht länger warten würde. Für ihn als Polizist war es nicht schwer herauszufinden, wo sie war. Er würde ihre Sekretärin anrufen und behaupten, er müsse Antoinette dienstlich sprechen.

Er rief in der Praxis an und erkannte die Stimme, die sich meldete, sofort. Knapp erklärte er, dass er Antoinette sprechen müsse. Ob Rosy wisse, wo sie sei.

Rosy war nicht sehr entgegenkommend. Sie hielt Sam eine Predigt darüber, was für ein guter Mensch Antoinette sei und wie schlecht er sie behandelt habe. Er seufzte auf, als er erfuhr, dass Antoinette seinetwegen wieder mit dem Rauchen angefangen habe.

„Mir ist egal, was Sie von ihr wollen", sagte Rosy abschließend. „Ich werde Ihnen nicht sagen, so Sie sie finden."

Sam setzte sich auf. „Auch nicht, wenn ich Ihnen sage, dass ich ihr einen Heiratsantrag machen möchte?"

Rosy zögerte keine Sekunde. „Sie rief mich gestern Morgen an, um mir mitzuteilen, dass sie eine Frau unten in den Sümpfen besuchen wolle. Und Sie haben wirklich lange gebraucht, um sich zu dieser Entscheidung durchzuringen, mein Lieber."

Sam legte auf und war froh, dass Antoinette nicht mit einem neuen Mann zusammen war. Rosy hatte ihm Didis Telefonnummer genannt. Er versuchte dort anzurufen, obwohl er nicht wusste, was er Antoinette sagen sollte, wenn sie so weit weg war. Es ging jedoch niemand ans Telefon, und er wollte es in einer halben Stunde noch einmal versuchen.

Gerade als er angezogen war, klingelte es. Er wusste, dass es nicht Antoinette sein konnte, trotzdem machte er sich Hoffnungen. Stattdessen stand Skeeter vor der Tür, und Sam bat ihn hinein.

„Ich habe gehört, du seist am Freitag verletzt worden." Skeeter ließ sich auf das Sofa fallen.

„So etwas spricht sich schnell rum." Sam setzte sich ihm gegenüber und wartete darauf, dass Skeeter zum Thema kam. Sie beide hatten zu wenig Zeit, um einen Krankenbesuch zu machen. Es musste einen Grund geben, weshalb Skeeter hier war.

„Geht es dir gut?"

Sam nickte.

„Während du dich hast anschießen lassen, habe ich mich umgehört."

Skeeter hatte das Talent, immer an den richtigen Orten zu sein, um Neuigkeiten zu erfahren, die selbst Sams beste Informanten nicht herausbekamen. „Was hast du gehört?" fragte Sam nach.

„In einer Bar am anderen Flussufer habe ich gestern mit jemandem aus den Sümpfen getrunken, der hier nach Arbeit sucht."

„Und?"

„Der Kerl sagte, dass jeder in der Gegend, aus der er kommt, glaubt, jemand aus den Sümpfen habe die Anschläge verübt."

„Nichts als Gerüchte."

„Der Mann stammte aus der Nähe von Bayou Midnight." Skeeter war oft genug mit Sam in seinem Hausboot gewesen, um zu wissen, was die Neuigkeit für Sam bedeutete, und er blickte seinen Freund mitfühlend an.

„Das glaube ich nicht."

Skeeter hob die Schultern. „Hast du bessere Spuren?"

„Der Mann, der mich angeschossen hat, ist ein bekannter Brandstifter. Er wurde in der Nähe des ‚Omega Oil'-Gebäudes gesehen." Sam dachte laut nach. Für ihn war es unvorstellbar, dass einer seiner Bekannten – und er kannte jeden im Bayou Midnight – an den Anschlägen beteiligt sein könnte.

„Hast du heute die Zeitung noch nicht gelesen?"

Sam blickte hoch und sah Skeeters teilnahmsvollen Blick. „Nein."

„Der Mann, der dich angeschossen hat, hat gestanden, in der Nacht von dem Omega-Brandanschlag jemanden in Shreveport ermordet zu haben. Und an zwei Orten gleichzeitig kann er nicht gewesen sein. Damit bist du wieder ganz am Anfang, Kumpel."

Sam hatte noch nicht einmal in seiner Abteilung angerufen, um sich auf dem Laufenden zu halten. So sehr war er in Gedanken mit Antoinette beschäftigt gewesen. „So ein Mist!"

„Ich lass dich jetzt in Ruhe nachdenken. Pass auf dich auf." Skeeter stand auf und ging zur Tür. Dort drehte er sich noch mal um. „Ich glaube wirklich, dass der Kerl aus der Bar letzte Nacht etwas wusste. Lass dich von deinen persönlichen Gefühlen nicht abhalten, herauszufinden, was dort im Süden vor sich geht. Probleme gibt es überall."

Noch lange, nachdem Skeeter gegangen war, dachte Sam darüber nach. Im Omega-Fall hatte es viele Verdächtige und Hinweise gegeben, doch den wichtigsten Hinweis hatte Sam zu wenig beachtet. Laurie hatte einen Satz in Cajun-Französisch wiederholt, den sie von dem mutmaßlichen Brandstifter gehört hatte. Sein Onkel hatte ihm gesagt, dass etwas im Bayou geschieht, doch Sam hatte kaum darauf geachtet. Jetzt bekam er schon wieder einen Hinweis in dieselbe Richtung, und wieder wollte er es verdrängen.

Dann stöhnte er gequält auf. Martin. Antoinette und Didi hatten beide versucht ihm zu sagen, dass sein Cousin ernsthafte Probleme hatte. Hatte er denn die ganze Zeit über auf nichts geachtet, was alle um ihn herum bemerkten?

Martin sprach Cajun-Französisch, hasste „Omega Oil", besaß Kriegserfahrung aus Vietnam und passte genau in die Beschreibung, die Antoinette ihm von dem Täter gegeben hatte.

Über all das war Sam hinweggegangen, weil er die Wahrheit nicht hatte glauben wollen. Die Menschen, die er am meisten liebte, waren in diesen Fall verwickelt.

War er in dieser Hinsicht immer so blind gewesen? Er hatte geglaubt, dass es nur gute und schlechte Menschen gab. Antoinette hatte versucht, ihn davon abzubringen.

Antoinette! Sie war dort unten im Bayou Midnight, um Didi zu besuchen. Kalte Angst packte Sam, und er wusste in seiner Verunsicherung nur noch eines: Er musste zu ihr, und zwar schnell. Wenn er sich davon überzeugt hatte, dass sie in Sicherheit war, würde er dort den Hinweisen nachgehen und Martin befragen.

Er rief noch einmal bei Didi an. Als sich wieder niemand meldete, schnappte er sich die Autoschlüssel und lief aus der Wohnung.

Antoinette lag unter einer dicken Plastikplane auf dem Boden des Motorboots und versuchte die Fesseln zu lösen, mit denen ihre Hände und Füße zusammengebunden waren. Es war zwecklos, dennoch gab sie nicht auf. Die Plane roch nach Fisch, und es war stockdunkel darunter. Sie bekam nur schwer Luft und überlegte pausenlos, was sie tun sollte.

Nach einer langen Fahrt wurde die Plane hochgehoben, und gierig atmete Antoinette die frische Luft ein. Langsam fühlte sie sich wieder etwas besser.

Sie hatte jedes Zeitgefühl verloren, seit die Männer sie gefesselt und ins Boot gebracht hatten. Jetzt beugte Leonce sich vor und löste ihr die Fesseln von den Füßen.

Antoinette brauchte eine Zeit, bis ihre Augen sich an das Licht gewöhnt hatten. Sie befanden sich in einem öden Sumpfland, in dem es fast keinen festen Boden gab.

„Normalerweise gibt es hier zu dieser Jahreszeit mehr Festland“, sagte Leonce zu dem Mann mit der Brille. Der dritte Mann war anscheinend nicht mitgekommen. Antoinette nahm an, dass er mit einem Boot voller Sprengstoff zu einer Bohrstelle von „Omega Oil“ unterwegs war.

„Wir haben keine Zeit, weiter zu suchen.“

Leonce zögerte und blickte Antoinette kurz an. „Okay“, sagte er dann zu dem anderen Mann.

Sie versuchte sich trotz des verbundenen Munds bemerkbar zu machen, aber die Männer achteten nicht auf sie. Sie steuerten ein winziges Stück Land an, und Leonce versank fast bis zur Hüfte im Schlamm, als er ausstieg. Dann kletterte er auf einen Zypressenstumpf und hob Antoinette aus dem Boot. Er half ihr auf die Füße. Der Boden unter ihr war nachgiebig und feucht.

Leonce berührte sie an der Wange und wischte ihr eine Träne ab.

„Es tut mir Leid, Antoinette“, sagte er laut genug, dass der Mann im Boot es hören konnte. „Ich komme zurück“, versprach er ihr flüsternd, drehte sich um und ging durch den Schlamm zum Boot zurück.

Zitternd stand sie auf dem kleinen Stück Erde und blickte dem Boot nach. Hektisch riss sie an dem Seil, mit dem ihre Hände gefesselt waren. Es fühlte sich etwas lockerer an, und ihr fiel ein, dass Leonce sie an dem Seil hochgezogen hatte. Hatte er die Fesseln absichtlich gelockert? Das Boot war schon weit entfernt, als sie das Seil abstreifen konnte. Sofort riss sie sich das Schweißband vom Mund und atmete keuchend tief durch.

Leonce hatte gesagt, er käme zurück. Das konnte sie nur hoffen. Der Platz war so entlegen, dass nur durch ein Wunder innerhalb der nächsten Woche jemand hier vorbeifahren würde. Hier befand sie sich zwischen Leben und Tod.

Die kleine Erhebung aus dem Schlamm war nur drei Meter breit. Rings umher wuchsen Zypressen, doch die meisten waren für sie außer Reichweite, es sei denn, sie watete durch den Schlamm.

Außer Holzfällern kam bestimmt niemand in diese Gegend. Doch überall zwitscherten Vögel, und als sie sich auf dem Boden umsah, entdeckte sie eine graue Schlange, die gerade ins Wasser glitt. Antoinette unterdrückte einen Schrei. Nur wenige Arten der hier lebenden Schlangen waren giftig, versuchte sie sich zu beruhigen. Sie durfte nicht schon beim Anblick in Panik ausbrechen.

Sie versuchte, nicht an die Schlangen zu denken, aber sicher gab es hier auch Alligatoren, und wenn es erst Abend war, würden die Mücken über sie herfallen. Wenn Antoinette sich jedoch vorstellte, im Dunkeln hier zu stehen und nicht einmal sehen zu können, was um sie herum vorging, kamen die Mücken ihr eher nebensächlich vor.

Antoinette fing an zu weinen. Sie konnte die panische Angst nicht länger unterdrücken. Auf die Knie sinkend, barg sie das Gesicht in den Händen und schluchzte haltlos. Gleichzeitig begann sie zu beten.

Sam trat auf die Bremse und wich dem großen Schäferhund aus, der auf dem Weg zu Didis Haus stand. Während der Fahrt hatte Sam jedes entgegenkommende Auto gemustert, damit er Antoinette auf keinen Fall verpasste. Tootsies Anwesenheit zeigte ihm jetzt, dass auch Antoinette noch hier war.

Sam parkte hinter Didis Haus und blieb einen Moment reglos sitzen. Was ging hier vor? Antoinettes Auto war nicht zu sehen, und bei Claudes Haus war es auch nicht gewesen. Didis Wagen war ebenfalls nicht da. Das hieß, dass die beiden nicht zusammen waren. Antoinette würde doch nicht ohne Tootsie hier wegfahren? Sie musste sich irgendwo in der Nähe aufhalten.

Im Haus fand er keinerlei Hinweis. Auf einem Zettel stand ein Dank von Antoinette an Didi, und sie versprach, Didi anzurufen und von ihrem Gespräch mit Claude zu erzählen. Sam fühlte sich immer unwohler. Irgendetwas stimmte hier nicht, aber er konnte keine Erklärung finden.

Ungeduldig lief er eine Abkürzung zum Haus seines Onkels. Dort blieb er stehen und blickte aufs Wasser. Claudes Motorboot war fort, und eines der anderen beiden Boote, die normalerweise hier lagen, auch. Sam suchte das Ufer nach etwas Ungewöhnlichem ab, konnte aber nichts entdecken. Dann sah er, dass das Bootshaus verschlossen war.

Das Schloss war neu und passte nicht in eine Welt, wo jeder jedem vertraute. Seit wann schloss Onkel Claude das Bootshaus ab? Oder war das eine von Martins Ideen?

Das kam Sam wahrscheinlicher vor. Vielleicht wollte Martin damit die Welt aussperren, von der er sich immer mehr bedroht fühlte. Oder es hatte einen noch schrecklicheren Grund.

Diesmal verdrängte Sam seine Ahnungen nicht. Wenn er sich irrte, würde er sich in aller Form bei Martin entschuldigen. Wenn er Recht hatte und Martin in Schwierigkeiten steckte, dann musste Sam schnell handeln.

Er entsicherte seine Pistole und schoss das Vorhängeschloss auf. Und im Inneren des Bootshauses bewahrheiteten sich seine schlimmsten Befürchtungen. Der Schrank an der hinteren Wand stand offen und war leer, doch in einer Spalte klemmte noch die Verschlusskappe eines Dynamitzünders.

„Jetzt weißt du also Bescheid."

Es überraschte Sam nicht, Martins Stimme zu hören. Mit der Waffe in der Hand drehte er sich zu seinem Cousin um. „Was weiß ich jetzt?"

Prüfend musterte Martin ihn. „Du bist doch der große Polizist, Samson. Erkennst du denn nicht, was hier geschieht?"

Sam legte die Waffe weg und ging drohend auf Martin zu. „Ich erkenne, dass du nicht der Mensch bist, für den ich dich gehalten habe. Wo ist Antoinette? Was hast du mit ihr gemacht?"

„Leonce hat sie."

Sam kam näher. „Mach es mit Lügen nicht noch schlimmer! Ich gebe dir dreißig Sekunden, um mir zu sagen, was los ist."

Martin wirkte mit einem Mal traurig. „Glaubst du, etwas zu erreichen, indem du mich schlägst, Dummkopf? Ich kam zu spät. Ich hätte das Ganze nicht zulassen dürfen. Leonce wusste über die Brandanschläge Bescheid. Er hat die Feuer nicht selbst gelegt, aber er kennt die Täter."

Sam holte tief Luft. Egal, was mit Martin los war, er würde nie seinen Bruder anschwärzen, um sich zu schützen. „Red weiter."

„Ich habe versucht, ihn im Auge zu behalten. Und es hat mich fast verrückt gemacht zu sehen, in welche Sache er hineinrutscht. Er hat sich verändert, aber außer mir hat das niemand mitbekommen. Deshalb habe ich ihn beschattet und die Wahrheit herausgefunden."

„Was ist die Wahrheit?"

„Zwei Kollegen von ihm haben das Feuer gelegt. Leonce versuchte sie abzuhalten und folgte ihnen nach New Orleans, wo sie das Omega-Gebäude anstecken wollten. Doch er kam zu spät. Er lief in das brennende Haus und rettete ein kleines Mädchen. Es sah sein Gesicht, und Leonce hing mit in der Sache drin."

„Wieso hast du nicht mit mir gesprochen?"

„Du bist Polizist", erwiderte Martin nur. „Ich musste meinen Bruder beschützen. Auch vor dir, Samson."

Sam konnte Martins Gefühle verstehen. Er war völlig erschöpft, und in seiner Schulter spürte er einen dumpfen Schmerz. Aber wo war Antoinette? „Du hättest mit mir reden sollen.“

„Ich dachte, es sei alles vorbei. Dann kam ich gestern Nacht hierher und sah das neue Schloss. Ich habe es mit einem Draht aufgemacht und den Sprengstoff entdeckt. Ich fuhr heute früh zu Leonce, um mit ihm zu reden, aber er war nicht da. Und als ich hierher zurückkam, war auch das Dynamit weg.“

„Wie viel Sprengstoff war in dem Schrank?“

„Genug für eine Ölquelle. Auf der Bohrstelle, auf der Leonce gearbeitet hat, sind nur noch ein paar Wachleute.“

„Wie kommst du darauf, dass Antoinette bei ihm ist?“

Mitfühlend sah Martin ihn an und legte ihm eine Hand auf die Schulter. „Ich hoffe es. Denn sonst ist sie in ihrem Auto, und das liegt auf dem Grund des Bayou Midnight.“

16. KAPITEL

Der Sheriff stand am Rand des Bayou und blickte in das tiefdunkle Wasser. Langsam schüttelte er den Kopf. „Wir können nichts tun, bis die Taucher hier sind."

Sam stand neben ihm und ballte die Hände zu Fäusten. Er war klitschnass von seinen Versuchen, zum Auto hinabzutauchen. Noch nie war er sich so hilflos vorgekommen. Zwei Beamte vermaßen die Reifenspuren, die ins Wasser führten. „Sie könnte dort unten sein", stieß Sam unbeherrscht hervor.

„Wenn das stimmt", sagte der Sheriff behutsam, „können wir ihr nicht mehr helfen."

Mit dem letzten Rest seiner Beherrschung versuchte Sam sich unter Kontrolle zu halten. Wenn er doch nur zusammenbrechen und den Druck in seiner Kehle loswerden könnte, der ihn zu ersticken drohte.

„Sie können nichts mehr für uns tun", fuhr der Sheriff fort. „Die Männer haben einen Vorsprung von mehreren Stunden, aber die Küstenpolizei erwartet sie bereits bei der Bohrstelle."

Der Sheriff hatte Recht. Als Sam die Küstenpolizei alarmieren wollte, hatte er erfahren, dass sie bereits informiert waren. Leonce hatte es letztendlich doch vorgezogen, sich nicht länger mitschuldig zu machen, und einen Weg gefunden, die Polizei zu warnen. Die Bohrstelle würde nicht zerstört werden, und Sam hoffte, dass Leonce auch Antoinette vor dem Schlimmsten bewahrt hatte.

„Es wird ihr Wagen sein, aber Antoinette ist nicht dort unten", beruhigte Martin ihn und spuckte bekräftigend ins Wasser.

„Ich glaube, der Wagen wurde hineingeschoben", stellte in diesem Moment einer der Beamten fest. „Hier sind Fußspuren."

„Sie haben Recht." Der Sheriff hatte genau wie Sam die Spuren sofort gesehen. „Machen Sie ein paar Fotos. Es wird bald regnen."

Es wurde früh dunkel, weil sich ein Sturm zusammenbraute. Noch hatte niemand laut ausgesprochen, wie viel schwieriger die Arbeit würde, wenn der Sturm erst losbrach. Wenn die Taucher zu spät kamen, würden sie bis morgen in Ungewissheit bleiben, was auf dem Grund des Gewässers lag.

„Sie ist nicht dort unten“, wiederholte Martin. „Leonce würde nicht zulassen, dass sie stirbt.“

„Hoffentlich haben Sie Recht“, sagte der Sheriff. „Ihr Bruder hat ohnehin schon genug Ärger.“

„Martin! Sam!“ Didi kam auf sie zugelaufen und winkte aufgeregt. Sie war kurz nach dem Sheriff aus der Kirche zurückgekommen. Sam hoffte, dass er nie wieder jemandem, den er liebte, solch schlechte Nachrichten überbringen musste. Zuerst hatte Didi sich unter Tränen geweigert, Sam zu glauben. Dann fügte sie sich in die Wahrheit, blieb aber bei der Überzeugung, dass Leonce Antoinette nie etwas zustoßen lassen würde.

Jetzt stand sie vor Sam. „Die Polizei hat angerufen. Sie haben Leonce und die beiden anderen festgenommen.“

Sam spürte nicht die kleinste Erleichterung. Mühsam überwand er sich und stellte die Frage, vor deren Antwort er sich fürchtete. „Wissen sie etwas über Antoinette?“

„Ich habe mit Leonce gesprochen.“ Didi redete rasend schnell. „Es geht Antoinette gut. Sie war im Bootshaus, als die drei den Sprengstoff holen kamen. Die anderen beiden wollten sie umbringen, aber Leonce hat sie umgestimmt. Sie haben sie bei den alten Reiherbrutplätzen ausgesetzt, dort, wo du immer nach Federn gesucht hast. Leonce wollte sie so gut wie möglich verstecken, damit die beiden anderen sie nicht finden konnten, falls sie entkommen und zu Antoinette zurückfahren würden. Er sagt, du sollst dich beeilen, weil sie zu Tode verängstigt ist. Er ist mit der Polizei auf dem Weg dorthin, aber er sagt, du kannst schneller bei ihr sein.“

Mit einem Schlag fühlte Sam sich wieder voller Energie. Einen Augenblick stand er nur reglos da.

Martin dagegen lief bereits den Weg zu seinem Haus entlang. „Wir nehmen das Flugboot“, rief er über die Schulter zurück.

Eine Sekunde später rannte Sam ihm nach.

Antoinette sah, wie der Sturm näher kam. Sie konnte nicht mehr weinen und wartete nur noch ab. Nach ihrem Zusammenbruch hatte sie sich gezwungen, ruhiger zu werden. Der Anblick eines riesigen Alligators, der vorüberschwamm, hatte dabei nicht geholfen, aber sie hatte sich laut erzählt, dass der Alligator ihre Gegenwart spürte und sich von ihr fern hielt. Nur selten wurden Menschen von Alligatoren angefallen. Und dieser Alligator hatte angeblich mehr Angst vor ihr als sie vor ihm, obwohl Antoinette sich das kaum vorstellen konnte.

Sie hatte sich noch einmal auf dem Landstück umgesehen, und es war ihr gelungen, von einem nahe stehenden Baum einen Ast abzubrechen. Vielleicht konnte sie sich damit gegen Schlangen verteidigen.

Der Sturm war eine ganz andere Gefahr. Sie war schutzlos und wusste, wie schnell in dieser Gegend der Wasserspiegel steigen konnte. Dann würde ihr nichts anderes übrig bleiben, als sich an einem Baumstamm festzuklammern.

Die Mücken wurden lästiger, sobald sich der Himmel verdunkelte. Ein Dutzend hatte sie bereits erschlagen, doch schon bald würde sie sich nicht mehr gegen die Insekten wehren können.

Als die ersten Blitze über dem Himmel zuckten, lauschte sie auf die aufgeregten Vogelschreie. Noch nie in ihrem Leben hatte sie so viele Reiher gesehen. Offensichtlich nisteten sie hier, weil der Platz so entlegen war.

Sie dachte an Sam, der ihr von den Reihern im Sumpf erzählt hatte. Sam saß jetzt in New Orleans über seiner geliebten Arbeit, Leonce jagte gerade eine Ölquelle in die Luft, und sie stand hier auf einer winzigen Insel im tiefsten Sumpf und sah zu, wie ein Sturm über ihr losbrach.

Die ersten Regentropfen waren wie eine Erleichterung. Antoinette legte den Kopf in den Nacken und öffnete den Mund. Bis jetzt war ihr gar nicht bewusst geworden, wie durstig sie war. Der Regen fiel immer stärker, und nach und nach empfand sie ihn nicht mehr so angenehm.

Das Gewitter zog direkt über sie hinweg, und der Lärm des

Donners war ohrenbetäubend. Der Regen fiel so dicht, dass sie kaum etwas sehen konnte. Selbst wenn Leute nach ihr suchten, würden sie sie in diesem Sturm niemals finden. Die leise Hoffnung, dass Leonce zurückkommen würde, hatte sie bereits aufgegeben. Sie würde hier sterben, es war lediglich eine Frage der Zeit.

„Antoinette!"

Einen Augenblick glaubte sie sich den Ruf eingebildet zu haben, doch dann schöpfte sie wieder Hoffnung. Sie hatte schon so lange und so laut um Hilfe geschrien, dass sie vollkommen heiser war. Jetzt holte sie das Letzte aus ihren Stimmbändern heraus.

„Hier!"

Ein Donner verschluckte ihre Antwort. Im grellen Licht des Blitzes erkannte sie den Umriss eines Flugboots, wie Martin es besaß.

„Hier!" rief sie wieder. „Ich bin hier!"

Das Boot fuhr in die falsche Richtung und war beim nächsten Blitz verschwunden.

Jemand wusste, dass sie hier war, und war gekommen, um sie zu retten. Oder vielleicht waren es die beiden Männer, die sie umbringen wollten? Sie hielt sich entsetzt den Mund zu.

Wer auch immer dort nach ihr suchte, es konnte ein schrecklicher Fehler sein, wenn sie auf sich aufmerksam machte.

„Antoinette!"

Die Stimme kam aus derselben Richtung wie das Boot. Hin und hergerissen starrte sie angestrengt in diese Richtung.

Es war nicht zu sehen. Sie hielt es nicht aus. Hier stand sie, und vielleicht ließ sie die einzige Hoffnung auf Rettung wieder wegfahren. Aber sie konnte auch nicht rufen oder hinschwimmen, solange sie nicht wusste, wer nach ihr suchte. Sie konnte lediglich warten, bis sie erkannte, ob man sie retten oder töten wollte. Das Gewitter tobte, und sie spürte, dass die Sohlen ihrer Schuhe im Wasser standen.

„Antoinette!"

Diesmal war die Stimme hinter ihr. Sie drehte sich verwirrt um und erkannte den Mann, der aus dem Boot sprang und auf sie zukam. Bevor sie richtig glauben konnte, dass es Sam war, lag sie auch schon in seinen Armen.

Auf der Rückfahrt hielt Sam Antoinette dicht an sich gepresst. Der Regen machte ihr nichts mehr aus, während Martin das Boot sicher zurück zum Bayou Midnight steuerte. Sie war zu erschöpft, um Sam zu fragen, wie er sie gefunden hatte. Ihre Rettung nahm sie einfach hin. Nur einmal versuchte sie ihm zu sagen, dass Leonce mit zwei anderen eine Bohrstelle sprengen wollte, aber er unterbrach sie mit einem Kuss.

„Es ist alles in Ordnung."

Sie fuhr überrascht hoch, als das Boot anhielt. Sam und Martin halfen ihr aus dem Boot, und es dauerte eine Zeit, bis sie erkannte, dass sie bei Sams Hausboot waren. Der Sturm legte sich, und als sie erst drinnen war, blickte Antoinette aus dem Fenster. Die dunklen Wolken verzogen sich, und es dämmerte. Beim Gedanken daran, dass sie noch dort draußen hätte sein können, schauderte sie.

Sam bedankte sich bei Martin. „Kannst du mir das Motorboot morgen früh vorbeibringen?"

Martin nickte schmunzelnd und ging wieder nach draußen. Sam führte Antoinette zu einem Sessel und rieb ihr dann mit einem Handtuch Gesicht und Haar trocken. Währenddessen redete er beruhigend auf sie ein.

Antoinette saß nur mit geschlossenen Augen da und ließ es geschehen. Sam zog ihr die nassen Sachen aus, und sie nahm das angenehme Gefühl wahr, als er sie trockenrieb. Dann zog er ihr ein übergroßes T-Shirt über den Kopf und trug sie ins Bett.

Als Letztes spürte Antoinette, wie er sie warm zudeckte. Dann fiel sie in einen tiefen Schlaf.

Mitten in der Nacht fuhr sie hoch. Sie hatte von Alligatoren und Flutwellen geträumt. Einen Augenblick wusste sie nicht, wo sie war, dann spürte sie Sams muskulöse Arme, als er sie an sich zog.

„Bin ich wirklich hier bei dir?"

„Das bist du."

„Ich dachte, ich muss sterben."

Er presste sie noch dichter an sich. „Ich dachte auch, du seist tot." Dann erzählte er ihr die ganze Geschichte. Sie erkannte an seinem Tonfall, wie erleichtert er war, sie unversehrt gefunden zu haben.

„Und warum sind wir jetzt hier?" fragte sie schließlich und sah ihn forschend an.

Mit einer Hand streichelte er den Ansatz ihrer Brust. „Weil ich mit dir allein sein wollte."

Und morgen geht er wieder seinen eigenen Weg, dachte sie. Er ist jetzt nur so erleichtert, dass er die Nähe sucht. Morgen würde er sie nach New Orleans bringen, und dann war alles vorbei. „Bitte, tu das nicht." Sie rollte sich auf die Seite und wandte ihm den Rücken zu.

Auch er drehte sich auf die Seite und presste sie an sich. Mit einer Hand liebkoste er ihre Brust. „Ich will mit dir schlafen. Damit ich weiß, dass du wirklich hier bei mir bist."

Sie wollte es glauben, doch sie versuchte seine Hand wegzuschieben. „Nein, Sam. Bitte nicht." Ihre Stimme ging in ein Schluchzen über.

„Weine nicht. Lass mich dich lieben."

Antoinette hörte auf, sich zu wehren. Mit Sam zu schlafen war keine Frage von richtig oder falsch. Sie sehnte sich danach. Wenn sie mit ihm schlief, würde sie sich lebendig fühlen, und das brauchte sie nach diesem Tag mehr als alles andere.

„Antoinette, ich …"

„Nein", unterbrach sie ihn. „Sag jetzt nichts. Liebe mich."

Er zog sie zu sich herum und bedeckte ihr Gesicht mit Küssen. Mit einer Hand fuhr er ihr unter das T-Shirt und fing an, ihre Brüste zu streicheln. Er ließ sich unendlich viel Zeit, sie zu erregen, und als er schließlich in sie eindrang, war auch seine Lust bis aufs Äußerste gesteigert.

Antoinette spürte ihn in sich und strich ihm über die Brust. Dann berührte sie mit einer Hand seinen Verband und bekam einen Schreck. „Sam! Bist du verletzt?"

„Es ist nichts Ernstes." Er küsste sie und hielt sie damit von weiteren Fragen ab. Diesen Augenblick wollte er so lange wie möglich auskosten.

Sam begann sich in ihr zu bewegen, und Antoinette genoss jede kleinste Berührung, als würde sie es zum ersten Mal erleben.

Sie beide spürten, dass sie zueinander gehörten, und aneinander geklammert erlebten sie den Höhepunkt der Lust.

Antoinette wollte nicht sprechen, sondern nur in Sams Armen liegen. Sie lag reglos und versuchte wieder einzuschlafen. Sam streichelte ihr sanft übers Haar, doch obwohl sie vollkommen erschöpft war, konnte sie nicht schlafen.

Sam wusste, dass sie noch wach war, und ihm wurde klar, dass sie jetzt sofort über ihre Probleme reden mussten.

„Hast du Hunger?" erkundigte er sich leise.

Daran hatte sie überhaupt nicht gedacht. Erst jetzt merkte sie, dass sie kurz vor dem Verhungern stand. Sie nickte nur.

Sam stand auf. „Ich kann eine Gemüsesuppe warm machen", schlug er vor und zog sich trockene Jeans an, bevor er in den anderen Raum ging.

Die Suppe kochte bereits, als Antoinette zu ihm kam. Sie trug immer noch das T-Shirt, das er ihr nicht ausgezogen hatte. Darin sah sie fast noch reizvoller als im Seidennachthemd aus. Sie war das Verführerischste, was er je gesehen hatte, und er wusste, dass er auch in fünfzig Jahren noch genauso über sie denken würde.

„Wieso bist du hier heruntergefahren?" wollte Antoinette wissen.

„Ich habe nach dir gesucht."

Antoinette verstand nicht. Woher hatte er überhaupt gewusst, wo sie war? Sofort keimte wieder Hoffnung in ihr auf, und dazu wollte sie es gar nicht erst kommen lassen. Sam hatte ihre Hoffnungen oft genug zerstört.

„Was wird jetzt mit Leonce geschehen?" fragte sie, um von ihren Gefühlen abzulenken.

„Das weiß ich nicht."

„Er hat die Feuer nicht gelegt, Sam. Er wusste, was geschah, aber er hat auch Laurie das Leben gerettet. Dann hat er auch mich vor dem Zugriff der beiden anderen bewahrt. Wahrscheinlich meinte er die ganze Zeit über, das Richtige zu tun. Er hat ‚Omega Oil' dafür gehasst, was sie Martin antaten, und das einzige Verbrechen, das er begangen hat, ist, dass er Beweise zurückgehalten hat."

„Wenn das stimmt, kommt er vielleicht frei."

„Das freut mich. Für Didi und deine ganze Familie."

„Didi wird zu ihm halten. Wie wir alle." Sam schöpfte Suppe in einen Teller und brachte ihn zum Tisch. Dann sah er Antoinette beim Essen zu. „Erinnerst du dich an den Abend, an dem ich dir erzählte, es gäbe nur gute und schlechte Menschen auf der Welt?"

„Allerdings."

„Ich habe mich geirrt." Sam zögerte. „Auch in anderer Hinsicht war ich im Unrecht."

Antoinette blickte nicht auf und löffelte die Suppe schweigend. Sie schmeckte ausgezeichnet.

„Möchtest du noch mehr?"

„Nein danke, es war gut." Sie stand auf und überlegte unschlüssig, was sie jetzt sagen sollte. Dann sah sie den Verband an seiner Schulter und nahm das als Ausweg. „Du hast noch nicht erzählt, wie du dich verletzt hast."

„Ich wurde angeschossen."

„Sam!" Antoinette setzte sich hin. Ihre Knie zitterten.

„Heißt das, du sorgst dich um mich?" fragte Sam. Dann schmunzelte er. „Es war deine Schuld, weißt du?"

„Nein." Wie konnte er schmunzeln, wenn er angeschossen worden war!

Sam stand auf und kam zu ihr herüber. „Ich dachte gerade an dich und habe nicht aufgepasst, da wurde ich angeschossen. Tag und Nacht habe ich an dich gedacht und mich nicht mehr konzentrieren können. Wenn du nicht wieder mit mir zusammen sein willst, muss ich den Job aufgeben. Bitte, Antoinette! Liebe mich und heirate mich, damit ich mein Leben wieder normal führen kann."

Zuerst meinte sie, sich verhört zu haben. Alles hätte sie erwartet, aber nicht das. Sie sollte ihn heiraten, damit er sich wieder voll auf seine Arbeit konzentrieren konnte? Sie stand auf und stieß Sam von sich weg. „Das ist der entsetzlichste Heiratsantrag, von dem ich je gehört habe." Sie drehte sich um und lief wutentbrannt auf die Veranda. Vor dem Fenster blieb sie mit verschränkten Armen stehen.

Sam folgte ihr und schlang die Arme um sie. „Ich habe nicht viel Erfahrung darin. Eigentlich hatte ich mir einen wundervollen romantischen Text überlegt, aber den habe ich wieder vergessen, als ich dich heute retten musste."

Antoinette atmete tief durch. „Sam, du hast keine Schuld an dem, was passiert ist. Ich habe mich selbst in diese Lage gebracht und mache dich nicht dafür verantwortlich."

„Das freut mich."

„Ich weiß, dass du dir Sorgen um mich gemacht hast, aber es ist Erleichterung, was du jetzt empfindest, und nicht Liebe."

Er zog sie noch dichter an sich. „Wenn wir erst verheiratet sind, musst du damit aufhören. Du musst mir am Hochzeitstag versprechen, dass du mir nie wieder sagen wirst, was ich eigentlich denke und fühle. Dafür verspreche ich dir, dass ich nie wieder an meinen Gefühlen für dich zweifeln werde."

Lachend fuhr Antoinette herum. „Sam, wenn du mich vor dem Altar stehen lässt, weil du es dir anders überlegt hast, wirst du eine andere Antoinette Deveraux kennen lernen."

„Ich gebe zu, dass ich zeitweilig etwas unentschlossen war." Er fuhr ihr mit den Lippen am Kinn entlang.

„Zeitweilig!"

„Es hat lange gedauert, aber als ich angeschossen wurde, da erkannte ich, was für ein Narr ich war. Jetzt steht mein Entschluss unerschütterlich fest."

Antoinette fuhr ihm mit einem Finger über die Brust. „Ich kann den Gedanken nicht ertragen, dass du verletzt bist."

Er wusste, dass er gewonnen hatte. „Ich liebe dich. Das habe ich die ganze Zeit über, aber ich habe es nicht erkannt. Vergib mir und liebe mich auch." Sanft küsste er sie auf die Stirn. „Hast du wirklich wieder mit dem Rauchen angefangen?"

Sie seufzte auf. „Rosy hat dir das gesagt."

„Wenn du erst verheiratet bist, wirst du keine Zeit mehr haben, an Zigaretten zu denken."

Antoinette sah ihm ins Gesicht und erkannte, dass er zum ersten Mal, seit sie ihn kannte, vollkommen entspannt war. Und in diesem Moment wusste sie, dass er seine Meinung nicht mehr ändern würde.

Und nur, um ganz sicherzugehen, würde sie ihn schnell heiraten, bevor er es sich anders überlegen konnte.

„Eher lernt ein Alligator fliegen", sagte sie leise und blickte Sam verführerisch an, „als dass ich aufhören werde, dich zu lieben."

Glücklich zog er sie an sich und küsste sie.

– ENDE –

Nora Roberts

Die Stanislaskis 2
Verführung in Manhattan

Für die kühle Sydney gibt es nur eins: Erfolg im Beruf. Doch der lebensfrohe Künstler Mikhail Stanislaski macht ihr gehörig einen Strich durch die Rechnung.

Band-Nr. 25125
6,95 € (D)
ISBN 3-89941-164-1

Nora Roberts

Die Stanislaskis 3
Gegen jede Vernunft

Lebenslänglich – nichts anderes will der smarte Zackary Muldoon, als er die attraktive Rachel Stanislaski kennen lernt. Doch ist die kühle Juristin bereit, dem rauen Barbesitzer für immer ihr Herz zu schenken?

Band-Nr. 25132
6,95 € (D)
ISBN 3-89941-171-4

Vorschau
Dieser Roman erscheint im Mai 2005

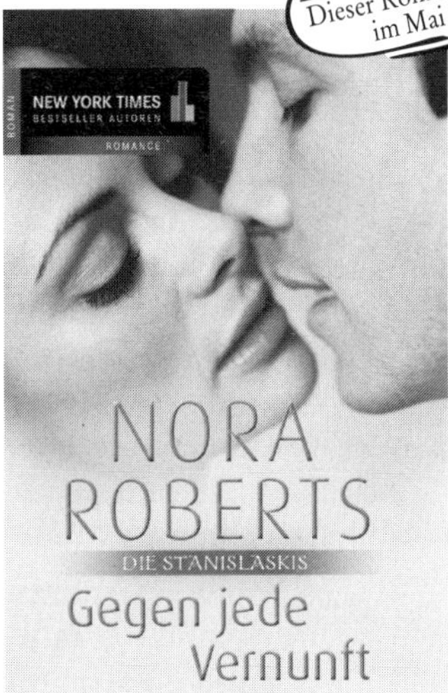

Nora Roberts

Nachtgeflüster 1
Der gefährliche Verehrer

Radio DJ Cilla O'Roarke sollte beruhigt sein: Boyd Fletcher will den unheimlichen Anrufer finden, der sie Nacht für Nacht terrorisiert. Doch dafür ist ihr Herz in Boyds Nähe in Gefahr ...

Band-Nr. 25126
6,95 € (D)
ISBN 3-89941-165-X

Nora Roberts

Nachtgeflüster 2
Der geheimnisvolle Fremde

Dunkle Gerüchte ranken sich um den geheimnisvollen Mann, der unerkannt Nacht für Nacht Verbrechern das Handwerk legt. Nur die aufstrebende junge Staatsanwältin Deborah O'Roarke kennt nach einer leidenschaftlichen Begegnung das Gesicht hinter der Maske ...

Band-Nr. 25133
6,95 € (D)
ISBN 3-89941-172-2

Vorschau
Dieser Roman erscheint im Mai 2005

Nora Roberts
Die MacGregors 5
Band-Nr. 25119
7,95 € (D)
ISBN 3-89941-155-2

Sandra Brown
Gefangen in der Wildnis
Band-Nr. 25117
6,95 € (D)
ISBN 3-89941-153-6

Nora Roberts
Die Traumfängerin
Band-Nr. 25105
6,95 € (D)
ISBN 3-89941-141-2

Tess Gerritsen
Akte Weiß
Band-Nr. 25106
6,95 € (D)
ISBN 3-89941-142-0